LAURA KARASEK
Drei Wünsche

Das Buch

Drei Frauen um die dreißig. Drei ganz unterschiedliche Leben. Ein und dasselbe Gefühl: genau jetzt die Weichen für ihr Lebensglück stellen zu müssen.

Rebecca schwankt zwischen Karriere und Kinderwunsch, Maxie setzt für eine leidenschaftliche Affäre alles aufs Spiel, und Helena erhält zwei Nachrichten, die ihr schmerzhaft bewusst machen, dass es Dinge gibt, auf die wir keinen Einfluss haben. Selbsterfüllung und Familie, Lust und Liebe, Abschied und Neubeginn – all das liegt so nahe beieinander und doch so weit voneinander entfernt. Wofür soll man kämpfen in einer Welt, in der vermeintlich alles möglich ist?

Mitreißend und schonungslos schreibt Laura Karasek über die Abgründe zwischenmenschlicher Beziehungen, über Töchter und Väter, über Macht, Sex, Trauer und Glück. In ihrer unnachahmlich klaren Sprache verdichtet sie dabei ganze Leben zu einem Kaleidoskop all der widerstreitenden Gefühle, die jeder von uns in sich trägt.

Ein Roman über die Gefühlswelten moderner junger Frauen, über große Entscheidungen, über Hoffnung und Ängste und die Suche nach dem, was wirklich zählt im Leben. Vor allem aber: Ein Roman über die Liebe – in all ihren schönen, traurigen, seltsamen Facetten.

Die Autorin

Laura Karasek wurde 1982 in Hamburg geboren und arbeitete nach ihrem Jurastudium als Anwältin in einer internationalen Wirtschaftskanzlei in Frankfurt am Main. Sie schreibt als Autorin u. a. regelmäßig für den *Stern* und ist Moderatorin bei *ZDFNeo*. 2012 erschien ihr Debütroman *Verspielte Jahre*, 2019 folgte der Kolumnenband *Ja, die sind echt. Geschichten über Frauen und Männer*. Laura Karasek ist Mutter von Zwillingen und lebt mit ihrem Mann in Frankfurt am Main.

Roman

Laura Karasek

Drei Wünsche

eichborn

Dieser Titel ist auch als E-Book erschienen

Eichborn Verlag in der Bastei Lübbe AG

Für die Originalausgabe:
Copyright © 2019 by Laura Karasek

Für die deutschsprachige Ausgabe:
Vollständige Taschenbuchausgabe
der bei Eichborn erschienenen Hardcoverausgabe
Copyright © 2021 by Bastei Lübbe AG,
Schanzenstraße 6 – 20, 51063 Köln, Deutschland

Bei Fragen zur Produktsicherheit wenden Sie sich bitte an:
Produktsicherheit@bastei-luebbe.de

Vervielfältigungen dieses Werkes für das Text- und
Data-Mining bleiben vorbehalten.

Textredaktion: Aylin LaMorey-Salzmann, Berlin
Umschlaggestaltung: U1berlin/Patrizia Di Stefano
Umschlagmotiv: © Malika Favre
Satz: hanseatenSatz-bremen, Bremen
Gesetzt aus der Times LT Std
Druck und Einband: GGP Media GmbH, Pößneck

Printed in Germany
ISBN 978-3-8479-0074-0

6   8   9   7

Sie finden uns im Internet unter
eichborn.de

Meiner Mutter

PROLOG

Helenas Mutter liegt wach und lauscht, ob ihr Mann noch lebt. Jede Nacht hört sie nach einer sehr kurzen Phase des Dösens auf zu schlafen, weil sie befürchtet, dass ihr Mann nie mehr die Augen öffnet. Wie fühlt es sich an, neben einem Toten aufzuwachen? Wie fühlt es sich an, wenn der Mensch, mit dem man vierzig Jahre seines Lebens verbracht hat, plötzlich mausetot neben einem liegt? Wenn man sich allein erinnern muss, an all die Reisen, an das Kennenlernen, an das Kinderkriegen, an den Aufbau, den Austausch, an den kaputten Geschirrspüler, an die erste Miete, an den ersten Kuss, an das erste Wort des Kindes, an das letzte Wort zueinander.

Wie soll das Leben gehen ohne ihn, ohne den Menschen, mit dem sie alles besprochen und geteilt hat, mit dem sie gestritten und über die Rente gesprochen, mit dem sie den Tisch gedeckt und Flüge gebucht hat, den Weihnachtsbaum geschmückt, mit den Kindern gekämpft, Schokolade verboten, Fernsehen erlaubt, die eigenen Eltern besucht, Versicherungen abgeschlossen, die Küche renoviert hat, ins Theater gegangen ist. Wie soll das gehen: das Leben als nur eine? Sie waren doch immer zu zweit, sie kannte ihn, da war sie jünger als ihre Tochter Helena jetzt, da war sie noch Studentin und wohnte in einer Wohngemeinschaft, in der er sie stets besucht und abgeholt hatte. Mit ihrem nackten Mitbewohner und ihrer freizügigen Mitbewohnerin, die immer kiffte. Sie, die nie allein gelebt, nie allein gekocht hat, nie allein verreist, nie Witwe gewesen ist. Wer wird ihr Kamerad sein, wie wird sie ihren Kindern nicht zur Last fallen, wo soll sie Ostern verbringen, wie kann sie die Miete der Wohnung weiter bezahlen, wer wird ihr einen Kalbsbraten kochen, wer macht ihr den Reißverschluss hinten am Kleid zu, wer macht im Sommer den Gartenschlauch an, um die Pflanzen zu gießen, wer geht zum Fleischer und zum Weinhaus, wer holt die Getränkekiste aus dem Keller, wer liegt abends auf dem Sofa, wenn sie nach Hause kommt mit Einkaufstüten, wer freut sich, wenn sie Mortadella und Bündnerfleisch mitbringt, wem kann sie einen Milchkaffee machen, wen kann sie nach Mozart fragen, wer wird sie mit Fußball nerven, wem soll sie bei der Fernbedienung helfen, mit der er nicht zurechtkommt, so wie noch vor ein paar Wochen.

»Aaaaannna«, ruft er ihr immer wieder aus dem Wohnzimmer zu, »ich krieg den Fernseher nicht an!«

»Jaaaa«, ruft sie dann genervt aus der Küche zurück.

»Aaaannna, hast du die Fernbedienung gesehen?«, ruft er erneut, wie ein Kind. Und sie geht stöhnend ins Wohnzimmer.

»Welche, die von Apple TV? Das ist die ganz kleine …« Sie zeigt auf die sechs Fernbedienungen, die auf dem Couchtisch liegen. Drei davon sind für Geräte, die sie längst nicht mehr besitzen. Aber sie haben vergessen, welche der drei. Also sind die Bedienungen noch da, die aussortierten Geräte hingegen nicht. Placebo-Bedienungen. Eine weitere ist für den Backofen. Den kann man irgendwie per Timer programmieren … Oder ist es die Stereoanlage?

»Nein, die vom … vom Fernseher.«

»Du meinst die vom Receiver.«

»Wo muss ich hier drücken?« Und dann hält er drei Fernbedienungen in den Händen und wechselt hektisch von links nach rechts, von Knopf zu Knopf, immer wie einen Pfeil direkt auf den Monitor gerichtet, als ob die Zielrichtung helfen würde, als ob er nur dirigieren müsste. Aber die Richtung ist nicht entscheidend, der Knopf ist es – und vor allem: die richtige Bedienung.

»Ich mach das!«

Ihr Mann holt sich ein Glas Wein aus der Küche.

Sie hat inzwischen den Fernseher anbekommen. Das Apfel-Logo ist zu sehen. Mehr nicht. Das Internet scheint nicht zu funktionieren.

»Zieh mal den Stecker raus«, fordert sie ihn auf, während sie hinten an den Kabeln der Geräte fummelt und zerrt.

»Wo ist denn der Stecker?«

»Och, Carl …« Seufzend läuft sie zur Steckdose, um den Stecker zu ziehen.

Nach zehn Sekunden steckt sie den Stecker wieder rein. Das Lämpchen leuchtet, aber rot.

»Schau doch mal in die Bedienungsanleitung«, schlägt sie vor.

»Wo soll die denn sein?«

»Dir muss man wirklich bei ALLEM helfen.«

Ja, er war immer ein anstrengender Mann, nicht einfach, nicht patent. Er hat Schlüssel verloren und Jacken im Zug liegen lassen, er hat zum Hochzeitstag keine Blumen mitgebracht und manchmal alles aufgegessen, was sie in den Kühlschrank gepackt hat. Er hat viel getrunken und viel geredet. Er hat nie Reisen gebucht und im Urlaub oft die Hälfte vergessen, keine Zahnbürste, keine Badehose. Aber jetzt wünscht sie sich so sehr, ihm wieder und wieder den Fernseher anmachen zu können. Sein Fußballgeräusch, seine leeren Weingläser überall. Die Gläser sammelte sie immer ein, manche mit der roten Spur eines vergangenen Rausches am Rand. Seine Mortadella, die er mit bloßen Händen aß, dicke Scheiben in den Mund gerollt.

Sie sehnt sich danach, genervt zu sein von ihm. Aber ein Halbtoter kann kaum noch nerven. Nicht mal mehr das. Er schläft nur noch und kann weder fernsehen noch lesen noch essen noch nach ihr rufen. Kein »Aaaaaannna!«; manchmal nur ein »Aaaah«.

Er liegt herum, meist auf der Seite, zusammengerollt wie ein Teppich vor dem Umzug, immer erschöpft.

Das ist keine Grippe. Das ist der Tod.

HELENA

Der erste Mann, der ihr das Herz brach, war ihr Vater. Und jetzt liegt er im Sterben.

Als kleines Mädchen hatte Helena oft das Gefühl, sie müsse ihm dabei helfen, glücklich zu sein. Er hatte für sie schon immer etwas Verlorenes, diesen traurigen, kindlichen Blick seiner Knopfaugen, die Sehnsucht und Einsamkeit verrieten. Sie weiß, dass er es hasst, niedlich zu sein. Männer wollen keine Teddybären sein, Männer wollen Löwen sein, Haie vielleicht – auch in hohem Alter. Ein bisschen wie Ganoven. Frauen denken oft, sie sollten gute Menschen sein. Frauen wird beigebracht, dass sie gut sein sollen. Carl hat stets versucht Helena zu zeigen, ein bisschen wie eine Ganovin zu sein.

Wie liebt jemand, der vor dem Zweiten Weltkrieg geboren wurde?

Helenas Vater hat sie verwöhnt und verzogen – vor allem, was Männer betrifft. Er war immer so nachgiebig, so inkonsequent mit ihr wie mit sich selbst, ein Nein bedeutete meist doch ein Ja. Wenn er den Pralinen und dem Sekt abschwor, dann oft nur so lange, bis er fünf Minuten später »Eine noch!« rief und sich die braune Schokoladenkugel mit zwei Fingern genüsslich in den Mund steckte, plopp, wie eine Bowlingkugel, oder sich den weißen Sprudelschaumwein in den Rachen goss. Immer gab es »ein letztes Mal«.

Die einzige Zeit in seinem Leben ohne Alkohol sind diese letzten Wochen vor seinem Tod. Dennoch betont er immer, dass der Krebs nichts mit seinem Trinkverhalten zu tun habe.

»Es liegt nicht am Alkohol! Das sagen auch die Ärzte!«, erklärt er allen – auch Helena – ständig am Telefon und jedem, der ihn besucht.

»Ha! Meine Leberwerte sind fabelhaft! Besser als die von eurer Mutter. Und die trinkt ja keinen Schluck.« Das hat er früher immer gesagt, mit Stolz und Erstaunen. Wie ein Anwalt, der einen Verbrecher überführt, hat er die Ärzte entlarvt: Alkohol kann einem nichts anhaben! Ihm jedenfalls nicht!

Siehe da, schwarz auf weiß, er wedelte mit den Laborwerten, seinem Dokument, das bestätigte, dass er und seine Leber unbezwingbar, unbetrinkbar waren: »Wo früher meine Leber war – ist heute eine Minibar.«

Seinen Champagner und seinen Prosecco hielt er für belebend. »Ich brauche das zum Arbeiten, zum Aufstehen, zum Einschlafen«, erklärte er immer wieder. Er brauchte seinen Fernet Branca und seinen Grappa nach dem Essen: »Das hilft der Verdauung.« Er trank immer gegen irgendetwas an, gegen die Zeit, gegen die Schmerzen, gegen das fette Essen (vielleicht aß er nur deshalb so reichhaltig), gegen den Schlaf, gegen die Schlaflosigkeit. Er trank gegen sich selbst. Das war sein Lieblingstrinkspiel.

Er wollte gegen die Sterblichkeit antrinken. Aber die Sterblichkeit war stärker. Oft wollte er auch seinen Kindern sein Gesöff aufschwatzen, er pries es an, sobald man ihm erzählte, man habe Bauchweh oder fühle sich voll, matt, müde, elend, schlapp, satt, träge, habe zu viel gegessen – für ihn war Alkohol kein Alkohol, sondern Medizin gegen alle Schmerzen körperlicher und geistiger Art.

12

»Trink einen Schnaps«, sagte er zu Helena, »ich hole dir einen!« Dann klirrte er an seiner Bar herum, schraubte eine Flasche auf, es gluckste, ein Glas für sich, ein Glas für sie, und noch eines für ihren Bruder Benjamin. »Hier, trink das. Das hilft. Wirklich.« Er funktionierte unter Alkohol. Er konnte den Wein und die Digestifs in seinen Alltag einflechten, reinmixen in seine Arbeit, seine Treffen, seine Vorträge, seine Auftritte. Immer stand ein Glas neben ihm. Nur manchmal hinterließ das Trinken doch seine Spuren, wenn er im Laufe des Nachmittags oder Abends immer rechthaberischer wurde, zynischer, launischer. Dann musste man nur auf den nächsten Morgen warten – da würde er wieder milder sein, gegenwärtiger, wachsamer, weniger angestachelt vom aufmüpfigen Alkohol, weniger besessen, stur, weniger Geisel seiner eigenen Entführung, gebeutelt vom Rausch.

Ja, der Alkohol konnte seine Beulen hinterlassen, der Körper stolperte und taumelte, auch der Geist stieß sich an allen Ecken und Kanten, das Wesen purzelte wie auf einem wankenden Schiff. Kam die unterdrückte Wahrheit zutage, oder weckte der Wein den Wahn?

Manchmal, vor allem in den letzten Jahren, hat seine Trinkerei Helena beunruhigt, sie besorgt und betrübt. Sie war traurig und wurde immer trauriger, je länger der Tag voranschritt. Die Zeit lief gegen sie. Er befüllte sich, war in der Früh noch klar und wurde immer trüber, wie altes Blumenwasser, das täglich süßlicher, vergorener riecht. Wie ein vernachlässigtes Aquarium. Irgendwann konnte man nichts mehr erkennen, verschwommen waren seine schillernden Geschichten hinter der dumpfen Scheibe des Rausches.

Meist stritten sie, wenn er in seinem Aquarium untergetaucht war, wenn er diese aggressive Art beim Sprechen bekam, spuckte oder speichelte, rechtfertigte und belehrte. Nur er verstand die Welt.

Er war nämlich nicht abgetaucht, er schwamm und glackste im trüben Wasser und spritzte um sich, er machte alles und alle nass, wie es ihm passte, er schlug mit seinen Flossen. Er war für richtige Gespräche, für gemeinsame Skatspiele nicht mehr zu gebrauchen.

Sobald er aufstand, fragte ihre Mutter genervt: »Musst du jetzt noch mehr trinken?« Und er kippte wie ein trotziges Kind immer etwas nach, hopp, von der Flasche ins Glas in den Mund, hehe, gluckgluck – mir erteilt keiner Befehle, mir schreibt keiner was vor, was habt ihr denn, hört auf, mich wie einen Idioten zu behandeln, wie einen Trottel, mich zu entmündigen. Aber sie taten ja gar nichts. Helena sah nur stumm zu. Ihr Bruder amüsierte sich oder zog sich zurück. Ihm machte das alles nicht so viel aus. Was hatte er nur, was suchte er zu betäuben?

War er so traurig? Und war diese Traurigkeit ansteckend, trug sie als Kind eine Mitschuld an seiner Leere, oder trug er eine Mitschuld an ihrer?

Da saß ihr Vater, irgendwie verloren in seinem Zuhause. Und da saß sie, der Besuch, seine Tochter, sein Kind, und wartete, dass er wieder nüchtern wurde.

Man braucht Geduld. Denn man muss viel warten, so ein Pegel wird nicht im Nu abgebaut, meist dauert es bis zum nächsten Morgen – da würde das Wetter wieder milder sein, und morgen, ja, »Morgen sieht die Welt schon wieder anders aus!«.

Ja, ihr Vater muss doch trinken, brüllen, tyrannisieren, dachte Helena immer.

Er lag viel in den letzten Jahren, Nachmittagsschlaf, Zahnweh, Arthrose. Aber sie war doch das Kind! Und nicht er.

Oder er reiste. Mit dem Ziehkoffer und dem Kleidersack zu Terminen, immer im Zug, an Flughäfen, an kalten Bahnsteigen, ein Mann Ende siebzig. Das war doch nichts. Was war ein Rentnerleben dagegen?

Helena wusste, dass ihre Mutter geknickt war. Da kamen die Kinder extra angereist, und der eigene Mann versaute der Familie den »gemütlichen Abend«. Sie konnte ihren Unmut nicht verbergen und war froh, wenn er schlief und nicht mehr störte.

Ihr war es so wichtig, dass die Kinder kamen, alles sollte perfekt sein. Sie kaufte tagelang ein, befüllte den Kühlschrank mit ihren Lieblingszutaten, erkundigte sich vorab nach Essenswünschen, legte Süßigkeiten ins Zimmer (für Helena) und Wurst ins Fleischfach (für Benjamin), sie dekorierte die Wohnung, kaufte Blumen und stellte sie in Vasen, half ihrem Vater beim Kochen, deckte den Tisch, machte Obstsalat aus frischen Beeren mit Minze, die Kinder sollten sich wohlfühlen, das Zuhause lieben, die Familie lieben. Und dann gluckste Carl mit seinem Durst dazwischen – wie ein Schluckauf unterbrach er die von ihr vorbereitete Harmonie und Festlichkeit, kleckerte mit seinem Wein ihre Tischdecke voll.

Die Eintracht ihrer Eltern schien immer ein wenig bedroht, wenn die Kinder zu Besuch waren. Als würden sie um die Aufmerksamkeit des Nachwuchses buhlen, der Vater prahlte mit Geschichten, die Mutter verwöhnte.

Elternpaare entwickeln kurzfristig eine andere Dynamik, wenn die Kinder plötzlich wieder – wenn auch nur vorübergehend – zu Hause einziehen, in ihren Kinderzimmern schlafen. Wenn die Vergangenheit wieder gelebt wird, die Familie, wie sie war, bevor die Kinder ihre Eltern für ein eigenes Leben zurückließen. Es ist die Rückkehr eines früheren Lebens – eines Lebens, das nicht mehr funktioniert, weil es inzwischen ein anderes Leben gibt. Aber manchmal, für Augenblicke, werden die Kinder wieder Kinder, und die Eltern kommen wieder an die Macht. In Helenas Familie fühlt sich dann alles so nach den Neunzigerjahren an, nach Geborgenheit und Hanuta, nach Backstreet Boys, Hausaufgaben und Bill Clinton.

Im letzten Sommer dachten sie, dass der Alkohol ihn immer

so müde machte. Das Trinken in der flirrenden Hitze, die Mücken, der Weißwein, die Windstille. Aber es war nicht der Alkohol. Es war der Krebs.

Und dann das Essen. Eigentlich aß er immer alles, was fett und reichhaltig war. Er verwendete Crème double statt Crème fraîche, weil der doppelte Fettgehalt noch besser schmeckte. Für ihn ging Geschmack vor Gesundheit. Genuss vor Abstinenz.

Er verwendete immer Öl *und* Butter. Er aß den Fettrand vom Steak (am liebsten Rib-Eye) und vom Schinken.

»Fett ist ein Geschmacksträger, Herrgott«, entgegnete er, wenn Helenas Mutter ihn ermahnte, doch nicht nur den »Glibber« oder das »Gezedder« zu essen.

Er aß Würste aller Art.

Er liebte die klassische deutsche, italienische und französische Küche. Schwere Saucen, Knödel, Kartoffeln, Schwein, Rind, Gans, Kalbsbraten, Morcheln. Mit Barolo oder Sherry und Sahne.

Er wäre nie auf die Idee gekommen, einem Salat eine Mango hinzuzufügen. Oder Goji-Beeren. Oder Chia-Samen.

Aber dann wurde er appetitlos. Wie immer bestellte er im Restaurant sehr viel – und ließ viel liegen, seine halbvollen Teller zurückgehen. Meist war er schon nach der Vorspeise satt und schaffte kaum seinen Hauptgang, sein Fleisch, das er so liebte, all die Jahre, Markknochen, Sülze, Wurst, Kalbsmaske, Hirn, Kalbsbries, Schweinestelzen. Früher aß er sein Steak immer fast roh, niemals medium. Und nun durfte es nicht blutig, nicht zu fleischig sein. Er hat doch rohes Fleisch geliebt, Blutwurst, Tartar.

Dann konnte er eine Zeit lang kein Steak mehr essen, weil seine Zähne nicht mehr mitspielten. In unzähligen Sitzungen ließ er sich die Zähne richten, Implantate einsetzen. Er wollte wieder richtig beißen können, zubeißen. Für ihn war der Verfall der Zähne eine demütigende Entmannung.

Aber irgendwann hatte er es satt, gegen seinen eigenen Körper anzukämpfen. Dann legte er sich hin, immer öfter, je älter er wurde. Zu Hause ruhte er, er ließ überall das Licht aus und schlich durch die dunkle Wohnung, leise, und in die Stille hinein prickelte sein Champagner im Glas, das er wie das olympische Feuer umhertrug, wie eine Kerze.

»Kommt ihr erst mal in mein Alter!«, war sein Lieblingsargument.

Es gab so viele Anzeichen für das Alter. Überall lauerte es, in der Haut, in den Zähnen, in den Schnürsenkeln, die sich nur mit Mühe schließen ließen, im Fleisch, im Appetit, im Reisen.

Irgendwann begann Helenas Vater, Langstreckenflüge zu hassen. Ihren Flug mit der ganzen Familie in die USA nannte er »das schrecklichste Erlebnis meines Lebens« – und dabei hatte er den Krieg erlebt.

Helena hatte die Nacht vor dem Flug durchgefeiert und nur eine Stunde geschlafen. Grün und weiß oder lila im Gesicht stand sie am Flughafen.

»Mein süßes Töchterlein«, sagte ihre Mutter grinsend.

»Puh, wenn man dir zu nah kommt, ist man ja beim Einatmen schon besoffen«, ätzte ihr Bruder.

»Lasst sie«, beschwichtigte ihr Vater. »Du musst im Flieger genau das trinken, womit du gestern aufgehört hast. Bestell dir doch einfach einen Wein.«

Die Flugbegleiterin schenkte ihr einen Sekt, und sie verbrachte den Flug stöhnend über der Kotztüte, mit Flugangst, Schlafentzug und Katermagen. Helenas Vater lief auf und ab, er konnte nicht lange sitzen, sein Rücken tat ihm weh, die Sitze der Holzklasse waren nichts für seine Beine – dabei hatte er nicht mal besonders lange Beine.

»Geht es dir auch so elend, Herz?«, fragte er immer wieder und ächzte zwischen den Reihen.

Irgendwann hören Kinder auf, ihre Eltern zu imitieren. Sie

stellen in einem schmerzhaften Moment fest, dass Mama auch Angst vor Einbrechern hat und dass Papa sich auch ein Bein bricht. Keiner ist unverwundbar, der Vater kann den Jungen aus der fünften Klasse nicht verprügeln, weil der dich eine Ziege nennt, dein Vater kann dir bei Liebeskummer höchstens den Rat geben, dass die Zeit alle Wunden heilt.

Das hättest du auch googeln können. Oder Siri fragen. »Wie viel Schnaps muss ich trinken, um Tobi zu vergessen?« Oder: »Welche Eiscreme soll ich essen, weil Tom nicht zurückruft?« Dann wird dir bewusst, du bist allein.

Die letzten Jahre hat Helena viel versäumt. Sie hat ihm oft abgesagt, ist nicht nach Hause zu ihren Eltern gefahren. Sie ist lieber auf Partys gegangen oder in Bars, wegen der belanglosen Bedürfnisse einer, die glaubt, etwas erleben zu müssen. Eine, die glaubt, er bliebe ewig.

Er verstand Schmerzen. Er verstand Alkohol.

Wie viel Zeit man als Teenager mit den Eltern versäumt! Was man an Augenblicken verprasst, Gesprächen verschwendet, Worten verschenkt! Als würde man sie mit einer Magnum-Flasche Champagner verspritzen. Und jetzt, wie gerne hätte sie das alles vom Boden aufgeleckt!

Immerhin, sie hat alle Weihnachten ihres bisherigen Lebens mit ihm verbracht. Sie liebte es immer, zu ihm nach Hause zu kommen. Er war niemand, der in der Tür stand und das Kind empfing. Er stand meist am Herd, mit einem Wein- oder Sektglas in der Hand, und kochte für die ganze Familie. Ihre Mutter öffnete die Tür und drückte sie. Oder sie holte die Kinder am Bahnhof ab. Er sagte – selbst früher, als er noch Auto fuhr, und das war sicher zehn Jahre her – immer: »Ich schenke dir ein Taxi.« Abholen war nicht sein Ding. Zeitverschwendung. Autofahren war lästig. Das konnte man doch käuflich erwerben, da musste doch keiner extra los. Er verstand das Prinzip von Gefallen und Gefälligkeiten nicht. Er machte sich nichts daraus, abgeholt zu werden, für ihn hatte es keinerlei Wert. Und somit hatte es für ihn auch keinen Wert, jemanden abzuholen.

Dasselbe galt für Geschenke. Er machte keine. Er konnte keine aussuchen. Er wünschte sich selbst aber auch nichts. Seiner Frau sagte er jedes Jahr zum Geburtstag: »Kauf dir etwas Schönes, Schatz.« Und er bezahlte es, was immer es auch war. Hauptsache, er wurde nicht mit der lästigen Aufgabe des Auswählens oder gar Einpackens behelligt. Für ihre Mutter war das nicht leicht. »Ich habe mir jedes Armband selbst ausgesucht«, sagte sie einmal.

Er hat auch Helena in seinem ganzen Leben eigentlich nichts geschenkt. Nur ein einziges Mal eine CD-Sammlung der besten Pianisten der Welt. Damals war sie siebzehn.

Irgendwie machte es nichts. *Er hat andere Qualitäten*, dachte Helena damals.

MAXIE

Maxie macht sich nichts aus Autos. Aber sie macht sich was aus Männern.

Ihre Geschichte beginnt mit einem Auto. Genauer gesagt beginnt sie mit einem Familienfest, drei Tage bevor das Auto auftaucht.

Maxies Schwiegervater Wolfgang hat zu seinem fünfundsechzigsten Geburtstag ein großes Gartenfest veranstaltet. Es gibt Erdbeeren und Pimm's, es gibt Reden und viele weiße Anzüge, der Sommer ist so prall dahergekommen, die Männer tupfen sich den Schweiß von der Stirn, die Kellner servieren kleine Gläser mit kalter Gurkensuppe. Und mittendrin steht Maxie, in einem hellen Kleid, und unterhält sich mit dem Geburtstagskind. Ihr Mann, Hannes, steht ein Stück weiter bei seinem Onkel und bespricht die letzten Einzelheiten der Rede, die der Onkel gleich halten wird. Es ist noch hell draußen, Maxie hat schon drei Gläser Rosé getrunken und fühlt sich ganz beschwingt.

»Ich kenne Sie noch gar nicht«, sagt er, der Mann, der plötzlich neben ihr und ihrem Schwiegervater steht, groß, breite Schultern, wenig Bauch, gepflegtes, straff sitzendes weißes Hemd, silbernes Haar.

»Bobby!«, ruft Wolfgang. »Das ist die Frau meines Sohnes, Maxie, also wage es nicht …«

Aber er wird es wagen. Er sieht sehr mutig aus, überhaupt nicht ängstlich. Er ist furchtlos, das sieht Maxie sofort. Sie hat schon von ihm gehört, er ist ein langjähriger Freund ihres Schwiegervaters, und er ist mächtig, und das sieht man. Nichts ist so sichtbar wie Erfolg, ohne dass man es an irgendetwas festmachen kann. Erfolg ist wie ein Parfum, ein Duft, der einen Menschen umgibt.

Maxies Schwiegermutter kommt vorbei und ermahnt sie: »Trink nicht so viel!« Sie hält ein Glas Wasser in der Hand und scheint kurz zu überlegen, ob sie es gegen Maxies Weinglas eintauschen soll. Doch dann ruft jemand nach ihr, und sie eilt davon.

»Freut mich, Sie kennenzulernen«, sagt Bobby zu Maxie.

»Sie können mich duzen«, sagt Maxie.

»Kann ich Sie auch anrufen?«, fragt Bobby, als ihr Schwiegervater von einer weiteren Gratulantin begrüßt wird.

»Darf ich euch kurz alleine lassen?«, fragt Wolfgang, als er von einem Bekannten zu einem Kreis von Leuten gezogen wird.

»Du sollst sogar!« Bobby grinst frech und zieht an einem Zigarillo.

Maxie bleibt. Sie mag den Geruch von Zigaretten. Den von Zigarillos hat sie nie ausstehen können.

Er heißt Robert und nennt sich Bobby.

Er heißt Robert, und nie hätte sie gedacht, dass dieser Name mal so etwas wie eine Krankheit in ihr würde auslösen können. Dass überhaupt irgendein Name, irgendwelche aneinandergereihten Buchstaben, eine solche Reaktion in ihr hervorrufen könnten.

Er heißt Robert. Ein Name, der in ihrem Leben vorher überhaupt keine Rolle gespielt, keinerlei Bedeutung gehabt hat. Ein Name wie jeder andere. Eine Wiese wie jede andere.

Er heißt Robert, und das ist alles.

Er ist nicht eitel, was sein Aussehen betrifft, aber er hält sich für einen exzellenten Geschäftsmann, der sich – selbstredend – auch exzellent kleidet. Er hat keine Angst. Er hat Geld.

Sie weiß noch nicht, wie er mit Nachnamen heißt und welche Bedeutung er bald für ihr Leben haben wird. Jetzt weiß sie nur, dass er ihr viele Komplimente macht und Wein holt. Er erwähnt, dass er ihren Chef kennt, dass ihre Agentur die Pressearbeit für seine Unternehmen mache. Als sie fröstelt, reicht er ihr sein Jackett, und dann stellt er ihr viele Fragen, erzählt, und sie lachen und sind albern, und der Rosé zaubert ihnen rosige Wangen. Sie vergessen, dass es dunkel wird und die anderen Gäste sind schon vorbeigekommen und haben Bemerkungen gemacht. Ein älterer Freund von ihm hat mit dem Finger gemahnt, und ein weiterer hat gesagt: »Na, bei euch knistert's aber ganz schön, was?« Hannes kümmert sich um die Freundinnen seiner Mutter und bemerkt nicht, wie Maxie lacht und dass es in den Gesprächen um nichts geht und doch um alles.

Sie weiß noch nicht mal, ob er ihr gefällt. Er hat nicht nach ihrer Nummer gefragt, also speichert sie es als einen charmanten, aber harmlosen Flirt ab. Doch als sie nachts ins Bett fällt, wundert sie sich doch, dass er ihre Kontaktdaten nicht haben wollte – wozu auch immer. Und sie fragt sich, ob sie die ganze Situation vielleicht fehlinterpretiert hat und ob er vielleicht überhaupt nicht geflirtet hat, sondern einfach den anderen Freunden des Schwiegervaters beweisen wollte, dass er der geilste Hengst unter ihnen ist. Sie fragt sich, ob sie sein Projekt, sein Vorführobjekt gewesen ist an dem Abend. Einfach ein Nachweis seiner unerschrockenen Männlichkeit vor Publikum. Und dann wundert sie sich, dass sie so lange wach liegt und sich ärgert, dass er ihre Nummer nicht haben wollte. Dabei ist er doch nichts anderes als ein Freund ihres Schwiegervaters.

Doch drei Tage später ist er mehr als einfach ein Freund

ihres Schwiegervaters. Er ist ein Freund ihres Schwiegervaters, der ihr nach einer Unterhaltung bei einer Gartenparty ein Auto schenkt. Ein Geschenk, so groß wie der Wille zu beeindrucken, so unübersehbar, nicht zu verstecken, nicht falsch zu deuten. Eindeutig. Ein Wagen fürs Wagen. Geparkt, mächtig, riesig. Rumms, hier bin ich. Einfahrt blockiert, Ausfahrt blockiert. Ein Austin Haley in Grau.

Da steht es also. Das Auto, das sie nicht fahren kann. Was soll sie Hannes erzählen, wo der Wagen herkommt! Und trotzdem schleppt sie den Schlüssel, der ihr per Kurier ins Büro geliefert wurde, jeden Tag in ihrer Handtasche mit sich herum, für den Fall, dass … Aber es gibt keinen Fall. Fallen kommt später.

Es könnte ja sein! Es ist ja ihrer, obwohl sie weiß, dass sie ihn nicht annehmen kann.

Es gibt diesen Anfang, von dem die Betroffenen noch nicht wissen, dass es ein Anfang ist. Niemand ahnt, dass überhaupt etwas beginnt. Und es beginnt ja auch nur für zwei Menschen etwas. Alles andere bleibt gleich. An diesem Anfang hat er irgendwie die Tür aufgestoßen, Luft reingelassen, Wärme, Sauerstoff, Mücken, Fliegen, eine Brise, alles ist reingeflogen, und die Tür war weit geöffnet.

»Ich muss dich wiedersehen!«, schreibt er.

Und sie freut sich, dass er sich ihre Nummer besorgt hat. Es kommt so unverhofft, und sie hat schon an sich zu zweifeln begonnen, sie hat schon gegrübelt, warum er keinerlei weiteres Interesse an ihr gehabt hat. Und sie antwortet höflich, dass sie leider bald erst einmal zehn Tage auf Kreta im Urlaub sei und leider vorher keine Zeit mehr habe. Leider. Zu viele LEIDER in einer Nachricht. Sie hofft, die Dinge würden sich dann von allein regeln: aus den Augen, aus dem Sinn. Nach dem Urlaub wird er sie längst vergessen haben. Und sie? Sie hat ja gar nichts zu vergessen.

»Ich will dich zum Essen einladen«, schreibt Bobby.

»Ich will dein Auto nicht.«

»Dann triff mich wenigstens. Glaub mir. Ich weiß selbst, dass es nicht klug ist. Aber es geht nicht anders. Triff mich. Ich komme überall hin. Wir müssen auch nichts essen. Wir können auch trinken. Oder ins Theater gehen. Oder spazieren.«

»Ich kann nicht«, sagt sie. Dabei könnte sie doch.

»Dann sag mir, wo du bist. Und ich tue so, als ob ich zufällig auch dort bin.«

Seine Hartnäckigkeit ist gut, selbstsicher, das gefällt ihr.

»Ich bin ab übermorgen auf Kreta.«

»Dann komme ich nach Kreta.«

»Ich bin nicht allein. Außerdem machst du das doch eh nicht.«

»Ich meine es ernst. Du wirst noch sehen.«

Und so fliegt Maxie mit Hannes nach Kreta. In einen Urlaub, auf den sie sich sehr freut. Hannes und sie haben viel gearbeitet in der letzten Zeit, und sie möchte mit ihm im Meer baden und abends bei Wein Backgammon spielen. Bobby spielt in ihrem Leben keine Rolle, das Auto spielt keine Rolle. Nur ab und zu denkt sie an ihn und wundert sich. Sie denkt an diese Begegnung, die anders war als diese typischen unbeholfenen Flirts oder Copy-and-Paste-Schleimereien per E-Mail von irgendwelchen Typen, die man auf irgendwelchen Events kennenlernt. Bobby verkörpert etwas Originelleres, Erwachseneres, Bestimmteres.

Treffen will sie ihn eigentlich nicht. Sie traut ihm nicht. Sie traut sich selbst nicht. Und sie weiß, dass er versuchen wird, sie zu küssen. Und sie weiß nicht genau, ob sie Nein sagen können wird. Sie weiß nicht einmal, ob sie enttäuscht wäre, wenn er es nicht versuchen würde. Was hat sich verändert? Sie war doch sonst nie anfällig für Wilderer und Rabauken? Liegt es an ihr oder an ihm oder gar an Hannes? Werden Menschen schwach, weil etwas in ihrer Beziehung nicht stimmt, oder werden Menschen schwach, weil Schwachwerden schön ist?

Kreta ist schön, die Insel tut ihr gut, fern zu sein, die Tavernen, das Baden, die Spaziergänge mit Hannes. Sie liebt ihn, wie kann sie sich da je nach einem anderen Mann sehnen?

»Maxie«, sagt er am vierten Abend. »Ich muss zurück nach Deutschland.«

»Jetzt?«

»Nein, morgen. Die haben eben angerufen und schon einen Flug gebucht.« Auf irgendeiner Konferenz ist der geladene Experte für Kardiologie, der Chefarzt in Hannes' Krankenhaus, ausgefallen. Hannes soll einspringen und den Vortrag halten.

»Und ich?«, fragt sie.

»Bleib doch hier. Ich komme in ein paar Tagen zurück. Ich bin nur zwei Nächte weg. Mach es dir schön im Hotel. Lass dich massieren. Du bist doch sowieso gern mal allein.«

»Aber nicht im Urlaub.«

»Ich würde es nicht machen, wenn es kein Notfall wäre.«

»Ja, fahr. Fahr ruhig.« Sie will nicht schwierig sein. Vielleicht macht es ihr auch wirklich nichts aus. Sie denkt ans Alleinsein. An ihre Musik, ihre Bücher. Und an Bobby.

Hannes ist fort, das Hotelzimmer ist leer, das Frühstück nimmt sie allein ein, das Mittagessen lässt sie ausfallen, sie liegt und liest und spricht kein Wort. Abends sitzt sie allein auf dem Balkon und starrt aufs Meer. Sie trinkt ein paar Gläser Wein und fühlt sich allein und glücklich und traurig und seltsam.

Sie kann sich an ein Leben ohne ihn kaum erinnern. So jung haben sie sich kennengelernt, so lang hat er ihr Leben begleitet, sie beim Leben beobachtet. Was ist ihr Leben ohne ihn? Undenkbar. Obwohl Hannes so viel arbeitet und keine Kinder will. Obwohl er sie immer für sich will – auch wenn er selbst oft gar nicht da ist. Er hat ihr das gute Leben versprochen, ihr einen Antrag gemacht, mit ihr eine Wohnung eingerichtet und

Pläne geschmiedet. Sie kannte dieses Leben bis dahin nicht. Sie ist als Kind immer allein gewesen. Sie wollte nicht mehr allein sein. Er hat ihr etwas zu bieten, wonach sie sich immer gesehnt hat: Zugehörigkeit.

Was ist ihr Leben mit ihm? Ist es genug, ist das alles?

Sie braucht ihn.

»Ich bin für Kinder nicht gemacht«, sagt er immer. »Ich sehe so viel Elend im Krankenhaus. Ich sehe so viel, was schiefgeht. Lass uns unser Leben genießen. Lass uns anderen helfen.«

Und sie nickt, obwohl sie gar nicht weiß, was sie will. Hat sie überhaupt einen Kinderwunsch? Vermutlich hat sie gar keinen, denn sonst würde sie ihm doch widersprechen. Sie möchten ja noch mal ins Ausland. Und noch so viel reisen.

»Oder willst du ein Kind, meine Schönste?«

»Ich weiß nicht«, sagt sie immer, denn sie weiß nicht.

»Lass uns erst mal abwarten. Unser Leben ist doch schön so. Wir wollten doch noch ins Ausland. Vielleicht bekomme ich ja wirklich das Stipendium für Washington. Da passt doch ein Baby nicht.«

»Ich weiß ja gar nicht, wie man als Mutter zu sein hat«, sagt Maxie unsicher. »Was man machen muss. Ich kannte meine eigene ja kaum.« Maxie hat Angst. Eine Mutter ist ihr im Leben noch nie so richtig begegnet, und sie kann diese Rolle vermutlich gar nicht ausfüllen, und außerdem: Vielleicht wird auch sie jung sterben, und dann wäre das arme Kind genauso eine Halbwaise wie sie, und das will sie dem kleinen Ding nicht antun.

Sie ist allein auf Kreta, und sie denkt an das Kind. Das Kind, das es nicht gibt. Das Kind, das sie gewesen ist. Sie hat immer nur neben ihrem Vater existiert. Und irgendwann ist Hannes gekommen, ein weiterer Mann, der ihren Vater abgelöst und sich ihrer angenommen hat. Immer haben Männer für sie gesorgt. Das Meer ist unheimlich und rollt. Da unten ist ein enormes Leben, eine andere Welt, Muschelgold, Meeresgrund, Horizont, Ferne, Unendlichkeit. Sie sollte weniger trinken, denkt sie. Der Wein versetzt sie in eine seltsame Stimmung.

Warum ist sie so sehnsüchtig? Sie hat doch alles, warum reicht es nicht?

Nachts hört sie Geräusche.

»Das ist nur der Wind«, sagt sie laut.

Du machst dir wieder selber Angst. Du nimmst dich zu wichtig. Ist da jemand? Das Herz hüpft so komisch, stolpert. *Es ist ein Herzinfarkt. Es ist ein Einbrecher. Jetzt stirbst du. So oder so. Es ist der Wind. Sei nicht albern. Da ist es wieder. Und die Atemnot. Das sind Marder. Wieso sollte jemand es ausgerechnet auf deinen Bungalow, auf deine Hütte auf Kreta abgesehen haben? Zimmer 27? Warum?*

Beruhige dich.

Schlaf.

Wind macht was mit dir. Das Klappern der Fensterläden macht was mit dir. Da will jemand rein. Da will jemand einbrechen. In dein *Leben. Mach nicht auf. Egal, wie es rüttelt. Und die Holzläden flattern und knallen.*

»Ich komme bald wieder, Liebste. Ein bisschen musst du noch ohne mich aushalten. Geht es dir gut?«, schreibt Hannes.

Sie sitzt da, das Meer rauscht, der Himmel ist dunkel, der Mond ist hell, ihr Handy leuchtet. Sie legt das Telefon weg und schaut aufs Meer. Sie hat den ganzen Tag geschwiegen. Wenn man lange schweigt, wird der Kopf so laut.

Sie greift zum Handy. Sie wartet. Sie gibt seine Nummer ein. Und sie schreibt Bobby. Er wird nicht kommen.

»Ich bin jetzt kurz allein.« Was bezweckt sie? Was sucht sie? Gedankenverloren und aus Langeweile fängt sie irgendeine Art Spiel an, nur um Bobby zu beweisen, dass er niemals kommen wird, und um ihm endlich zu zeigen, dass es zwecklos ist.

»Wann?«, kommt zehn Sekunden später zurück.

»Ab morgen früh für achtundvierzig Stunden.« Sie fordert ihn heraus.

»Ich komme«, schreibt er.

Und er kommt.

Er kommt wirklich.

REBECCA

Da ist es. Das Ziehen im Unterleib. Das Ziehen im Herzen. Blut, immer dieses beschissene Blut. Und wieder kein Baby.

Wie oft hat sie in den letzten Monaten geglaubt, schwanger zu sein – und dann geweint, als sie ihre Tage bekommen hat? Was soll sie tun, wenn sie niemals Kinder bekommen kann?

Wenn man hofft, bittet und für ein paar Tage glaubt, schwanger zu sein, sich einredet, dass die Dinge plötzlich anders riechen und schmecken, ist man schrecklich enttäuscht, wenn die verspätete Regel einem wieder den Vogel zeigt, einem unter die Nase reibt, nein, unter die Nase blutet, dass man irre ist, an Wahnvorstellungen leidet, keine Ahnung hat, seinen Körper nicht kennt, haha, lacht er einen aus, die blutige Lache – und du Idiotin hast im Kopf schon Kindernamen ausgesucht! Dummerle.

Jede Periode ein Schlag ins Gesicht, ein Tritt in den Unterleib. Ihr Körper zeigt ihr, wer an der Macht ist, wer hier die Hosen anhat, und sie kann nur hilflos zusehen, wie er nicht fruchtet und sich nicht befruchten lässt. Sosehr sie sich bemüht, ihn zu beackern, zu gießen, zu pflegen und zu hegen – er gehorcht ihr nicht. Rebecca will gemein zu ihm sein, aber sie weiß, er hat mehr Macht und wird noch viel gemeiner zu ihr sein können.

Sie erinnert sich, wie alles sich verschärft hat, mit dem Kinderwunsch, mit der plötzlichen Hektik, denn auf einmal waren alle engen Freundinnen schwanger. Sie wollte immer Kinder, aber nun ist der Druck, zu funktionieren, stärker geworden.

Auf Partys hat Rebecca immer wieder beobachtet, dass viele Frauen nicht mehr rauchten. Dass sie ihr Weinglas unberührt ließen. Sie alle logen einander an; die einen erklärten, sie würden gerade detoxen, und Rebecca log vor, dass sie nicht merkte, worum es ging.

Und irgendwann kamen dann die Anrufe der Freundinnen.

»Ich bin schwanger«, riefen sie alle freudig ins Telefon.

»Das ist ja großartig«, antwortete Rebecca und tat überrascht.

Immer, wenn sie auflegten, musste Rebecca weinen.

Rebecca weiß nicht, ob sie von ihrem Besuch beim Kinderwunschzentrum erzählen soll. Sie findet es beschämend, sich so um ein Baby zu bemühen. Es ist beschämend, dass ihr Körper so versagt, es ist beschämend, so eine durchgeplante Frau mit Zykluskalender zu sein. Für ihren Mann Tim ist das alles nicht so ein Problem, er versteht ihre Anspannung oft nicht.

Rebecca sitzt in der eierschalenfarbenen Praxis der Gynäkologin.

Wie viel Zeit sie schon in Wartezimmern verbracht hat! Während die anderen einfach so beim Dienstagabend- oder Samstagmorgensex schwanger werden! Was für eine Zeitersparnis. Wann ist das Leben eigentlich so aufwendig geworden?

Man sollte ihr eine Platinum-Ärztebesuchskarte schenken, leider gibt es hier kein Payback-Bonussystem, keine geschenkte Pfanne und kein Messerset für Treuepunkte.

Achtundvierzig Minuten später wird sie aufgerufen.

Rebecca sitzt etwas unbeholfen vor der Ärztin, die schweigend Daten über sie – was tippt sie da wohl? – in den Computer eingibt. Warum schweigen Ärzte so viel, bevor sie einem alles ordentlich erklären? Rebecca wartet wie ein Schulmädchen. Die Ärztin tippt weiter. Was schreibt sie da wohl? »Hochgradig emotional und empfindlich, unkoordinierter Tränenfluss«? Eine Befürchtung unangenehmer als die andere.

»Machen Sie sich dann bitte mal frei.«

Während Rebecca sich auszieht, überlegt sie, ob sie einen Smalltalk-Versuch starten soll, um der Stille entgegenzuwirken, die nur leicht durch das Ratschen ihres Reißverschlusses gebrochen wird.

Sie spürt das kalte Gel auf ihrem Unterleib.

»Sehen Sie? Das sind alles ihre Eizellen.« Auf dem Bildschirm tummeln sich lauter kleine Kugeln, dicht gedrängt und wie in Zeitlupe auf- und abspringend, wabernd.

»Ihre Eier sind leider viel zu klein. Die müssen mindestens 1,2 Millimeter groß sein. Und hier sehe ich, Ihr Größtes ist nur 0,8 Millimeter groß.«

Rebecca blickt auf die Eier, die wie kleine hüpfende Flummis im Eierstock herumhopsen, eine dichte Ansammlung funktionsloser Murmeln. Wie Lottokugeln ohne Zahlen – in einem blubbernden Eintopf.

Wieso bringen mich die anderen so aus der Ruhe?, fragt sich Rebecca. *Ich war doch nie so! Nie so besessen vom Vergleich, aber jetzt bin ich so traurig, wenn ich nur einen Kinderwagen sehe oder einen Strampelanzug. Es fühlt sich an, als würden alle Abitur machen und in die Welt hinausziehen und ich müsste nachsitzen und die zwölfte Klasse wiederholen.*

Vielleicht möchte sie einfach etwas Neues erleben, sie hat nun Tim schon so lange, sie hat Karriere gemacht, sie ist durch Asien gereist, hat Geld verdient, Joints geraucht, einen Tanzkurs belegt, den *Zauberberg* gelesen, den *Faust* gesehen, sie ist per Anhalter gefahren, hat im Vollrausch ihre eigenen Kontaktlinsen aus einem Glas getrunken, sie hat den Führerschein verloren und ihre Jungfräulichkeit, sie hat sich auch selbst mal verloren gefühlt, sie war schon am Bodensee paragliden, sie hat mal fast einen Dreier gehabt – und nun ist es so weit: Sie hat das alles erlebt, sie hat genug erlebt. Sie ist durch mit der Jugend. Und auch mit dieser Zweisamkeit, dieser Ehe und dieser Beziehung, die ihr gefällt, ja wirklich, aber sie muss sich jetzt auch mal weiterentwickeln, und zwar nach vorn. Mit Tim war sie doch schon in Paris und in Sri Lanka, sie haben gemeinsam Squash gespielt und Videos geguckt, haben im See gebadet und im Meer, haben getrunken und sind zusammen ausgenüchtert, waren beim Italiener essen, beim Spanier, beim Griechen und Japaner, waren beim Mexikaner und auch beim Franzosen, sie sind zusammengezogen und mit dem Auto durch Island gefahren, sie haben die verschiedensten Stellungen probiert, hatten Kuschelsex, wilderen Sex und sogar mal einen Quickie an einer Tankstelle. Was soll denn jetzt noch kommen? Sie hat Angst, dass nichts mehr kommen wird. Tim und sie sind irgendwie gar, durchgekocht und wenn nicht bald serviert wird, wird das Essen kalt. Und Rebecca verblüht. Also bleibt nur eins: Sie muss Mutter werden. Sie will nicht eins dieser kinderlosen Paare werden, die gemeinsam Golf oder Badminton spielen, die viele kleine Patenkinder haben und viele tolle Reisen machen und immer von ihren »Freiheiten« und ihrer »Sorglosigkeit« schwärmen. Rebecca will unfrei sein und sich sorgen. Alles andere hat sie schon erledigt.

Sie ist müde, müde von den wöchentlichen Besuchen bei der Frauenärztin, beim Kinderwunschzentrum. Oft schläft sie im Büro ein, sie will den Kopf nur kurz auf den Leitzordner legen, schreckt hoch, wenn ein Kollege in der Tür steht und ihre kleine Spucke-Lache auf dem Aktenordner sichtbar ist. In ihrem Kopf sind lauter Zahlen, aber keine Excel-Tabellen für den Job, sondern nur fruchtbare Tage, Ovulationszeiten, Termine für den Beischlaf, Laborwerte. Vielleicht kann man nicht gleichzeitig

Karriere machen und Mutter werden. Zumindest kann sie es nicht. Ihr Körper macht ihr einen Strich durch die Rechnung. Sie malt sich aus, wie sie hochschwanger mit Kugelbauch in Meetings sitzt und die männlichen Kollegen mit ihrer Präsentation überzeugt. Aber in Wirklichkeit ist sie gerade weder überzeugend noch hochschwanger. Nein, sie ist noch nicht einmal leichtschwanger.

Sie blutet das ganze Laken voll. Es läuft einfach aus ihr heraus, und sie tut nichts dagegen.

HELENA

Helena ist nicht vorbereitet auf die Diagnose. Sie kommt ebenso unvermittelt wie ein »Ich liebe dich nicht mehr«. Etwas wächst. In seinem Körper. Helena denkt, er hätte ein Mitspracherecht, weil es sich um seinen eigenen Körper handelt. Weil er ein guter Mensch ist und immer viel Broccoli gegessen hat. Aber er hat keinen Einfluss auf seinen eigenen Körper.

»Ich habe Krebs«, sagt er. »Bitte weine nicht, Herz.«

Das kommt wie ein Wasserfall und plötzlich ertrinkt sie an der Wirklichkeit. Das ist kein Film. Das löst keiner auf. Kein April, April. Kein Streich, den ihr ein Freund spielt.

Das ist das Leben, das mit ihr spielt und ihr seine haushohe Überlegenheit demonstriert.

Helenas Vater ist so einer, der stets gelärmt und geweint hat – und den man eben darum lieb hat.

Sie hat ihn auch immer vor sich selbst entschuldigt, wenn er mal zu laut wurde. Für sie ist er nicht boshaft – er ist bloß auf Abwehr getrimmt. Helena sieht ihn als Opfer, als Kind ohne Kindheit, das alles nachholen durfte, weil es für ihn kein Spielzeug gab und er in seiner Kindheit viel Hunger hatte. Weil er auf der Flucht war, vertrieben, verjagt, mit lauter jüngeren Geschwistern, der jüngste Bruder wurde im Stall geboren und mit einer Zange geholt. Er hat als junger Mann immer von einem Marmeladenbrot geträumt. »Eines Tages«, hat er gesagt, »werde ich so erfolgreich sein, dass ich einen eigenen Schreibtisch haben werde und in der obersten Schublade wird ein Marmeladenbrot liegen.« Seine Schwestern teilten sich in der Kindheit ein einziges Paar Schuhe. Er kam nicht aus dem sterilen, gepflegten und satten Deutschland der Achtzigerjahre mit *ALF* und der *Sesamstraße* – so wie sie.

Helenas Vater war nicht da, wenn man ihn brauchte. Er meldete sich wochenlang nicht, fragte nicht nach, ob man sich ein neues Fahrrad gekauft hatte oder wo man am Wochenende essen war. Er wusste nicht, wie ihre beste Freundin hieß oder ihr Professor. Ihn interessierte nur das Wesentliche an seinen Kindern, ihre Meinung zu Themen wie der Bundestagswahl oder zu einem Kinofilm, einem Buch, einer Debatte. Ihn interessierte, was man im Beruf so machte, was man lernte, er liebte philosophische Fragen, rechtliche Auseinandersetzungen, Diskurse über Zeitungsartikel.

Er hatte immer viel Verständnis, vor allem, wenn es um Sünden und Makel ging: »Du darfst genießen, iss noch eine Eiskugel!«, »Trink einen Schnaps!«, »Das macht doch nichts«, »Gib Geld aus!«, »Gib zu viel von dir preis!«, »Träume schrecklich!«, »Sei nicht anständig, sei menschlich, sei schwach.« Er hat sogar jetzt noch Albträume, dass er durchs Abitur fällt. Früher verpasste er Züge und Flüge, ließ Manuskripte und Textstapel liegen, Mäntel und Brillen. Oft vergaß er seinen Vortrag, vertauschte die Blätter und improvisierte. Ihm brach der Angstschweiß aus, er tupfte sich mit einem Taschentuch die Stirn, und manchmal blieben weiße Papierreste an seinem Gesicht kleben. Aber dann funktionierte er unter Druck.

Als Helena klein war, machte die Familie immer Urlaub am Wörthersee, jeden Sommer für drei Wochen. Abends spielte nach dem Essen eine Live-Band im Hotel, und die Gäste schwoften dazu. Sie sangen *Obladi oblada* oder *Du bist die Rose, die Rose vom Wörthersee*. Es gab Damenwahl und Herrenwahl, und die Erwachsenen tanzten mit den Kindern, und die Kinder wollten den Moonwalk machen, so wie Michael Jackson. Sie tanzten den *Mambo Number 5* von Lou Bega, bewegten sich wild zu *Saturday Night* von Whigfield oder *Macarena* von Los del Rio. Das Hotel war schön, aber nicht pompös, so wie gute Hotels Anfang der Neunzigerjahre eben aussahen: klassisch und ohne Infinity Pool oder riesigen Spa-Bereich, eher gemütlich als durchgestylt. Es lag direkt an dem grünen, warmklaren See, und die Kinder fuhren jeden Tag Wasserski oder Banane und spielten Tennis mit ihren Vätern. Sieben Schilling waren eine Mark, davon konnte man sich ein Ed-von-Schleck-Eis, ein BUMBUM oder ein Calippo-Fizz mit Cola-Geschmack kaufen.

Man musste damals an der Grenze noch den Pass zeigen. Es war die Zeit von YPS-Heften und Gameboys. Im Fernsehen lief *Wetten dass …?* mit Gottschalk oder *Die 100.000 Mark Show* mit Ulla Kock am Brink, *Traumhochzeit* mit Linda de Mol oder die *Miniplaybackshow* mit Mareike Amado. Die Werbung brachte den netten Melitta-Mann auf den Bildschirm, Eltern riefen ihre Kinder zu Miracoli ins Haus, italienische Nachbarn sagten »Isch abe gar kein Auto« oder sangen »Bitte nicht vor den Kindern!«.

In einem Sommer am Wörthersee, Helena war ungefähr elf oder zwölf Jahre alt, hieß es wieder einmal: Damenwahl. Eine junge Studentin hatte Helenas Vater, der er tagsüber am See rasch bei irgendeiner Hausarbeit oder einem Referat geholfen hatte, aufgefordert. Er tanzte ruckartig und schwitzte dabei, so sehr, dass er sich mit einem Taschentuch die Stirn abtupften musste und weiße kleine Papierfetzen an seinen feuchtgeschwitzten Schläfen oder am Kinn hängenblieben. Er biss sich angestrengt auf die Unterlippe. Helena sah ihn mit dem jungen Mädchen und fühlte sich schrecklich. Sie winkte ihm hektisch zu, machte eine abwertende Handbewegung und fuchtelte dann wild mit beiden Armen, um ihm lautmalerisch »Nein! So nicht!« zuzurufen. Es war das erste Mal, dass sie sich für ihn schämte. Die Pubertät hatte begonnen. Er sah seine Tochter, sah ihr Entsetzen, zuckte noch einmal unrhythmisch mit den Armen und entschuldigte sich dann bei der jungen Frau, dass er nun den Tanz abbrechen müsse. Er tat es für sie. Er ertrug es nicht, ihr peinlich zu sein.

Später schämte Helena sich, dass sie sich so geschämt hatte. Er erzählt die Geschichte manchmal heute noch – wie aus der bedingungslosen Bewunderung der Tochter ein erstes Unbehagen wurde, vielleicht zu Abnabelungszwecken, vielleicht um sich abzugrenzen, sich der eigenen Jugend zu versichern, vielleicht aus Überidentifikation und eigener Unsicherheit. Helenas Vater wurde damals vom Podest gestoßen. Aber sie würde ihn noch oft genug wieder hinaufheben.

Ja, diese Unsicherheit hat Helena von ihm gewissermaßen übernommen. So schauen sie beide immer auf den Blick der anderen, sie suchen der Menschen Bewunderung und haben Angst zu missfallen. Er, weil er ein armer Junge war, ein Kind im Krieg und dann als Teenager ein Flüchtling, der sich von seinem Elternhaus emanzipieren musste und stets das Gefühl hatte, nicht richtig dazuzugehören. Sie, weil auch sie sich in ihrer Jugend nirgends zugehörig fühlte, vielleicht seinetwegen. Sie wollte Plastikwimpern tragen und falsche Fingernägel – und gleichzeitig Brecht lesen und Tschaikowsky hören. Für die Schlauen war sie zu laut, frech und vergnügungssüchtig, und für die Coolen war sie zu nachdenklich, albern und sensibel. Manchmal fühlt sie sich noch heute, als Erwachsene, zwischen allen Stühlen.

Aber bei ihrem Vater fühlt sie sich verstanden. Dort liegt diese uneingeschränkte Akzeptanz. Sie braucht keine Angst zu haben, nicht zurückgeliebt zu werden. Sie muss nicht an ihrem

Wesen zweifeln. Und als Kind hat sie sich immer für in Ordnung befunden. Sie hat im Zentrum seiner Aufmerksamkeit gestanden und damals angenommen, dass es immer so bleiben würde. Erst die Erlebnisse in der echten Welt würden ihre Sicherheit zermürben. Erst später fing sie an, an sich herumzumäkeln, sich manchmal sogar zu hassen. Sie versuchte sich in eine bestimmte Form zu pressen. Welche das eigentlich war, wusste sie selbst nicht genau.

Helena wollte schon als Kind lieber mit dem Trompeter aus der Big Band spielen als mit den coolen Krawall-Jungs Joints rauchen. Trotzdem rauchte sie die Joints mit. Ihr wurde schlecht, sie vertrug das Zeug nicht und bekam lila Lippen und Herzrasen. Sie verschanzte sich auf dem Klo, damit keiner von den Jungs bemerkte, dass sie nicht kiffen konnte. Oft hatte sie in ihrer Kiffer-Gang sehnsüchtig dem Trompeten-Jungen hinterhergeschaut, der so unbeirrt sein Instrument trug und zu den Proben ging, während sie ein- und ausatmen lernte und Ringe blasen und Tüten bauen. Sie musste dabei immer cool sein, desinteressiert tun. Aber sie war weder cool noch desinteressiert. Ihr schmeckte das Gras nicht, und sie wollte nicht den ganzen Tag in verdunkelten Kellerzimmern sitzen und Cypress Hill und Wu Tang Clan hören. Sie wollte lieber ein Instrument lernen und Tagebuch schreiben. Also rang sie sich dazu durch, mit dem Kiffen aufzuhören und sich bei den Flinken Federn anzumelden, einer Schreib-AG für Mädchen mit Pferdepullovern, anstatt den Jungs beim Skateboarden zuzuschauen – wie die anderen Mädchen, die schon knutschten und Brüste hatten. In ihrer Klasse war sie eine der Letzten, die einen Zungenkuss bekam. Er hieß Jan Peter und war etwas zu blond, zu blass, zu groß und zu dünn. Er war nicht ihr Typ, aber er war da, und sie war ungeduldig.

Helena hat immer nach neuen Vorbildern gesucht. Für sie war ihr Vater so etwas wie ein Wunderkind, ein Hochbegabter unter all den Idioten, die mit ihr in eine Klasse gingen. Und als die Pubertät kam und sie anfing, sich für ihn zu schämen oder glaubte, sich für ihn schämen zu müssen, da fiel es ihr schwer, ein neues Vorbild zu finden. Lange Zeit verliebte sie sich in nichts und niemanden, niemand beeindruckte sie, sie fand immer den Makel – einen Fleck, der sich ausbreitete. Mal war es die piepsige Stimme, mal waren es die kleinen Füße, mal der Geruch (oft der Geruch!), mal das unechte Lachen, mal waren die Beine zu kurz und das Gesicht zu lang. Mal war es der Mangel an Ideen, an Humor, mal der Mangel an Brusthaaren, mal der Mangel an Gefühlen für sie und meist der Mangel an ihren Gefühlen. Sie dachte, sie würde sich nie verlieben! Aber sie überschätzte die Häufigkeit der Liebe. Die Liebe war nicht sofort lieferbar – auch nicht bei einer Prime-Mitgliedschaft.

Als junge Frau sah sich Helena den angewiderten Blicken ausgesetzt, wie die Menschen entsetzt die Hand vor den Mund nahmen und sie, Helena, fast fünfzig Jahre jünger als ihr Vater, für seine Geliebte hielten. Wenn sie zu zweit Ferien machten, standen die Leute am Nebentisch auf und sprachen ihn am Frühstücksbuffet an, als er sich einen Orangensaft presste. »*Das* hätten wir nicht von Ihnen gedacht, Herr Professor«, sagte einmal ein mittelalter Familienvater. Er zeigte bei dem *das* auf Helena, die blonde sechsundzwanzigjährige Frau, das Mädchen, das gerade einen Earl Grey schlürfte. Dass er ihn im nächsten Satz Sugardaddy oder Lustmolch nannte, wäre fast erwartbar gewesen. Doch der Familienvater zog weiter, zum Rührei, seine etwa gleichaltrige Frau eingehakt.

Heute wünscht sich Helena nichts mehr als noch einmal mit ihm Ferien zu machen.

MAXIE

Maxie redet sich ein, dass es in Ordnung ist, Geschenke von Bobby anzunehmen. Sie hat sich selbst beinah davon überzeugt, dass da ja nichts dabei ist. Und dass so ein Auto für Bobby »peanuts« sind. Wie Lego oder Playmobil. Andererseits: Sie hofft ein bisschen, dass er Hintergedanken hat. Sie hat ja auch Hintergedanken. Sie sollte nicht auf seine Einladung zum Essen eingehen. Sie verleugnet seine Absichten vor sich selbst, denn sie möchte so dringend auf seine Einladung eingehen dürfen. Diese Verabredung ist doch bloß ein Business-Meeting oder Essen unter Freunden. Obwohl sie weiß, dass es mit ihrer Zusage längst anders entschieden ist.

Es ist wie Einbrechen, wenn man schon den Fuß in der Tür hat. Tja, jetzt ist sie sowieso schon Straftäterin und kann sich nicht mehr umdrehen. Dann kann sie auch direkt etwas mitgehen lassen. Maxie hat die Schwelle überschritten, und jetzt ist es bereits Hausfriedensbruch. Sie ist längst auf Bobbys Terrain.

Vielleicht hat sie überhaupt nur aus Übermut damit angefangen. Weil sie Bestätigung und Entertainment liebt.

Aber sie kann das Ausmaß nicht abschätzen. Nicht im Traum denkt sie daran, dass ihr Verhalten wie eine Naturkatastrophe ihr Leben überschwemmen wird, ihr eigenes und das von Hannes und ihren Familien und Freunden.

Bobby holt sie ab, auf dieser fremden Insel, in diesem fremden Land, und wenn er nicht ein Freund ihres Schwiegervaters wäre, würde sie sich beinah vor ihm fürchten. Denn er ist ja eigentlich auch ein Fremder. Und niemand weiß, wo sie ist und dass sie sich mit ihm trifft. Er könnte sie ebenso gut entführen und umbringen oder sonst etwas. Sie spricht kein Griechisch, aber er bewegt sich so weltmännisch in dieser anderen Kultur, bestellt das Richtige, sagt das Richtige, und nach dem Essen bringt er sie zu ihrem Hotel und sie stehen draußen. Als ein Wind weht, hat sie erst ihre eigenen Haare im Mund, und plötzlich hat sie seinen Mund im Mund.

Sie denkt sich *Ach, was soll's?*, als sie sich von ihm küssen lässt. Sie lässt es geschehen. Vielleicht ist sie neugierig und vielleicht auch ein bisschen zu feige, um sich zu wehren. Das würde nur zu Diskussionen führen, zu einem unbehaglichen Nachhall, so wie jeder verweigerte Kuss irgendwie nachhallt. Der Nichtkuss würde dann alles infizieren. Das will sie nicht, es läuft doch alles so gut gerade. Er will sie, also soll er sie küssen dürfen – vielleicht das Highlight seines Jahres! Das gönnt sie ihm. Und sich auch. Sie erwidert also seinen Kuss. Ein etwas zu aufdringlicher, nervöser Kuss, nicht geschmeidig, eher unrhythmisch, flutschig. Es fühlt sich ein bisschen so an, als verschlucke er sich gerade. An ihr. Oder an seiner eigenen Aufgeregtheit.

»Ich gehe jetzt hoch«, sagt sie nach dem Kuss.

»Ich weiß«, sagt er.

»Ich lasse dir den Schlüssel von deinem Auto zukommen.«

»Es ist dein Auto, Maxie. Es sollte dir eine Freude bereiten.«

»Es ist zu viel.«

»Das ist noch gar nichts, Maxie. Es wird noch viel mehr

kommen. Du weißt gar nicht, wozu ich fähig bin.« Und ohne ihre Antwort abzuwarten, steigt er in seinen Mietwagen und sieht ihr hinterher, bis sie in der Hotellobby verschwindet.

Es ist bloß ein Urlaubsflirt, denkt sie auf dem Zimmer. *Es war so windig hier, und ich war verwirrt von dem Sturm, und was im Ausland passiert, zählt zu Hause sowieso nicht.* Sie hofft, dass sie nach der Reise wieder alles vergessen wird, den Kuss und Bobby und den Wind, die nur eine Sekunde ihre Haare und ihr Leben verwüstet haben. Zu Hause in Deutschland, da ist es doch selten stürmisch, und sowieso hat da jeder von ihnen sein eigenes Leben. Das ist nur ein kleines Abenteuer auf der Insel. Schon bald wird sie bei Hannes sein.

»Darf ich ein bisschen in dich verliebt sein? Bitte antworte nicht. Dies ist eine Drunk-SMS«, schreibt er ihr am nächsten Abend. Und am nächsten Morgen: »Ich muss dich wiedersehen, Maxie. Muss. Muss. Ich denke an nichts anderes. Quäl mich nicht.«

»Nicht hier«, antwortet sie nach ihrer Heimkehr.

»Egal wo. Ich komme überall hin.«

»Das ist keine gute Idee.«

»Das ist die beste Idee, die ich je hatte!«

Hannes hat mal wieder Spätschicht im Krankenhaus, und Maxie ist allein zu Hause mit dem lauten, leeren Kühlschrank und dem leisen Rest. Sie versucht zu lesen. Aber die Zeilen springen hin und her. Sie ruft ihren Vater an. Er hebt nicht ab. Sie geht zum Kühlschrank. Er ist immer noch leer. Sie ruft ihre Freundin Frieda an. Sie hat keine Zeit. Bobby schreibt.

»Wo bist du?«

»Zu Hause.«

»Ich komme! Ein Abendessen, Maxie! Ich hole dich ab. Ich kann's kaum erwarten.«

Sie zieht sich vier Mal wieder um, weil sie sich in der Jeans nicht gefällt und in dem trägerlosen Oberteil zu nackt aussieht.

Sie fühlt sich unwohl in dem Glitzerkleid, es ist zu viel. Am Ende landet sie wieder bei der Jeans mit einem schwarzen Top. Sie schminkt ihre Augen nicht stark, aber sie trägt fünf verschiedene Lippenstiftfarben auf, eine nach der anderen, die sie alle wieder abwischt. Zwischendurch sieht ihr Mund aus wie nach einem langen zu intensiven Kuss. Alle Farben sind verschmiert. Ihr Mund erinnert an den eines Clowns. Sie kalkuliert nicht, wie sie sich geben wird, sie hat sich die Beine tatsächlich zufällig heute epiliert, weil es mal wieder an der Zeit war.

Er hat Blumen dabei und ein Paar Ohrringe, die er mit einer Schleife verpackt und in glänzendes Papier gewickelt hat. Er holt sie in seinem Sportwagen ab und leert trotzdem die ganze Rotweinflasche Tignanello im Restaurant allein. Maxie mag keinen Rotwein. Vor allem kann sie den Unterschied zwischen einem Fünfzehn-Euro-Tropfen und diesem Vierhundert-Euro-Tropfen überhaupt nicht schmecken. Sie trinkt Longdrinks mit Beeren und Wodka. Sie mag es eigentlich nicht, wenn Leute betrunken Auto fahren.

»Wir könnten«, schlägt Bobby nach dem Essen vor, »in mein Büro gehen. Da ist jetzt keiner mehr. Ich sitze auf der obersten Etage. Von da kannst du über die ganze Stadt schauen.«

»Warum sollte ich mit dir dahin kommen?«, fragt sie.

»Ich will dir gern zeigen, wo ich arbeite. Ich will dir alles zeigen, Maxie. Mein ganzes Leben.«

Der Pförtner sieht sie verschwörerisch an, mit dem allwissenden Blick eines in die Jahre gekommenen Wächters, der nicht nur Bescheid weiß über die Sicherheit im Hause, über die Besucher und Beschäftigten, sondern auch über die Nächte auf den leeren Fluren, über die Umarmungen in den Aufzügen, die Küsse am Kopierer, die Liebesschwüre im Archiv, die vergessenen Höschen im Lagerraum. Ja, er hat schon viele hier so hereinplatzen sehen wie Bobby und Maxie, mit der

Unbeherrschtheit der ersten Berührungen und der durch Lust verursachten Selbstvergessenheit. Keiner beachtet ihn. Aber er sieht sie alle. Auf dem Weg wieder hinaus nehmen ihn diejenigen, die sich noch so unverhohlen hereingestohlen haben, dann wahr. Wenn sie wieder klarsichtig sind. Sie wünschen ihm dann, ein wenig verlegen, eine »Gute Nacht« oder einen »Schönen Abend noch«.

So purzeln auch Bobby und Maxie durch die Eingangstür und fallen in den Aufzug. Er zieht an ihrer Jacke und schiebt seine Hand in ihre Hose. Sie umschlingt seinen Rücken über der Hüfte und presst ihre Brüste an seine Brust. Sie fliegen wie Popcorn durch den Fahrstuhl, knallen gegeneinander. Es ist die Art von Unruhe, wie man sie nur vor dem allerersten Mal hat.

»Du trägst keinen Ring«, sagt Maxie und zeigt auf seine Hand.

»Ich bin geschieden«, sagt er.

»Und allein?«

»Nein, nicht allein. Ich habe eine Lebensgefährtin. Wir haben ein Kind zusammen.«

»Ich bin verheiratet«, sagt Maxie. Sie spricht es vorwurfsvoll aus. Wie eine Warnung. Mit Ausrufezeichen.

»Ich weiß«, sagt Bobby.

»Und ich liebe meinen Mann.«

»Ich weiß«, sagt Bobby.

»Das hier ist nur, weil … Wir sollten gehen. Ich weiß gar nicht, warum ich hier bin.«

»Aber ich weiß es!« Er zieht sie zu sich heran und küsst sie.

Der Flur ist still und schwarz, nur der Bewegungsmelder bei den Aufzügen lässt ein schwaches Licht in die Gänge fallen. Er zieht sie in sein Büro. Dort reißt er sie an sich, presst sie an die Wand und lässt die Hose fallen. Es fühlt sich aufregend an, wie ein neu entdecktes Gefühl, und Maxie spürt ihn mit solch einer Wucht, dass sie sich schon in diesem Moment sicher ist, Bobby verfallen zu sein. Sie spürt sich und ihn und sie genießt das Nachgeben, sie genießt ihren eigenen Widerstand und wie er ihn überwindet. Sie fühlt sich nicht einsam hier oben. Sie fühlt sich lebendig. Sie fühlt sich ihm nah. Sie fürchtet sich nicht, wenn er sie küsst. Aber dann fällt ihr wieder ein, wer sie ist.

»Ich muss gehen.« Abrupt wendet sie sich ab, sie hat kurz vergessen, dass sie verheiratet ist, dass sie diesem anderen Leben verpflichtet ist. Sie hat kurz vergessen, *wer* sie überhaupt ist.

»Ich möchte nach Hause«, sagt sie. Sie denkt an Hannes. Hannes, Hannes, Hannes.

»Aber dein Mann hat doch Spätdienst.«

»Sprich nicht von ihm«, zischt sie. Es stört sie, dass er ihn erwähnt hat. Woher weiß er überhaupt, dass Hannes im Krankenhaus ist? Sie schämt sich, dass sie ihren Mann verraten hat. Vor einem anderen. Bloßgestellt. Sie fühlt sich, als hätte sie einen Gegenstand verloren, den man zur Verwahrung in ihre Obhut gegeben hat.

»Es tut mir leid. Es tut mir leid, Maxie.«

»Bobby!« Sie zieht sich an, ihre Nacktheit ekelt sie, was ist sie für ein Unmensch, was für ein egoistisches Mädchen. Pervers und ordinär, ihn so zu begehren, zu küssen und zu schlecken. Und nun sieht Bobby sie so traurig an, und sie weiß nicht, wer ihr mehr leidtut. Hannes oder Bobby. Oder sie selbst.

Sie sieht eine Nachricht von Hannes auf ihrem Handy. Seine Schicht im Krankenhaus ist gleich vorbei.

»Ich will zu Hannes. Bring mich nach Hause.« Sie senkt den Kopf und sieht auf ihre Hand. Sie sieht ihren Ehering und sie schämt sich.

»Ich hasse es, dass ich dich zu deinem Mann fahren muss.« Bobby quält es sichtbar, dass sie sich direkt zu ihrem Mann legt, wenn sie aus seinen Armen kommt. Und als sie aus dem Auto aussteigt, hält er noch einmal ihre Hand. Dann schließt sie die Tür. Sie hat Angst. Angst davor, nach Hause zu kommen. Sie beneidet Bobby darum, dass er eine Stadtwohnung hat und seiner Lebensgefährtin nicht so unter die Augen treten muss. Maxie schleicht noch einmal um ihr eigenes Haus und raucht eine Zigarette, weil ihr der Mut fehlt, sofort hineinzugehen.

Sie ist erleichtert, dass Hannes schon schläft, als sie leise die Tür aufschließt. Wie ein Kind, das heimlich ausgebüxt ist. Die hohen Schuhe hat sie im Treppenhaus ausgezogen, um ihn nicht zu wecken. Sie würde es nicht wagen, ihm unter die Augen zu treten. Sie hofft, dass er weiterschläft. Es ist dunkel und sie zieht sich schon im Flur nackt aus, stopft die Klamotten in die Waschmaschine und stellt sich lange unter die Dusche.

Dann legt sie sich zu ihm, so frisch gewaschen, ihre Haut noch kalt vom Wasser. Er atmete ruhig und sie sehnt sich danach, ihm zu sagen, wie sehr sie ihn liebt und braucht, sie riecht an seinem Hals und sie spürt die Ruhe, die von ihm ausgeht. Sie liegt lange wach und sieht ihn an, auch wenn sie kaum etwas erkennt, nur seine Silhouette wahrnimmt. Es ist die Vorstellung von ihm, die Vorstellung des Menschen, der sie so gut kennt. Und dem sie doch etwas von sich vorenthält.

Am nächsten Morgen beschließt sie, noch vor Hannes aufzustehen und ihm Pfannkuchen zu machen. Dabei hasst sie es, früh aufzustehen. Er hat erst um zehn Uhr Dienst, und sie rührt den Teig, als er in die Küche kommt. »Es gibt Pfannkuchen mit Apfelmus!«, sagt sie stolz. »Du bist die Beste!«, sagt er. Er isst zwei Pfannkuchen. Sie lächelt ihn an. Dann fährt er in die Klinik.

In ihrem Leben war es oft nur ein Millimeter, der sie vom Glück trennte. Immer fehlte ein winziges Stück. Ihre Mutter verstarb früh, ihr Vater war seit ihrer Kindheit immer viel beschäftigt, ihre gute Ausbildung hat zu einem Job in einer PR-Agentur geführt, den sie nicht liebt. Sie hat den Mann, den sie zwar liebt, aber der zu wenig Zeit hat. Und das Kind, das sie sich wünscht, hat sie nicht. Und jetzt ist da Bobby, der sie so begehrt. Es sind auch kleinere Dinge, ihre Nase, die sie noch nie mochte, ihre Abschlussnote, die ihr nicht genügt, ihre Verlorenheit, die sie sich nicht erklären kann, ihre Hilflosigkeit im Haushalt und im Straßenverkehr, ihr Temperament, das sie nicht unter Kontrolle hat. Was ist es, das sie von einem perfekten Leben trennt? Wonach sehnt sie sich wirklich?

Maxie wurde in ihrer Kindheit nicht mit Ablehnung vertraut gemacht. Nie gab es ein endgültiges, ein abweisendes Nein des Vaters in ihrem Hause. Und die Mutter gab es überhaupt nicht. Der Tod kann dich nicht abweisen. Die tote Mutter ersparte ihr jedes Nein, die tote Mutter sorgte dafür, dass alle sie immer mit Samthandschuhen anfassten, das arme Mädchen und dazu noch diese Augen, diese seenhaften Augen, dieses Puppengesicht, das Halbwaisenkind mit dem viel beschäftigten Vater, die Begabte, die nie etwas zu Essen im Kühlschrank fand, für die nie jemand mittags nach der Schule kochte. Und ihr Vater nahm sie, wenn er da war, in französische Restaurants mit, wo er Schnecken und Austern und Hummersuppe bestellte. Aber als Achtjährige wollte Maxie Pizza essen oder eine Hähnchenkeule. Da saß sie in ihrem Chevignon-T-Shirt an der weißen, dicken, steifen Tischdecke in der vornehmen Stille, und die Kellner schenkten San Pellegrino ein. Sie spielte großes Mädchen und bestellte sich Hummersuppe, damit der Vater sich freute.

Sie suchte nach Bestätigung, nach Zugehörigkeit, ohne zu wissen, was das bedeutete. Und jetzt sucht sie die Bestätigung dieses alten Mannes, der nicht ihr Vater ist, aber nach dessen Anerkennung sie sich sehnt. Sie, die Anfängerin, die Unerfahrene, das kleine Mädchen, das bei ihm jung sein und trotzdem Frau spielen darf. Bei ihm ist sie die Beschützte und die Begehrte.

Hannes ist kein schlechter Mann. Ganz im Gegenteil, er ist gescheit und sportlich, und er gafft nicht allzu oft anderen Frauen hinterher. Und wenn, dann tut er es dezent. So, dass Maxie es zwar bemerken kann, aber nichts dazu sagt. Er spricht nicht von vergangenen »Eroberungen«, er hat Respekt vor Frauen und Respekt vor seinem Job in der Uniklinik, er zockt manchmal etwas zu viel und kifft ab und zu. Zweimal pro Woche spielt er mit seinen Kollegen Fußball, er ist im Mittelfeld oder Stürmer, jedenfalls nicht in der Abwehr oder der Verteidigung, so viel weiß Maxie. Und sosehr seine Leidenschaft für Fußball sie anfangs genervt hat, so sehr fühlte sie sich geschmeichelt, wenn er das Training ihr zuliebe ausfallen ließ, zu Beginn ihrer Beziehung, als jede Minute miteinander kostbar und unverschiebbar, unaufschiebbar war – inzwischen geht er wieder zum Training, und das ist auch gut so. Es ist gut, dass er Sport macht und schwitzt. Maxie geht in der Zeit ins Theater oder ins Kino, oder sie schaut einfach Tierdokumentationen zu Hause und raucht dabei, isst Gummibärchen, saure Schlangen und Lakritz auf dem Sofa. Hannes mag es nicht, dass sie raucht. Und er mag es auch nicht, wenn sie ungesundes Zeug frisst. Er ist mit Leib und Seele Kardiologe.

Die Wochenenden verbringt Maxie meist mit Hannes. Wenn er keinen Dienst hat und nicht beim Fußball ist, fahren sie mit dem Rad ins Grüne oder spielen Squash und veranstalten Scrabble- und Doppelkopfabende mit Freunden. Es ist ein schönes Leben. Am Computer sitzt Hannes nur, wenn er von der Arbeit kommt und »abschalten« muss. Dann surft er im Internet oder zockt, er liebt Kriegsspiele und Online-Poker. »Das entspannt mich«, sagt er. Er weiß, dass es stumpf ist. Sie stellt sich oft allein auf den Balkon und raucht. Manchmal kommt er dazu, leistet ihr Gesellschaft und sagt: »Rauch nicht so viel.« Sonst hat er wenig an ihr auszusetzen. Er findet sie schön und klug, das sagt er ihr immer. Und er schenkt ihr Vertrauen und Freiheit. Im Gegensatz zu Maxie besitzt er die Fertigkeit, bestimmte Details auszublenden. Manchmal stört sich Maxie daran, dass er nicht eifersüchtig ist, dass er ihre Besonderheiten nicht zu würdigen scheint. Andererseits: Er nimmt sie so, wie sie ist. Will nichts an ihr verändern. Vielleicht, weil er Arzt ist. Oder vielleicht, weil er sich ihrer so sicher ist. Sie hat ihm vor dem Standesbeamten ihr Wort gegeben, sie trägt seinen Ring und seinen Namen – was gibt es da zu zweifeln und zu mäkeln? Sie haben sich jung verliebt, die ersten Monate in Zweisamkeit verbracht, aneinandergeschmiegt Bücher gelesen und sich mit ihren Körpern vertraut gemacht. Sie kicherten dauernd und alberten herum, kitzelten sich im Bett, spielten Fangen. Sie sind gemeinsam erwachsen geworden. Die Jugend hat ihnen all diese Versprechen zugeflüstert, das gute Leben, die Hochzeit, möglicherweise Kinder. Hannes schaffte sein Medizinstudium mit links und fing in der Uniklinik an, Maxie bekam sofort ihren PR-Job. Sie erledigt dort die gesamte Kommunikationsarbeit für große Konzerne und sogar Politiker. Gestritten haben sie eigentlich nie – und tun es bis heute nicht. Sie haben keine Differenzen. Vielmehr haben sich die Möglichkeiten reduziert, die ihnen zu Beginn ihrer Beziehung offenstanden. Die Möglichkeiten ihrer jugendlichen Lust, des Experimentierens. Hannes wollte eigentlich immer ins Ausland, Maxie sang jahrelang in einem Gospelchor. Nun singt Maxie nicht mehr, und Hannes ist nicht im Ausland. Beide arbeiten viel und gern, und sie verreisen oft. Sie führen eine gute Ehe.

Maxie geht nicht fremd, weil Hannes etwas in ihr zerschmettert hat. Sie geht fremd, weil es Spaß macht. Sie geht fremd, weil es aufregend ist, von zweien begehrt und geliebt zu werden. Sie geht fremd, weil sie schwach und stark zugleich ist, weil sie sich etwas zugestehst, etwas genehmigt, was andere sich untersagen. Sie geht fremd, weil ihr ein Recht auf Glück zusteht, findet sie.

Aber die Liebe, denkt Maxie, *die Liebe ist ja schuldlos*. Sie kommt ohne Vorsatz und ohne böse Absichten. Und oft sogar ohne Grund. Genau wie sie ohne Grund wieder geht.

REBECCA

Wenigstens kann ich saufen, denkt Rebecca auf der Toilette des Restaurants und sucht nach einem neuen Tampon. Heute Abend findet wieder eines dieser Events ihrer Unternehmensberatung statt; »Team-Building«, »Bonding«, »Work-Life-Balance«, »Retreat« – so wird es intern beworben. Es gibt eine Band und alberne Spielchen in ausgelosten Gruppen – Bogenschießen, Dart, Karaoke –, damit man sich näherkommt – aber nicht zu nah! »Don't shit where you eat«, »Never fuck the company«, »Don't dip your pen in the office ink« – dabei wird gegrinst. Das sind Sätze, die Rebecca bei diesen Events von allen Seiten immer wieder hört. Aber man soll sich natürlich heiter mischen, minglen: »Bleiben Sie nicht nur in Ihrem Team! Wir wollen uns vernetzen, connecten, austauschen, positionieren.« Zu Beginn dieser Veranstaltungen hält einer aus dem Vorstand (meist männlich) eine Rede, manchmal gibt es externe Gäste, »Key Note Speaker« (meist männlich), die über »Business Success« und »Strategies« sprechen. Die Tischordnung ist vom Party-Komitee der Firma so gemacht, dass auch garantiert keiner bei Kollegen sitzt, die einander kennen. »Step out of your comfort zone«, lautet jedes Mal das Motto. Und so investiert die Firma fünfzigtausend Euro jährlich in diese Feiern. Die

Frauen trumpfen mit Partykleidchen und Haarspray auf, und die Kerle imponieren mit Zahlen und Umsätzen.

Aber immerhin: So ein Abend bedeutet, dass Rebecca sich betrinken kann. Die Atmosphäre beim Essen ist meist steif, es geht oft ums Wetter oder um die neuen Büros, möglicherweise noch um Reiseziele oder gute Reinigungen in der Stadt. Danach kann man sich tummeln, ein bisschen sehen und gesehen werden und sich dabei Wodka oder mittelmäßigen Wein in den Rachen kippen. Den Kollegen zu späterer Stunde Geheimnisse entlocken. Zusehen, wie die Ersten tanzen und wie die Letzten tanzen. Wer früh geht. Wer lange bleibt. Wer zu viel trinkt. Wer wen ignoriert.

Heute sitzt Rebecca schräg gegenüber von diesem Typen aus dem Vorstand. Er ist ihr schon ein paar Mal aufgefallen. Er sieht nicht schlecht aus, hat vielleicht ein bisschen zu viel Bart und dafür ein bisschen zu dünnes Haar. Er ist nicht hässlich, aber auch nicht hübsch. Er schmatzt so selbstherrlich beim Essen, kaut so laut, wie einer nur kauen kann, der eine hohe Position hat. Selbstgefällig, lauter als alle anderen. Sie schauen einander dauernd an, er sie und sie ihn, die anderen am Tisch unterhalten sich, aber das stört sie nicht, das hält sie nicht ab, ihre Blicke durchkreuzen die Worte der anderen, sie sprechen nicht miteinander, und trotzdem ist alles klar. Seine Blicke sind eindeutig, und sie möchte – auch um ihn nicht zu beschämen – spielerisch darauf reagieren. Ein bisschen bloß, nicht allzu sehr. Denn wenn sie ihn so anschauen würde wie er sie, dann würden sie beide eine Art Vertrag, eine Übereinkunft unterzeichnen, einen Deal machen. Und das will sie nicht. Aber sie will auch nicht, dass seine Blicke nachlassen. Also bleibt es bei der Andeutung. Doch schon nach der Vorspeise steht er auf und kommt zu ihr herüber, baut sich vor ihrem Tischnachbarn auf und bittet ihn, aufzustehen und mit ihm den Platz zu tauschen. Er geniert sich nicht, er sagt einfach: »Machen Sie mal Platz. Ich möchte jetzt neben der Kollegin sitzen. Sie hatten sie nun lange genug für sich.« Der rundliche Typ aus dem Controlling, der neben ihr sitzt, steht blitzartig auf, zuckt resigniert und machtlos mit den Schultern, als er Rebecca ansieht, und verlässt den Platz.

»Warum soll ausgerechnet *der* neben der schönsten Frau sitzen dürfen! Das hat der gar nicht verdient …«, murmelt der Vorstandstyp und lacht laut und frech. Sie mag es, dass er frech ist. Aber sie hat auch ein bisschen Angst vor ihm.

Auch nach dem Essen beschäftigt der Vorstandstyp sich ausschließlich mit ihr, und sie genießt die Blicke der anderen, die so offensichtlich wahrnehmen können, wer hier wen will. Sie ist begehrenswert, und alle können es sehen. Jeder kann zuschauen, wie er sich um sie bemüht, ihr Getränke bringt, an den richtigen Stellen lacht und sie zum Lachen bringt. Das Absurde ist: Sie genießt es, sie denkt nicht an Tim. Sie genießt es, dass sie gut ankommt, dass sie begehrt ist, dass das Flirten funktioniert. Sie vergisst die unnützen, zu kleinen Flummis in ihrem Bauch für einen Moment.

Als der Vorstandstyp erneut für sie zur Bar läuft, nachdem sie ein paar Schritte und Drehungen auf der Tanzfläche miteinander versucht haben – sie im zurückschreckenden Modus, immer ausweichend, immer ein bisschen peinlich berührt, er im Vorstandsmodus, ohne Rhythmusgefühl und trotzdem souverän –, stellt sich der pummelige Typ aus dem Controlling neben sie. Er ist unangenehm groß, überall ist Haut und Masse und man kann ihn laut atmen hören. Selbst bei Rihanna.

»Schade, dass ich verjagt worden bin«, sagt er. »Aber jetzt holt dein Wiesel dir ja einen Drink. Den hast du ja ganz schön im Griff. Soll ich dich retten?«

»Das schaffe ich schon alleine.«

»Bist du Feministin? Siehst gar nicht so aus!«

»Wie sieht eine Feministin denn aus?«

»Na ja, spaßbefreit. Burschikos.«

»Und wie sehe ich aus? Wie eine Schlampe?«

»Jedenfalls nicht spaßbefreit und sehr sexy. Du siehst jedenfalls heiß aus. Das passt gar nicht zum Feminismus.«

»WOW.« Rebecca spürt, wie sich die Flummis in ihrem Bauch aufheizen vor Wut und Unbehagen. »Manche Feministinnen sollen sich sogar duschen, hab ich gehört. Und ganz wenige, seltene Exemplare rasieren sich sogar die Beine!«

»Tanz mit mir, du kleine Feministin!«

»Ich glaube …«, sagt Rebecca, »ich brauche mal eine Pause.« Sie wischt sich mit der Hand über die Stirn. Ihr ist selbst ganz heiß geworden.

»Ah, mit dem Chef tanzt du! Aber mit mir nicht …« Der Dicke ist sauer.

»Das hat damit nichts zu tun!« Sie klingt schrill.

Sie würde dem Controlling-Idioten am liebsten sagen, wie chauvinistisch und unangmessen sie ihn und seine Kommentare findet. Und dass er merkwürdig riecht. Im Büro bläst er sich immer vor den Anfängern auf und schmeißt mit Fremdwörtern und unverständlichen englischen Fachausdrücken um sich. Er macht gerne auf dicke Hose. Wenn die Chefs nicht da sind, spielt er Chef.

»So seid ihr Frauen …« Im Weggehen hört sie ihn »bitches« flüstern. Jetzt hat Rebecca wirklich genug. Sie würde sich gerne wehren, aber sie weiß, dass sie den Kampf und ihren Ruf in der Firma verlieren würde. Der Abend strengt sie an, auf einmal stört sie alles, die Blicke, die Kollegen, beobachtet zu werden, das Büro-Gehabe, die Hierarchien, dass sie auch ein bisschen gefallen will, ihre Feigheit, der Eiertanz zwischen seriös und sexy, zwischen »fun« und »professional«. Es nervt sie, dass der Wodka nicht wirkt. Ihre Füße tun langsam weh. Ihr Bauch tut weh, ihr Unterleib blutet. Sie will nach Hause. Und sie will endlich schwanger sein. Wenn sie schwanger wäre, würde ihr all das erspart bleiben. Dann würde sie endlich Luft sein für all die Männer und Kollegen. Dann könnte sie sich hinter ihrem Bauch verstecken oder besser, sich sogar damit schmücken. Als Schwangere wäre sie für die anderen eine Spaßbremse und außer Gefecht. Keiner würde es überhaupt bei ihr versuchen, und dann könnte auch keiner enttäuscht sein, wenn sie dankend ablehnen würde. Dann würde niemand mehr fragen, ob sie nicht doch noch tanzen wolle oder ob sie nicht doch noch mitkommen wolle oder ob sie nicht doch noch Lust auf einen Drink habe. Immer und immer wieder bitten die Männer in ihrer Berufswelt sie um etwas. Sie will dann keine Zicke oder Diva sein oder als frigide, prüde, »schwierig« rüberkommen. Das würde ihrer Karriere am Ende vielleicht schaden. Sie will keine schwierige Frau sein. Keine, die den Ruf der Frauen schädigt, indem sie die Dinge kompliziert macht. Sie will mitgenommen werden auf die Männer-Events, sie will dabei sein, wenn alle trinken und Zigarre rauchen, sie will nicht stören, nicht bremsen, sie will mithalten, mittrinkenn, mitrauchen, mitspielen – oder einfach nur schwanger werden und nichts von alldem mehr tun.

Jeden verdammten Tag der letzten Jahre hat sie sich mit ihrem Körper beschäftigt, wovon er zu wenig oder zu viel hatte. Wo er zu dick war und wo zu schmal, wo die Haut nicht makellos genug war, das Kinn zu unförmig. Wie bedeutungslos das alles gegen den Makel der Unfruchtbarkeit ist. *Lasst mich endlich schwanger sein!*, denkt sie und kippt den Wein herunter, als ob sie eine Wut in sich zu löschen versucht. Wie lange soll sie das alles hier noch mitmachen!? Sich anbieten: »Ich kann den Job, ich kann das alles auch genauso wie ihr, ich habe ein dickes Fell – auch wenn es nur nach Pelzweste aussieht. Nein, ich will mich nicht beweisen, nur weil ich eine Frau bin. Aber lasst mich doch trotzdem eine Frau sein. Ich will keine Kurzhaarfrisur. Ich will keine Hosen mit Taschen an den Seiten. Ich will keinen Rucksack tragen. Keine Laptoptasche. Ich möchte meine Nägel lackieren und bin trotzdem kompetent.«

Der Runde aus der Controlling-Abteilung schickt stolpernd noch weitere beleidigende Worte in ihre Richtung: »Alle gleich, die Weiber ...« *Zurückweisung macht Arschlöcher aus Menschen*, denkt sie. Aber sie sagt nichts. Warum eigentlich nicht? Ist es, weil sie sich auf so ein Niveau gar nicht herablassen will? (Das klingt doch gut, findet sie. Das ist doch eine plausible Erklärung.) Oder ist es Feigheit, Bequemlichkeit, Angst vor der Konfrontation? Dabei ist sie doch eigentlich nicht feige. Ist Schweigen immer Gold? Wer angeschossen wird, darf auch mal zurückschießen?

Der Mann aus dem Vorstand kommt wieder, in seinen Händen wippen und schwappen zwei randvolle Gin-Tonic-Gläser, und er überreicht Rebecca eins. Der Dicke verzieht sich. Rebecca hat jetzt richtig düstere Laune. Sie spürt, wie sie blutet, wie sie ausläuft. Sie wird nicht betrunken und will es nun auch nicht mehr werden.

»Cheers!« Der Vorstandstyp wackelt mit seinem Glas und fordert sie zum Tanzen auf. Rebecca ist nicht mehr nach Tanzen zumute. Sie kann das Lied nicht ausstehen, irgendetwas von den Black Eyed Peas. Ihre Hand ist klebrig, das halbe Getränk läuft ihr über die Finger. Es ist stickig, und ihre Schuhe drücken, die hohen Absätze bohren die Zehen nach vorn in die Schuhspitze, es ist, als würde sie einen Berg herunterrutschen und den ganzen Abend den Sturz ausbremsen. Sie steht schief, immer auf der Kippe. Ihr Unterleib zieht sich von innen auseinander und zusammen wie eine Ziehharmonika. Sie fühlt sich nicht mehr geschmeichelt von Annäherungsversuchen des Vorstandstypen, sie will einfach nur nach Hause.

»Ich muss bald gehen …«, sagt sie beinah entschuldigend.

Sie denkt an Poker, fühlt sich, als hätte sie längst viel zu viele Jetons gesetzt und könnte nicht mehr aussteigen. Es ist eigentlich zu spät, um Nein zu sagen.

»Ich bringe Sie!«

»Zum Taxi?«

»Natürlich nach Hause! Ich bestehe darauf!«

Nun weiß sie weder ein noch aus, sie will ihm kein schlechtes Gefühl geben. Er wird enttäuscht sein, wenn sie ihn abblitzen lässt. Und es ist ja auch schmeichelhaft, dass jemand aus dem Vorstand sich so für sie interessiert. Aber es löst nichts mehr in ihr aus. Sie will am liebsten einfach allein im Taxi sitzen, aus dem Fenster schauen, die Luft hineinwehen lassen. Warum ist sie schon wieder in so eine Situation geraten? *Sag Nein*, ruft ihr ihre innere Stimme zu. Sie ist kein Vorbild, sie geht hier nicht mit einem guten Beispiel voran, sie verachtet sich gerade selbst.

Er steigt neben ihr ins Taxi, hinten, rutscht auf der Rückbank eng an sie heran. *Was mache ich hier nur*, denkt sie. Das Taxi fährt, der Wind rauscht, sein Mund kommt näher und näher. Seine Hand liegt schon auf ihrem Oberschenkel. Er ist nicht unattraktiv. Es ist nicht so, dass es ihr überhaupt nicht gefällt. Aber es ist auch nicht so, dass sie das alles will. Sie hat vergessen, was sie will. Ein Kind, so viel steht fest.

Der Wind tut gut, seine Hand wandert auf ihrem Schenkel herum. Sie dreht den Kopf zur Seite, schaut aus dem Fenster. Er atmet sie an. Sie braucht mehr Wind. Das Fenster ist nun komplett geöffnet. Seine Hand liegt auf ihr. Schwer und feucht, eine große Fläche, haarige Finger. Soll sie seine Hand wegschieben, wegschlagen, schubsen, schreien? Braucht es so viele Zeichen, um alle vorhergehenden Zeichen, die sie offenbar gesendet hat, zu revidieren? Ist das schon Belästigung, oder ist das nur ein Flirt?

Ist es unverschämt oder mutig? Ist es einfach eine misslungene Anmache, oder ist es ein ekelhafter, kalkulierter Übergriff? Glaubt er, dass ihr das gefällt? Und sollte ihr das gefallen, sollte sie sich vielleicht nicht so anstellen? Ist doch nur Spaß, weiß doch keiner, ist doch nichts dabei, wir finden uns doch beide attraktiv. Sind ihre Signale missverständlich, zweideutig? Sie schämt sich, und sie möchte ihn nicht beschämen.

»Ich hab's nicht so gemeint«, will sie sagen. »Ich wollte nur flirten. Ich bin nicht an Ihnen … an dir interessiert …«

Aber sie sagt nichts. Sie schweigt, und seine Hand wandert weiter. Sie schaut starr und stur aus dem offenen Fenster. Sie will ihn nicht beschämen. Sie fragt sich, ob sie zu höflich ist oder zu feige. Sie fragt sich, ob sie sich nicht wehrt, weil er ihr leidtut oder weil sie sich leidtut. Sie fragt sich, ob sie das alles über sich ergehen lässt, ob sie sich das alles gefallen lässt, weil er im Vorstand ist und sie ihn nicht gegen sich aufbringen, sie ihn nicht verärgern will. Es geht nicht ums Vorwärtskommen. Es geht um Konfliktvermeidung. Sie will nicht zum Problem werden. Das »Problem« würde an ihr haften bleiben, nicht an ihm, *sie* wäre die »Schwierige«, nicht er. Und alle haben es schließlich gesehen. »Sie hat ihn aber auch provoziert, sie hat doch gelacht auf der Feier, ihn angeschmachtet und den ganzen Abend mit ihm herumgestanden, sie hat sich bedienen lassen von ihm und es genossen – da muss sie sich doch nun nicht wundern, dass … also das wäre jetzt wirklich albern und unfair von ihr! Sich da jetzt auch noch drüber zu beschweren, zu echauffieren«, würden sie sagen. Die Männer sowieso und die Frauen vielleicht auch: »Das kommt davon, wenn man dem Chef schöne Augen macht!«

Sie ist ja selbst schuld. Sie hält den Kopf inzwischen aus dem Fenster wie ein Hund. Seine Hand erregt und verstört sie zugleich. Sein Atem fühlt sich warm an, fast unangenehm heiß, er riecht nicht schlecht, nur ein bisschen zu viel nach Alkohol. Auch er schweigt, und das macht die Situation nicht besser. Seine Hand wartet, sein Mund wartet, sein ganzer Körper wartet auf ihr Signal. Es gibt nur eine mögliche, nur eine richtige Antwort für ihn. Er lauert, sich seiner gewiss, sich ihrer Lust gewiss.

Hoffentlich küsst er mich jetzt nicht, denkt sie. »Der Wind tut so gut«, hört sie sich sagen. Sie tut es nur, um zu sprechen und damit ihr Mund nicht frei ist, in Bewegung bleibt, damit er sie nicht für ohnmächtig und wehrlos hält.
Ich muss Worte auf ihn werfen, um seinen Angriff abzuwehren, denkt sie. Um ihn zu irritieren. Als würde sie lauter kleine Bälle in sein Gesicht schleudern, damit er sie nicht mehr sehen und anfassen kann. Oder ihn mit einer Wasserpistole bespritzen.
»War doch ein schöner Abend«, spricht sie weiter aus dem Fenster hinaus.
»Er muss doch gar nicht aufhören.« Seine Hand erhöht den Druck auf ihr Bein. Das Taxi hält. Sie sind da.
»Gute Nacht«, sagt sie in die dunkle Nacht hinein, ohne den Kopf nach ihm zu drehen.
»Die ist bloß schüchtern«, wird er sich im besten Fall erzählen. Im schlimmsten Fall hält er sie für eine frigide Kuh.
Sie springt aus dem Taxi. Hoffentlich wird er am Montag alles vergessen haben. Oder soll sie Montag krankmachen? Einfach das Büro schwänzen. Vielleicht werden sie sich gar nicht über den Weg laufen. Vielleicht ist er nur betrunken. Eigentlich ist gar nichts passiert. Überhaupt nichts.

HELENA

Helena und Philipp spielen Karten und essen Fisch zu Abend. In der Nacht muss sie sich übergeben und sucht zuerst panisch nach einer Vomex. Als sie im Medizinschrank die Schwangerschaftstests sieht, denkt sie *Warum nicht*, nimmt einen heraus und pinkelt darauf. Sie hat schon häufiger einen Test gemacht, einfach so. Philipp weiß nichts davon. Er weiß nicht, dass sie zehn Schwangerschaftstests im Schrank aufbewahrt. Sie will ihm keine Hoffnungen machen. Er wünscht sich Kinder, viele Kinder und spricht es selten aus, um sie zu nichts zu zwingen, das weiß sie. Aber einige Male ist es ihm rausgerutscht, noch bevor sie überhaupt geheiratet haben. Sie selbst glaubt nicht daran, dass es klappen könnte. Sie kann es sich nicht vorstellen.

Und da ist es zu sehen, ganz eindeutig. Sie ist schwanger. Sie eilt zu Philipp, der wach geworden ist und ihr schon einen Eimer neben das Bett gestellt hat.

»Kann ich was tun?«, fragt er, als sie ins Zimmer kommt.

»Ich hab mich übergeben.« Sie muss schon grinsen, als sie es sagt.

»Der Fisch?«, fragt er und sieht sie besorgt an.

»Ich denke nicht.«

»Ein Virus?«

»Ich denke eher: ein Embryo.«

Er schaut sie verdutzt an.

»Ich bin schwanger«, sagt sie. Es ist der schönste Satz, den sie in ihrem Leben je gesagt hat.

Er küsst ihr Gesicht und er küsst ihren Bauch und sagt: »Zeig mal!«

Dann rennen sie ins Bad und machen noch drei weitere Schwangerschaftstests. Jedes Mal freuen sie sich wieder über den Streifen, der in dem kleinen Fensterchen zu sehen ist.

»Noch einen!«, ruft Philipp.

»Ich kann nicht mehr pinkeln.«

Sie lachen.

»Hier, trink!«, ruft er. »Jetzt wird alles gut.« Er streichelt ihr über die Stirn.

Gleich in der Früh ruft sie ihre Mutter an.

»Mama! Ich bin schwanger.«

»Meine Süße!« Ihre Mutter ist erfreut. Dann stockt sie: »Ich fange erst an, mich zu freuen, wenn die ersten drei Monate überstanden sind.« Sie hat seltsamerweise besondere Bedenken, obwohl sie sonst so zuversichtlich ist. »Es ist alles so fragil.« Ihr Vater sagt: »Ich strenge mich an, dass ich fit bleibe.«

REBECCA

Ein paar Tage nach dem Firmenevent kommt der Typ aus dem Controlling in Rebeccas Büro.

»Naaaa … noch gut nach Hause gekommen nach der Party?« Er schaut sie verschwörerisch an.

»Ja, alles gut.« Rebecca tippt weiter.

»Warst du brav? Oder hat unser Herr Vorstand dich noch vernascht?«

»Ach, hör auf.«

»Na ja, auf der Party warst du ganz schön wild …«

»Es geht so.« Sie versucht, sich auf die E-Mail zu konzentrieren, die sie schreiben muss.

»Sag mal, beschwert sich dein Mann nicht, wenn du so spät nach Hause kommst?«

»Ich muss arbeiten!« Rebecca wird nun etwas lauter und würdigt ihn keines Blickes.

»Uiuiui, na dann geh ich mal wieder … Frau Empfindlich!« Er zieht ab.

Aber er lässt kein gutes Haar an ihr, er streut Gerüchte. Er lässt in jedem Meeting raushängen, dass er nichts von ihr hält. Einmal hört sie, wie er zu einem anderen sagt, dass er gerne mal »über sie drüberrutschen« wolle, »wie der Vorstand. Aber Rebecca weiß ja genau, wen sie vögeln muss, um weiterzukommen. Da freu ich mich noch mehr auf meine eigene Beförderung!«, prustet er mit einem schnaubenden Lachen. »Dann kann ich die Kleine endlich flachlegen.« Rebecca ist schockiert darüber, wie er über sie spricht. Sie hasst es, dass sie so etwas ertragen muss. Sie liebt diesen Job, aber sie hasst das, was damit einhergeht.

Sie fängt an, genervt zu sein, sie fühlt sich bedrängt. Jeden Tag fragt jemand nach einer Kaffeepause. Jeden Tag steckt jemand seinen Kopf in ihr Büro. Der aus dem Controlling. Der aus ihrem Team. Der Typ von der Poststelle. Es sind dauernd Männer da, die »quatschen« wollen. Egal, ob sie tippt oder telefoniert. Manchmal warten sie sogar, bis sie aufgelegt hat. Es lungern überall Kollegen bei ihr herum, und das wirft letztlich ein schlechtes Licht auf sie. Denn immer, wenn ihr Chef an ihrem Büro vorbeikommt, ist da einer, der sie von der Arbeit abhält oder den sie von der Arbeit abhält. Sie möchte nicht unhöflich, arrogant sein, und manchmal lässt sie sich auch ganz gern ablenken und unterhalten. Aber eigentlich möchte sie oft einfach ihre Ruhe haben, ihre Meetings vorbereiten, ihre Pitches entwerfen. Sie sieht schon kaum noch vom Computer auf, wenn einer sich in ihren Kubus stellt, wenn einer ihren Bereich betritt. Sie tut immer beschäftigt, tippt weiter, gibt kurze Antworten. Und dennoch kommen die Typen und verwickeln sie in ein Gespräch, in eine Verfänglichkeit. Sie ist zu lieb. Sie will niemanden vor den Kopf stoßen. Sie braucht auch Verbündete in der Firma. Sie will nicht gestresst und verbissen wirken, damit alle wieder fragen, ob sie vielleicht »ihre Tage« hat oder Hormonprobleme. Aber das Gefühl der Bestätigung und Verbundenheit weicht langsam einem Gefühl der Bedrohung, einem Gefangenheitsgefühl. Und da ist sie, eingeklemmt zwischen ihrem Bedürfnis zu gefallen und ihrer Feigheit. Einem Teil von ihr ist es vollkommen egal, was die Leute von ihr denken. Dem anderen Teil ist es sehr wichtig. Der eine Teil möchte gefallen, der andere auffallen. Keiner der beiden Teile kann den anderen mäßigen oder ausbremsen.

Sie kann sich in eine Depression googlen. Da gibt es Frauen, jünger und erfolgreicher als sie, die haben schon Kinder und diverse Preise abgeräumt, sind *Head of irgendwas* und posten auf Instagram lustige Videos von ihren Abenteuerreisen oder von den Kindern beim Ponyreiten. Alle anderen scheinen dauernd zu lesen und zu leben, Sport zu treiben und sich selbst zu verwirklichen, mit den Kindern zu backen und sich währenddessen noch sozial zu engagieren. Alle scheinen im Infinitypool des Glücks zu baden. Immer und immer wieder schaut sie sich die Profile derer an, zu denen sie vielleicht nie gehören wird.

Aber es gibt auch diese Tage, an denen sie sich gut und wichtig vorkommt, an denen sie daran glaubt, dass sie klug und fruchtbar ist und dass einer dieser Preise eines Tages ihr gehören wird.

Dann erhält sie auf einmal böse E-Mails von anonymen Verfassern. E-Mails mit Beleidigungen. Ihr Büro ist eines Morgens verwüstet. Der Stuhl umgeschmissen, auf der Tastatur hat jemand Flüssigseife verschüttet. Überall kleben einzelne Post-its, die mit Nummern beschriftet sind, wie Preisschilder. Jemand hat Lippenstift auf dem Schreibtisch verschmiert. Aber nirgends ist ein konkreter Vorwurf, eine Drohung oder Forderung zu lesen. Es fühlt sich an wie ein Shitstorm – nur ohne Internet, ein Shitstorm mit blanken Händen zusammengebastelt.

Sie weiß, dass sie privilegiert ist. Sie wurde hineingeboren in ihre Welt mit dem Zahnarzt als Papa und der fürsorglichen Mama und ihren zwei niedlichen Schwestern mit den Lockenköpfen. Sie hat Abitur gemacht und Klarinettenunterricht genommen. Sie ist mit genug Geld und Verstand ausgestattet. Eine studierte Frau mit zwei Armen und zwei Beinen, mit einem tollen Ehemann. Sie kann wählen und arbeiten, trinken und Auto fahren. Nur ihre Gebärmutter ist ein bisschen träge. Sie ist ja irgendwie glücklich. Auch wenn sie nun schrubbend auf dem Boden ihres Büros hockt und die Lippenstiftreste wegputzt, die eine andere Person (Mann oder Frau?) auf ihrem Teppich verteilt hat, einfach um ihr zu zeigen, wie scheiße sie ist. Es ist alles voll mit rot-pinker Farbe, hier ist kein Malheur passiert, kein Missgeschick, das war ein vorsätzlicher Angriff auf sie, eine zielgerichtete Attacke. Mit ihren eigenen Waffen, mit ihrer eigenen Farbe: Der Lippenstift gehört ihr. Er steht immer neben ihrer Tastatur auf dem Schreibtisch, neben den Stiften und der Schere und dem Nagellack. Und nun hat man ihn als Waffe gegen sie eingesetzt. Er liegt kaputt da, abgebrochen und mit Dellen.

Es ist besser, die Klappe zu halten. Wenn sie wegen eines verschmierten Lippenstifts zum Chef läuft, wird sie wieder »das Problem« sein, sie wird ihn bei der Arbeit stören und mit diesem »Kinderkram« behelligen. Sie solle sich doch »ein dickeres Fell zulegen« und dürfe das »alles nicht so an sich heranlassen«, werden die anderen sagen. Und ihr Chef? Der wird sie ratlos anschauen, stöhnen, sich zurücklehnen, die Arme hinter dem Kopf verschränken und seufzen: »Ach, immer diese ärgerlichen Dinge, die Sie so magisch anziehen. Sorgen Sie doch dafür, dass etwas Ruhe einkehrt.« Aber wie soll sie dafür sorgen? Soll sie kündigen?

Die Flecken bleiben. Pinke Fussel und ein paar tiefrote Kleckse, wie kleine Pfützen oder Teiche, die sie jeden Morgen begrüßen und daran erinnern, was man hier von ihr hält.

Aber sie liebt doch diesen Job. Sie liebt nur den Arbeitsplatz nicht mehr.

HELENA

Es ist vielleicht ihr letztes gemeinsames Weihnachten. Helenas Vater weint auf dem Sessel und wimmert und winselt, bewegt von der Melodie, vielleicht irgendeiner fernen Erinnerung, so als wisse er um sein nahes Ende, um den Verlust der Jugend, der Liebe, der Weihnachtsfeiern. Es ist alles vorbei, nun sind andere an der Reihe. Trotzdem hören sie noch immer dieselben Lieder. Vielleicht ist es das, was ihn erstaunt. Dass alles gleich bleibt, nur mit anderen Mitspielern, Darstellern. Das Leben geht weiter trotz seines Abschieds. »God is watching us«, ertönt es aus den Lautsprechern. Er sitzt hinter einer Wand im Wohnzimmer und genießt allein die Musik, weil der Rest der Familie um die Ecke am Esstisch spielt – und dennoch hören sie ihn jaulen, ihn mitsummen. Helena geht zu ihm. So sitzt er, so halb versunken im Ohrensessel, allein mit dem Kitsch und der Nostalgie. Er tupft sich mit einem Taschentuch die Tränen unter der Brille weg, weiße Fetzen bleiben in seinem Gesicht kleben, die Füße hat er hochgelegt. Helena liebt es, dass er so rührselig ist. Sie mag seine Empfindsamkeit. »Setz dich zu mir!«, sagt er und hält ihre Hand. Auf seinem Hemd ist ein riesiger Fleck vom Mittagessen.

Helenas Vater machte immer schon Flecken, aber er konnte

früher besser mit ihnen umgehen. Vor allem liebte er es, sie zu entfernen. Er tropfte Zitrone auf weiße Hemden, legte sie stundenlang in die Sonne zum Ausbleichen, weichte sie ein, rubbelte mit Feuchttüchern auf ihnen herum, streute Salz auf Rotwein, kaltes Wasser auf Blut, legte Stoff ins Gefrierfach. Er hatte für jede Art von Fleck ein Geheimrezept. Von jedem Flug brachte er dutzende Erfrischungstücher mit, weil die am besten gegen Flecken aller Art halfen. Er goss absichtlich Rotwein über ein teures Hemd, nur um seinem Freund zu beweisen, dass er den Fleck wieder rausbekam. Sie haben das gesamte Fleckenteufel-Sortiment zu Hause. Wie eine Briefmarkensammlung.

Und ihr Vater liebte Pillen. Tabletten. Medizin. Der Schrank, in dem die Medikamente gelagert wurden, war immer so voll, dass diverse Packungen herauspurzelten, sobald man ihn öffnete. Pillen kullerten durch den Schrank, Pappschachteln stapelten sich geöffnet übereinander, Packungsbeilagen flogen durchs Badezimmer, das Plastik der Verpackungen knackte, wenn er die Pillen herausdrückte. Er schwor auf Talcid und Aspirin, auf Rennie und Gaviscon, auf Paracetamol, ständig hatte er Sodbrennen vom vielen Weißwein und Sekt. Er liebte Kautabletten für den Magen und aß sie wie Erdnüsse. Es knackte, wenn die harten Pillen zwischen seinen Zähnen zerbrachen. Manchmal aß er so viele, dass sich ein weißer Rand um seinen Mund rankte, wie eine mit Kreide gezeichnete Blüte. Oder ein Clownsmund. Er war immer eine Art trauriger Clown für Helena.

Er ging gern und oft zur Apotheke. Er war kein Hypochonder, aber er war ein Symptomsympathisant. Sagte man ihm »Ich habe Kopfschmerzen«, so erwiderte er: »Oh ja. Ich auch. Ich habe furchtbares Kopfweh!« Erzählte man ihm, man habe schlecht geschlafen, so rief er: »Ich hatte eine schreckliche Nacht. Diese Träume … Ich liege seit halb fünf wach. Senile

Bettflucht. Schrecklich.« Er konnte einen stets im Leiden überbieten, immer machte er den Stich im Krankheiten-Quartett. Man fand nie das Medikament, das man suchte. Halsweh? Diarrhoe? »Hier, nimm eine Aspirin.« Ihr Vater aß Aspirin wie andere Leute Popcorn. Und je älter er wurde, desto mehr brauchte er die Tabletten. Auf den Packungen standen im Imperativ immer andere Anweisungen geschrieben: »Nicht auf nüchternen Magen einnehmen«, »Vor dem Schlafengehen nehmen«, »Packung nach Anbruch innerhalb von vier Wochen aufbrauchen«, »Zu einer Mahlzeit einnehmen«, »Täglich eine Tablette mit reichlich Flüssigkeit einnehmen«, »Im Kühlschrank aufbewahren«, »Kühl und trocken lagern«, »Vor übermäßiger Hitze schützen«, »Vor Gebrauch gut schütteln«, »Keine Einnahme vor einer Teilnahme im Straßenverkehr« »3 Tabletten morgens, mittags und abends langsam auf der Zunge zergehen lassen. Dosis bei Bedarf erhöhen, aber nicht mehr als maximal 6 Tabletten innerhalb von 24 Stunden einnehmen«, »Während der Einnahme auf Alkohol verzichten«, »Nicht zerkleinern«, »Wechselwirkungen mit anderen Medikamenten möglich«, »Täglich einnehmen. Sollte eine Dosis vergessen werden, Dosis nicht nachholen«. Nein, man konnte keine Dosis nachholen. Das war ihrem Vater klar. Wer sollte sich das alles merken. Selbst für den Medizinschrank brauchte man eigentlich eine genaue Route, jede Pille verlangte etwas anderes von einem. Und jetzt werden ihm alle Pillen der Welt nichts mehr helfen.

Helena hat eine Schwangerschafts-App auf ihr Handy heruntergeladen, die anhand von Obst- und Gemüsevergleichen verrät, welche Größe ihr Baby hat. Es ist jetzt so groß wie ein Mohnkorn. Ihre Angst ist viel größer. Helena macht jeden Tag einen Schwangerschaftstest und jubelt dann mit Philipp, dass das Mohnkorn, das kleine Pünktchen, noch da ist. Nicht verschluckt von ihrem Körper. Sie hüpfen durch die Wohnung und umarmen sich, als ob sie es gerade zum ersten Mal erfahren würden.

»Ich freu mich so auf dich. Dein Opa Mohn. Der Mohnitor.« Helenas Vater spricht zu ihrem Bauch. »Das Alter ist schlimm, mein Herz. Aber für dieses Kind will ich gesund und fit bleiben. Noch mindestens zehn Jahre.«

»Das wirst du, Papa.«

»Opa in spe!«

Es ist doch ein Wunder. Ein Wunder, von dem Helena glaubt, es nicht verdient zu haben, es nicht aushalten zu können.

MAXIE

Bobby küsst sie dauernd, er frisst sie, und sie genießt es, von ihm verschluckt zu werden. An den Wochenenden sehnt sie sich schrecklich nach seinem Kuss, seinen großen mächtigen Händen, ja, Pranken, die ein bisschen grob und haarig sind.

Sie erzählen sich die gezuckerten, klebrigen Lügen, die man sich am Anfang einer Romanze erzählt: »Ich werde dich nie belügen, ich werde dich so glücklich machen, ich will immer mit dir sein, ich will mit dir fliehen.« Wie ein Kaubonbon, wie Himbeersirup, wie Erdbeer-MAOAM, wie Baklava. Man wickelt Blätterteig und Zuckersirup um all seine Hässlichkeit, um die Kakerlaken, um das ganze Ungeziefer in seinen Gedanken und seinen Herzen einzubacken, zu umhüllen. Aber irgendwann wird der andere unser Gebäck genüsslich abschlecken und bemerken, dass da keine Cognacfüllung kommt, keine Walnuss, kein Marzipan.

Bobby nimmt sich viel Zeit. Als CEO kann er kommen und gehen, wann er will. Er lässt Meetings sausen, um Maxie in der Mittagspause zu sehen, oder er sammelt sie im Büro ein und fährt mit ihr durch die Gegend. Er hat ihr eine eigene Maxie-Playlist in seinem Auto erstellt. »Bei diesen Liedern denke ich an dich!« Er fährt sie an Orte, die sie noch nie gese-

hen hat, dort gehen sie spazieren. Einmal bringt er einen Pick-
nickkorb mit, mit Wein und Beeren. Sie essen und trinken und
küssen sich in seinem Auto. »Lass uns schwimmen gehen.« Er
ist so voller Tatendrang, sofort fährt er mit ihr ins Hallenbad.
Er ist ein guter Schwimmer, er krault und springt ohne Furcht
vom Fünfmeterbrett. Köpfer. Sie bleibt unten und lässt sich
auf dem Rücken treiben. Sie hat zuletzt in der Schulzeit einen
Kopfsprung gemacht. Vom Beckenrand. Ein anderes Mal bringt
er ihr Rollschuhe mit, die er ihr gekauft hat, und sagt: »Lass
uns am Fluss entlangfahren.« Er hilft ihr in die Schuhe, und sie
rollt etwas unbeholfen hinter ihm her. Es ist wacklig, und sie hat
kein gutes Gleichgewichtsgefühl. Er ist immer vorn, gleitet vor
ihr, er nimmt sie bei der Hand und zieht sie hinter sich her. Sie
rollen am Wasser entlang und werden plötzlich ganz schnell.
Maxie hat keine Angst. Als sie hinfällt, wirft er sich vor sie, und
als sie ein bisschen blutet, holt er im nächsten Café sofort ein
Pflaster und etwas Alkohol zur Desinfektion. Er tupft sie ab und
fragt, ob sie sich wehgetan habe. Aber ihr tut überhaupt nichts
weh. Er küsst sie und sagt: »Nächstes Mal fahren wir vielleicht
lieber Motorrad.«

»Hast du ein Motorrad?«

»Ja, klar.«

Er kann alles, so scheint es ihr. Es ist, als ob es nur dieses
Leben gäbe. Das ist es: ein Leben ohne Arbeit, ohne Freunde,
ohne Vergangenheit und Zukunft, ein Leben ohne die lästigen
Unterbrechungen der Wirklichkeit. Er geht mit ihr in einen
Laden und sagt: »Such dir was aus!« Sie sucht und probiert.
Er sieht ihr dabei zu und hält ihr verschiedene Kleider hin. Er
scheucht die Verkäuferinnen durch den Laden, sie sollen etwas
finden für seine Maxie. »Für meine Frau!«, sagt er. »Was für ein
toller Mann«, sagt die Verkäuferin. »Meiner geht nie mit mir
shoppen«, flüstert sie Maxie zu. Maxie nimmt die Bügel mit in
die Umkleidekabine, sie ist beladen mit Kleidungsstücken und

sie will gar nicht alle anprobieren. Die Boutique ist so elegant und ruhig, und Maxie ist verunsichert und stellt sich schüchtern vor den Spiegel. Sie weiß nicht, ob sie sich gefällt. Hinter dem Vorhang schaut sie heimlich auf die Preisschilder. Und als sie die Preise sieht, sagt sie zu Bobby, sie könne sich nicht entscheiden. Während sie sich in der Kabine wieder anzieht, hat er an der Kasse alle fünf Kleider gekauft, die sie anprobiert hat. »Ich kann mich auch nicht entscheiden,« sagt er und überreicht ihr die Tüte. »Außer für dich.«

»Ich kann das nicht alles annehmen. Ich kann gar nichts zurückgeben.«

»Du gibst mir so viel, Maxie.«

»Ist es denn genug?«

»Ich wünsche mir natürlich noch viel mehr.«

»Mehr kann ich nicht«, sagt sie und schaut verlegen auf die Tüte.

»Maxie, ich weiß, dass ich mir Unmögliches wünsche. Aber nur weil man weiß, dass etwas unmöglich ist, bedeutet das noch lange nicht, dass man es sich nicht wünscht.«

»Das stimmt. Ich wünsche mir auch oft totalen Quatsch, der nie eintreten wird. Einen Grammy zum Beispiel.« Sie lacht.

»Ich habe immer alles bekommen, was ich will. Alles. Immer. Irgendwann.« Er macht eine Pause. »Wenn du nicht zu mir kommst, ist es nicht nur meine allererste Niederlage – es ist das Scheitern meines Lebens.«

Er erzählt ihr von seiner ersten Scheidung, von seiner Ex-Frau Elke, mit der er drei Söhne hat und zu der er ein freundschaftliches Verhältnis pflegt. »Elke hat sich irgendwann in unserer Ehe mehr für ihre Pferde und Hunde interessiert als für mich. Es störte sie nicht mal, dass ich ab und zu fremdging. Ich glaube, sie wusste, was auf den Geschäftsreisen so abging. Sie nahm es nicht ernst. Diese Frauen kamen und gingen und stellten für sie nie eine Bedrohung dar.« Elke hat seinen Erfolg immer billigend zur Kenntnis genommen, war aber nie sonderlich beeindruckt von seiner Macht oder seinem Geld. Sie lebte für ihre Kinder und für den Stall. Lange hat sie die anderen Frauen belächelt, die der Erfolg in seine Arme spülte. Aber in ihrer Nüchternheit hat sie nie daran geglaubt, dass er sie jemals verlassen würde. Und auch als Bobby Paula kennenlernte, die zehn Jahre jünger war als er, da nahm sie es nicht ernst. Doch als Elke die andere Frau zum ersten Mal sah, diese Frau mit dem breiten Lachen, den kräftigen Schenkeln und breitem Kreuz, glatter Stirn und großen Ohrringen, da ließ sie sich zu dem Satz verleiten: »Die ist ja noch geschmackloser, als ich mir vorgestellt hatte!« Bobby erklärt Maxie, Elke sei zierlich, Paula eher kurvig, sie trage viel Make-up und Schmuck. Eines Tages teilte Bobby Elke tonlos mit, er wolle sich trennen. Das hat Elke dann doch überrascht, und sie war entgegen ihrer üblichen Sachlichkeit empört und schockiert. Sie war schließlich seine Ehefrau und hatte ihm drei Söhne geboren.

Dann, bei der zweiten zufälligen Begegnung mitten auf der Straße sah Elke etwas, das ihren Atem wohl zum Stocken brachte. Unter Paulas engem Schlauchkleid zeichnete sich deutlich ein Babybauch ab. Paula wollte das Kind, und Paula wollte Bobby. Mit Kleinkindern konnte Bobby nie richtig viel anfangen. Aber das neue Kind kam, und Bobby blieb bei Paula. Sie wurde seine Lebensgefährtin.

Paula lebt in einem Vorort in einer Villa mit dem gemeinsamen Sohn, Bobby hat seine Stadtwohnung für sich, hat für Maxie Cremes und Shampoo besorgt, hat ihr einen Schlüssel überlassen, er hat Lampen und Möbel mit ihr ausgesucht, er hat das geschenkte Auto in seine Garage gestellt, damit sie immer hin- und herfahren kann, wann es ihr beliebt. Sie kann ihm nichts vorwerfen, sie ist ja selbst verheiratet. Sie betrügen beide ihre Partner.

Maxie findet es anziehend, dass die Menschen Angst vor ihm haben. Er brüllt oft am Telefon, schreit auf Englisch irgendwelche Angestellten an, legt erbost auf, scheucht Kellner herum, korrigiert Taxifahrer, kommandiert seine Assistentinnen – aber ihr, Maxie, flüstert er Zärtlichkeiten ins Ohr.

Er strahlt diese furchtlose Gewissheit aus, dass alles, ja alles, irgendwie schon gut gehen wird. Er ist lösungsorientiert und pragmatisch. Er legt bei Manieren, Marken, Geld und Vermögen eine derartige Selbstverständlichkeit an den Tag, die Maxie imponiert. Er fühlt nicht. Er steht über den Gefühlen. Er hat keine Angst. Er hat Geld. Es beeindruckt sie schon, wie er sein Auto beim Valet Parking vor dem Restaurant abgibt, wie er seine Bestellung aufgibt, er fackelt nicht lang, er weiß, was er will und wie er es bekommt. »Medium-rare. Nein, lieber rare. Und lassen Sie die Beilagen weg«, sagt er nach einer Minute bereits zum Ober, als dieser sich zunächst nur nach der Wasserbestellung (still oder mit Kohlensäure) erkundigt und Maxie noch nach der Karte fragt. Auch den Wein hat er schon ausgewählt, bevor sie überhaupt einen Blick auf die Vorspeisen-Seite geworfen hat.

Ihr gefällt ihre Sonderrolle. Er sagt alles ab. Und ihr sagt er immer zu. Für alle anderen hat er keine Zeit, für sie fährt er quer durch die Stadt, um sie zu sehen. Verlässt Konferenzen, um ihr etwas Hübsches zu kaufen.

Sie ist die Einzige, die keine Angst vor ihm hat. Seine Assistentinnen, seine Mitarbeiter, alle haben Respekt vor ihm. Aber bei ihr ist er weich und mild, bei ihr schreit er nicht und fordert nicht. Bei ihr ist er glücklich.

»Du bekommst alles, was du willst, Maxie. Ich werde dich immer wollen. Und immer verwöhnen.«

»Was für ein Quatsch!«

»Du wirst schon sehen, Maxie. Ich meine jedes Wort so, wie ich es sage. Mir war noch nie etwas so ernst.«

»Wir werden sehen.«

»Ich werde es dir beweisen.«

Hannes ist ein anständiger Kerl! Er hat diesen anständigen Beruf, bei dem er Menschen rettet, während Bobby Menschen zu riskanten Anlagemodellen zwingt oder jedenfalls zu dubiosen Investitionen. Okay, Hannes surft ständig im Internet und spielt Computerspiele gegen irgendwelche Trolle, die überall auf der Welt verteilt sitzen und miteinander zocken, als ob es keine reale Welt gäbe. Er ist ein bisschen zu einem Avatar geworden, aber zu einem sehr liebenswürdigen Avatar.

Bobby zockt nie. Aber ist es nicht unfair, dass sie überhaupt an Bobby denkt, während sie Hannes ansieht, während er mit seiner Tastatur irgendwelche Aliens oder Monster auf dem Computerbildschirm besiegt? Er drückt mit vorgeschobenem Unterkiefer darauf rum und nimmt nichts wahr, nicht mal sie, wie sie ihn ansieht, wehmütig, als ob sie ein altes Foto betrachtet, dabei sitzt er doch vor ihr.

»Hast du Hunger?«, fragt sie.

»Hab schon Pizza gegessen vorhin.« Und der Computer rauscht und piept.

»Dann ess ich allein«, sagt Maxie. Doch in Wirklichkeit isst sie gar nichts.

Bei Hannes fühlt sie sich manchmal wie ein Wohnzimmerbild, das er zu oft angesehen hat. Dabei wäre sie lieber ein seltenes Ausstellungsstück, das nur als Leihgabe in einem Museum hängt.

Sogar wenn sie Bobby nur tagsüber zum Kaffee trifft, sieht er sie an wie eine Köstlichkeit. Sie trägt oft extra viel Lippenstift, manchmal sogar einen ›Glitter-Eyeshadow‹, sie ist in Make-up gebacken. Er sammelt sie ein, sobald Hannes beim Fußballtraining oder in der Klinik ist. Er macht alles möglich.

Zu Hause ist sie ungeschminkt, ohne Glitzer. Bei Hannes

kann sie so normal sein. Er spielt am Computer, und sie sperrt sich im Bad ein, um nachzudenken, um dem anderen zu schreiben, aus ihrem gemeinsamen Bad. Aus dem Bad, in dem sie nur noch viel zu selten Sex unter der Dusche mit Hannes hat. Aus dem Bad, in dem die Eheleute oft nackt nebeneinanderstehen. Der eine duscht, der andere putzt sich die Zähne oder cremt sich ein. Sie sind nackt ohne die Aufgeregtheit der Nackten.

Als es ihr zum ersten Mal auffiel, weinte sie. Sie fragte sich, ob das nun immer so bliebe, das Nacktsein ohne Verlangen. Das begierdelose Nebeneinanderstehen mit Zahnbürste im Mund. Sie hat sich immer geschworen, dass sie niemals vor ihm auch nur Pipi machen würde. Das hat sie bis heute durchgehalten. Aber was ist mit den Jogginghosen, den Sweatshirts, den ungekämmten Haaren, den Wärmesocken, den Mahlzeiten vor dem Fernseher. Wie soll das funktionieren; sich gehen lassen und sich sexuell zueinander hingezogen fühlen? Wie soll das funktionieren; mysteriös sein und doch geborgen, vertraut und aufregend? Sie möchte nicht, dass er sich vor ihr den Pickel ausdrückt. Aber sie möchte, dass er ihre Haut untersucht, wenn sie eine rote Stelle am Rücken hat. Sie möchte, dass er ihren Sonnenbrand eincremt, wenn die Haut sich pellt. Aber wie um alles in der Welt soll das denn funktionieren: jemanden so gut kennen und noch verrückt nach ihm sein? Wir brauchen immer beides. Den Cremer und den Verrücktmacher. Aber wird nicht derjenige, der einen verrückt macht, auch irgendwann zum Cremer? Und dann zum Pickelausdrücker oder Zähneputzer? Ist es unmöglich, immer sexy zu sein? Und will man den Partner, bei dem man sich immer abstrampeln muss? Bei dem man noch in High Heels am Sonntag die Geschirrspülmaschine ausräumen muss? Was tun einem diese Gespräche über Steuererklärungen und Einkaufslisten nur, was richten sie an, die Versicherungen und Erledigungen, die Glühbirnen und Müllsäcke, die Getränkekisten und das Altpapier? Aus der Liebe wird ein Management, eine Aufgabe, eine Leitung, Listen abarbeiten, sogar Listen zu schönen Dingen, wie zu Urlauben und Feiertagen, zu Geschenken und Hochzeitseinladungen. Es muss immer etwas besorgt werden. Oder repariert, weggebracht, abgeholt, frankiert, nummeriert, abgerechnet, aufgeräumt, umgestellt, aufgebaut, aufgesaugt werden. Es wird so lange gesaugt, bis auch der letzte Krümel Libido im Beutel verschwunden ist, verschluckt worden ist.

Bevor sie Hannes traf, verstand Maxie das Spiel mit Männern zu flirten gut, sie kannte die Regeln und machte wenig Fehler. Aber sie fühlte sich auch nie jemandem so richtig nah. Dann kam Hannes, und er spielte keine Spiele, er erlöste Maxie. Er war der erste Mann, der nicht sofort über sie herfiel. Er nahm sie mit ins Fußballstadion, holte ihr Bier, Gummitiere und Currywurst. Er besorgte ihr Konzertkarten für Amy Winehouse. Er nahm sie mit ins Theater. Sie redeten nächtelang, spielten Backgammon. Das war alles so neu und so schön. Er versprach ihr, dass er auf sie aufpassen würde. Und beim Sex sorgte er immer dafür, dass es nicht nur um ihn, sondern um sie ging. Sie wusste bis dahin nicht, dass es so etwas gibt.

Aber jetzt hat sie nicht mehr oft Sex mit Hannes, sondern öfter und lieber mit Bobby. Sie steckt in der Bredouille. Und das ist kein Ferienort in Frankreich. Das ist ihr Leben. Die Bredouille. Sie versucht die Regeln des Flirtens zu erinnern, aber sie hält nicht durch. Sie hat sich in Bobby verliebt, und er hat sich in sie verliebt, aber er war doch der Erste und hat angefangen mit dem Schlamassel. Und nun wird sie immer leichtsinniger und fahrlässiger und verteilt überall in der Stadt ihre Erlebnisse, die später zu Erinnerungen werden, Sex hier und Küsse da, weniger heimlich als es für eine verheiratete Frau eigentlich angemessen ist. Das Glück hat sie unvorsichtig werden lassen; übermütig knutschen sie in Restaurants und halten Händchen beim Spazierengehen. Sie können die Finger nicht voneinander lassen, und beinah glauben sie, dass es ihnen egal ist, aufzufliegen. Den Verliebten ist alles egal.

Aber natürlich wissen die Verliebten, dass ihr Auffliegen das Ende bedeuten könnte. Dass die Heimlichkeit ihre Nahrung ist, dass das Verbotene ihnen die nötige Energie liefert und dass ein Erwischen die Stromzufuhr abstellen würde. Dass das Doppelleben frei ist von Problemen, weil es in diesem zweiten Leben nur sie und ihn gibt und keine Hausaufgaben, keinen Kontostand, keine Putzmittel, keine Reinigung, keine kaputte Spülmaschine, keine Jogginghose.

Vielleicht ist es ihre Durchlässigkeit. Da ist diese dünne Membran um sie herum. Ja, Maxie ist durchlässig, alles tritt an sie heran, alles berührt sie, sie ist immer irgendwie ohne Haut, ohne Schicht. Und doch halten sie die meisten Leute für tough, für diese selbstsichere Frau mit den vollen dunkelbraunen Haaren und den hellen Augen, Augen, die genau wissen, wohin sie sehen und was sie wollen. Ihr Körper ist schuld, dass sie diese Wirkung auf Männer hat, denkt sie. Sie wurde immer auch um ihrer Brüste willen begehrt, um ihrer üppigen Lippen und Haare. Ihr Hintern war eine Einladung, eine Einladung zum Geschlechtsverkehr. Und sosehr sie sich bemühte, liebenswert, seriös, anständig, unweiblich, knabenhaft zu sein – es gelang ihr nie, bis heute ist es ihr nicht gelungen. Maxie sieht selbst in einem Rollkragenpullover lasziv aus. Es hilft auch nicht, wenn sie den Männern wenig Aufmerksamkeit schenkt. Es hilft nicht, wenn sie sich sportlich kleidet. Jedes T-Shirt betont ihren Busen und schmiegt sich an ihren Körper. Es hilft nichts, wenn sie wenig sagt. Im Gegenteil! Die Männer begehren sie umso mehr, je schüchterner sie ist. Sie hat es sich nicht ausgesucht, sie hat diese Brüste vielleicht von ihrer Mutter, wer weiß das schon zu sagen. Sie kann ihren Vater ja schlecht fragen, ob ihre Brüste denen ihrer Mutter gleichen. Also ist ihre Mutter schuld oder ihre Genetik oder was auch immer. Denn die Brüste sprossen, als ihre Mutter schon längst gestorben war, und mit ihnen tauchten die sabbernden Typen auf, die ihre pelzigen Zungen an ihr ausprobieren wollten. Die ihre Hände unter ihre Benetton-Pullover steckten, eine Verpackung wie ein Kind und unten drunter schon eine vollbusige Frau. Sie war mitten in der Pubertät und wollte eigentlich lieber noch Lego bauen anstatt sich den Händen dieser Halbwüchsigen auszuliefern, ihre Zungen kreisten um ihre Brüste und sie fragte sich immer, ob sie prüde oder spießig war, weil sie den bunten Benetton-Pullover gern wieder runterziehen wollte.

Eigentlich wollte Maxie noch Klingelstreiche mit ihren Grundschulfreundinnen machen. An Türen läuten und gackernd weglaufen. Sie blätterten in Telefonbüchern und suchten nach Namen oder Adressen, die lustig klangen. Sie riefen vom Festnetztelefon, das es damals noch in jedem Haushalt gab (die Coolen hatten ein Swatch-Twinphone mit zwei Hörern) oder aus einer Telefonzelle, die damals an jeder Straßenecke stand, kichernd irgendwo an und fragten: »Wissen Sie eigentlich, dass Sie Herr Hinterbacke heißen?« oder »Sie wohnen ja im Käse 36 – stinkt es da?« Gelegentlich rief kurz darauf die Polizei bei ihnen an. Sie sollten aufhören mit den Streichen, ihre Rufnummer sei durch die Fangschaltung aufgetaucht. Die meisten Telefone hatten damals noch kein Display. Manchmal gaben sich Maxie und ihre Freundinnen als Radiosprecherinnen aus, als Polizistinnen oder Pizzalieferantinnen.

Kurz darauf hatten die Pager eine schnelle Blüte, jeder hatte ein Tellmi oder Quix, kleine Geräte, auf die man kurze Textnachrichten senden konnte. Handys gab es noch nicht. Geschweige denn Social Media. Maximal ein Tamagotchi. Alle trugen eines der drei beliebtesten Parfums, *SUN* von Jil Sander, *Cool Water* von Davidoff oder *CK ONE*. Und eine Levi's 501-Jeans.

Nachdem die ersten Aufklärungsversuche in der Grundschule mit *Peter, Ida und Minimum* überstanden waren, kauften Maxie und ihre Freundinnen sich die BRAVO. Damals gab es neben dem Dr.-Sommer-Team auch Nacktfotos von jungen Menschen, je einem Jungen und einem Mädchen, die ersten Selfies quasi, nur mit einem Knipser in der Hand als Auslöser und mit echter Kamera aufgenommen. Es waren die Dickpics der Neunzigerjahre. Die Mädchen benutzten zum ersten Mal Kajal (heute nennt sich das, was Maxie im Bad hat, Eyeliner) für die dunklen Augen und rauchten heimlich auf dem Schulhof Camel und Lucky Strike. Der Golfkrieg tobte, und Maxie ging mit ihren Mitschülern demonstrieren: »Kein Blut für Öl!« Sie sangen im Chor: »Die Gedanken sind frei!« Im Sommer ging sie ins Freibad. Die Jungs schubsten die Mädchen vom Beckenrand ins Wasser und tauchten ihnen hinterher, umkreisten sie wie Haie, begafften sie unter Wasser mit ihren Schwimmbrillen. Sie traute sich nie, etwas zu sagen. Sie schwamm zum Beckenrand und kletterte aus dem Schwimmbad. Sie traute sich nicht mal aufs Fünfmeterbrett. Einmal kletterte sie hoch, stand oben, sah das Wasser unten in weiter Ferne. »Los, spring!«, riefen die Jungs. Die Schlange hinter ihr drängelte. Aber sie traute sich nicht. Alles, was sie schaffte, war der Sprung vom Beckenrand. Es hat sich nicht viel geändert, heute schaut sie Bobby beim Sprung vom Fünfmeterbrett zu. Wenn sich damals ein Junge nicht vom Sprungbrett traute, riefen die anderen Jungs: »Du Mädchen!« Ein Mädchen sein, das war die schlimmste Beleidigung. »Rosa ist was für Mädchen. Die Liebe ist was für Mädchen. Iih, Mädchen.« So war es immer gewesen.

Das erste Kondom, das Maxie je in den Händen hielt, hatte sie bei ihrem Vater im Waschbeutel gefunden. Sie wollte gerade ins Bett gehen, ihre Lieblingsserien *Beverly Hills 90210* und *Melrose Place* waren gelaufen, und Maxie war eigentlich auf der Suche nach einer Zahnpasta, ihre war leer und sie wühlte durch das Necessaire ihres Vaters – da fiel es ihr in die Hände, zwischen Aftershave und Rasierklingen: ein Kondom. Ihr Vater hatte also Sex, Sex mit verschiedenen Frauen, Frauen, vor denen er sich schützen musste. Was waren das für Frauen? Wo traf er sie, und was gefiel ihm an ihnen? Ging er zu Nutten? Waren sie jung? Oder hatte *er* die Geschlechtskrankheiten und musste die Frauen vor *sich* beschützen? Solche Gedanken machte sie sich damals. Maxie nahm sich heimlich eines der Kondome und versteckte es in ihrem Nachttisch. Wer weiß, wann sie es zum ersten Mal brauchen würde. Vielleicht schneller, als sie wollte.

Es half ja nichts, sie wollte nicht prüde sein, und sie konnte sich sowieso gegen diese Brüste nicht wehren. Sie band sie ab und versuchte sie mit kleinen Sport-BHs plattzudrücken. Es nützte nichts.

Also begann sie irgendwann, mit ihren Reizen zu spielen.

Sie bemalte sich die Lippen, ließ die Sport-BHs weg. Zusammen mit Frieda aus der Parallelklasse rauchte sie ihre erste Zigarette. Bis dahin kannte Maxie nur Schokozigaretten und Leckmuscheln aus dem Süßigkeitenladen. Maxie brannte Frieda als Freundschaftsdienst sogar eine CD mit allen Hits der Spice Girls. Ihr Lieblings-Spice-Girl war Ginger Spice. Frieda mochte Posh Spice. Sie waren sogar mit zwölf gemeinsam auf dem Konzert der Girlgroup. Ohne Begleitung! Maxies Vater hatte keine Zeit, Friedas Mutter keine Lust. Seit diesem Tag waren sie unzertrennlich. Doch bei Maxie wurde alles schnell maßlos. Denn da war keine Mutter, die sie korrigieren oder bestätigen konnte, die ihr abraten, die ihr die Wahrheit über Männer verraten, die ihr Schutzmechanismen beibringen, die ihr Vorsichtsmaßnahmen erklären konnte. Maxie lief ohne Bedienungsanleitung durchs Leben und sah dabei aus wie eine Frau, mit der Männer schlafen wollten. Vielleicht sah sie auch aus wie eine, die mit Männern schlafen wollte. Sie war nie dick oder mager, sie war immer vollbusig, vollmundig, vollwangig.

Als sie gerade siebzehn geworden war, folgte ihr ein Typ in

einer Bar auf die Toilette und klopfte laut an die Kabine. »Aufmachen!« Sie hatte keine Ahnung, was er wollte. Vielleicht handelte es sich um einen Notfall. Also sperrte sie die Tür auf und er platzte herein.

»Das hier ist die Frauentoilette.«

»Ich weiß, du Heiße.«

Er drückte sie von hinten an das Waschbecken und biss ihr in den Hals. Dann schob er den Finger in ihre Hose, presste anschließend die ganze Hand hinein. Er zog seine Hose herunter und drückte ihren Kopf nach unten.

»Los, mach schon. Nimm ihn in den Mund.«

»Ich will nicht!«

Sie versuchte, ihren Kopf wieder nach oben zu bewegen, aber er hatte sie fest im Griff, eine Hand am Nacken und eine an ihrem Hinterkopf. Sie schnappte nach Luft wie eine Ertrinkende, versuchte immer wieder, an die Wasseroberfläche zu gelangen. Sie stieß mit dem Kopf an das Waschbecken und er ließ erst von ihr ab, als eine Frau an die Tür hämmerte: »Ist da jemand drin?«

Als junges Mädchen hatte sie immer versucht, an den richtigen Stellen die richtigen Laute zu machen, sich schlagen oder würgen zu lassen, sich verbogen und gekrümmt. Einer hatte sie angespuckt, ihr mitten in die Vagina hineingespuckt, ausgeholt, Speichel gesammelt, Anlauf genommen. Sie wollte abliefern, was die Männer wollten. Was alle abzuliefern schienen. Aber was sie wirklich wollte, hatte sie nie gezeigt. Ihr bereitete die Lust der Männer Lust, glaubte sie lange.

Sie machte Geräusche, die er hören wollte. Ihr Ohrring blieb in seinem Nasenloch hängen. Er brauchte ewig, um ihren Gürtel aufzukriegen. Sie überspielte diesen Moment. Sie rutschten ab und aus und auseinander raus. Er fand nicht in sie. Sie tat, als ob sie es nicht bemerkte. Aber er wusste, dass sie es bemerkte.

»Jetzt stecke ich meinen Finger ganz tief in dich.« Sie dachte:

»Halt doch die Klappe.« Er befahl ihr, auch zu sprechen, zu schreien und zu stöhnen, zu flehen und zu betteln. »Los, sag ›fick mich‹. Sag, dass du ein kleines dreckiges Miststück bist. Sag, dass ich dir ins Gesicht spritzen soll.« Abbrechen war keine Option. Es war ihr nie egal gewesen, Männer geil zu machen.

REBECCA

Auch Rebecca hat sich nicht für ihren Körper entschieden. Auch ihr Körper ist schuld, dass sie ihre Mutter enttäuscht und dass sie Tim enttäuscht, weil sie ihnen nicht das Baby schenkt, das beide sich so sehnlichst wünschen. Ihr Körper ist eine einzige Enttäuschung! Neben dem Bindegewebe, das zu wünschen übriglässt, und den viel zu knorpeligen Knien versagt nun auch noch ihre Gebärmutter.

Sie sitzt zwischen zwei Kunstbäumen im Kinderwunschzentrum. Die Broschüren mit Titeln wie *Selbsthilfegruppe: Ungewollt kinderlos* oder *Unfruchtbarkeit und Stress – Auswege durch Meditation* weisen aus allen Ecken darauf hin, dass hier diejenigen versammelt sind, die mehr als nur eine Grippe haben. Und sie mittendrin. Die Blicke der anderen Paare, all ihre Sorgen und Ängste füllen den Raum mit einer merkwürdig beklemmenden Stille, so als ob alle zwar eine Schicksalsgemeinschaft sind, die Gemeinschaft aber steht gleichzeitig im inneren Wettbewerb, in einem Wettkampf gegeneinander und gegen die Zeit, gegen das Alter. Wer wird zuerst schwanger sein? Wer wird es nie schaffen? Sie alle wissen, warum sie hier sind. Sie alle fürchten die Diagnose, die neuen Ergebnisse, Werte, Resultate, Tests. Hier gibt es nichts zu verbergen, und dennoch sitzen sie alle dort mit ihren Handtaschen und ihren geschminkten Gesichtern, als warteten sie auf die Zahnreinigung, und blättern in den Psycho-Ratgebern, als handele es sich um die *Gala*.

Kein Kind zu haben ist keine Option. Weder gesellschaftlich noch persönlich.

Man sollte jung genug sein, um nicht negativ aufzufallen, aber alt genug, um zu arbeiten, um schon eine gewisse Karriere gemacht zu haben. Eine Frau wird nur wenige Jahre wirklich ernst genommen. Danach ist sie entweder Mutter oder eine kinderlose alte Schachtel. Für Männer ohnehin uninteressant, für andere Frauen »verbittert«, »unerfüllt«, »verhärmt« …

Selbst einer von Rebeccas Teamleitern ist der Meinung, eine Frau ohne Kinder sei eine »unvollkommene« Frau. Er will damit besonders verständnisvoll, besonders ermutigend rüberkommen. Er will zeigen, dass selbst er versteht, ja, erwartet, dass der Kinderwunsch einer Frau stärker ist als ihr Karrieretrip, ihr kurzer Ausflug in die Männerwelt nur so lange halten kann, bis sie alt und vernünftig genug ist, sich endlich dem zu widmen, für das sie doch eigentlich bestimmt ist: Reproduktion.

Ohne Kind, so scheint es, kann man weder bei Frauen noch bei Männern, weder privat noch beruflich, Ansehen, ja Anerkennung erlangen.

Rebecca hat den Wunsch, kein Problem zu sein. Weder bei ihrem Teamleiter noch bei ihren Freundinnen oder in ihrer Familie. Sie will nicht bedauert werden und nicht schief angesehen werden. Sie will dem entsprechen, was von ihr erwartet wird. Sich freiwillig für das entscheiden, was von ihr verlangt wird. Insbesondere möchte sie nicht zum Gesprächsthema werden, sie möchte nicht, dass andere sich sorgen oder sich anmaßen, über sie zu sprechen, zu urteilen. »Macht euch bitte keine Gedanken. Mit mir ist alles in Ordnung! Ich bin kein Freak«, möchte sie am liebsten sagen.

HELENA

Es ist unangenehm, ihrem Vorgesetzten im Verlag von der Schwangerschaft zu erzählen, weil es beinah so ist, als ob man mit ihm über Sex spricht. »Ich hatte Geschlechtsverkehr, und nun haben wir den Salat!« Es fühlt sich unangemessen an, dem Chef so eine Mitteilung zu machen, ihn über ihre Schwangerschaftswoche und damit auch indirekt über den Zeitpunkt der Zeugung zu informieren. *Ja, ich hatte Sperma in mir. Wann war noch mal die Besprechung zu dem neuen Buchprojekt?* Es passt nicht hierher, ihre Körperlichkeit, ihre Weiblichkeit, ihre Fruchtbarkeit, ihre Nacktheit.

»Wissen Sie eigentlich, was Sie mir mit dieser Nachricht antun?«, fragt der Chef, nachdem Helena ihm die Nachricht mitteilt.

»Ich muss mich jetzt um einen Ersatz kümmern! Sie von allen wichtigen Projekten runternehmen!«

Er greift zum Telefon und ruft seine Assistentin an.

»Jaa … Hiobsbotschaften. Eine Kollegin fällt bald aus! Komplett!«

Helena will ihn unterbrechen.

»Wie lange haben Sie denn vor, in diese ›Elternzeit‹ zu gehen?« Er malt in der Luft Gänsefüßchen und hat sich nun wieder Helena zugewandt, während er den Hörer noch in der Luft hält.

»Na ja … so ein Jahr.«

Er nimmt den Hörer wieder ans Ohr und stöhnt: »Ja, die Kollegin will ein Jahr Urlaub machen! Wir müssen unbedingt die Stelle besetzen.«

»Es ist ja kein Urlaub …«, druckst Helena.

»Bereiten Sie schon mal alles für eine Übergabe vor«, raunt er ins Telefon.

»Was wird's denn, hm?«

»Ich weiß es noch nicht.«

»Na dann … Klotzen Sie mal ran, bevor Sie uns hier im Stich lassen. Das Literaturfestival muss ich dann auch ohne Sie organisieren.«

Helena schließt sich auf der Toilette des Verlages ein und weint. Sie hatte rote Flecken im Gesicht und muss sich pudern, damit nicht alle es sehen können. Sie muss jetzt stark sein.

Aber jeder kann es sehen: Jeder kann sehen, dass der Busen wächst, dass der Bauch wächst – und sie hat keinerlei Einfluss auf das, was da in ihr vor sich geht. Sie behält immer die Kontrolle, und auf einmal wirkt sie so unkontrolliert und unkontrollierbar, sie schämt sich. Und dabei versucht sie doch immer, nicht peinlich, nicht unanständig zu sein, nicht aufzufallen.

Allen fällt ihr Bauch auf. Und sie schämt sich. Alle geben ihr Ratschläge. Alle fassen sie an. Ihren Bauch. Alle geben eine lange Liste von Tipps und Pflichten ab, halten ihr Vorträge über Telefonnummern, Adressen, gute Bücher.

MAXIE

Maxie ist inzwischen eine gute Schauspielerin geworden. Sie weiß, wie man glücklich spielt. Sie weiß, was sie den anderen erzählen kann, wenn sie fragen: »Wo warst du denn am Freitag bei der Einweihungsparty von Lena und Steffen?« Sie ist froh, dass sie diesen Job hat. Die Agentur kommt als Ausrede für alles in Betracht. »Ich war im Büro … viele Überstunden, mühsame Kunden, Akquise, Pressemitteilungen, Land unter …« Irgendeinen Grund kann sie sich immer ausdenken. Und in Wirklichkeit ist der Grund immer Bobby.

Jede freie Minute verbringt sie mit ihm. Er holt sie ab. Er lacht selbstsicher und auffordernd, dass sie alles fallen lässt, Stift und Ehrgeiz, um mit ihm aus dem Büro auszubüxen. Sie machen Spritztouren mit seiner Harley, sie fahren zum See und sie haben an jedem Baum, an jedem Ufer Sex, Sex, Sex – obwohl es noch viel zu kalt ist, aber sie wärmen sich von innen auf. »Du gehörst mir!«, sagt er dabei. Und er hat ja recht.

Die Rinde des Baumes reibt ihr den Rücken wund, die Äste und Zweige auf der Wiese scheuern an ihren Schenkeln, die Haut juckt von der Lust und von den Käfern, alles krabbelt und lebt. Sie nimmt sich Bobby, und er nimmt sich Maxie. »Du schadest meiner Karriere«, sagt sie manchmal halb scherzhaft.

»Deinetwegen bekomme ich dieses Jahr keinen Bonus von der Agentur.«

»Maxie, ich zahl dir jeden Bonus der Welt!« Und: »Ich würde dir nie schaden. Ich kann nur mit dir glücklich sein!«

»Aber Bobby … Du bist mit Paula zusammen, hast du das vergessen? Und deine Karriere hast du auch schon gemacht. Du hast das alles hinter dir. Die Kinder. Den Aufstieg. Ich hab noch gar nichts!«

»Du hast mich! Ich werde Paula verlassen.«

»Ich möchte das auch alles erleben. Ich möchte nicht nur deine Affäre, Geliebte, was auch immer sein. Ich möchte vielleicht irgendwann mal Kinder, eine echte Familie.«

»Ich kann meine Vasektomie jederzeit rückgängig machen. Jederzeit!

»Bobby, du *hast* vier Kinder! Was willst du mit einem fünften und sechsten. Ich will ja mindestens zwei!«

»Dann komm zu mir. Komm zu mir, wenn du zwei Kinder hast. Ich träume davon. Ich träume davon, dass du auf meiner Türschwelle stehst, mit einem Säugling im Arm, und dass du sagst: ›Ich habe mich für dich entschieden.‹

»Du bist viel zu alt. Wenn die Kinder Abitur machen, bist du ein Greis.«

»Ich werde deine Kinder so lieben wie meine eigenen, Maxie.«

Er holt einen Ring aus seinem Jackett und reicht ihn ihr.

»Wenn wir uns in sechs Monaten noch genauso lieben wie heute, heiratest du mich.« Er schiebt ihr den Ring an den Finger.

»Ich hab doch noch gar nicht ja gesagt.«

»Der Ring ist ein Versprechen, Maxie. Bitte versprich mir, dass du wenigstens darüber nachdenkst.«

»Es ist viel zu früh, Bobby.«

»Für mich nicht. Ich fühle mich eher, als ob ich zu spät bin.«

»Lass uns gehen.« Sie streicht über den Ring, er ist wirklich sehr schön. Sie wird Hannes erzählen, dass es Modeschmuck ist.

Bobby fährt schnell, er liebt das Rasen, sie liebt den Wind in ihren Haaren, er hat kaum genug Haare, mit denen der Wind spielen kann, aber seine Brust ist voller dunklem Fell und sein Kopf hat etwas Maskulines, wie bei Bruce Willis, wie bei einem Schlägertypen, einem, vor dem die Menschen Angst und Respekt haben. Er fährt immer schneller, und trotzdem greift er nach ihrer Hand, er hält sie ganz fest und lenkt nur mit links. Sie liebt seinen festen Druck, der fast ein wenig schmerzt, der ihre Ringe zusammenpresst, nicht nur den neuen, sondern auch ihren Ehering. Sie löst ihre Hand aus der seinen und fährt über seinen Schenkel. Dann zieht sie ihm den Gürtel auf und öffnet die Hose, sie fährt mit der Hand unter seine Boxershorts. Sie sieht, wie er für einen Moment die Augen schließt, im Genuss, im Fahrtwind, und er fasst ihr mit seiner rechten Hand unter den Rock.

Maxie weiß, was sie preisgeben kann. Sie kann ihren Freundinnen alles Mögliche erzählen, alles – bis auf das eine, das eine, das sie vollkommen einnimmt. Oft geht sie zu den Abendessen und Spieleabenden, sie trinkt dort Wein und weiß, dass sie Bobby noch sehen wird. Die Freundinnen machen sowieso alle gegen elf schlapp, manche haben Kinder, bei vielen wartet der Ehemann, andere müssen »früh raus«, aber sie, sie nutzt diese Abende nur zum Aufwärmen. Oft sagt sie auch komplett ab, überlegt sich Ausreden, gibt vor, arbeiten zu müssen.

»Leg doch mal dein Handy weg«, mahnt Frieda sie, aber Maxie tippt wie eine Roboterin Zeile um Zeile in ihr Handy, Nachrichten an Bobby. Sie verabreden sich für später, für den heimlichen Teil des Abends.

»Man kann überhaupt nicht mehr mit dir reden. Du wirkst so abwesend.« Frieda versucht, Maxie das Handy aus der Hand zu reißen.

»Hey, lass mich.«

»Warum bist du denn so empfindlich? Früher hast du mir doch auch alles gezeigt. Wir haben gemeinsam SMS an unsere Schwärme entworfen.«

»Ich hab keinen Schwarm!« Maxie wirft das Handy demonstrativ in ihre Handtasche.

Frieda sieht Maxie irritiert an. Das Handy piept in der Handtasche. Sie traut sich nicht, danach zu greifen, und wartet, bis Frieda in die Küche geht, um Getränke zu holen.

Sie fischt hastig nach dem Handy. Heimlich liest sie: »Ich hole dich ab.«

»Bin gleich fertig.«

»Sag Bescheid.«

Und dann dauert es doch wieder zwanzig Minuten, bis Maxie antwortet, weil Frieda ihr nicht von der Seite weicht. »Schau mal richtig hin«, ruft Frieda, die Maxie gerade ihre Fotografien zeigt, die sie bei ihrer ersten Vernissage ausstellen will. Maxies Handy vibriert und brummt in der Tasche. Sie wählt mit Frieda die schönsten Bilder aus. Sie möchte ihr helfen. Sie möchte keine Dummheiten machen. Aber da ist dieser Mann, der auf sie wartet und sie nicht entkommen lässt.

»Brauhe nochmind. 30Min.«, hackt sie hektisch in ihren Chat mit Bobby.

»Okay, ich warte.« Und weitere dreißig Minuten später: »Maxie, ich hab jetzt um 22 Uhr mein Geschäftsessen verlassen, um dich noch zu sehen. Es ist jetzt 23.19 Uhr – wird das noch was?«

Ja, Maxie ist eine gute Schauspielerin. Sie hat nur irgendwann vergessen, wie es geht, Maxie zu sein. Hier ist sie diese, dort ist sie jene. Bei Hannes gibt es nur Hannes. Bei Bobby meidet sie Diskussionen über Paula oder Hannes, um die Stimmung nicht zu vermiesen. Bei ihren Freundinnen ist sie ein handysüchtiger Workaholic geworden, die kinderlose Karrierefrau, die neuerdings oft spontan absagt: »Stecke fest im Büro«, »Komme hier nicht weg«, »Deadline verschoben«. Alles, was sich verschoben hat, sind ihre Prioritäten. Er ist ihre Deadline, die Verbindung zu ihm fühlt sich an wie eine tickende Zeitbombe, etwas mit Verfallsdatum, mit Ablauf, sie werden auffliegen oder er wird die Lust an ihr verlieren oder sie an ihm und deshalb müssen sie alles aufsaugen, mit dem Strohhalm direkt ins Gehirn. Alles ist Bobby. So sagt sie auch ihrem Chef immer häufiger, sie habe keine Zeit, keine Zeit für Nachtschichten und neue Kunden. Andererseits zeigt sie eine ganz neue Bereitschaft, wenn es um Dienstreisen geht, Außendienste, Kundentermine. Denn Bobby kommt überall hingeflogen, er reist ihr hinterher, wenn sie nach Zürich oder Stuttgart muss. Er storniert ihre Firmenhotels und bucht Suiten in Luxustempeln. Während sie arbeitet, sitzt er irgendwo beim Lunch und telefoniert, schreibt E-Mails, liest Zeitung, delegiert. Er sitzt immer irgendwo vor einem Teller-chen Oliven oder Macadamias oder einem Espresso, in Hotel-lobbys oder Bars. Er holt sie von ihren Terminen ab, bringt ein Geschenk mit, das er für sie auf dem Weg erstanden hat, einen hübschen Rock oder einen Armreif. Er geht mit ihr einkaufen, in den schönsten Straßen und Läden, und er sucht aus und sie zieht an. Dann vögeln sie in der Umkleidekabine. Die Lust, das ist die stärkste Empfindung, die sie überhaupt je erlebt hat. Sie ist nun viel stärker als ein Nikotinentzug, Hunger, Durst oder Müdigkeit. Es ist Gier in ihrer reinsten, unbezwingbarsten Form. Sie wollen sich immer, ständig, überall, ohne Verstand oder Anstand oder Moral oder irgendetwas, das im Kopf statt-findet. Es gibt nichts, was sie abhält oder aufhält.

Sie denkt manchmal: *Vielleicht bin ich die Einzige, die so etwas erleben kann*, obwohl sie weiß, dass sie irrt. Sie denkt an diejenigen, die vielleicht noch nie so eine Art von Sex hat-ten. Sobald es vorbei ist, will sie es wieder. Sofort. Wie kann das sein! Wie kann das Verlangen nur immer stärker werden, nie nachlassen! Er bekommt nie genug von ihr, egal wie viel er bekommt. Es gibt keine Belanglosigkeit, keine Tage ohne Berührungen, keinen Kuss ohne Zunge, keine Gespräche über Organisatorisches, keine Einkäufe und keine Erledigungen. Sie sind kein Team, ihre Abendessen sind keine Meetings; das gibt es nur in der Ehe – die Besprechungen, die Frage nach Reparaturen und Klempnern und dem Geld für die Putzfrau. Die Ehe ist nicht der Höhepunkt der Romantik. Sie besteht aus Verbindlichkeit und Verpflichtungen, aus Nachrichten, in denen keine Liebesschwüre stehen, sondern Sätze wie »Hast du den Kellerschlüssel mitgenommen?« oder »Bringst du bitte noch Müllsäcke mit?«.

Von Bobby bekommt Maxie statt des Müllsacks eine Sehnsuchtsbekundung: »Ich halte es ohne dich nicht aus.« Ihre Affäre ist nichts anderes als die Suche nach einem anderen Selbst, als das Ausprobieren eines anderen Lebensentwurfs, ein Besuch in einem anderen Leben. Und das, obwohl sie ihr Leben liebt, obwohl sie Hannes liebt. Aber auch glückliche Paare betrügen. Zum Betrug braucht es kein Unglück. Zum Betrug braucht es nur Neugier, Mut, Phantasie, Sehnsucht. Die Affäre ist eine Maschine, sie reproduziert das Verlangen immer und immer wieder, weil man nie aufhört, zu wollen, was einem noch nicht gehört.

»Maxie, fahr mit mir nach Amsterdam. Flieg weg mit mir. Ich buche alles. Lass uns ein Wochenende zusammen sein, nur wir zwei. Wir zwei in Amsterdam.«

Hannes hat Wochenenddienst. Bobby hat alles gebucht, die beiden eingecheckt, die schönste Suite gewählt, alle Restaurants reserviert, Konzertkarten besorgt. Sie fahren mit dem Rad durch Amsterdam, sie rauchen einen Joint, sie essen Waffeln und Sushi, sie schlendern an den Grachten entlang. Sie sitzen in einem Café am Wasser. »Es quält mich so, dass Hannes alles bekommt, wovon ich träume. Ich weiß, dass du mir viel gibst, und das bedeutet mir so viel. Aber er bekommt eben immer ein bisschen mehr. Oder viel mehr. Liebst du ihn mehr als mich?«

»Ich weiß es nicht …«

»Aber deinen Mann schert es doch gar nicht, wo du dich rumtreibst! Der interessiert sich gar nicht wirklich für dich. Ich liebe dich viel mehr!«

»Woher willst du das wissen? Du kennst ihn doch gar nicht!«

»Ich wünschte, du würdest mich so in Schutz nehmen wie ihn.« Er versucht, sie zu küssen.

»Lass mich.« Sie schiebt seinen Kopf weg. »Ich will abreisen.«

»Ich weiß, dass es dir manchmal alles ein bisschen viel und vielleicht unheimlich wird mit all der Liebe, meine Maxie. Ich kann dir diese Last nicht komplett nehmen, und vielleicht oder wahrscheinlich ist unsere Liebe nicht bestimmt, um auf Dauer zu sein – obwohl das der größte Wunsch ist, den ich für mein Leben habe.«

»Wir sollten uns nicht mehr sehen.« Sie denkt an Hannes. Sie mag es nicht, wenn Bobby von ihm spricht. Wie er seinen Namen ausspricht.

»Warum? Ich habe noch keine Sekunde bereut, dass ich es habe so weit kommen lassen, Maxie, und ich weiß ganz sicher, dass ich es auch niemals bereuen werde, selbst wenn du ab morgen nie wieder ein Wort mit mir sprichst.«

»Sei nicht so lieb zu mir!«

»Ich kann nicht anders.« Als er sie küsst, empfindet sie ein Gefühl von Verrat und Traurigkeit. Sie versucht, seinen Kuss abzuwehren, aber dann gibt sie nach – wie immer.

Sie machen eine Bootstour irgendwo vor Amsterdam und verirren sich. Es wird kalt. Sie finden den Weg nicht mehr, und Maxie denkt plötzlich an Zuhause, an ihr warmes Zuhause, und sie will runter, runter von diesem Boot mit diesem Mann, der sie irgendwo hingefahren hat, Gott weiß wohin, und der ihr seine Jacke anbietet, weil sie friert. Aber die Jacke reicht diesmal nicht.

Irgendwas stimmt nicht mit der Schraube. Das Boot bleibt mitten auf dem Wasser stecken, es gibt keinen Handyempfang, und es wird immer kälter und dunkler. *Jetzt fliegen wir auf*, denkt sie. »Beruhig' dich«, sagt er. Bobby steht auf, das Boot wackelt, als er nach hinten läuft, um nach der Schraube zu sehen.

»Mir wird schlecht«, sagt sie. »Es schaukelt so.«

»Ich bring dich sicher nach Hause.«

»Ich will heim.« Er antwortet nicht mehr, er ist zu sehr mit der Schraube beschäftigt. *Und wenn er jetzt ins Wasser fällt, dann hocke ich hier allein und sterbe*, denkt sie.

Es kracht und knarzt, das Boot schwankt heftig von links nach rechts. Es ist niemand hier, nur er und sie. Sie wünscht sich, sie wäre bei Hannes geblieben und niemals mit diesem Mann in diese Stadt gefahren, auf dieses blöde Boot gegangen. Das Wasser klatscht gegen den Bug.

»Scheiße«, flucht er und hängt mit dem Oberkörper schon über der Reling.

Es ist nicht lustig, es ist weder romantisch noch schön, es ist einfach schrecklich und dunkel. Sie hält ihr Handy in die Luft, als ob der Empfang dann besser würde, sie möchte Hannes schreiben, dass sie nach Hause kommt, weil die Geschäftsreise nach Amsterdam furchtbar ist und sie nie wieder wegfahren wird ohne ihn.

»Leuchte mir mal mit der Taschenlampe«, sagt Bobby.

Sie steht auf und wankt, nun sind sie beide hinten am Boot.

»Das Boot kippt.«

»Es kippt nicht, Maxie. Leuchte hierher.« Seine Arme sind nass und sein Gesicht auch. Sie sind zu weit rausgefahren, und jetzt wird sie nie mehr nach Hause kommen.

»Was soll ich Hannes sagen?«, fragt sie.

»Ich bring dich schon wieder zu deinem Hannes.« Bobby funktioniert, aber sie kann hören, dass er wütend ist. Alles ist missglückt. Das Wasser peitscht ihnen ins Gesicht, und sie werden hier hängen, wer weiß wie lange. Vielleicht die ganze Nacht.

»Ha!«, ruft er, und plötzlich knattert der Motor wieder, das Boot ist angesprungen, und sie empfindet eine so tiefe Erleichterung, dass sie Bobby küsst. Er hatte sie in Gefahr gebracht und wieder gerettet. Sie ziehen sich aus und vögeln auf dem Boot miteinander. Am nächsten Tag bringt er sie sicher nach Hause.

Und wie alle Liebenden denken sie in ihrer Verwegenheit:

Wir sind die Ausnahme. Das bleibt. Für immer. Wir sind es, wir! Wir haben den CODE geknackt. Bei uns ist alles anders, bei uns geht es gut. Jaja, wir haben davon gehört, dass die Liebe wehtun kann ... Jaja, wir kennen auch die Statistik! Aber seit wann sind wir der Durchschnitt? Wir haben doch aus euren Fehlern gelernt! Auch nach Tausenden von Jahren, in denen die Menschheit Lieder, Bücher, Bilder über die gescheiterte, die scheiternde – sich mitten im Scheitern befindende – Liebe ausgespuckt hat: Wir sind nicht wie die! Wir werden für immer glücklich sein, die Weltliteratur, die Musik, die Kunst lügt, nur Rosamunde Pilcher lügt nicht, nicht in unserem Fall. Wir sind die Ausnahme, wir sind schließlich keine Deppen, keine Vollidioten, wir beweisen es euch! Ha, ihr werdet schon sehen! Alle anderen haben Fehler gemacht, die haben sich ja auch nicht soo geliebt wie wir, nicht soo gewollt. Das ist es jetzt, the real thing!

Wenn wir uns nach dem Blick eines anderen sehnen, liegt es nicht daran, dass wir uns von dem Menschen abwenden, mit dem wir zusammen sind. Wir wenden uns von dem Menschen ab, der wir selbst geworden sind, denkt sie.

Hannes wird sich vielleicht irgendwann fragen, was bei ihm nicht stimmt, was an ihm nicht in Ordnung ist. Und sie wird

97

denken: *An Hannes ist alles in Ordnung. Viel zu in Ordnung. Hannes ist wunderbar.*

Und sie ist doch glücklich mit Hannes? Sie liebt ihn sehr. Hannes ist jemand, der etwas zu viel wegsieht und viel zu viel arbeitet. Und nachts liegt er friedlich neben ihr, selig in diesem kleinen Leben, das ihr so fremd geworden ist.

Wenn sie Sex mit Hannes hat, kommt es ihr vor, als betrüge sie Bobby. Sie schämt sich, wenn ihr der Sex gefällt, und dann wieder denkt sie: *Vielleicht kann ich das. Zwei Männer lieben.* In den einen ist sie vielleicht nur kurzzeitig verschossen, und den anderen will sie fürs Leben. Bloß dass die Verliebtheit ihr gerade mit schillernderen Farben vorgaukelt, sie sei das schönere Gewand.

Und dann plötzlich eine Nachricht: »Ich habe sie verlassen. Ich ertrage das hier alles nicht mehr.«

»Tu es nicht,« schreibt sie noch, aber sie kann die Genugtuung, die sie empfindet, nur schwer vor sich selbst verbergen. Dabei weiß sie, dass nichts Gutes dabei rauskommen kann, sie weiß, dass diese Trennung nur Unheil bringen wird. Warum verändert er die Spielregeln? Es ist doch gut so. Und was erwartet er? Soll sie sich auch trennen? Wird er sie mehr beanspruchen? Und wird er Paula vermissen? »Das war eine schlechte Entscheidung, du hast mich nicht mal gefragt.« Er kommt zurück und fällt in ihre Arme.

REBECCA

Die Begriffe, die sie und Tim plötzlich verwenden, sind ihr fremd. Die Gespräche, die sie führen, sind erniedrigend, unsexy, un*spannend*, aber sie sind notwendig, es geht um: Fruchtbarkeitsstörung, Eisprungauslöser, Befruchtung, Insemination, Untersuchung, Spermaprobe, in vitro, Gelbkörper, Samenleiter, Intrazytoplasmatische Spermieninjektion, Antikörper, Gewebeproben, Samenzellen einfrieren.

Das ist alles nicht das, was sie als Paar immer ausgemacht hat; als sie in Budapest oder Barcelona waren, zu zweit, bei einem Abendessen, mit zu viel Wein und tollen Worten, die Lust auf Sex machten, mit spannenden Geschichten zu Reisen, Abenteuern, Rausch, Sinnlichkeit. Und nun gibt es Temperaturmesser und Ovulationstests und Injektionen.

Rebecca hat ja sogar jemanden, der ein Kind mit ihr will. Sie muss nicht ihre Eier einfrieren wie ihre Kolleginnen, weil sie allein sind und schon neununddreißig. Rebecca hat das Glück, sich einfach fortpflanzen zu können, mit jemandem, den sie liebt und der sie liebt. Sie verdient genug Geld und kann sich nun ein Kind leisten. Ihre Eltern erwarten es, und ihr Teamleiter und sogar die spanische Putzfrau fragt ständig, ob sie denn bald ein Baby haben werde und klatscht in die Hände vor Freude,

als sie den Schwangerschaftstest im Bad findet. Und ihre Großmutter lebt noch und will doch ihre Urenkel noch so gerne kennenlernen.

Das Kinderthema macht den Sex kompliziert. Zuerst
versuchen sie, ein bisschen getaktet miteinander zu schlafen. Rebecca hat sich früher nie mit ihren Tagen oder ihrem
Eisprung beschäftigt. Aber mittlerweile hat sie lauter Apps
gefunden, die ihre fruchtbaren Tage markieren und Erinne-
rungsalarm auslösen, wenn sie fruchtbar ist: Period Tracker
nennt sich das. »Bling! Heute bitte Sex haben!« oder »Remin-
der: Sex um 22.45 h«. Tim stört der geplante Sex nicht allzu
sehr: Er will sowieso am liebsten ständig mit ihr schlafen. Aber
nach einer Weile fängt Rebecca an, nervös zu werden.

Wie küsst man jemanden, mit dem man ein Kind machen
will? Rebecca sieht Tim an. Er ist ein hübscher Mann. Männer wollen nicht hübsch sein. Ständig versucht Tim, sie anzu-
fassen. Er ist ein richtiger Fummler. Anfangs fummelt sie noch
mit, greift zurück, fasst an und streichelt. Doch dann ist sie oft
genervt, wenn er wieder anfängt, ihr den Nacken zu massieren
und die Bodylotion aus dem Badezimmer holt, als Einleitung
für Sex. Es ist nicht so, dass sie keine Lust mehr auf Sex hat, sie
hat nur keine Lust mehr auf diese Art von Sex – Sex, der ausschließlich dem Zweck der Zeugung dient.

Sie hat sich doch früher immer gehen lassen, Tim hat sie
gefesselt und gewürgt, sie hat sich fallen lassen in ihre Lust
und ihre Nacktheit und ihre Geilheit und es hat sie nie gestört,
überall berührt zu werden und alles zu berühren. Seit dem Kinderwunsch zieht sie inzwischen lieber die Decke über sich, sie
bedeckt ihre Schenkel. Sie mag es nicht, wie er mit ihr spricht,
während er sie auszieht und anfasst, wie er sich auf sie stürzt
mit derselben Lust des Anfangs, die sie längst verloren hat.

Tim massiert ihren Nacken und fasst ihr unters Hemd. Seine
Hand fühlt sich ungut an. Eher wie ein metallischer Gegen-

stand, wie eine Suppenkelle, die dort nicht hingehört, nicht an ihre Brüste, nicht zu einem Menschen. Jetzt wird er gleich wieder mit einer Art ›sexy‹ Babystimme fragen, ob sie nicht mal wieder verführt werden wolle. Er ist vielleicht einfach zu lieb geworden beim Sex. Früher hat er nicht gefragt, nicht geredet, sie einfach genommen. »Ich hab da eine Überraschung für dich …«, säuselte er und holte ein verpacktes Geschenk hervor: Sexspielzeug. Er schenkte ihr insgesamt drei Vibratoren, mehrere Gels, Handschellen, Duftschaum und Liebeskugeln. Sie probierten die Sachen anfangs oft zusammen aus. Inzwischen benutzt sie die Geräte lieber, wenn sie allein ist. Wenn sie auf Geschäftsreise geht, dann nimmt sie all seine Geschenke mit und zieht sich im Hotelzimmer aus. Sie denkt an ihren ehemaligen Professor oder diesen einen Kellner aus ihrer Lieblingsbar oder irgendeinen vollkommen willkürlichen Typen aus dem Zug oder Flugzeug oder den Taxifahrer, einmal denkt sie sogar an den Vorstandstypen vom letzten Firmenevent. Doch die Vorstellung von ihrem eigenen Mann, der sie dabei begafft, verstört sie und macht sie sogar ein bisschen wütend. Dabei ist Tim so hübsch. So lieb und hübsch. Vielleicht etwas zu klein für ihren Geschmack, er ist nur einen halben Kopf größer als sie, und das stört sie – vor allem, wenn sie hohe Schuhe trägt. Dann sind sie fast gleich groß. Aber er kleidet sich gut und hat trainierte Oberschenkel, allerdings eine etwas zu schlanke Brust und zu wenig Bauch und Brusthaare. Er ist eher drahtig, und das kommt ihr auf einmal so unmännlich vor. Sie überlegt sich oft, es ihm schnell mit der Hand zu machen, damit es zügig vorbei ist. Aber dann ist er schon in ihrer Hose.

Was ist nur aus uns geworden, fragt sie sich manchmal voller Verzweiflung. Sie hat ihn doch einst so begehrt, so gewollt. Und sie liebt ihn schließlich noch, sie liebt ihn sehr, also was ist eigentlich ihr verdammtes Problem? Andere Frauen haben so dumme, so hässliche, unlustige, kleinkarierte Männer mit

Haarausfall oder schlechten Zähnen, mit schlechten Manieren und schlechtem Atem. Und sie, sie hat diesen hübschen, schlanken, lieben Mann, und sie kann ihm ihre Wünsche nicht mitteilen. Es tut ihr weh, ihn zu enttäuschen, ihn zurückzuweisen, ihn nur für den terminierten Sex zu ›benutzen‹. Er, der sie immer noch so zu begehren scheint.

Tim will eigentlich dauernd Sex, die Termine der Apps sind ihm egal. Er denkt, je mehr Sex sie haben, desto größer ist die Chance ein Baby zu zeugen. Er küsst sie aber nur noch selten und wenn sie mal knutschen, kommt es beiden befremdlich vor, als seien sie aus dem Kuss herausgewachsen, wie aus einem zu kleinen T-Shirt. Es passt irgendwie nicht mehr, sich dauernd abzuknutschen. Sex funktioniert ja auch ohne Küsse. Es ist eben nur nicht mehr aufregend. Und er lässt ihr auch gar keine Chance, Lust auf ihn zu bekommen, weil er immer schon ankommt, bevor sie überhaupt über Sex mit ihm nachdenken kann. Ihn stören ihre Sweatshirts nicht. Oder wenn sie eine Gesichtsmaske trägt. Oder wenn sie total platt und satt auf dem Sofa liegt, nachdem beide eine Lasagne gegessen haben. Ihn stört es nicht, wenn sie ihre Brille trägt statt der Kontaktlinsen und den gemütlichen übergroßen Pullover von ihm. Oder wenn sie sich dicke weiße Salbe unter die Nase schmiert, weil ihre Haut vom Schnupfen wund ist. Es stört ihn auch nicht, wenn sie sich ein paar Tage nicht die Beine rasiert hat. Er hat einfach Lust auf sie, egal, ob sie sich gerade für eine Party herrichtet oder den Pyjama anhat. Aber sie, sie hat keine Lust auf ihn. Schon gar nicht im Schlafanzug. An Sex kann sie nur denken, wenn sie sich auch sexy und begehrenswert fühlt und nicht mit vollem Bauch und ungewaschenen Haaren im Sessel sitzt.

Die Lust auf Sex ist ihr für heute vollkommen vergangen. Doch im Grunde muss sie ja mit ihm schlafen, jede Gelegenheit nutzen, damit sie endlich schwanger wird. Inzwischen versuchen sie es schon seit neun Monaten – ohne das geringste

Anzeichen einer Befruchtung. Was, wenn es niemals klappt mit Tim? Wird sie ihn verlassen, wird sie sich jemanden suchen, der ihr ein Kind macht? Darf man das: Jemanden verlassen, weil er kein Kind zeugen kann? Vielleicht liegt es ja auch nur an ihr. Kann Tim sie überhaupt noch als Frau sehen, so ohne funktionierende Gebärmutter? Vielleicht wird er warten, bis sie in die Wechseljahre kommt und sie dann mit einer jüngeren, einer fruchtbareren Frau ersetzen, einer mit frischen Eiern in der richtigen Größe und einer jungen Gebärmutter ... Er hat ja alle Zeit der Welt, und vielleicht ist das der letzte Streich der Natur: Die Männer können sich ewig Zeit lassen, während die Frauen in Panik verfallen, weil sie vierunddreißig sind. Dabei wäre es so viel gerechter, einfacher und gleichberechtigter, wenn auch der Mann seine Fruchtbarkeit verlieren würde und sich ab Mitte vierzig nicht mehr fortpflanzen könnte. Die Gesellschaft wäre eine andere.

»Jetzt hab ich keinen Bock mehr«, sagt sie, als er an ihrer Jeans herumspielt, um den Knopf zu öffnen.

»Lass es mich wenigstens versuchen.« Er schiebt seine Hand in ihr Höschen.

Sie schämt sich, dass seine Dreistigkeit sie irgendwie erregt. Sie will wütend sein und nicht angeturnt. Aber er hat sie längst so weit, dass sie plötzlich aufgibt, sich hingibt und ihn einfach machen lässt.

Adrenalin ist erregend. Und mit Tim verspürt sie inzwischen selten Adrenalin. Aber jetzt, als er sie ein bisschen drängt, als die Natur sie drängt, mit ihm zu schlafen, erfasst sie eine besondere Art von Lust. Sie ist dankbar und hofft, dass die Lust jetzt wieder öfter kommt.

Doch es soll noch komplizierter werden. Ein paar Tage später besorgt er ihr einen Ovulationstester.

»Du musst nur draufpinkeln«, sagt er stolz und freudig, als er von der Apotheke kommt. Er sieht sie an, als ob er ihr einen

Strauß Blumen mitgebracht hat, und streckt ihr die Verpackung entgegen.

»Wow«, sagt sie und greift nach dem Päckchen. »Das ist ja etwas ganz Tolles! Dafür, dass dich meine Apps so gar nicht interessieren, ist das jetzt aber 'ne Ansage!«

»Becky ... jetzt sei doch nicht so.«

»Ich hätte einfach nie gedacht, dass ich mal so eine Frau sein werde. Jahrelang habe ich alles dafür getan, um nicht schwanger zu werden. Ich habe so oft die Pille danach geschluckt.«

»Wirklich? Bei mir nie ...«, unterbricht er sie mit einem Hauch von Ungläubigkeit und Eifersucht in der Stimme.

»Na ja, nicht wie Smarties. Aber ich hab die Pille ein paar Mal genommen. Jedenfalls, dann hab ich jahrelang Hormone gefressen, mich mit der Pille zugedröhnt, die angeblich auch noch die Libido schwächt und sonstwas mit dem Befinden und der Figur macht.«

»Du hast eine tolle Figur!«, unterbricht Tim sie erneut.

»Jedenfalls hätte ich mir das auch alles sparen können! Weil ich sowieso nicht schwanger werden kann!«

»Du *kannst* schwanger werden.«

»Nein, nein, nein ....« Rebecca schießen die Tränen in die Augen, und sie reißt all die Babyfotos von der Wand, die ihr ihre Freundinnen geschickt haben, als sie Mutter wurden. »Alle haben Babys! Alle! Nur ich nicht.«

»So ein Unfug. Du hast ganz viele Freundinnen, die keine Kinder haben.«

Rebecca hält die vielen Geburtskarten mit den Säuglingsfotos in der Hand und schaut sie an.

»Wir müssen die Babyfotos entsorgen«, sagt sie zu Tim und setzt sich auf einen Stuhl.

»Gib das her.« Er nimmt ihr den Stapel aus der Hand, öffnet eine Schublade und legt die Karten hinein.

»So, jetzt musst du es nicht mehr sehen.«

»Es ist ja nicht so, dass ich mich nicht für sie freue«, seufzt Rebecca. »Aber jedes Mal sticht es auch. Und der Schmerz wird immer ein bisschen stärker. Weißt du, für mich war immer klar, dass ich einmal Mutter werde, ich habe nie darüber nachgedacht, dass es irgendwie schwer werden könnte. Ich weiß noch, wie schrecklich ich es fand, wenn Paare sich nur noch darüber unterhalten haben. Wenn ich in Filmen oder Serien gesehen habe, was Frauen alles tun, um schwanger zu werden … Dann war ich immer so voller Mitleid. Und jetzt gehöre ich selbst zu dieser Gruppe!«

Tim streichelt ihren Kopf. Sie ist gerührt von seiner Fürsorge, aber es hilft nichts: Sie fühlt sich dadurch eigentlich nur noch kleiner und wertloser.

»Ich bin doch eine richtige Frau!«, ruft sie. »Aber jetzt fühle ich mich so nutzlos, so unweiblich.«

»Du bist sehr nützlich und sehr weiblich, mein Schatz! Bitte sag so etwas nicht.«

Die Worte prallen nur so an Rebecca ab. Tim muss das ja sagen. Er ist ihr Mann. Würde ein fremder Mann ihr dasselbe sagen, würde sie es glauben. Warum kann man von Menschen, die einem am nächsten stehen, Komplimente schwerer annehmen? Warum sucht man die Bestätigung von anderen? Warum möchte man neue Aufmerksamkeit und neue Menschen für sich gewinnen? Tim hat Rebecca ja schon gewonnen. Man kann sich nicht fünf Mal über dasselbe Rubbellos auf dem Jahrmarkt freuen. Riesenstofftierpony bleibt Riesenstofftierpony. Man kann das Geschenk auch nicht wieder einpacken und erneut auspacken. Das Kompliment ist eine bloße Wiederholung. Sie möchte ja auch nicht jeden Tag einen neuen Heiratsantrag von ihm.

»Jeder Nachteil hat einen Vorteil …«, sagt Tim, als sie sich am Tag des Eisprungs, ermittelt mit dem Ovulationstester, noch vor dem Abendessen für ihn auszieht, um mit ihm zu schlafen.

»Ich finde es ganz schön mies, dass du dich freust, weil ich nicht schwanger werde«, sagt sie und schaut dabei auf ihren nackten Körper herunter.

»Ich freue mich doch nicht, Becky. Aber ich finde es einfach schön, dass wir dadurch viel mehr vögeln ... Vor allem während deiner fruchtbaren Tage, haha.«

»Findest du es so nach der Uhr nicht unsexy?«, fragt sie endlich etwas unsicher.

»Ich finde dich immer sexy,« antwortet er.

Er dringt in sie ein, es hat etwas Mechanisches, es dient nicht der Lustbefriedigung. Das hier widerspricht der Lust, widersetzt sich der Natur der Lust. Die Lust hört nicht auf einen Anpfiff, auf ein Piepsen, auf einen Alarm, den Wecker, die Eieruhr, die einem sagt, dass das Ei nicht mehr roh ist, sondern genau richtig. Die Lust ist jetzt nebensächlich. Hier geht es um Reproduktion, um Erhalt der Gattung – das hat mit Begehren nichts mehr zu tun.

MAXIE

Maxie muss für drei Wochen nach Berlin. Schulungen und Meetings. Und Bobby fliegt jeden Abend für sie nach Berlin und jeden Morgen wieder zurück in sein Büro. Er will sie sehen, er will die Zeit nutzen, in der er sie für sich hat, alle Nächte gehören ihm, auch wenn er allein im Hotelzimmer wartet, weil sie länger auf den Veranstaltungen und Seminaren bleibt. Sie weiß, er liegt da und wartet. Seit der Trennung von Paula hat er nur noch für sie Zeit. Sie freut sich auf ihn, sie zögert den Moment hinaus. Wenn sie dann um elf oder halb zwölf zu ihm stößt, steht der Room-Service-Wagen noch da, Reste von Kartoffeln und Fleisch, manchmal auch ein Vitello Tonnato, eine leere Flasche Rotwein. Und er liegt barfuß auf dem Bett, kaut ein paar Nüsse oder Chips aus der Minibar. »Komm, wir gehen an die Hotelbar«, sagt sie. Sie hat immer mehr Energie als er.

An der Hotelbar spielt ein Pianist mittelmäßige Klassiker, Rauchmandeln stehen auf den Tischen. Maxie ist aufgekratzt und vergnügt von ihren Events. Sie erzählt und erzählt, es sprudelt aus ihr heraus. Er liebt ihren Auftritt.

Hannes kommt an keinem einzigen Wochenende.

»Bist du sauer, wenn ich dich nicht in Berlin besuche?«, fragt er am Telefon. »Ich will das Training an den Wochenenden nicht ausfallen lassen.«

»Nein, schon gut. Du musst nicht kommen.«

»Ist es denn schön?«

»Ja, so wie Berlin halt ist. Schön und grausam zugleich.«

»Ich muss los, Süße. Die Jungs warten schon. Schlaf schön!«

Sie würde ihm gerne sagen, dass sie jetzt überhaupt nicht schlafen geht – was denkt er sich denn; es ist erst neun Uhr abends. Sie würde ihm gerne sagen, dass es hier auch »Jungs« gibt, die warten. Und dass es einen »Jungen« gibt, der jeden Abend vor Sehnsucht fast umkommt und für sie anreist. Jeden Abend. Sie weiß nicht mehr, was zuerst da war: Hannes' Desinteresse oder ihr Betrug. Aber sie führt keine unglückliche Ehe. Sie führt eine Ehe wie jede andere.

Hat seine Eifersucht über die Jahre nachgelassen, oder war er früher gar nicht eifersüchtig? Ist sie ihm egal oder vertraut er ihr blind? Traut er ihr nichts Böses zu, traut er ihr nicht mal einen Flirt zu?

Beim nächsten Telefonat erzählt sie ihm von diesem einen Kollegen in ihrem Schulungsteam, der ihr jeden Morgen einen frisch gepressten Saft mitbringt und Comics für sie zeichnet.

»Du willst mir doch nicht ernsthaft erzählen, dass dieser Marcus sich da Hoffnungen macht.«

»Matthias!«, korrigiert sie Hannes.

»Ja, wie auch immer. Dieser Typ malt sich doch nicht ernsthaft Chancen bei dir aus. Ich meine, ich hab den doch mal getroffen. Der war ja einen Kopf kleiner als ich.« Sie hört, Hannes' Computertastatur durch das Telefon.

»Ich finde es schön, dass er mir immer was mitbringt.«

»Ach, die arme Wurst. Der macht sich ja vollkommen lächerlich.« Im Hintergrund klackt es wieder.

»Man macht sich also lächerlich, wenn man mich anbaggert?«

»Nein, natürlich nicht. Aber das ist doch irgendwie verzweifelt.« Dann hört sie ihn kauen. Er schmatzt in den Hörer.

Ich bin ihm vielleicht einfach egal, denkt Maxie.

Spricht es für oder gegen die Liebe, wenn man sie nicht kontrolliert?

Nach dem Auflegen sieht sie eine Warnmeldung von ihrer Verhütungs-App auf dem Handy. Sie hätte vor fünf Tagen ihre Periode bekommen sollen. Aber da ist nichts. Sie zieht sich die Unterhose runter: Nein, da ist wirklich nichts. Bobby schreibt: »Ich bin gleich bei dir! Gerade in Berlin gelandet. Kann es kaum erwarten.« Sie antwortet schnell: »Tut mir leid, heute will ich lieber allein sein.« Sie isst ein paar NicNacs aus der Minibar. Mehr nicht. In dieser Nacht liegt sie lange wach. Sie wälzt sich hin und her und überall sind Erdnüsse und Krümel auf dem Laken verteilt. Alles ist sehr, sehr unbequem. So wie ihr Leben.

HELENA

Man geht schwanger durch die Welt, und die Welt geht mit. Wie die Bauarbeiter und Postboten aufhören, sie anzugaffen. Wie die Frauen sie plötzlich anlächeln, sich mit ihr verbünden. Wie Bekannte ihr ungebetene Ratschläge erteilen. Was sie alles nicht essen darf! »Waaaas! Du fährst noch Fahrrad! Das ist viel zu gefährlich.« Wie jeder eine Meinung zu ihr und ihrem Bauch hat. Zum Kinderzimmer. Zum Gebären. Zur Kinderbetreuung. »Mach bloß keinen Sport!«, sagen die Menschen. »Lass dich bloß nicht gehen!«, sagen die Menschen. »Iss bloß keinen Zucker!«, sagen die Menschen. »Iss bloß genug!«, sagen die Menschen. »Kauf nur Holzspielzeug!«, »Du musst stillen!«, »Geh zum Schwangerenyoga!«, »Zum Rückbildungskurs!«, »Kauf diesen Kinderwagen, jenes Bett, diese Tragetücher«. Vor allem aber: »Schlaf dich noch mal aus!«

»Man will etwas oder jemanden nicht, weil es gut für einen ist,
sondern einfach nur, weil man es will.«

Leïla Slimani

Drei Frauen sitzen im Wartezimmer. Eine von ihnen ist schwanger und weiß nicht so recht, wie sie das finden soll. Die zweite hat Angst, vom falschen Mann schwanger zu sein. Und die dritte hat Angst, niemals schwanger zu werden.

Helena wird als Erste aufgerufen. Als sie mit einem Ultraschallbild aus dem Behandlungszimmer kommt, sitzen Rebecca und Maxie noch immer da. Rebecca sieht Helena so sehnsüchtig, so traurig an, dass Helena zu ihr sagt: »Bei mir hat's auch nicht sofort geklappt!«

»Und wie lang hast du es versucht?«

»Ein paar Monate.«

Rebecca denkt: *Bei mir klappt es aber schon länger als ein paar Monate nicht.* Trotzdem tröstet sie sich mit dem Gedanken, dass auch diese andere Frau auf das Ultraschallbild warten musste. Sie traut sich nicht, den Neid zuzulassen. Sie versucht, ihre Gefühle nicht wandern zu lassen. Nicht dorthin gehen zu lassen, wo es wehtut. Aber die andere hat ihr ja nicht das Kind ausgespannt, sie ist nicht die Siegerin in einem Duell. Sie ist einfach schwanger. Und Rebecca nicht.

»Ich gratuliere dir!«, sagt Rebecca und meint es so. Obwohl sie einen Kloß im Hals hat. »Wie fühlt es sich an?«

»Unwirklich.«

»Hast du es sofort gemerkt?«, will Maxie wissen, die sich nun auch nervös in das Gespräch einschaltet. Am liebsten würde sie eine rauchen. Aber das geht noch nicht. Nicht, solange sie nicht weiß, ob sie schwanger ist.

Sie will hören, dass die schwangere Frau schon von Anfang an ein Ziehen in der Brust und im Unterleib gespürt hat, dass sie intensiver Gerüche wahrgenommen und unter Übelkeit und Schwindel gelitten hat. Denn dann könnte Maxie aufatmen – sie fühlt sich *nicht* schwanger. Sie hat keinerlei Symptome. Alles an ihrem Körper ist wie immer. Nur sie ist nicht wie immer. Sie ist zu einer Fremdgängerin geworden.

»Ich wusste ja nicht, was ich merken sollte«, sagt Helena.

Wenn ich schwanger bin, weiß ich nicht, von wem, denkt Maxie.

Ich will mir nicht selbst so leidtun, denkt Rebecca.

»Ich fühle mich komisch«, sagt Helena.

»Warum?«

»Na ja, weil ich jetzt zu den ›anderen‹ gehöre. Weil man in der Gesellschaft oft ein vorgefertigtes Bild hat, man bewertet Veränderungen. Wir befürchten, eine Freundin könnte sich ›anders‹ entwickeln als wir selbst. Wir bekommen Verlustängste, wenn eine sich verlobt oder Mutter wird oder für den Job nach Singapur ziehen muss.« Helena wundert sich über sich sebst; dass sie plötzlich so redselig ist.

»Du bleibst doch trotzdem eine Frau. Nur eine schwangere Frau«, sagt Maxie.

»Ich weiß. Ich will nur nicht, dass sich etwas verändert.«

»Aber wir verändern uns doch alle. Die ganze Zeit. Und jeder darf doch verschiedene Versionen des Lebens ausprobieren.«

»Die Frauenärztin hat mir dazu gerade eine Broschüre in die Hand gedrückt. Es gibt hier in der Nähe anscheinend ein ganz tolles Meditationsseminar für Frauen. Ich werde mir das mal anschauen. Obwohl ich so etwas noch nie gemacht habe. Vielleicht ist es ja auch was für euch.«

Helena reicht den beiden Frauen den Flyer.

Als Maxie aufgerufen wird, macht sie vorher noch schnell ein Foto von der Broschüre.

Helena verlässt die Praxis. Sie freut sich, dass sie so ohne Scheu auf vollkommen Fremde zugegangen ist. Das kennt sie sonst gar nicht von sich. Es muss mit den Hormonen zu tun haben. Alles verändert sich. Sie nimmt sich vor, den Meditationskurs wirklich auszuprobieren.

MAXIE

Hannes ist zu spät. Das ist ungewöhnlich, denn eigentlich ist Hannes sehr zuverlässig und vergisst ihre Verabredungen nie. Insbesondere diese nicht, weil er sich so lange mit ihr auf den gemeinsamen Abend gefreut hat. Er hat schon vor Wochen einen Tisch reserviert. Das Restaurant hat letzten Monat eröffnet und wurde in der Presse hymnisch besprochen. Der beste Peruaner der Stadt! Maxie bestellt eine Flasche Wein und raucht noch schnell vor der Tür – seit sie weiß, dass sie nicht schwanger ist, schmecken ihr die Zigaretten wieder richtig gut. Aber Hannes kommt nicht. »Ich bin da«, schreibt sie ihm, nachdem sie achtzehn Minuten gewartet hat. Keine Antwort. Sie probiert es auf seinem Handy. Nichts. Auch auf seinem Diensttelefon erreicht sie ihn nicht. Maxie fängt an, nervös zu werden. Ahnt er etwas? Ist sie aufgeflogen? Der Kellner schenkt Wein nach.

»Kommt noch jemand oder möchten Sie bestellen?«

»Es kommt noch jemand.«

Der Kellner sieht sie ungläubig an. So, als sei sie versetzt worden.

Ihr Handy piept. Erfreut entsperrte sie das Telefon. Aber es ist Bobby. »Ich vermisse dich so!«, steht da. Keine Nachricht von Hannes.

Der Kellner kreist um ihren Tisch. Sie schaut wieder auf ihr Handy.

»Ich warte noch«, sagte sie. Sie ist starr vor Angst, ihr Arm greift mechanisch nach dem Glas.

»Kein Problem.« Er lächelt sie mitfühlend an.

»Mein *Mann* wird gleich hier sein!« Sie möchte sein Mitleid nicht. Sie hat zwei Männer, die sie lieben. Aber das kann sie dem Kellner ja schlecht sagen.

Sie leert fast die ganze Flasche Wein. Hunger hat sie keinen mehr. Das Ganze schlägt ihr allmählich auf den Magen.

Immer wieder entsperrt sie ihr Handy, um nachzusehen, ob sich etwas tut. Aber es tut sich nichts. Das Handy ist auf voller Lautstärke. Maxie macht sich Sorgen.

»Warum antwortest du nicht?«, schreibt Bobby. Sie hat keine Lust. Sie kommt sich auf einmal unglaublich schäbig vor. Was, wenn ihrem Mann etwas zugestoßen ist? Trägt sie dann die Schuld daran? Straft das Schicksal sie für ihre Sünden? Was soll sie tun ohne ihn? »Hannes, was ist mit dir????«, schreibt sie verzweifelt.

Ihr schießen furchtbare Gedanken durch den Kopf. Hat Bobby ihm etwas angetan? Ist er zu so etwas fähig? Liegt Hannes irgendwo verletzt auf der Straße, angefahren, erdrosselt, verunglückt? Sie möchte nach Hause. Sie möchte nach ihm sehen, ihn suchen, ihn umarmen.

»Ich würde gerne zahlen!«, ruft sie.

»Sind Sie sicher, dass Sie gar nichts essen wollen? Wir haben sehr gutes Ceviche.«

»Ich muss sofort los.« Maxie legt einen Fünfzigeuroschein auf den Tisch, steht auf und stürmt aus dem Lokal.

Zu Hause ist niemand. Die Wohnung ist still, noch stiller als sonst. Die nasse Wäsche liegt noch in der Maschine. Alles sieht so aus wie am Morgen, als sie beide sich mit einem Kuss zur Arbeit verabschiedet haben. Sie checkt ihr Handy. Um sechzehn Uhr dreiundzwanzig hat er ihr noch geschrieben: »Ich freue mich auf heute Abend.« Seitdem hat sie nichts von Hannes gehört. Sie liest seine letzten Nachrichten immer und immer wieder. Dann starrt sie in das dunkle Wohnzimmer. Im Bücherregal stehen Bilderrahmen mit Fotos von ihrer Hochzeitsreise. Glücklich sehen sie darauf aus, auf der Vespa an der Amalfiküste, so hübsch eingerahmt und aufgestellt. Als ob es immer so weitergehen wird! Als ob es nie etwas anderes geben kann! Damals fühlten sie sich unbesiegbar, jung und unverwundbar. Auf einem der Fotos küssen sie sich, auf einem anderen strahlen sie einander an. Maxie fragt sich, ob er sie noch immer so anlacht und sie bloß aufgehört hat, es zu bemerken. Sie möchte nicht ohne ihn sein, sie möchte ihr Leben mit Hannes verbringen. Falls es dieses Leben überhaupt noch gibt. Was ist bloß passiert?

Sie weint und stellt sich vor, wie es wäre, ohne ihn zu sein. Ohne Hannes wäre sie verloren, das weiß sie. Sie wartet. Irgendwann muss ja irgendetwas passieren. Warten dauert länger als alles andere, was man so tun kann. Beim Warten verlangsamt sich die Zeit um ein Vielfaches. Wut, Enttäuschung, Traurigkeit, Angst und der Wein, der wie ein Kreisel durch ihren Kopf wirbelt und säuerlich ihre Eingeweide durchflutet. Ihr ist schlecht.

Um halb zwei in der Nacht hört sie endlich seinen Schlüssel im Schloss. Er reißt sie aus ihrem unruhigen Schlaf, in den sie auf dem Sofa gefallen ist, und sie springt auf, um ihm entgegenzulaufen.

»Wo warst du?« Sie fällt Hannes um den Hals und küsst sein Gesicht ab. »Wo warst du nur?«

»Ach, meine Süße! Es tut mir so leid. Es gab einen Notfall im Krankenhaus. Ich konnte nicht Bescheid sagen. Ich hatte keine Zeit mehr, nach meinem Handy zu suchen. Jedenfalls war da ein schlimmer Busunfall. Ich musste helfen. Bitte verzeih mir.«

»Ich bin einfach nur froh, dass du da bist.« Sie ist unendlich glücklich, ihn zu sehen. Glücklich, dass sie nicht aufgeflogen ist. Wie jemand, der einen Unfall überlebt hat.

»Du«, sagt sie, »ich glaub, ich hätte schon gern irgendwann ein Kind.«

»Wie kommst du jetzt darauf, Süße?«

»Ich weiß nicht. Irgendwie fehlt uns vielleicht was?«

»Uns fehlt überhaupt nichts! Und ein Kind ist doch außerdem keine Lösung für Probleme!«

»Ich meine nur: Ich würde es gern mal besprechen.«

»Ich finde unser Leben gut so, wie es ist. Lass uns bitte noch warten, bis das mit meinem Forschungsstipendium durch ist. Wenn ich in den USA arbeiten könnte, wäre das der Wahnsinn. Ich will mir das einfach jetzt nicht verbauen.« Hannes hat den Traum vom Ausland doch noch nicht ausgeträumt.

»Hm.«

»Heutzutage ist es überhaupt kein Problem, mit über vierzig noch schwanger zu werden.«

»Woher weiß ich, dass du es *dann* willst?«

»Ich weiß es nicht. Aber lass uns das jetzt nicht zerreden.«

Sie lässt ihn die ganze Nacht nicht los. Sie möchte immer nur bei ihm sein. Von Bobby will sie nichts mehr wissen. Sie wird ihr Glück mit Hannes nicht mehr aufs Spiel setzen.

Am nächsten Morgen macht sie Hannes ein Rührei. *Ich werde ihn nicht wiedersehen*, denkt sie sich, während sie die Tomaten zerteilt und in das flüssige Gemisch aus Eiweiß und Eigelb fallen lässt. Sie schneidet Speckwürfel klein. Hannes duscht. Sie zerkleinert die Zwiebeln und ihre Augen beginnen zu tränen. *Um nichts in der Welt will ich das eintauschen*, denkt sie. Sie sieht zu, wie die Butter in der Pfanne schmilzt, und wirft die Zwiebeln hinein. Hannes kommt aus der Dusche, das Handtuch um die Hüften geschlungen, und küsst sie auf den Nacken. »Du hast Zwiebeln geschnitten?«, fragt er. »Das hasst du doch so.«

»Ja, aber so schmeckt es besser. Du liebst doch Rührei mit Speck und Zwiebeln.«

»Und wie! Danke.«

Sie frühstücken lange, und sie hält zärtlich seine Hand. Dann muss er ins Krankenhaus. »Ich schmiere dir noch ein Brot. Was möchtest du drauf haben?« Sie belegt ihm Graubrot mit Avocado und Putenbrust, verstreicht den Senf und legt sogar eine Tomatenscheibe und ein Cornichon dazu. »Hab einen schönen Tag!« Sie wird gleich auch ins Büro gehen. Sie wird endlich den Pitch für diesen großen Kunden fertig machen. Die Präsentation vorbereiten. Ihren Vater anrufen. Frieda bei der Vorbereitung ihrer Fotografie-Ausstellung helfen. Sie kann sich um das Catering kümmern. Sie hat einen Freund, der eine Firma dafür hat. Sie will sich bei dem Meditationskurs anmelden. Das wird ihr guttun. Sie könnte diese Frau anrufen, die sie neulich in der Frauenarztpraxis kennengelernt hat, und sie zum Mittagessen treffen. Vielleicht könnte sie ihr etwas mitbringen. Etwas für Schwangere. Vielleicht ein Hörbuch für werdende Eltern. Sie müsste also noch schnell zum Buchladen vor dem Mittagessen. Aber das könnte sie schaffen. Dann fällt ihr auf, dass sie die Nummer der Frau gar nicht hat.

REBECCA

Rebecca denkt an ihre Mutter. An diese Mutter, die sich so sehr ein Enkelkind von ihr wünscht, an die Mutter, die nicht versteht, warum sie so viel arbeitet. »Kein Wunder, dass da dann nichts passiert mit der Familiengründung«, erklärt sie ihr. »Ich hatte in deinem Alter ja schon *zwei* Kinder. Und du willst doch keine so uralte Mutter sein. Und du willst doch sicher auch, dass die Großmutter noch das Abitur ihrer Enkel erlebt!« Rebecca hört ihre Mutter mit dieser sanften, erpresserischen Stimme, mit dem brutalen Vorwurf, den sie so süßlich verkleidet.

»Kind«, sagt Sandra, »wie soll ich dir denn mal helfen, wenn ich schon achtzig bin, wenn das Baby kommt! Jetzt bin ich noch jung. Und fit. Und vital. Jetzt könnte ich dich so gut unterstützen!« Sandra ist außer sich, zumal ihre Freundinnen alle schon Enkelkinder haben und ihr ständig von ihnen erzählen, Fotos zeigen und selbst gemalte Bilder mitbringen, wenn sie sich zum Doppelkopf spielen treffen. Ihre Freundin Karin hat sogar neulich Kekse mit den drei Enkeln gebacken und mitgebracht! Vanillekipferl. »Und weißt du was, Rebecca, die haben richtig gut geschmeckt. Und der Kleine von Jasmin kann schon lesen! Also jetzt kein Buch oder so. Aber er beherrscht das ganze Alphabet. Alle Buchstaben! Das ist so niedlich, wenn der so ein bisschen lispelt.«

Wie hat ihr Vater sich in eine so altmodische Frau verlieben können, fragt sich Rebecca. Eine Mutter, die ihr am Telefon immer noch rät: »Zieh dir was Hübsches an!«, wenn sie einen Geschäftstermin hat. Rebecca überlegt, wie ihre Eltern sich kennengelernt haben könnten. Sie haben ihr nie davon erzählt. Womöglich in einer Konditorei. Sandra war sicher schon immer so altbacken mit ihren langen Röcken und ihren wolligen Pullovern über den Blusen. Dabei versteht ihr Vater doch etwas von Technik und Handwerk und war früher sicherlich nicht so sehr auf Fruchtbarkeit und Nachwuchs eingestellt! Aber Rebeccas Mutter hat es lange aufgegeben, eine Frau zu sein, also eine Frau für Geschlechtsverkehr, eine Frau für ihren Mann oder für andere Männer. Sie ist Mutter, und damit hat sie alles abgelegt, was der Verführung dienen könnte. Sie hat sich fortgepflanzt. Es ist erledigt. Und nun regiert sie als Mutter, das ist ihre Aufgabe. Und für ihren Hund zu sorgen. Sie liebt die langen Spaziergänge, besonders, wenn der Hund sich so richtig in Pfützen und Schlamm suhlt. Sicher findet sie die Vorstellung absurd, dass Rebeccas Vater überhaupt Sex mit ihr haben möchte. Vielleicht ist es die Pfeife, die er manchmal raucht und deren Geruch Sandra noch nie mochte, auch als Rebecca klein war nicht. Rebecca fragt sich, wann ihre Mutter aufgehört hat, sich für Genuss zu interessieren? Wann sie den Spaß am Leben verloren hat? Ist sie durch die Kinder so verhärmt, ein bisschen zu streng mit allen, auch mit sich selbst? Sie hat drei Töchter, sie kann doch stolz sein und auch einmal etwas für sich tun. Aber sie sorgt sich nur um die fehlende Anzahl ihrer Enkelkinder. Sandra erklärt Rebecca immer wieder, dass sie schließlich schon über dreißig sei. Sie sei doch längst verheiratet, konzentriere sich scheinbar sehr auf die Karriere. Was sie da wolle in diesem großen Konzern voller Wichtigtuer und Aufsteiger – sie *müsse* doch nicht arbeiten.

Ihre jüngste Tochter ist sogar noch Single, aber das, so sagt ihre Mutter, wird sich legen, sobald das Studium beendet ist. Und der letzte Typ sei ohnehin ein Idiot gewesen, so ein politisch engagierter Öko aus dem Osten, und dann auch noch Veganer! »Ein Mann muss doch Fleisch essen.« Und er habe ihr nur Flausen in den Kopf gesetzt, war der LINKEN beigetreten und habe immer ungeduscht ausgesehen in seinen Cordhosen, dem braunen Lederjackenimitat, dem Khaki-Hemd. Er habe sogar im Winter Sandalen getragen und immer diesen Jutebeutel dabeigehabt. Von den selbstgedrehten Zigaretten hatte er immer Tabakreste unter den Fingernägeln. Das sollte nicht der Vater ihrer Enkelkinder sein! Nein! Und dann war die Kleine nach der Trennung für zwei Semester ins Ausland gegangen. Die war also erst mal fort – hoffentlich würde sie nicht mit einem Argentinier wiederkommen. Rebeccas Mutter liebt Südamerika, das ist nicht das Problem. Das Problem ist, dass sie kein Spanisch spricht und sich keinen Schwiegersohn wünscht, mit dem sie nicht würde sprechen können. Und dann womöglich ein in Buenos Aires lebendes Enkelkind. Das würde sie ja dann nie zu Gesicht kriegen, und dann wäre alles verloren. Ob man dort überhaupt gefahrlos Kinder großziehen könne? Und so ein Argentinier sei bestimmt auch ein Schürzenjäger und würde ihre arme Kleine auswechseln, sobald sich ihm was Jüngeres an den Hals wirft!

»Diese egoistische Generation«, sagt Sandra oft, »die immer nur eines will: sich selbst verwirklichen! Und am Ende sind sie doch alle allein und unglücklich in ihren Stadtwohnungen, mit ihren E-Bikes, ihrem Lieferservice, den leeren Kühlschränken und ihren Senator-Lounge-Vielflieger-Karten. Da kommen dann Putzfrauen in diese Singlehaushalte, nur um die unbenutzte Bettwäsche auszuwechseln. Abends wird über Alexa das

Licht ausgeknipst, alles steuerbar, kommandierbar, delegierbar – aber ein wahres Zuhause ist es eben nicht. Da helfen keine Dates über Facetime und keine 987 Follower in einem sozialen Netzwerk.«

Sandra, das weiß Rebecca aus ihren Erzählungen, war nie einsam, sie hat sie und ihre zwei Schwestern zur Schule gefahren und abgeholt. Sie hat das Licht und die Musik stets selbst an- und ausgeschaltet. Sie hat kein Handy gebraucht, lange noch nicht mal eine E-Mail-Adresse. Die hat Rebecca ihr erst 2013 eingerichtet; in Sandras Augen »so ein ›Konto‹, in dem sowieso nur Werbung und Anzeigen landen und ab und zu eine Buchungsempfehlung eines Reiseportals oder eine Kaufempfehlung von Amazon«.

Sandra »mailt« nicht. »Es ist doch alles pornös und pervers, was da aus dem Internet kommt!«

Sie freut sich nur, wenn ihre Töchter ihr mal Fotos aus dem Urlaub mailen.

*

Manchmal, heimlich, wünscht sich Rebeccas Mutter, ihr Mann würde einfach eine dieser Prostituierten aufsuchen, eine Professionelle. Dann wäre das Thema vom Tisch und sie müsste sich nicht mehr breitschlagen lassen, wenn sie abends im Bett gemütlich ihre Romane liest. Wenn sie es dann doch geschehen lässt, ist sie danach oft erleichtert, erst mal wieder ein paar Wochen oder Monate Ruhe zu haben.

Aber liegt es denn daran, dass sie auf *ihn* keine Lust mehr hat und eigentlich gern noch einmal mit einem anderen geschlafen hätte? Hat die jahrzehntelange Ehe das aus ihnen gemacht, die Kindergarten-Elternabende, der Umbau des Hauses, der Haarausfall von Thomas, die unzähligen Haustiere – drei Kaninchen, der Hund, der Kanarienvogel – für alle hat sie letztendlich gesorgt, während die Mädchen in der Schule waren, sie hat Käfige gereinigt und Kot weggeputzt, Heu gekauft, sie hat für die Mädchen gekocht und zum Klavierüben und Hausaufgabenmachen ermahnt, sie hat alles organisiert, als Mutter, als Erziehungsberechtigte mit all der Verantwortung und all den Rügen, sie war diejenige, die mit den Kindern über Unordnung schimpfte, weil es ihrem Mann stets gleichgültig gewesen ist, ob die Stifte und Puppen der Mädchen überall im Haus verteilt waren. Sie hatte mit den Malern gesprochen, mit den Klempnern, sie hat mit den Lehrern geredet, sie hat die Arzttermine ausgemacht, sie hat das Geschenk für die Schwiegereltern besorgt und das Gymnasium für die Mädchen ausgesucht. Wie sollte man da noch Lust auf Sex haben?

Und dann kam abends der Papa nach Hause, der heldenhafte Mann im Anzug, den die Kinder anhimmelten und der ihnen nie etwas verboten hat, der nie auch nur ein Kleidungsstück für die Mädchen ausgesucht oder rausgelegt hat, der immer nur den »fun part« übernommen hat. Und so war es auch in ihrer Ehe geworden. Er wollte »fun«, und sie war genervt. Er hat sie zur Spaßbremse gemacht, weil einer ja vernünftig und ordentlich sein musste, weil EINER ja dafür Sorge zu tragen hatte, dass der Haushalt nicht verwahrloste, dass die Polster vom Sofa gereinigt und neu bezogen wurden, dass der Trockner funktionierte und dass aus den Kindern »etwas« wird.

Und so lässt sie ihn manchmal noch über sich drüberrutschen und versucht beim Sex, sich daran zu erinnern, was ihr daran einst Spaß gemacht hat. Sie versucht, in sich selbst hervorzurufen, wie sie ihn einst begehrt hat. Ein Zungenkuss ist heute unvorstellbar. Vor ihm nackt zu sein ist schon beschämend. Sie hat kurz davor noch seine Boxershorts gewaschen. Wenn er sich im Bett nachts an sie heranrobbt und seine Hand auf ihren Schenkel legt, stellt sie sich schlafend, bis er von ihr ablässt. Oder sie schläft mit ihm, weil sie ein so schlechtes

Gewissen hat und ja eigentlich doch eine gute Ehefrau sein will. Geschlechtsverkehr ist für sie eine Belastung, eine Bürde – und jedes Mal ist sie froh, wenn es vorbei ist.

Die Lust wird von den Gesprächen über Versicherungen und Rentenbeiträge verschluckt, erdrosselt von Einkaufslisten und der Frage, wer das Paket bei der Post abholt oder Fragen wie »Hast du den Meyers schon zugesagt? Warst du bei der Bank? Hast du den Müll runtergebracht? Hast du Spüli mitgebracht?«. Und dann spült das Spülmittel alle Lust und alle Geheimnisse mit in den Abfluss, all die Begierde und den Schmutz des Verlangens, den Schweiß, die Fleischreste – alles wird reingewaschen im Abflussbecken des Zusammenlebens. Wer den Müll runterbringt, kommt danach nicht mehr sexuell nach oben, der kommt nicht hoch, der will nicht vögeln, der will eine DVD schauen. Sie ist eine gute Ehefrau! Sie hat drei Kinder geboren und ihre Pflichten erfüllt, Fortpflanzung, Erziehung, Ehefrau. Sie hat ihrem Mann den Rücken frei gehalten und ihn zu Geschäftsessen begleitet, immer korrekt gekleidet, belesen, kultiviert, kein Skelett, aber keinesfalls übergewichtig. Sie findet sich lustig, und sie hat es satt, dass Thomas immer noch lustiger, betrunkener, lauter ist als sie und sie ihn ermahnen muss, weniger zu trinken oder leiser zu sprechen oder weniger zu poltern.

»Du willst immer früher gehen als ich«, sagt er einmal, als sie von einem Theaterabend kommen. »Dabei bist du mal so eine Partykanone gewesen! Mit dir konnte man Scharade spielen und Rotwein saufen. Wo ist diese Frau hin? Es ist alles so ernst geworden, und am Kühlschrank kleben Kurse, Heftchen für Achtsamkeitstrainings und Paleo-Rezepte.«

Sandra zieht sich ihr Nachthemd an. Thomas geht ins Bad.

»Ich brauche mehr Körperlichkeit, Sandra«, sagt er, als er aus dem Bad kommt.

Sandra liegt schon im Bett und liest einen historischen

Roman. Sie schaut kurz von ihrem Buch auf. Sie hat eine Pflegemaske im Gesicht und eine Kur im Haar. Das Haar ist in einen Turban aus Handtuch eingewickelt.

»Wir hatten doch früher so viel Spaß beim Sex.«

»Ich habe gerade einfach andere Dinge im Kopf.« Sie liest weiter.

»Aber was kann es denn Besseres geben!«

»Thomas, ich lese!«

»Du musst ja gar nichts machen. Ich könnte dich auch verwöhnen.«

»Ich will aber gerade nicht verwöhnt werden.«

»Dann lass mich wenigstens mal probieren, ich krieg dich sicher in Stimmung. Der Appetit kommt beim Essen.«

»Ich habe keinen Hunger.«

»Es wird dir gefallen. Sei doch froh, dass ich noch mit dir schlafen will. Sebastian sagt, er hat seit Jahren keine Lust mehr auf Julia. Aber ich, ich hab ja wenigstens noch ab und zu Lust auf dich!«

»Ab und zu?« Jetzt legt Sandra das Buch weg.

»Na ja … Wann hast du denn *je* Lust auf mich? Dagegen bin ich ja fast ein Erotomane! Richard hat mir neulich zum Beispiel erzählt, dass Karin ihn immer noch verführt! Nach über zwanzig Jahren! Die steht dann in Dessous in der Tür, wenn er heimkommt.«

»Richard flunkert. Der war schon immer ein Angeber! Genau wie mit seinen Kindern, die angeblich immer alle Preise gewinnen und nach Yale gehen!«

»Ich glaub nicht, dass meine Freunde mich anlügen.«

»Und ich glaub nicht, dass Karin im Stringtanga auf dem Esstisch liegt!«

»Vom Esstisch war nie die Rede! Aber sie gibt sich Mühe! Das könntest du ruhig auch mal versuchen!«

Er geht in die Küche und schmiert sich ein Brötchen mit

Heringssalat. Er schüttelt den Kopf. *Unglaublich, wie schwierig sie ist!* Er klatscht den Heringssalat auf die Brötchenhälfte. Mit dem Löffel schaufelt er die ganze Plastikdose leer, und die pinke Sauce spritzt ihm aufs Hemd. *Auch schon egal*, denkt er und beißt in die Semmel. Dabei tropft ein wenig Heringssalat aus seinem Mund und fällt zu Boden. *Wisch ich morgen weg.*

Sie soll sich nicht wundern, dass ich so dick bin, denkt er weiter und geht mit dem Rest des Brötchens zurück ins Schlafzimmer.

»Pass mit der Sauce auf«, murmelt Sandra, schaut aber kaum von ihrem Buch auf, als er das Zimmer betritt.

Er setzt sich auf die Bettkante und isst.

»Kau nicht so laut!«

»Passt dir eigentlich noch irgendwas an mir?«

»Ja, aber es passt mir nicht, dass du mit pinker Fischsauce in unser Schlafzimmer kommst. Der Teppich ist weiß! Das Bett ist frisch bezogen! Und das Zeug riecht widerlich!« Sie wedelt mit der Hand vor der Nase rum.

»Man wird ja wohl noch essen dürfen!«

»Um die Uhrzeit?« Sie schaut demonstrativ auf ihre goldene Armbanduhr und tippt mit dem Zeigefinger aufs Zifferblatt.

»Ich esse, wann ich will! Und außerdem: Wenn du mit mir geschlafen hättest, hätte ich auch nichts essen müssen um die Uhrzeit!«

»Ah, dann ist es jetzt meine Schuld?«

»Ich esse nur aus Liebesentzug!« Er schmatzt, der Salat macht Geräusche, die sahnige Sauce läuft ihm triefend übers Kinn. »Ich esse sogar aus Frust!«, fährt er fort. »Also ist es deine Schuld, dass ich dick werde!«

»Wenn ich aus Frust essen würde, wäre ich schon längst übergewichtig. Außerdem: Denkst du, diese Matjesbrötchen machen mich an? Die stinken!«

»Es ist Hering!«

»Es riecht nach Fischvergiftung!«

»Das Einzige, was hier giftig ist, bist du.«

Er hat aufgegessen und lässt sich mit dem Rücken aufs Bett fallen.

»Willst du dir nicht die Zähne putzen?«, fragt sie.

Er grunzt.

»Du hast ja noch Schuhe an!«

Sie zieht ihre Decke und ihr Kissen zu sich heran, um sich vor ihm und seinem Körper und seinem Gestank zu schützen, und widmet sich wieder ihrem Buch. Sie hat sich eine Festung gebaut, eine Festung aus Stoff.

MAXIE

»Was habe ich falsch gemacht?«, schreibt Bobby. »Warum liebst du mich nicht mehr?«

»Wir können nicht mehr weitermachen«, antwortet Maxie dieses Mal und noch viele weitere Male.

Vier Tage später steht Bobby vor ihrer Haustür.

»Erklär es mir wenigstens«, fordert er sie auf.

Schon als sie ihn sieht, weiß sie, dass sie ihn nicht wirklich vergessen hat. *Verdammt*, denkt sie nur, *jetzt geht das wieder los*.

»Fahr mit mir in den Schnee«, sagt er. »Osterferien.«

»Wie soll das gehen? Ich muss arbeiten.«

»Wenn Hannes weg ist. Wenn er auf einem Kongress ist. Dann fahren wir. Komm einfach mit.«

»Er ist bald in Chicago«, sagt sie. Warum sagt sie das? Sie wollte doch damit aufhören.

»Ab wann?«, will Bobby wissen.

»Ich weiß nicht. Ich glaube, Dienstag.«

Am Dienstagvormittag bricht Hannes schon früh nach Chicago zum Kardiologentreffen für Teilnehmer aus der ganzen Welt auf.

Es ist elf Uhr achtunddreißig, und Maxie arbeitet an einem Pitch für einen großen Kunden, einen Lebensmittelkonzern, dessen Pressearbeit sie übernehmen möchte, als ihr Telefon klingelt.

»Unten am Empfang wartet ein Herr auf Sie!«

Maxie springt auf. Sie speichert die Datei auf dem Computer, sprüht sich Parfum auf Hals, Handgelenke und Dekolleté, sie klatscht sich hastig Puder und Bronzer ins Gesicht und wühlt in ihrer Handtasche auf der Suche nach irgendetwas für ihre Lippen. Sie richtet sich die Haare, fährt sich mit dem Kamm durch den Zopf und rast zum Aufzug.

»Was machst du denn hier!«, fragt sie.

Bobby zeigt auf seinen beladenen Maserati, auf der Rückbank liegen zwei Paar Skier.

»Ich hab dir Skier besorgt«, sagt er. »Los geht's!«

»Jetzt?«

Menschen strömen in die Agentur, Kollegen grüßen Maxie, sie zerrt ihn zur Seite.

»Alle können uns hier sehen!«

»Soll ich nicht mehr kommen?«, fragt er. Doch seine Stimme klingt keineswegs zweifelnd, sondern sehr selbstsicher. Er weiß, dass sie es will.

»Guten Morgen!«, ruft ein Kollege aus der Buchhaltung ihr zu.

Sie nickt nur und spürt, wie sie rot anläuft.

»Bobby ...«

»Komm mit! Es ist mein Traum. Ich will so gern ein paar Tage mit dir verbringen.«

»Ich hab überhaupt nicht frei.«

»Nimm dir Urlaub! Soll ich mit deinem Chef reden? Ich kenne ihn doch gut. Die verdienen ja hier nicht schlecht an mir.«

»Nein! Um Himmels willen. Was willst du ihm sagen? Hören Sie zu, ich nehm Ihre verheiratete Angestellte mit in die Berge?«

»Wir duzen uns!«

»Sehr lustig.«

»Fahr hoch, hol dein Zeug, wir fahren zu dir, du packst, setzt dich ins Auto und entspannst dich. Erfüll mir diesen Wunsch!«

Maxie rennt tatsächlich zum Fahrstuhl, fährt nach oben, ihr Kopf glüht immer noch, sie denkt daran, was sie alles packen muss, was sie Hannes sagen wird, was sie ihrem Chef und ihren Kollegen sagen wird. Sie will niemandem ins Gesicht lügen müssen, sie will nicht stammeln. Am liebsten würde sie unsichtbar über den Flur huschen. Sie wischt ihre Sachen mit einem Handgriff in ihre Tasche, klickt hektisch auf der Maus herum. Dokument speichern. Ist er wahnsinnig? Ist sie wahnsinnig? Sie hat doch übermorgen Abgabe, aber vielleicht wird sie sich einfach freinehmen und sagen, es gibt einen Notfall in der Familie. Ja, das ist ein guter Plan. Und Hannes wird es gar nicht mitbekommen, verschiedene Kontinente und Zeitzonen – und was sind schon drei Tage? Tage, an denen sie ohnehin allein im Büro und in der Wohnung hocken würde. Sie nimmt Hannes ja nichts weg, sie stiehlt ihm nichts, sie vertreibt sich nur die Zeit, während er fort ist. Und ist es nicht besser, er hat eine glückliche, ausgelastete Frau zu Hause, die nicht klammert und nervt, die ein eigenes, ein selbstbestimmtes Leben führt?

»Wohin gehst du?«, fragt ihr Kollege Valentin, der plötzlich neben ihr steht. Valentin gehört zu der Sorte Kollegen, die stets darauf lauern, jemand anderen bei irgendetwas Unrechtmäßigem zu erwischen. Maxie räumt unbeirrt ihre Sachen zusammen.

»Hab grad einen Anruf bekommen. Ich muss leider dringend weg.« Sie wühlt in ihrer Tasche und kann Valentin unmöglich in die Augen sehen.

»Ich nerv dich jetzt einfach ein bisschen«, sagt Valentin und starrt auf ihren Bildschirm.

»Es ist grad wirklich schlecht!«, stöhnt Maxi, aber Valentin bleibt einfach da.

»Uuuu-huuu, Miss Busy!«

Er nimmt es ihr nicht ab.

»Lieber busy als nervig!«, sagt Maxie schließlich, ohne aufzuschauen, und hackt weiter in die Tasten, um noch schnell alles zu speichern und dann den Computer herunterfahren.

»Oh, so bissig heute … An was arbeitest du denn gerade?«, fragt Valentin neugierig.

»Ich muss wirklich los.«

»Man wird ja wohl noch mal fragen dürfen.«

»Ich komm doch auch nicht einfach an deinen Platz und hocke mich an deinen Computer.«

»Okay, Miss Wichtig. Ich wollte ja nur nett sein.«

Er ist schon lange die große Nervensäge im Team. Einer, der sich selbst am lustigsten findet und sein penetrantes Auftreten mit Selbstbewusstsein verwechselt. Auf seinem Schreibtisch stehen Medaillen von Tennisturnieren, die er als Teenager mal gewonnen hat.

Mit Verwunderung stellt Maxie immer wieder fest, dass die Chefs ihn gern zu Kundenterminen mitnehmen und ihn immer wieder in wichtige Projektteams stecken.

Ja, diesem Büro gegenüber hat sie nun Schuldgefühle, weil ein Mann drei Tage mit ihr ausbrechen will. Aber dann ist es ihr plötzlich ganz egal. Sollen die doch mal sehen, wo sie bleiben! Maxie wird jetzt auch mal ihr Ding machen. Oder sie wird sich ihre jahrelange Vertrauenswürdigkeit, alles, was sie sich bisher erarbeitet hat, dadurch zunichtemachen. Es ist ihr in diesem Moment egal.

»Du haust einfach ab?«, ruft Valentin ihr noch hinterher. Aber der Aufzug schließt sich schon, und sie befindet sich auf der Talfahrt. Auf der Talfahrt zu Bobby, zu ihrem anderen Leben, dem Leben ohne Verantwortung.

Das Hotel ist traumhaft. Bobby trägt ihr die Skier, Maxie besucht nachmittags den Spa-Bereich. Bobby hasst Saunen und bleibt auf dem Zimmer, um zu arbeiten. Aber als Maxie nach-mittags früher aus dem Dampfbad zurückkehrt als gedacht und die Zimmertür aufsperren will, hört sie ihn telefonieren.

»Ja, wie schön mein Liebling.« Er flüstert. Er flüstert, wie jemand, der etwas zu verbergen hat. »Ich bin bald wieder bei dir«, haucht seine Stimme. Doch selbst im Flüsterton klingt die Stimme kräftig und bestimmt. Maxie bleibt versteinert stehen. Ihr Herz rast, die Eisdusche nach der Sauna ist nichts dagegen, ihr warmer Bademantel glüht von innen, ihre nassen Haare tropfen auf den Hotelflur vor dem Zimmer. Er liebt sie auch, die andere. Hat er ihr nicht unter Tränen geschworen, er habe Paula für immer verlassen? Für immer und ewig. Hat er Maxie nicht versichert, sie sei die Einzige, sein Lebenszweck, sein ganzes Glück? Und während sie versucht, Hannes möglichst auf Abstand zu halten, um Bobby nicht wehzutun, um die Reise nicht zu belasten, nutzt er die Zeit, die sie im Wellnessbereich verbringt, dazu, der anderen in den Hörer zu säuseln. Arbeiten nennt er das. So ein Schwachsinn!

Sie ist gutgelaunt mit ihrem Bademantel und den Hotelslip-pers aus Frottee in die Ruheoase aufgebrochen, und er hat gera-dezu darauf gelauert, bis sie endlich in der Sauna verschwand, um in Ruhe seinen Liebling anzurufen. Vielleicht hasst er die Sauna gar nicht. Vielleicht hat die Sauna ihm bloß als willkom-mene Ausrede gedient, sie zu hintergehen. »Jaja, geh du nur … Mach es dir schön. Ich kann es kaum erwarten, bis du wieder-kommst.« Und er hat sich ins Fäustchen gelacht, während sie geschwitzt und sich entspannt hat und sich schon wieder arglos auf ihn gefreut hat.

Maxie entschließt sich, das Zimmer nicht zu betreten und schlurft in ihren feuchten Schlappen zurück in den Spa-Bereich. Ihr ist kalt, und ihr Körper zittert in dem feuchten Bademantel, sie bekommt plötzlich Schüttelfrost. Sie geht vor die Tür, das Schwimmbad ist beleuchtet, und der Whirlpool dampft unter freiem Himmel. Sie steigt hinein, um sich aufzuwärmen und das Geheimnis wieder loszuwerden, abzuwaschen. Fast verbrennt sie sich den Fuß, ihre Gliedmaßen kribbeln vom Temperaturwechsel. Sie wünscht sich, sie wäre nie frühzeitig zurück aufs Zimmer gegangen und würde weiterhin glauben, dass alles gut sei zwischen ihnen. Sie wünscht sich, sie würde Bobby weiterhin so sehen, wie sie ihn immer gesehen hat, als einen älteren Mann, der nur sie liebt, der ihr persönlicher Held ist.

Aber der Moment der Entzauberung ist durch kein Bad der Welt wegzuwaschen, sie schrubbt an ihrem Körper, die Blasen blubbern, alles sprudelt nach oben. Die Hitze steigt ihr zu Kopf, sie starrt in den Himmel, in den die Berge wie Speerspitzen stechen, überall Gipfel mit Schnee. Man hört noch das Kratzen der letzten Skifahrer auf den nahegelegenen Pisten, der Himmel ist so blau wie er nur in den Bergen ist, der Tag ist vorbei, der Abend bricht über dem Skidorf herein, die Pisten leuchten, der kleine Ort strahlt mit seinen Lämpchen und Büdchen und Hotels. Und plötzlich kommt Bobby auf die Terrasse und sieht nach ihr.

»Da bist du ja, Maxie!«

Sie zuckt zusammen, nichts ist mehr wie vorhin. Heute Mittag haben sie noch im Skilift geknutscht und auf der Berghütte Jagertee getrunken und Germknödel gegessen.

»Ich bin so glücklich, Maxie«, hat er gesagt.

Und jetzt sieht er sie wieder so an. Er trägt einen Bademantel und steht vor dem Whirlpool.

»Hast du dich verirrt?« Sie will nicht schnippisch klingen.

»Ich hatte Sehnsucht!« Er lässt den Bademantel fallen und steigt zu ihr. Der Pool blubbt.

»Mit dir hab ich gar nicht gerechnet.«

»Ich musste! Ich muss immer zu dir, Maxie.« Er kommt direkt auf sie zu und küsst sie. Er streichelt ihre nassen Arme und fährt ihr durch die feuchten Haare.

Sie kann sich nicht dagegen wehren, nie hat sie mehr Lust

auf ihn verspürt. Sie will ihn ganz für sich haben. Ihr, der anderen zeigen, zu wem er gehört, wer ihn besitzt. Und ihr ist, als würde seine Paula zusehen, während sie im Pool knutschen und sich anfassen, als ob sie einander seit Monaten nicht angefasst hätten. Sie zieht seine Badehose herunter und diese wirbelt im sprudelnden Wasser umher, treibt wild an der Oberfläche. Und alles blubbert, und ihr Kopf ist heiß. Er drückt ihre nassen Beine auseinander. Und dann ist er in ihr. Überall ist diese Strömung, und die Bergspitzen stechen so dunkel und mächtig in den Himmel. Der Schnee reflektiert das Restlicht der Sterne. Überall ist Wasser und Sprudel und Strom, und sie stöhnt so laut in die Schlucht, dass die Schlucht ein Echo zurückwirft. Und Paula sieht zu, von irgendwo sieht sie zu. Maxie schreit auf zwischen den Gipfeln und lässt ihren Kopf nach hinten fallen, das Wasser spritzt, und sie hat die Augen weit geöffnet. Sie blickt direkt in den klaren, dunklen Berghimmel. Und jederzeit könnte ein Hotelgast in den Außenbereich kommen, aber es ist ihr egal. Ihr ist alles vollkommen egal. Bis auf seinen Körper.

Und dann stellt sie ihn zur Rede. »Ich hab genau gehört, was du ihr zugeflüstert hast, wie ein verknallter Schuljunge!«

»Du hast Hannes geschrieben. Ihm lauter Herzchen geschickt. Ich hab's doch gesehen, am allerersten Morgen, als wir hier waren. Als du duschen gegangen bist!«

»Ach, deshalb bist du immer vor mir beim Frühstück!«

»Und was ist der Unterschied?«

»Der Unterschied ist, dass ich dir keine Beziehungskrise und Trennung vorgegaukelt habe! Der Unterschied ist, dass ich offen zu meiner Ehe gestanden habe.«

»Wenn du denkst, das macht es besser, dann irrst du dich! Ich war so glücklich dort mit dir. Und wache auf neben dir, da hast du längst deinem Mann Herzchen aus unserem Bett geschickt, aus unserem Urlaub!«

»Ich musste ihm ja mal Bescheid sagen, dass ich noch lebe!«
»Na siehst du. Und ich musste Paula ruhigstellen. Wir haben ein Kind zusammen! Das würde ich gern weiterhin sehen.«

Maxie ist sich sicher, dass er Paula nicht verlassen hat. Er belügt sie. Er hat sich die Trennung ausgedacht. Aber er will es noch nicht einmal zugeben.

Als sie zurückkommen, ist es nicht wie vorher. Sie liebt ihn noch mehr, vielleicht liebt sie ihn jetzt erst so richtig. Sie weint heimlich, als der Urlaub vorbei ist.

Am Abend muss sie ihrem Mann in die Augen sehen und am nächsten Morgen ihrem Chef. Sie muss weiter und wieder lügen.

»Du musstest ja weg. Den Pitch hat jetzt Valentin allein gemacht. Aber wir haben den Kunden«, erklärt ihr der Chef.

Maxie weiß nicht mehr weiter. Sie weiß nicht, was sie tun soll. *Vielleicht muss ich mich befreien*, denkt sie. *Wie kann ich mich befreien?*, denkt sie. *Wie bin ich da hineingeraten?*

Es gab immer genug Männer, die in Kneipen oder auf der Straße nach ihr lechzten. Aber diese Männer interessierten sie nicht, die dummen Sprüche, die kurze Aussicht auf Sex, das zähe Auswahlverfahren. Typen schrieben ihr Dinge über Facebook. Dinge, die sie vor Scham kaum lesen, geschweige denn aussprechen konnte. Typen schickten Penisbilder oder schlüpfrige Videos per Instagram (ihr Physiotherapeut, ihr Nachbar Jan, ein Ex, ein Kollege, ein ehemaliger Mitschüler, völlig Fremde). Das taugte alles nichts.

Was diese Männer schrieben, war rein virtuell. Wenn Maxie ihren Nachbarn Jan zufällig abends auf einer Party traf, grüßten sie einander kaum, nur ein Nicken. Sie hatte Fotos von seinem Schwanz auf ihrem Mobilfunkgerät. Aber im echten Leben waren sie höflich miteinander. Als sei nichts geschehen. Als habe der Penis sie nicht erreicht. Es war, als gäbe es zwei von ihnen: Den Nachbarn, der im Hausflur grüßte, während er im Anorak das Altpapier auf einen Stapel legte oder einen »Keine Reklame«-Sticker an seinen Briefschlitz klebte. Und den Nachbarn, der Nacktfotos verschickte, der im Hausflur so tat, als ob er mit den Nacktfotos nichts zu tun hatte. Als treibe ein anderer sein Unwesen mit seinen Bildern und seinen Trieben, ein im Handy lebender verdorbener Gnom.

ER: Good morning, Babe. Frage, Wahrheit: Bester Ort für Sex.

ER: Hey!! Antworte mir.

ER: Lieblingsstellung?

ER: Hab von dir geträumt.

ER: Gib es ein Sextape von dir?

ER: Du bist zu abstrakt. Have fun.

ER: bye

ER: Schick mal pic

ER: lets play: guckst du gern Pornos?

ER: Das dauert mir zu lange. Not nice. Bye.

ER: Wie weit gehst du, Wenn dir jemand gefällt.

ER: Was ist für dich fremdgehen: knutschen, heavy petting, bj?

ER: Mach mal Fotos von hinten.

ER: Beste Blowjob-Stellung? Was machst du? Drunk oder bored? Ok, du bist abgelenkt. Bye.

ER: Bringt nix. Schade. Macht leider keinen Sinn. Geheimnis eines guten Blowjobs?

ER: Welches Körperteil findest du an dir am heißesten?

ER: Wie sieht das most sexy pic aus, das es von dir gibt?

ER: Doggy stehen oder knien?

ER: Also

ER: Antwort

ER: Mannomann

ER: Tränensmiley

ER: Nie Zeit für mich

ER: Schick mal pic.

ER: Du gehörst mal rangenommen. Heiß süße. Schick pics. Ich merk schon, du verkraftest es nicht ganz.

ER: Hey … Darfst du nicht raus?!

Dann schickt Jan ein Foto von einem Busen. »Schau mal, das hat mir Janine gerade geschickt. Auch ganz heiß, die Kleine.«

Er schickt ihr seinen nackten Oberkörper und seine Hand an seinem Schritt in sehr engen Boxershorts, fast könnte man Hotpants sagen. Dann seine Hand an seinem Penis. Und wie er ejakuliert.

ER: Will auf dir abspritzen.

ER: Schick mir ein Foto zum Einschlafen.

ER: Komm schon. Heißes Foto, bittteeeee.

SIE: Schau dir doch youporn an. Wer bin ich denn? deine Pizzalieferantin mit happy ending oder was?

ER: OH, BABY. ZICK NICHT RUM.

Wenn sie sich am Briefkasten begegnen, sagen sie bloß »Hallo« und fischen ihre Post aus dem Fach. Aber abends schickt ihr Jan wieder ein launiges »Noch wach?« oder »Was machst?« Noch nicht mal ein »Was machst *du* gerade?« Nur »Was machst« oder »Was geht«. Maxie reagiert nicht. Sie weiß nicht, was er will. Sie weiß nicht, was sie tun soll.

»Süße«, schickt er, »will dich schmecken.«

Sie will nicht geschmeckt werden.

»Will an dir saugen.«

Sie will nicht an sich saugen lassen.

Dann schickt er wieder Fotos von seinem Schwanz.

Sie löscht die Bilder. Sie will das alles nicht. Sie versucht, Antworten zu tippen. »Lass das, du Widerling.« Aber dann schaltet sie doch nur das Handy aus und legt es weg.

»*Und jedes Mal haben wir uns geliebt, das erste Mal zum ersten Mal – und das letzte Mal zum letzten Mal. Aber wie oft haben wir uns nicht schon zum letzten Mal geliebt? Ich weiß es nicht, häufig …*«

Jean-Philippe Toussaint

Helena, Maxie und Rebecca sitzen auf dem Boden. Der Boden ist kühl, der Raum ist warm. Die Meditationslehrerin macht Atemübungen vor. Es ist die dritte Stunde. Nach den letzten beiden Stunden haben die drei Frauen im Meditations-Café noch zusammengesessen. Auch heute bleiben sie noch ein bisschen. Sie bestellen einen Sekt, einen Sekt und einen Kaffee, der eigentlich koffeinfrei sein sollte.

»Sieh's als Kompliment!«, sagt Maxie zu dem Vorfall mit dem Chef im Taxi, als Rebecca davon erzählt.

»Ja, *du* hast kein Problem mit Belästigung!«

»Was soll das denn heißen?«

»Viele Frauen sind schon vollkommen abgehärtet von all dem Gegrabsche, den Pfiffen, Zungen, Klapsen … Für die ist es keine Belästigung. Du siehst es vielleicht als Spiel. Als Bestätigung.«

»Ich weiß nicht, vielleicht will ich mich da nicht als Opfer sehen. Aber vielleicht ist es schon so weit mit mir gekommen«, sagt Rebecca. »Es ist doch egal, wie wir uns verhalten. Bist du im Job zu lieb, bist du zwar die sympathische Kollegin, aber man zweifelt an deiner Durchsetzungskraft. Bist du hart im Verhandeln, wirkst du zwar kompetent, aber unweiblich. Du kannst nicht gleichzeitig schlau und hinreißend sein. So ist die Gesellschaft.«

»Es ist schlimm, dass Frauen immer irgendwie alles falsch machen«, sagt Maxie.

»Ich erlebe es doch dauernd! Wenn du Anfang dreißig bist und keine Kinder willst und lieber arbeiten, bist du sonderbar, abartig. Wenn du Kinder hast und trotzdem arbeitest, vernachlässigst du deine Kinder und bist karrieregeil. Eine in Vollzeit arbeitende Frau ist kaltherzig, ein in Vollzeit arbeitender Mann ist ein Held, der die Familie ernährt und für sie sorgt. Mütter, die arbeiten, haben etwas Widernatürliches, weil sie nicht vierundzwanzig Stunden bei ihrem Kind sein wollen. Und Frauen, die keinen Sex wollen, sind verbittert. Frauen, die welchen wollen, sind Schlampen. Wir sollen lieblich sein. Nicht laut oder forsch, nicht abweisend oder zu ehrgeizig.«

Aus Helena platzt es zustimmend heraus: »Man findet Frauen, die zu viel arbeiten beunruhigend, man findet Frauen, die zu laut sind burschikos, man findet Frauen, die ihre Sexualität leben, billig und willig, man findet Frauen, die zu viel trinken, beschämend oder verzweifelt. Und dann macht man sich Sorgen und spricht mit anderen darüber, wie arm diese Frau dran ist, so ohne Mann und mit Alkoholproblem, so als arbeitende karrieregeile Emanze. Dann mischt man sich ein in ihr Leben und hilft im besten Fall oder kommentiert und bewertet im schlechteren Fall. Denn die arme Frau verschreckt ja so alle Männer, und was könnte es denn Wichtigeres geben, als die Männer nicht zu verschrecken und die Gesellschaft nicht zu erschrecken.«

Maxie hat diese Erfahrung ja auch oft gemacht: »Wie schade, dass die Gier nach Sex, Schnaps und Schweinebraten bei Frauen so wenig Zuspruch findet. Frauen dürfen nicht gierig sein und wenn dann nur nach Pilates oder Edamame, dem Hirse-Shake oder Schuhen.«

»Immer heißt es, man ›meine es nur gut‹ mit uns. Was als gut gemeinter Ratschlag verkleidet wird, ist im Grunde genommen nichts anderes als eine Anstands- und Verhaltensregel, ein Befehl, sich normkonform zu benehmen. Weil trinken ungesund ist und fett macht und weil eine lustvolle Frau pervers ist oder eine Schlampe und weil sie ihren Ruf riskiert und damit für immer alleine bleiben wird, ungeliebt wegen ihrer Lust. Moral und Gesetze sind gegen uns! Was Frauen alles nicht dürfen! Nicht sollen! Getarnt als eine Art Fürsorge, als Beschützermechanismus, als das Bewahren vor dem Bösen.«

Helena unterbricht Rebecca: »Ja, aber wir sind nun einmal die, die die Kinder kriegen müssen! Und ich finde die Schwangerschaft auch schwer. Viele Frauen erzählen ja, sie seien gern schwanger, so voller Leben, glücklich, glühend. Ich habe schon immer geahnt, dass ich nicht zu diesen Frauen gehören würde, obwohl ich mich so sehr gefreut habe, zu erfahren, dass ich schwanger bin. Ich und mein Mann haben es uns sehr gewünscht. Doch jetzt ist es nicht nur schön. Ich fühle mich, als habe jemand meinen Körper entführt. Er gehört mir nicht mehr, mir ist zu unmöglichen Uhrzeiten schlecht und mulmig. Ich bin schlapp und träge – was ich nie war. Ich bin launisch – es steigert sich zu einer Frequenz, einer Unberechenbarkeit, die dazu führt, dass ich alles kurz und klein schlagen und im nächsten Augenblick ein Kuscheltier umarmen will. Ich bin ungeduldiger, ungehaltener als sonst. Den Fehlern anderer, die mir nahestehen, begegne ich mit einer Nulltoleranz. Ich muss schnell weinen – aber das ist bei mir eigentlich immer so. Ich bin gereizt. Ich finde es unfair, eine Frau zu sein. Ich will nicht allein die Verantwortung tragen, und wenn ich ehrlich bin, bin ich sehr wütend auf meinen Mann, auf alle Männer. Eine schwangere Frau ist die Anti-Option. Sie ist gesellschaftlich draußen, weil sie nicht trinkt, nicht lange wach bleibt, sich schonen muss, keinen Käse, keine Salami, kein Sushi mehr isst, keinen Sportarten mehr nachgehen darf, die Spaß machen. Okay, außer Schwangerschaftsyoga – aber das macht eben keinen Spaß. Alles, was Spaß macht, ist tabu. Skifahren, rennen, reiten, wild tanzen, Autoscooter fahren, trinken, rauchen …«

»Hast du vor der Schwangerschaft geraucht?«, möchte Rebecca wissen.

»Nein, nicht regelmäßig. Aber ich konnte immer, wenn ich wollte! Ich hatte die Wahl, die Option! Jetzt bin ich beruflich auch abgeschrieben. Ich werde müde sein und mich Kinderarztterminen, Impfungen und Säuglingskrabbelgruppen widmen müssen anstatt meiner Karriere. Nach der Elternzeit werde ich für die Kollegen nicht mehr verlässlich sein, weil das Kind ja immer vorgeht. Ich werde kein Teamplayer mehr sein können, ich bin ja dann Mama. Ich werde so übermüdet und überfordert sein, dass niemand mehr auf mich setzen möchte. Freundinnen wissen auch, dass sie erst mal nicht auf mich zählen können. Reisen fallen flach, Partys, lange Nächte, spontane Besuche. Sie werden mir nichts mehr erzählen, weil sie mich für langweilig und unkonzentriert halten, weil ich von all dem Babykram so abgelenkt sein werde, dass sie denken, ich verstünde ihre Welt nicht mehr. Sie werden mir nichts zutrauen, werden mich schonen oder anlügen, vielleicht werden sie irgendwann sogar aufhören, mich zu fragen, ob ich abends mitkomme, weil sie meinetwegen immer in dieselbe Bar um die Ecke gehen müssen, damit ich dem Baby noch nah bin. Oder noch schlimmer: Wir treffen uns nur noch bei mir zu Hause! Und ich koche zum siebten Mal Spaghetti, und sie sehnen sich nach einem öffentlichen Ort ohne Desinfektionsmittel und Feuchttücher, mit anderen Menschen und einer Speisekarte und einer Weinkarte. Und ich serviere irgendwelchen alten Rotwein aus dem Vorrat von vor der Schwangerschaft, und dann gähne ich viel und meine Haare sind zauselig und ich trage Hausschuhe und weite Pullover und einen Dutt, und meine Freundinnen fragen sich, was aus mir geworden ist, und ziehen danach weiter um die Häuser, während ich zurückbleibe und sie über mein trauriges Dasein lästern können. Und dann schauen sie sich verschwörerisch an, weil ich stille oder nicht stille oder zu lang stille oder weil meine Titten hängen und weil mein Baby gar nicht so niedlich ist, wie ich immer sage. Und dann gehöre ich zum anderen Team, zur gegnerischen Mannschaft.«

»So ein Quatsch! Es kommt doch alles wieder. Aber ich verstehe deine Angst. Vielleicht verändert dich das Kind ja auch, und dann willst du gar keine Gin Tonics mehr.«

»Das ist ja noch schlimmer! Davor habe ich ja am meisten Angst. Dass ich dann so eine Horrormutter werde, die alles besser weiß, die nicht richtig lebt und sich aus allem, was sie vorher definiert hat, nichts mehr macht. Aus meinem Beruf, aus Sekt, aus geilen Klamotten, aus meiner Freiheit, aus Reisen, aus meinen Skitouren. Wer bin ich denn dann? Ohne meinen Körper, ohne meinen Job, ohne Schlaf und ohne Energie? Ich weiß nicht, ob ich mich dann überhaupt noch mag. Ob ich diese Rohversion von mir kennenlernen will.«

»Du wirst genauso hot und schlau sein wie jetzt! Außerdem sollten Freundschaften keine Angst vor Veränderungen haben. In langen Freundschaften wird man manchmal als Geisel gehalten. Als Geisel seiner eigenen veralteten Version. Deswegen sind neue Freunde wichtig. Und neue Versionen!«

»Du bist, glaube ich, nicht der Typ, der sich gehen lässt.« Maxie lächelt Helena an.

Rebecca denkt an den Kellner aus ihrer Lieblingsbar und daran, wie gern sie sich jetzt gehen lassen würde, einfach trinken und knutschen und keine Verantwortung haben. Wie gern sie seinen Blick auf sich spüren würde, den Blick eines Mannes, der sie will, der sich für sie als Eroberung interessiert. Ja, Tim vögelt fast täglich mit ihr, manchmal mehr als ihr lieb ist. Sie will ein Kind und sie will ihm seinen Spaß lassen. Aber der Sex wird dadurch so gewöhnlich. Sie liebt ihn, sie will eine Familie mit ihm, aber sie möchte nur ein einziges Mal noch den Blick eines Mannes spüren, mit dem sie kein Kind zeugen möchte.

»Es gibt auch ein gutes Loslassen. Das Loslassen von Erwartungen, von Gesellschaftszwängen.«

»Ja, aber dafür muss ich ja nicht arbeitslos und ungekämmt mit einem schreienden Säugling zu Hause sitzen! Und ich dachte, der Druck hört in der Schwangerschaft endlich auf – aber nein: Es wird noch schlimmer. Die Schwangeren prahlen alle damit, wie wenig sie zunehmen und stellen ihre Minibäuche und Streichholzbeinchen auf Instagram. Selbst in der Zeit des Brütens ist man einem krassen Druck ausgesetzt. Letztens hat mich eine andere Schwangere gefragt: ›Wie, du isst noch Zucker?‹, und dann so mitleidig auf meinen Bauch geschaut. Als würde ich Crack rauchen in der Schwangerschaft. Und dann hat sie immer weitergemacht: ›Wie? Ihr habt noch kein Stillkissen?‹ So einen Scheiß muss ich mir die ganze Zeit anhören, wie unvorbereitet und verantwortungslos ich doch sei, was ich für eine Versagerin sei, weil ich noch Kaffee trinke statt Algensmoothies. Ich fühle mich nicht die ganze Zeit wohl. Aufgebläht und träge. Ich schlafe unruhig, und meine Gedanken fahren Karussell. Wird Philipp mich je wieder begehren? Sind wir dann für immer nur noch Eltern? Was wird aus uns, unserer Zweisamkeit, unserer Verliebtheit? Ich habe große Sehnsucht nach meinem Mann. Vielleicht auch, weil ich manchmal Angst habe, dass die Beziehung zu kurz kommen könnte in Zukunft. Aber Philipp ist besonders fürsorglich, das ist schön. Und wisst ihr: Ich werde manchmal fast wütend, wenn noch jemand schwanger ist. Es nervt mich, ständig über Babys zu sprechen. Wenn man schwanger ist, scheinen die anderen davon auszugehen, dass einen das Thema maßlos interessiert und man Lust hat, sich die ganze Zeit Ultraschallfotos und Schnuller-Webseiten anzuschauen.« Helena schüttelte den Kopf. »Also lasst uns jetzt gerne über etwas anderes reden«, sagt sie und schaut sehnsüchtig auf Maxies und Rebeccas flache Bäuche.

»Ich will manchmal auch ein kleines Wesen, dann wieder will ich frei sein, jung sein, keine Mutter sein, sondern ein Mädchen. Ihr lauft mir nur alle davon, und ich fühle mich wie ein Kind unter Erwachsenen«, sagt Maxie.

»Also ich laufe dir nicht davon.« Rebecca wird traurig.

»Aber es könnte jederzeit losgehen. Und manchmal fühle ich mich wie eine ewige Außenseiterin, die ein Doppelleben führen will. Eins als Mutter und Ehefrau. Und eins in Freiheit.« Maxie überkommt eine Welle der Sehnsucht. Sie denkt an Bobby, sie denkt an lange Nächte, an Geschmacksverstärker, an Kristallzucker, an den süßen Geschmack von Tabak, an ein Jever und einen Wodkashot. Sie denkt an Fleischkäse und an Bifi, sie denkt an laute Klubs mit verschwitzen Menschen.

»Spürst du denn etwas?«, fragt Maxie mit der Neugier einer Zweifelnden. Es ist keine Sensationsneugier, keine Inquisition. Sie will einfach wissen, ob das Schwangerengefühl helfen kann zu kompensieren. Ob sie so vielleicht vergessen könnte, wenn sie schwanger wäre. Ob die Schwangerschaft alles andere verdrängen könnte und das Vergangene in den Hintergrund rücken könnte. Ob es sich lohnen könnte, über ein Baby nachzudenken. Es könnte das Einzige sein, das ihr helfen würde, den Mann zu vergessen, den sie eigentlich längst aufgeben wollte. Aber noch denkt sie stündlich an ihn. Manchmal, wenn sie aufrichtig zu sich selbst ist, sogar öfter. Aber wer zählt schon mit? Sie nicht. Bobby, Bobby, ticktack. Und außerdem will der Mann, mit dem sie eigentlich zusammen ist, gar kein Kind. Hannes will ja gar kein Kind.

»Ich spüre es leider noch nicht oft«, sagt Helena. »Es ist wunderlich, weil es einfach vor sich hin wächst in mir. Es schläft und isst und strampelt und lächelt vielleicht auch mal, ohne dass ich viel davon mitbekomme.«

In mir wächst auch etwas vor sich hin, denkt Maxie. Und es fängt einfach nicht an, zu schrumpfen.

»Manchmal denke ich, ich will gar nicht so gern schwanger sein«, sagt Rebecca. »Ich liebe das Leben mit Tim, die Reisen und irgendwie auch meinen Beruf. Nur in meiner Firma gefällt es mir nicht mehr so. Aber ich will im Grunde schon Karriere machen. Letztens hat mich eine Headhunterin kontaktiert, die für eine andere große Beratungsfirma mit einem Zweitsitz in New York scoutet, aber irgendwie habe ich noch gar nicht geantwortet.« Das ist das erste Mal, dass Rebecca über die Headhunterin spricht oder überhaupt wieder über sie nachdenkt, nachdem sie ihre Mail erhalten hat. Sie hat sie rot markiert, mit einem roten Fähnchen, sich dann aber nicht mehr damit beschäftigt. Im Moment ist ihr einfach alles zu stressig.

»Es gibt wahrscheinlich keine richtige Antwort. Glücklichsein ist ja kein Dauerzustand, es ist ein Moment. Ich meine, warum habe ich überhaupt eine Affäre? Ich bin glücklich mit meinem Mann. Nein, ich habe keine Affäre, weil ich unglücklich bin! Ich habe eine Affäre, weil es Spaß macht! Macht es das jetzt schlimmer oder besser?« Maxie ist dankbar, dass sie ihr kleines großes Geheimnis mit Rebecca und Helena teilen kann. Mit zwei Frauen, die sie nicht so verurteilen, wie Frieda es sicher tun würde, zwei Frauen, die ihr wirklich zuhören.

»Natürlich gibt es einen Teil in mir, der dich um dieses Gefühl beneidet, um die Aufregung, das ganze Spiel. Aber ein anderer Teil ist ehrlich gesagt auch heilfroh, das nicht durchmachen zu müssen. Und ich führe mein vertrautes Leben, und es gefällt mir. Meistens. Aber es gibt ja auch Affären, die eine Ehe geradezu beleben. Manche gehen extra fremd, um sich *nicht* trennen zu müssen.«

»Du bist angekommen. Und ich irgendwie nicht. Ich war so froh, als ich Hannes geheiratet habe und dachte: *Endlich ist dieser ganze Männerscheiß ein für alle Mal vorbei, endlich kann*

ich mich auf etwas anderes konzentrieren, mich dem Job wid-
men. Aber es war nicht vorbei. Es pausierte scheinbar nur. Und
vielleicht liegt es an Bobby. Aber vielleicht auch nicht. Vielleicht personifiziert Bobby nur meine Sehnsucht nach diesem
Ausbrechen, nach dem anderen Leben. Vielleicht hat er damit
viel weniger zu tun, als ich denke.«

»Vielleicht findest du auch nur das aufregend, was du nie
ganz besitzen kannst.«

»Schmachten ist besser als Überdruss. Nichts ist lebloser als
ein erfüllter Wunsch.«

»Vertrautheit ist schön, aber sie ist nicht aufregend. Besitzen ist dir vielleicht zu passiv. Du brauchst etwas Aktives: das
Jagen.«

»Kennt ihr das, wenn man denkt, man hat gar kein Recht,
sich schlecht zu fühlen?«

»Ja, uns geht es viel zu gut.«

»Ich meine, wir leben in Deutschland, wir haben ein Zuhause
und Jobs. Wie viel milder soll das Leben bitte noch werden?!«

»Weicher geht's kaum.«

»Vielleicht ist genau das unser Problem. Wir wüssten gar
nicht, wie wir mit was richtig Hartem umgehen sollten.«

»Meine Großmutter hat mir oft vom Krieg erzählt. Und sie
hat gesagt: ›Helena, du bist auch eine starke Frau. Ich dachte
nie, dass ich nicht stark bin, bis ich gemerkt habe: Man schafft
alles. Du schaffst auch alles. Ich war ausgebombt, mein Bruder
war gefallen, ich wusste nicht, wo meine Eltern waren, Berlin
stand in Flammen, ich besaß nur das, was ich am Leibe trug. Du
schaffst alles, glaub mir, Kind.‹«

»Mein Vater war oft abwesend. Eigentlich hab ich mich
selbst erzogen. Im Grund habe ich mich selbst schlecht erzogen. Haha.« Maxie zündet sich eine Zigarette an. »Mir macht es
mehr Spaß, etwas falsch zu machen, als etwas richtig zu machen.
Eigentlich hatte ich sehr oft das Gefühl, ich sei in der Puber-

tät stecken geblieben. Meine Freundinnen wollen alle Kinder. Und ich will anscheinend lieber einen Senior. Sugardaddy statt Baby.«

»Vielleicht ist das deine Art von Flucht vor der Verantwortung. Oder der Entscheidung, ob du Mutter sein willst.« Rebecca zuckt mit den Schultern.

»Ich weiß ja gar nicht, wie man als Mutter zu sein hat. Ich hatte nie eine. Vielleicht kann ich nur wie ein Mann denken.«

»Und ich will Kinder und krieg keine! Heute trinke ich noch! Bald habe ich meinen Eisprung, dann wird befruchtet. Also her mit dem Alk, solange es noch geht … Wollen wir eine rauchen?«

»Wäre schade, wenn du bald nicht mehr mit mir trinkst!«, sagt Maxie. Sie wünscht es Rebecca so sehr, das Schwangersein und alles. Gleichzeitig weiß sie, dass sie dann mehr denn je die Außenseiterin werden wird, wie sie es schon bei ihren anderen Freundinnen ist. Dann wird sich dieser kleine, auf ungewöhnliche Weise vertraute Kreis anders entwickeln. Maxie hat Angst davor, und sie weiß nicht, wie sie es Rebecca sagen soll. Weil sie ihr so sehr dieses Kind wünscht, und doch befürchtet sie, dass es das Ende dieser Treffen sein könnte.

»Für mich wird das auch schlimm. Aber noch sagt ja keiner, dass es dieses Mal klappt … Ich habe schon fast die Hoffnung aufgegeben.«

»Ich verstehe, dass es dich nervt. Solange es nicht klappt, kann man sich nicht vorstellen, dass es jemals anders sein wird«, sagt Helena.

Maxie schweigt und denkt: *Vielleicht sollte ich doch Kinder haben …* Mit wem soll sie überhaupt Kinder haben? Mit Hannes, der eigentlich keine möchte? Mit Bobby, der schon so viele Kinder mit zwei verschiedenen Frauen hat? »Da hat man zwei Männer – und keiner davon taugt so richtig als Vater …«, murmelt sie in sich hinein.

150

MAXIE

Maxie erinnert sich genau an den Moment, als auf einmal alles so verzwickt wurde. Es gab noch nicht mal etwas wie eine Warnung am Horizont. Nach Hitzefrei folgte sofort Schneechaos. Kälteeinbruch, über Nacht. Dabei gab es trotz aller äußerlichen Schwierigkeiten von Anfang an diese Komplizenschaft zwischen ihnen beiden. Diese Verbindlichkeit. Sie konnte den Beginn der Affäre ohne Störgefühl, ohne Tinnitus, ohne Vorbehalte, ohne Berechnung genießen. Doch plötzlich drohte jedes Wort zum Pfeil zu werden. Die Sätze bezwecken jetzt etwas, einen Stich, eine Provokation, einen Test. Eben noch unterstellten sie einander das Beste, trauten sich das Schönste zu – und nunmehr erwarten sie das Schlechteste, sie lauern darauf, dass das Böse des anderen hervorblitzt, um endlich selbst zustechen zu können, zustechen zu dürfen. *Du. Tust. Mir. Weh.*

Sie sitzt mit Bobby bei einem Franzosen. Weiße Tischdecken, schwere Stühle. Es ist immer dasselbe. Bobby kommt an – und sie sagt Ja. Doch es ist nicht mehr dasselbe: Die einstige Verliebtheit ist einem anderen Gefühl gewichen. Dem Misstrauen. Bobby bestellt teuren Whisky und Zigarillos. Die Kellnerin bringt eine Zigarre. »Nein, Zigarillos!«, flucht er und scheucht sie wieder los. Maxie sieht sie entschuldigend an. Sie schämt sich. »Danke«, ruft sie der Kellnerin hinterher. »Manche Weiber sind echt unfähig«, sagt er, als sie den falschen Whisky bringt. Sie kann es nicht leiden, wenn er »Weiber« sagt.

»Sei nicht so!«, rügt sie ihn.

»Wenn jeder seinen Job so machen würde wie die.«

»Es ist doch nicht schlimm«, sagt sie.

Sie sind nicht mehr das glücklichste Paar im Raum.

Zum ersten Mal, seit sie ihn kennengelernt hat, bemerkt sie die anderen Gäste, andere Menschen um sie herum. Er ist nicht mehr der Einzige. Ihr fällt auf, was alle sehen: Ein etwas ungleiches Paar, vielleicht ist sie auch seine Tochter.

Was Maxie auch sieht:

Dass er sie nicht ansieht. Dass der Wein voll bleibt. Dass er dauernd nach dem Handy greift beim Essen. Ob er der anderen schreibt? Ob er die andere vermisst?

Was alle sehen:

Einen gut gekleideten Mann, Mitte fünfzig mit silbernem Haar, er scheint wichtige Geschäfte am Laufen zu haben, denn er verschickt während des Essens viele E-Mails. Wem schreibt er? Daneben eine junge Frau, vermutlich seine dritte. Oder seine Trophäe. Vielleicht ist sie auf sein Geld aus. Aber nicht nur. Dafür sieht er zu gut aus, und sie wirkt nicht gelangweilt genug.

Was Maxie sieht:

Ihn, der nicht mit ihr spricht. Er redet, aber er spricht nicht mehr mit ihr, er verschweigt, er hat aufgehört, ihr alles zu sagen, ihr alles sagen zu wollen. Sie trinkt viel Wein, ständig schenkt er ihr nach. Irgendwann schenkt sie sich selbst nach. Weil er am Handy ist. Sie bestellt noch eine Flasche, obwohl er normalerweise immer die Weine aussucht. Er sucht alles aus. Die Restaurants, die Reisen, die Ausflüge, die Treffen, die Zeit, wann sie ins Bett gehen, wann er sie küsst, wann er sie nimmt, selbst ihre Klamotten sucht er aus, eine Uniform – getarnt als

Geschenk. Er schenkt ihr Parfums, damit sie so riecht, wie er sie haben will. Er schenkt ihr Kleider und Blusen und Röcke und Schuhe. Er stattet sie aus.

Was alle sehen und hören:

Einen Mann, der sich Whisky bestellt. Bei der Bestellung spielt er sich auf, diskutiert mit der Kellnerin über Whiskysorten, dry, bourbon, malt. Er lehnt sich zurück und schaut der Kellnerin kurz nach, mustert ihren Hintern. Er redet zu laut. Er erzählt von seinem Vielflieger-Status. Er sei nicht mehr nur Senator. Er sei jetzt HON. Dann greift er zum Handy.

Was Maxie spürt:

Dass er ihr schreibt, der anderen, deren Namen sie so hasst. Während sie beim Essen sind. »ILD, mein Liebling.« Er liebt sie.

Was er sieht:

Dass Maxie betrunken ist.

Was sie sieht:

Alles doppelt.

Was alle sehen:

Eine junge Frau, die abrupt aufsteht, um auf die Toilette zu gehen. Sie nimmt ihr Weinglas mit. Der Wein schwappt in ihrer wankenden Hand. Sie sieht erregt aus. Er steht auf, will ihr hinterher, doch er lässt sie ziehen. Er ist wieder am Handy. Aber er schaut besorgt.

Was Maxie sieht:

Ihr Spiegelbild. Die Klokabine. Tränen.

Was Maxie weiß:

Früher hat er ihr geschrieben. Selbst wenn sie gemeinsam beim Abendessen saßen, hat er ihr immer Liebesbotschaften geschickt. Oder wenn sie kurz zur Toilette ging, hat er ihr sofort geschrieben, wie schön sie sei, dass sie wiederkommen solle, wie sehr er sie liebe. Und heute schreibt er nicht Maxie, sondern ihr, der anderen.

Was alle sehen:

Eine junge Frau, die neben einem deutlich älteren Mann aus dem Restaurant stolpert. Er stützt sie, hält ihren Arm. Sie baumelt an ihm, kann sich kaum auf den Beinen halten.

Was sie sieht:

Dass sie beide nackt sind und sich lieben. So wird es immer sein. Sie werden immer nackt in einem Bett enden, weil sie nicht anders können.

Was sie fühlt:

Nichts. Abscheu. Nichts.

HELENA

Der Vater ist für die Tochter der Referenzmann. Alle anderen Männer werden an ihm gemessen, grenzen sich von ihm ab. Meist sucht man einen, der ihm sehr unähnlich ist. Oder sehr ähnlich. Aber er bleibt Bezugspunkt, für immer.

Helena stritt als junges Mädchen viel mit ihrem Vater. Das konnte man mit ihm wunderbar. Weil er nicht nachgab. Sie wollten beide den Kampf. Alle Waffen hervorholen, zeigen, blitzen lassen, polieren, drohen, aufrüsten. Er konnte den Reihumschlag gut. Er hatte einen Ton, der sich durch die Haut bohrte. Dabei fletschte er die Zähne, spuckte, mit glänzenden Lippen – und sein R rollte und bebte durch seinen Groll hindurch – wie tiefer Donner durch die Nacht. Nie war sie sich ahnungsloser, ungebildeter, kleiner vorgekommen als in seinen tosenden Stürmen. Furrrrrcht. Grrraauen. Die ganze Kraft seiner starken, dunklen Stimme, seines Bassbaritons, kam zur Geltung, wenn er stritt.

Er war meist noch ungehaltener, wenn er im Unrecht war. Wenn er die unausweichliche Niederlage begriff, aber nicht zulassen konnte, um keinen Preis. »Ich hole ein Lexikon«, sagte der Rechthaber.

Und wenn sie dann das Haus verließ, beide noch lodernd

und wütend, dann blieb er wach und wartete, bis sie nach Hause kam. Manchmal wartete er die halbe Nacht, und sie purzelte um drei Uhr in die Wohnung, durch deren dunklen Flur er auf und ab wanderte. »Du bist ja noch wach«, sagte sie. »Ja, Herz. Ich konnte nicht schlafen.« Er hatte eine Boxershorts, ein weißes T-Shirt und einen verrutschten Bademantel an.

»Jetzt kannst du schlafen. Ich bin ja da. Es ist alles gut.«

»Ja, Herz.«

Einmal erzählte Helena von ihrem ersten Schwarm im Gymnasium, und er erwiderte darauf: »Diese Geschichte hat keine Pointe«. Sein Motto war: Lieber eine gute Pointe als eine schlechte Welt.

Helena suchte als Jugendliche und junge Frau stets seine Bestätigung. Sie wünschte sich immer, dass alle anderen Männer in ihrem Leben ihr so applaudierten wie er: Er schätzte schon immer Klugheit, Schönheit, Witz und Charme. Vielleicht ist sie nicht ordentlich oder leise, weil er ihr dafür niemals applaudiert hätte. Vielleicht kann sie nicht kochen, weil er sie immer bekochte. Vielleicht hegt und pflegt sie an sich nur die Eigenschaften, die für ihn eine Bedeutung haben.

Ihr Vater schmierte sich oft und gern zwischendurch ein Butterbrot. So ein zu dick geschnittenes deutsches Sauerteigbrot, mit Butter und Salz. Manchmal noch mit Schnittlauch drauf. Oder mit Sülze. Er liebte den Gang zum Fleischer. Jeder dort kannte ihn, und er kannte jeden Schinken und jede Wurst beim Namen. Einmal kaufte er sich eine ganze Blutwurst, so einen dunkelroten Kringel, einen prallen Halbmond, lang wie eine Gurke, gebogen wie eine Banane und rotweinrot, blutrot eben. Diese eine große Wurst schnitt er sich in dicke Scheiben, dicker als daumendick, jede Scheibe war größer als ein Stück Sushi. Die ganze Wurst reichte genau für seine eine Scheibe Graubrot. Er aß die Stulle stehend, noch am geöffneten Kühlschrank. Benjamin kam in die Küche und sagte: »Oh, sieht das gut aus. Darf ich ein Stück?« Und sein Vater, das Kriegskind, der Futterneider, sagte: »Nein.« Er verschlang das Brot mit einem einzigen Biss.

Helenas Vater liebte auch das Kochen, es beruhigte ihn, er genoss die Unordnung, das verstreute Mehl, seine Saucentöpfe, die zerschlagenen Eier, er genoss es, dem Fleisch beim Braten zuzusehen, dem Ofen zu lauschen, dem Meer aus Öl in der Pfanne die Wellen zu schenken, zu schmecken, zu kleckern. Er machte dabei unheimlich viel Chaos, aber das war ihm egal, das war Teil des Meisterwerks, lauter kleine benutzte Schälchen, verschiedene Messer. Der Dampfgarer zischte, der Gasherd zischte, der Ofen brummte, der Magen knurrte. Er liebte Kräuter. Er schnitt alles klein, hackte Petersilie, Schnittlauch, Oregano, Majoran, Kerbel, Koriander. Er hatte immer irgendwo Kräuter kleben, meist am Zeigefinger oder am Handballen. Manchmal auch im Gesicht und überall in der Küche lagen diese kleinen grünen zerzausten Fetzen, oft schon verdorrt, strubbelig, wie vertrocknetes Gras. Jedes Wochenende kochte er. Er stand dafür früh auf, kontrollierte den Braten, wendete das Fleisch, legte es über Nacht ein. Es wurde gepinselt und gesalbt, mariniert und blanchiert. Er briet die goldenen Schnitzel, lange Lappen in einem Buttersee, er mochte es üppig, er hätte nie an Fett gespart. Low Carb war ihm kein Begriff. Er liebte Gerichte mit Teig, Kartoffelbrei, Butter, Trüffeln, Eiern, Sahne. Er mochte weder Margarine noch Soja, weder Tofu noch Dinkel. Das Fleisch lag im Butterbad, die Semmelbrösel leuchteten. Es gab auch immer ein Schnitzel ohne Fleisch, nur aus Semmelbröseln, dem übrig gebliebenen Rest der Panade. Das habe man früher oft gegessen, sagte er. Wenn man zu arm war für die Füllung, das Fleisch, es war das Arme-Leute-Schnitzel – heute vegan, damals arm.

Ja, Helenas Vater konnte dramatisch sein, aufbrausend, ungebremst. Vielleicht hat Helena das von ihm geerbt.

Kann man Drama erben? Oder schaut man es ab? Kopiert man seine Eltern unweigerlich, auch bei den Eigenschaften oder gerade bei den Eigenschaften, die einem missfallen? Ist das Geerbte stärker als das Erlernte?

»Du bist wie dein Vater.« Wie oft hat sie diesen Satz gehört. Von ihrer Mutter. »Und die meint es nicht als Kompliment«, sagte Helenas Vater und lachte.

Er bestimmte die Themen, dominierte das Gespräch und die Familie. Früher, als es ihm noch gutging.

Helena liebt, wie seine Hand ihre Hand drückt. Er tut es heute noch und tat es früher. Im Taxi. Mit der einen Hand hielt er sich an diesem Griff über dem Fenster fest, vor allem in den Kurven. Mit der anderen griff er nach ihrer Hand. Oder manchmal auf dem Sofa, beim Esstisch, zwischendurch, wenn er ihren Blick sah, einen Blick, der nichts zu verraten versuchte und damit alles verriet. Um Zuspruch oder Trost zu spenden. Oder als Kräftigung. Bestärkung. Er hielt gern ihre Kinderhand, ihre Mädchenhand, und jetzt hält er ihre Frauenhand, die Hand einer Schwangeren. Er hat weiche, große Hände, die früher ihre Hand quetschten, alle Finger übereinander schoben, pressten, noch enger zusammen. Aber es war ein schönes, bestätigendes, bejahendes Händehalten. Seine Hand ist immer wärmer als ihre.

Je älter er wurde, desto weniger wollte er auf Beerdigungen gehen, selbst bei engen Freunden drückte er sich. Er mied Krankenhäuser, Alte, jegliche Berührungen mit dem Tod. Ab und zu gelang es seiner Frau, ihn zum Arzt zu schicken, aber danach war alles wie vorher – er ließ sich durchchecken und trank weiter Wein am Vormittag und aß den Fettrand vom Braten und das Schweinekotelett. Menschen denken oft, für sie als Einzelne gelten andere Regeln, andere Gesetze, sie werden die Ausnahme sein, sie würde der Krebs nicht finden.

Er liebte das Wegsehen. »Man möchte manchmal einen Stein nicht hochheben, weil man das Gewürm darunter nicht ertragen kann.« Er floh allein in die Bundesrepublik, verließ mit achtzehn die Familie, fühlte sich immer als Flüchtling. So ging er auch auf Reisen: mit einem fast leeren Koffer. Wenn seine Frau ihn fragte »Carl, hast du eine Zahnbürste dabei?«, antwortete er: »Das kann ich doch im Hotelshop kaufen.« Er packte die Badehose nicht ein, hatte keinen Besitz. Packen überforderte ihn. Er blieb immer ein Flüchtling. Einmal sagte er zu Helena: »Weißt du, was das Schönste ist? Dass wir hier und heute nachts keine Angst davor haben müssen, aus dem Bett heraus verhaftet zu werden. Oft, wenn es nachts klingelte, als ich jung war, dachte ich: Jetzt ist es so weit. Jetzt kommen sie, um mich zu holen. Sie haben mich belauscht. Jemand hat mich verraten.«

Ungern besuchte er seine kranken Brüder. Ihm war unbehaglich bei dem Gedanken, dass er, der Älteste, vor Gesundheit strotzte und die Jüngeren es nicht so gut hatten, schwächer waren. Der eine hatte eine kaputte Niere und starb schließlich mit Anfang fünfzig noch vor der eigenen Mutter.

Der andere Bruder bekam mit Mitte sechzig Lungenkrebs. Er war das jüngste Kind von Helenas Großmutter. Sie war eine winzige, schmale, slawische Frau, zu der er nach dem Tod seines Bruders gezogen war, um sie zu pflegen und bei ihr zu sein, und auch, weil all seine Beziehungen und Ehen gescheitert waren. Und so spielte er jede Nacht bis um zwei Uhr Rummikub oder Scrabble mit seiner Mutter und rauchte dabei starke Zigaretten.

Die Großmutter wurde einundneunzig Jahre alt. Und kurz nach ihrem Tod verstarb auch ihr zweiter Sohn an seinem Krebs. Er sah seine Aufgabe als erledigt an, jetzt konnte er gehen ohne sie, ohne seine Spielkameradin. So verschwand auch er noch vor Helenas Vater, und nur seine zwei Schwestern und er blieben noch zurück. Und jetzt ist auch seine Zeit gekommen.

So schnell verschwindet eine Generation. Was wird also bleiben von ihnen, von uns?

Zuerst besucht ihn seine jüngste Schwester. Mit ihr hatte er die letzten Jahre nicht viel Kontakt. Aber sie legt sich sofort zu ihm, sie liegt mit ihm im Bett, hat keinerlei Berührungsängste. Sie fasst ihn an, hält seine Hand. Sein Haar ist so weich. Das hat Helena schon immer gedacht. Dieses weiche Haar, wie bei einem Stofftier.

Sie hatten so viel gestritten. Aber nun spielt das alles keine Rolle mehr, denn ein weiterer von ihnen wird gehen und verschwinden. Und dieser Mensch ist ihr Papa.

MAXIE

»Niemand auf der Welt liebt irgendjemanden so wie ich dich liebe«, sagt er.

Maxie sitzt auf seinem Schoß und fragt sich, ob sie zu schwer ist. Und überhaupt fragt sie sich, was sie eigentlich hier macht. Wie ist sie wieder hierhergekommen? Warum nimmt es kein Ende?

»Paula ist krank«, sagt er plötzlich.

»Oh«, sagt sie. Ihr geht durch den Kopf, dass er also noch mit ihr zusammen ist oder es sein will, so genau will sie es eigentlich gar nicht wissen.

»Ich habe es eben erfahren.«

»Und?«, fragt sie.

»Sie hat eine Wucherung in der Gebärmutter. Wir wissen noch nicht, ob es was Ernstes ist. Es könnte Krebs sein. Ich muss ihr helfen. Ich werde ihr helfen, also mit unserem Sohn.«

Es stört sie, dass er »wir« sagt. »Wir« wissen noch nicht.

»Ja, verstehe.«

»Sieh mich nicht so an! Was? Was soll ich denn tun?«

»Das fragst du mich?«

»Es fühlt sich seltsam an. Weil ich das mit uns so genieße. Weil ich gerade so glücklich bin.«

»Und jetzt?«, fragt sie und hofft, dass sich nichts ändern wird, obwohl sie weiß, dass sich alles ändern wird und dass es im Grunde auch gut ist, wenn sich alles endlich ändert.

»Bitte hör nicht auf. Bitte halte es noch ein bisschen aus mit mir.«

»Aber wozu? Was denkst du oder hoffst du, wird passieren?«

»Ich will dich nicht verlieren. Ich habe solche Angst davor.«

»Du hast jetzt andere Pflichten! Prioritäten!«

»Du liegst mir sehr am Herzen. Weißt du das? Wenn du nur mal einen Tag in mein Herz schauen könntest!«

Maxie zuckt mit den Schultern.

»Ich will das nicht. Ich wollte das so alles nicht.«

Er, dieser große erwachsene Mann, setzt sich vor ihr auf den Boden und beginnt zu weinen. Sie streichelt seinen Kopf. Es tut gut, ihn so zu sehen. Sie ist ihm nicht egal, er ist verzweifelt, er hat es ja auch nicht so gewollt. Er weint immer noch, und sie drücken einander so fest sie können. Dennoch fühlt sie sich überlistet, denn eigentlich müsste sie doch diejenige sein, die weint. Eigentlich müsste er doch sie trösten!

»Ich muss ein bisschen bei Paula sein. Sie braucht mich.«

Wie viele Menschen brauchen ihn eigentlich? Die vier Söhne, die Ex-Frau, Paula, seine Angestellten. Maxie hat nur Hannes. Ihr Vater braucht sie nicht. Eine Mutter gibt es nicht. Geschwister, Kinder, Ex-Männer – von alledem hat sie nichts.

»Aber ich will dich sehen, so oft es geht! Ich kann ohne dich überhaupt nicht leben! Du bist mein Lieblingsmensch, Maxie. Ohne dich gibt es in meinem Leben keine Leidenschaft, keine Romantik. Das alles habe ich nur mit dir.«

»Liebst du sie?«

»Ich liebe sie als Mutter meines Sohnes. Mehr nicht. Wenn es ihr besser geht, sage ich ihr alles. Maxie, das verspreche ich dir.«

Maxie fühlt sich verraten, und sie fühlt sich wie eine Verräterin. Wie ein Teenager, der einen Grundschüler schlägt. Sie kann doch nicht ernsthaft gegen diese kranke Frau antreten!

»Du musst ihr nichts sagen. Ich werde bei Hannes bleiben«, sagt sie.

Sie begleitet Hannes auf einen seiner Kongresse nach Madrid. Sie möchte bei ihrem Mann sein, hier ist ihr Platz, hier herrscht kein Krieg, hier ist keine andere Frau und hier fühlt sie sich sicher. Und während Hannes arbeitet, geht sie spazieren, sie kauft Gemüse auf Märkten, sie sieht sich Gemälde im Prado an. Sie liest Bobbys Nachrichten. Aber sie versucht, nicht zu antworten.

»Wie viele Tränen kann man weinen? Ich kann nicht aufhören zu weinen, Maxie. Ich bin zum Flughafen gefahren, um dich noch mal zu sehen. Aber du warst schon weg. Und jetzt sitze ich in meinem Auto und kann nicht losfahren, weil ich nichts sehen kann. Alles ist verschwommen von den Tränen. Ich weiß nicht, wie ich jemals wieder glücklich werden soll! Ich weiß nicht, ob ich überhaupt noch mal etwas Schönes empfinden werde. Aber so schön wie mit dir wird es nie mehr. Ich habe alles verloren. Es ging mir noch nie in meinem Leben so schlecht, Maxie. Ich liebe dich so sehr. Ich liebe dich mehr, als ich je geliebt habe. Bitte verlass mich nicht. Ich flehe dich an. Maxie, Maxie. Wir gehören doch zusammen.«

Als sie zwei Tage vor Hannes landet, steht Bobby schon am Flughafen, um sie abzuholen. Er ist vielleicht wie eine Mutter, die sie nie gehabt hat. Für Maxie fühlt es sich auf einmal ein bisschen so an wie Mutterliebe.

REBECCA

Wie soll man sich auf seinen Job konzentrieren, wenn man dauernd zum Frauenarzt und Kinderwunschzentrum muss? Ich bin fast dreimal pro Woche zu irgendeinem Arzttermin. Rebecca ist genervt. Sie fängt an, nachlässig zu werden, nimmt das Büro nicht mehr ernst, trägt diese Wut mit sich herum, die Wut auf die Welt und die Wut auf sich selbst. *Ich bin eine Versagerin*, denkt sie. Wenn ihre Gebärmutter versagt, kann sie ebensogut im Job versagen. Ihr Büro sieht mittlerweile wieder ansehnlicher aus, aber wer hinter dem ›Anschlag‹ steckt, hat sie nicht herausgefunden. Der Rundliche aus der Controlling-Abteilung kommt noch regelmäßig vorbei und knallt ihr Sprüche an den Kopf. Sie versucht einfach, alles zu ignorieren. Ihre Gedanken sind ohnehin immer ganz woanders, nämlich bei ihrem Kind, das sie nicht fähig ist zu bekommen. Sie lackiert sich die Fingernägel im Büro oder surft stundenlang im Internet – auf der Suche nach der richtigen Kommode fürs Schlafzimmer, auf der Suche nach dem richtigen Rock für die Geburtstagsparty einer Freundin, auf der Suche nach Ablenkung, Zerstreuung. Sie klickt sich durch alle möglichen Seiten, sozialen Netzwerke, Shops … Bloß keine ernsthaften Inhalte. Selbst für Spiegel online ist sie zu faul. Sie möchte sich bestrafen.

Sie schaut auf die Uhr und bemerkt, dass sie eine Telefonkonferenz versäumt hat, die schon seit fünf Minuten im Gange ist! Sie muss sich sofort einwählen. Die Calls laufen immer gleich ab: Zunächst wählen sich circa zwanzig Teilnehmer ein, jeder oder jede von ihnen erhält eine PIN und muss dann den Namen laut und deutlich sagen. Der Name wird dann für alle Teilnehmer von einer Computerstimme noch einmal laut wiederholt.

»Hallo, Frau Bergmann.« Wie bei den Anonymen Alkoholikern.

Dann wuseliges Durcheinandersprechen.

»Herr Rentmeier?«

»Nein, hier spricht Herr Müller.«

»Ah, aus Düsseldorf?«

»Nein, aus München. Der andere Müller ist wohl noch nicht in der Leitung.«

»Und wo ist Herr Rentmeier?«

»Frau Bergmann, wissen Sie etwas darüber?«

»Wie ist denn das Wetter in Düsseldorf?«

»München. Ja, wunderbar hier. Ein toller Frühling.«

»Leider weiß ich nichts darüber. Ich kann Herrn Rentmeier aber mal suchen. Warten Sie. Ich schalte kurz auf stumm.«

»Nein, nein, der kommt sicher noch.«

»Ah, hier in Hamburg ist das Wetter mal wieder regnerisch. Aber es soll am Wochenende besser werden.«

»Hat Herr Rentmeier denn die Einladung mit dem Termin für den Call bekommen?«

Der Computer: »Jens Krogel has joined the conference.«

Alle: »Guten Tag, Herr Krogel.«

»Ja, sorry für die Verspätung. Ich steckte noch in einem anderen Meeting fest. Wo sind wir?«

»Wir warten noch auf Herrn Müller und auf Herrn Rentmeier.«

»Müller ist doch hier.«

»Müller aus München.«

»Wir können ja schon mal das Memo von heute früh besprechen ...«

»Ja, da kam um neun Uhr dreiundvierzig noch ein Update per Mail von Jimmy Smith aus China.«

Der Computer: »Volker Müller has joined the conference.«

»Hi guys, sorry. Ich bin gerade aus London gelandet. Wo steh'n wir?«

Rebecca sagt die ganze Zeit über kein Wort, nur am Ende sagt sie noch schnell »Tschüss«, damit die Teilnehmer nicht auf die Idee kommen, sie sei nicht anwesend gewesen.

Die Asiaten, die sich zu den Konferenzen einloggen, tragen neben ihren asiatischen Namen immer auch internationale, also englische Namen. Da gibt es dann die Japaner John Ward oder Steve Smith, die mit starkem Akzent Englisch sprechen. Und es gibt einen Chinesen, der sich Joseph Reudelhuber nennt. Er spricht aber kein Wort Deutsch. Doch manche Kollegen gehen davon aus, es mit einem waschechten Bayer zu tun zu haben. Im Büro fand ihr zweites Leben statt. Dort hatte sie quasi ihr Badezimmer dupliziert, Deo, Parfums, eine Bürste, Kamm, Haarspray, Zahnbürste, Zahnpasta ... Außerdem hingen drei Kleider als Notration bei ihr im Büroschrank. Falls man mal wieder durchmachen musste und nicht nach Hause kam. Zum Umziehen. Für Kaffeeflecken hatte sie auch zwei Notblusen und zwei Notblazer dort hängen. Außerdem Sportschuhe und ein Handtuch im Schrank, falls sie mal in der Mittagspause laufen gehen oder duschen wollte. Da machte sie sich noch etwas aus den ganzen Firmenevents, Team-Veranstaltungen. Das war alles ihr Leben. Dort gab es keine Freunde, keine Familie. *Das* war die Familie. Dort lagen mehr und mehr private Dinge von ihr herum, sie hatte sich ausgebreitet, ihr Leben hatte sich hier ausgebreitet. Sie bestellte Pakete ins Büro, weil sie ohnehin nie zu Hause war. Sie bestellte Essen ins Büro. Sie hatte Salz und Öl und Essig in ihrem Büro. Sie hatte eine ganze Schublade voller Medikamente im Büro, Pflaster, Salben, Tabletten. Sie hatte an Weihnachten Weihnachtsdekoration im Büro, ein paar Zweige und ein paar Kugeln, weil sie nie zu Hause war. Der Adventskranz stand hier. Die Fahrradpumpe war hier. Jetzt kann sie weder eine eigene Familie gründen noch ihr Büro ihr Zuhause nennen. Sie denkt an die Headhunterin und die rot geflaggte E-Mail.

MAXIE

»Wo bleibst du?«, schreibt Frieda. Maxie wird schwindelig, sie sitzt bei Bobby im Auto und weiß, sie hat die Ausstellungseröffnung vergessen.

»Scheiße, Bobby. Ich muss los. Kannst du mich wo hinfahren?«

»Wohin denn?«

»Ich hätte vor dreißig Minuten bei einer Vernissage sein sollen.«

»Dann ist es doch jetzt eh zu spät.«

»Nein, die ist noch gar nicht losgegangen. Ich sollte beim Vorbereiten helfen. Mist!«

»Ist das denn so schlimm?«

»Ja, natürlich ist das schlimm! Es ist für eine Freundin … sie ist sowieso schon sauer auf mich.« Maxie wird ganz heiß. Frieda wird sie fragen, wo sie war. Frieda wird ihr anmerken, dass ihre Ausrede eine Lüge ist. Sie kann es Frieda nicht sagen. Sie kann ihre Freundin nicht einweihen. Frieda mag Hannes sehr. Maxie möchte nicht, dass jemand es weiß. Jemand, der Hannes kennt. Frieda wird es nicht verstehen. Sie wird es Maxie ausreden, sie wird Maxie verurteilen. Aber Maxie möchte ihre Freundin nicht im Stich lassen.

»Was soll ich sagen!«

»Sag doch einfach, du musstest noch arbeiten.«

»Das geht nicht. Ich hasse es, sie anzuflunkern. Sie wird mir nicht glauben. Sie wird so enttäuscht sein. Und sie hat ja recht. Ich bin eine Niete! Ich bin eine schlechte Freundin!«

»Ach, Maxie. Wenn sie deine Freundin ist, versteht sie es.«

»Wie soll man das verstehen? Ich verstehe es ja selbst nicht! Ich habe es einfach vergessen. Ich habe nicht mal mehr eine Sekunde daran gedacht. Nach unserem Gespräch habe ich den Caterer angerufen. Das war alles. Ich wollte mich um so viel mehr kümmern. Ich bin völlig durch den Wind.«

»Jetzt beruhige dich erst mal.«

Maxie steigen Tränen in die Augen. Sie weiß nicht, was sie tun soll. Ihr Handy klingelt. Frieda ruft an. »Ich kann jetzt nicht rangehen.«

»Geh doch ran!«, ruft Bobby.

»Und dann? Wo bin ich? In deinem Auto? Ich weiß ja nicht mal, was ich ihr sagen soll.« Sie tippt hektisch eine Entschuldigungsnachricht. »Ich bin gleich da. Bitte verzeih mir. Ich habe etwas durcheinandergebracht.«

»Na toll«, schreibt Frieda. Mehr nicht.

»Ich beeile mich!« Maxie möchte es wiedergutmachen.

»Du musst dich nicht beeilen. Brauchst gar nicht mehr zu kommen«, schreibt Frieda.

»Fahr mich dorthin!« Bobby wendet und sieht Maxie verständnislos an. »Und was wird aus unserem Abend?«

»Ich kann nicht, Bobby. Ich kann dieses Doppelleben nicht.« Sie bittet ihn, an einer Tankstelle zu halten, und besorgt Blumen, einen Sekt und Haribo Colorado, die Frieda so liebt.

Als sie die Galerie betritt, sind die ersten Gäste bereits da. Frieda ignoriert sie.

»Hallo.« Maxie überreicht ihr die Mitbringsel. Frieda stellt Flasche und Haribos in eine Ecke.

»Können wir reden? Es tut mir so leid.« Maxie schämt sich. Am liebsten wäre sie jetzt mit Frieda allein und würde ihr alles sagen, würde ihr sagen, wie verloren sie sich fühlt. Aber wenn Frieda schon wegen dieses Patzers so wütend ist, wie soll sie ihr dann alles andere vergeben? Maxie kann es nicht sagen, wenn sie Frieda nicht verlieren will.

»Ich muss mich um die Gäste kümmern.«

»Später, vielleicht? Kann ich noch irgendwas tun?«

»Nein, danke.« Frieda ist schroff.

»Es ist toll geworden, Frieda. Wirklich. Es sieht alles so großartig aus. Du kannst richtig stolz sein!« Maxie meint es ernst, aber es klingt, als ob sie bloß beschwichtigen wolle. Frieda sieht sie ungläubig an.

Maxie wartet den ganzen Abend. Sie steht viel allein rum. Manchmal spricht einer der Besucher sie an. Ein freundlicher Mann stellt sich neben sie. Fragt sie, wie ihr die Ausstellung gefalle, und holt ihr eine Weinschorle. Ein anderer will wissen, woher sie die Künstlerin kenne. »Wir sind Schulfreundinnen«, sagt Maxie. Und sie sehnt sich nach ihrer Freundin, als sie es ausspricht. Dann führt sie Smalltalk mit einer Galeristin. Die Galeristin hört sich gern reden. Sie weiß viel über zeitgenössische Kunst. Maxie denkt an Bobby. Der nun allein zu Hause sitzt. Stattdessen steht sie hier und sieht ihrer Freundin zu.

»Vielleicht schaffen wir es ja danach noch, uns zu sehen!«, hat Bobby gesagt, als er sie vor der Tür abgesetzt hat.

Als die letzten Gäste gegangen sind, ist es spät. Sie wird Bobby nicht mehr sehen. Vielleicht ist er jetzt auch bei Paula. Maxie schaut auf ihr Handy. Keine Nachricht. *Jetzt ist er auch noch sauer*, denkt sie.

»Frieda …« Sie geht auf ihre Freundin zu, damit der Abend wenigstens irgendeinen Sinn ergibt.

»Warum bist du so geworden?«, fragt Frieda. Sie hat rote Wangen vom Wein und von der Aufregung.

»Wie geworden?«

»Na ja, du hast dich verändert.«

»Ich will wieder die Alte werden!«, verspricht Maxie. *Natürlich hab ich mich verändert*, denkt sie. *Bei Bobby kann ich mich für ein paar Stunden in der Woche von der Person abwenden, die ich bin.*

»Was ist passiert? Es ist doch was los!«

»Es ist alles gut. Lass uns lieber auf deinen Erfolg heute Abend anstoßen! Bist du glücklich?«

»Ja, das bin ich!« Frieda öffnet einen Sekt.

»Ich mache mir nur Sorgen um dich, Maxie.«

»Es ist alles gut«, wiederholt sie. »Ich hab dich lieb!«

HELENA

»Ich will ja kein Spießer sein, aber ich hab schon wieder deine ganzen Gläser weggeräumt«, sagt Philipp.

»Oh, danke.« Helena liegt auf dem Sofa und liest ein Buch.

»Ich mach das gern, solange du schwanger bist. Aber wenn das Kind da ist, wird's hier unordentlich genug.«

Phillipp stellt sein Glas auf einen Untersetzer, damit keine Ränder auf dem Tisch zurückbleiben. Helena mag Ränder. Sie mag Flecken. Flecken sind dazu da, um gesäubert zu werden. Flecken zeigen, dass man lebt und isst und trinkt. Alles an Philipp ist so makellos.

»Ich brauche dich,« sagt Helena.

»Ich lasse dich nicht allein, meine Süße.« Philipp ist dabei, ihren Computer zu reparieren, er hat viele verschiedene Blättchen und Schräubchen auf dem Tisch verteilt.

»Was du alles kannst!«

»Du brütest gerade unser Kind aus – zwei Arme zu bauen ist wesentlich schwerer, als hier was neu zu installieren.«

»Ich hab mir überlegt …«, setzt Helena an, »ich würde gern ein Weilchen zu Hause bleiben, wenn das Baby da ist. Fändest du das schlimm? Ich hab es schon meinem Vorgesetzten gesagt, er war überhaupt nicht angetan.«

»Überhaupt nicht! Im Gegenteil. Du musst es so machen, wie du möchtest. Wenn du arbeiten willst, finden wir eine Lösung. Wenn du nicht arbeitest – auch schön.«

»Ich hab das Gefühl, meine Freundinnen werden mich verurteilen. Weil es so altmodisch ist. Und mein Chef denkt, ich mache Urlaub.«

»Es kann dir doch vollkommen egal sein, was die anderen denken.«

»Dir ist sowas immer egal. Aber wenn man als Frau heute sagt, dass man zu Hause bleibt, wird man schief angesehen.«

»Ich glaube, wenn man Mutter wird, darf man das selbst entscheiden. Und altmodisch ist ja nicht immer schlecht. Ich bin auch altmodisch. Ich wollte heiraten und Familie haben.«

»Du bist ein altmodischer Mann, der Computer reparieren kann! Sehr gute Kombi. Aber das macht mich natürlich auch abhängig von dir.«

»Süße, wir werden ab jetzt immer abhängig voneinander sein. Wir werden Eltern.«

»Also bist du froh, wenn ich nicht arbeite?«

»Nicht froh. Aber ich finde es richtig. Du bist ja die Mutter.«

»Was soll das denn heißen? Du findest es besser, wenn ich zu Hause bleibe und nicht du?« Er schaut auf ihren Bildschirm und startet den Computer neu.

»Jetzt dreh mir doch nicht das Wort im Munde um. Es ist nun mal untypisch, dass der Vater zu Hause bleibt.«

»Ja, aber warum ist das denn so?«

»Ich weiß nicht. Viele Frauen wollen vermutlich bei dem Kind sein. Sie verlieren dann vielleicht die Lust auf die Arbeit, weil sie die Erfüllung in der Mutterrolle finden.«

»Ich weiß nicht, ob Windeln wechseln so eine Erfüllung ist.«

»Na ja, aber warum hat man sonst Kinder! Und dann ist es doch irgendwie besser, wenn man das Kind nicht sofort abgibt.«

»Du findest es also widernatürlich, wenn eine Mutter arbeiten geht?«

»Ach, Süße. Du kannst jederzeit wieder arbeiten. Genieß doch die Zeit, die du dann zu Hause hast. Als Mann hat man ja irgendwie nicht dieselbe Freiheit. Man hat keine Wahl. Ein Mann, der zu Hause bleibt, wird nicht respektiert.«

»Von anderen Männern vielleicht nicht!«

»Auch von Frauen! Oder würdest du mich attraktiv finden, wenn ich Elternzeit machen würde und Hausmann wäre?«

Helena überlegt. Vielleicht wird sie als Hausfrau auch für ihn nicht mehr attraktiv genug sein. »Vermutlich nicht«, sagt sie schließlich.

»Na also! Du bist im Grunde deines Herzens auch so! Du willst, dass der Mann das Geld nach Hause bringt und für dich sorgt. Dagegen ist doch auch nichts einzuwenden.«

»Aber ich bringe doch gerade selbst Geld nach Hause. Meine Mutter hat auch immer gearbeitet, ich kenne es gar nicht anders. Aber trotzdem möchte ich Zeit mit dem Kind und nicht gleich wieder arbeiten gehen.«

»Ja. Und? Dein Vater hat auch immer gearbeitet! Jeder darf seine eigenen Entscheidungen treffen! Oder möchtest du das Leben deiner Eltern führen?«

»Nein ... na ja, sie hatten eigentlich ein gutes Leben, also sie ... sie *haben* ein gutes Leben!« Helena wird traurig, als sie an ihren Vater denkt.

Wie kann ihr Mann so viel altmodischer sein als ihr eigener Vater, denkt sie. Andererseits beherrscht er die moderne Technik, während ihr Vater noch mit einer Schreibmaschine und einem Faxgerät arbeitete. Ihr Vater hat bis heute keine E-Mail-Adresse. Philipp ist mit dem Computer fertig, er hat alles mit einem Miniatur-Schraubenzieher wieder zusammengeschraubt und festgedrückt. Als Nächstes beginnt er, einen großen Stapel Post zu sortieren. »Möchtest du einen Tee?«, fragt er liebevoll.

Jetzt bin ich also so eine Frau geworden, denkt Helena. *Ehe-frau und Mutter.* Das ist vielleicht gar nicht das, was ihre Eltern sich für sie gewünscht haben. Sie haben sie und ihren Bruder immer so gleichberechtigt erzogen. Sie haben ihr alles zuge-traut. Ihr Vater hat sich immer gewünscht, dass sie Professo-rin wird oder Dozentin. *Was für eine Verschwendung!,* denkt er vielleicht. Aber er spricht es natürlich nicht aus. Weil er sie nicht verunsichern möchte. Sie wollte ihn doch immer beeindrucken. »Ich bin so stolz auf dich!«, sagte er, als sie ihr Studium als eine der Besten ihres Jahrgangs abschloss. Sie hat diese tolle Stelle bei einem renommierten Verlag ergattert. Und nun wird sie das Leben ihrer Großmutter führen. Das Kind ist jetzt so groß wie eine Aprikose, verrät ihr die App.

MAXIE

Es gibt ihn nicht, diesen Moment, in dem sie erkennt, dass sie nicht mehr aufhören kann. Es gibt ihn nicht, diesen Moment, in dem sie noch irgendwie entscheiden kann.

Maxie sitzt mit Bobby beim Italiener, als Paula anruft.

»Ich muss kurz telefonieren.« Er steht auf und verlässt ihren Tisch. Nun sitzt sie allein im Restaurant und sieht ihn durch die Fensterscheibe, wie er auf und ab läuft beim Telefonieren.

»Verzeihung«, sagt er, als er sich wieder setzt. »Aber es war wichtig.«

»Worum ging es?«

»Um den Geburtstag unseres Sohnes. Sie will mit uns wegfahren.«

»Zu dritt? Was ist eigentlich aus ihrem Geschwür geworden?«

»Es war nur eine Zyste. Die hat man ihr rausgeschnitten.«

»Seit wann weißt du, dass sie nicht krank ist?« Maxie wird wütend. »Du wolltest sie doch verlassen, wenn sie gesund ist!«

»Die Ärzte dachten, es sei Krebs! Ich wollte doch nur bei ihr sein. Sie ist die Mutter meines Kindes.«

»Die Mutter deiner anderen Kinder hast du ja auch verlassen!«

»Ja, weil Paula mit mir zusammen sein wollte! Du willst mich ja gar nicht.«

»Ist das jetzt deine Ausrede dafür, dass du wieder mit ihr zusammen bist? Also ich bin schuld?«

»Es geht nicht um Schuld! Wenn du mich nicht mehr hast, dann geht dein Leben doch genauso schön weiter wie jetzt, oder? Du suchst dir einfach einen neuen Lover, der dich weniger liebt und damit weniger kompliziert ist.«

»Es ist aber nicht weniger kompliziert, wenn man sich weniger liebt. Zu viel Liebe oder zu wenig Liebe – beides funktioniert nicht.«

»Ich werde dich immer lieben, Maxie. Ich habe noch nie etwas oder jemanden so geliebt und so gewollt wie dich. Ich hätte nie gedacht, dass ich so etwas mal erleben würde. Dass ich so lieben kann. Lass mich wieder dein Held sein!«

»Du bist kein Held. Und ganz bestimmt nicht meiner! Hannes ist mein Held. Ich will nach Hause.«

Sie kann ihn nicht mehr so sehen wie zuvor. Er erscheint ihr plötzlich demaskiert, er ist befleckt, er ist entstellt, er ist ein anderer. Wenn sie an ihn denkt, tut es plötzlich nicht mehr gut – es tut weh. Sie hat die Unbeschwertheit verloren, das schöne Gefühl ist einem Zweifel, etwas Saurem gewichen. Er war nicht offen, er hat ihr nicht gesagt, dass Paula gesund ist und er längst wieder mit ihr glückliche Familie spielt, er hat ihr nicht zugetraut, dass sie damit umgehen könne.

Gegen Bobby zu kämpfen fühlt sich an, als ob man gegen seinen eigenen Schatten boxt. Sie schlägt und schlägt, aber sie kann nicht gewinnen.

Maxie sagt sich: *Du hast das Recht, glücklich zu sein. Du darfst dir dieses Glück nehmen. Wie oft begegnet man denn so etwas? Du tust ja niemandem weh, weil niemand etwas weiß. Du bist trotzdem ein guter Mensch, trennst Papiermüll, machst Menschen Komplimente und rufst deine Tante zurück und bringst immer Wein mit, wenn man dich zum Abendessen einlädt. Du fährst nie schwarz Bahn, du zahlst immer deine Steuern. Du kaufst Zeitungen von Obdachlosen, und du backst Kuchen für die Kollegen. Du spendest Geld an Weihnachten. Dein Obst ist immer bio und dein Kaffee fair trade. Du bringst deine Freunde zum Lachen. Du liebst. Du liebst zwei Männer. Es ist ja Liebe, und die Liebe darf doch alles. Dir steht das zu! Dir steht dieser Sex zu, dir steht dieses Leben zu. Das Leben kann verdammt schnell vorbei sein, und du lebst nur ein Mal.*

Plötzlich versucht sie unablässig, sich für ihn schön zu machen, immer noch schöner, noch kürzere Röcke, noch engere Hosen, noch tiefere Ausschnitte, noch rotere Lippen, noch höhere Schuhe. Sie benutzt Bräunungscremes, bleicht sich die Zähne. Sie salbt sich ein, reibt, rubbelt, schmiert, föhnt, sprüht. Sie errät seinen Geschmack. Sie weiß, was ihm gefällt. Sie stöckelt und stakst auf den hohen Absätzen, ihre Füße gepresst und hochgequetscht. Wie der Abgrund, an dem sie steht, in der Schräge, auf der Sprungschanze bereit zum Fall oder Flug.

Schönheit ist doch blendend, einnehmend, manipulierend, hypnotisierend. Vielleicht gelingt es ihrem getrimmten Körper, seine Liebe zu vergrößern.

Egal, was sie vorhat, für ihn hat sie Zeit, auch wenn sie müde oder krank ist. Sie reißt sich zusammen für ihn, für ihn macht sie es möglich. Denn sie hat ja solche Angst, ihm abzusagen, weil sie fürchtet, dass es das letzte Mal sein könnte. Vielleicht ist es morgen vorbei. Vielleicht wird er sonst wieder mit Paula den Abend verbringen. Das gilt es zu vermeiden! Sie hetzt, bloß um den Augenblick nicht zu versäumen, an dem er sie so sehr will. Jetzt-oder-nie. *Er will mich. Sehen. Küssen. Vögeln. Haben.* Also strampelt sie sich ab, schminkt sich, pudert sich und cremt sich ein, rasiert sich und wäscht sich den ganzen Körper, schmiert Öl auf Beine und Arme und Bauch und Po, sie trägt Schuhe, auf denen sie kaum laufen kann. Das Gefühl, geliebt zu werden, ist einfach zu überwältigend. Es gibt ihr Kraft und Selbstbewusstsein. Sie fühlt sich so lebendig. Sie muss das ausnutzen. Eigentlich muss sie in der Agentur sein oder auf einem der Abendessen bei ihren Freunden und bei Frieda, sie müsste dringend ihren Vater anrufen oder sich mal wieder um die Post kümmern, sie muss aufräumen, einen gemütlichen Abend mit Hannes verbringen – aber wenn er ruft, dann kommt sie. Und er ruft oft. Und sie kommt immer. Frieda ist ihr sowieso böse seit der Vernissage, Hannes ist auch glücklich, wenn er zocken kann, und die Post kann doch warten.

Auf Maxie wartet eine viel bessere Belohnung: die Selbstvergessenheit. Das Spüren des Augenblicks. Das Ende der Verantwortlichkeit für irgendetwas. Die Pause vom Denken, Regeln, Planen, Funktionieren, Organisieren.

REBECCA

Ralf, ein Kollege aus ihrem Team, steckt den Kopf in Rebeccas Büro. »Könntest du vielleicht etwas leiser telefonieren?« Er macht dabei eine Handbewegung, als würde er an einem Lautstärkeregler drehen, als wolle er sie herunterregeln, sie, ihre Lautstärke und ihre gesamte Anwesenheit. Er senkt zufrieden den Arm, als habe er sie ausgeschaltet.

»Ich bin übrigens nicht der Einzige, der dich ein bisschen … nun: laut findet«, sagt er, als Rebecca ihm wenig später in der Teeküche an der Kaffeemaschine begegnet. Er säubert gerade seine Brotdose, wischt sie mit kreisenden Bewegungen, mit einem Lappen aus. Rebecca stellt ihren Teller geräuschvoll in den Ausguss, auf einen Stapel dreckiges Geschirr. Das Porzellan klirrt.

»Du hast ein sehr kräftiges Organ. Das sagen die anderen auch.«

»Welche anderen?« Rebecca drückt den Knopf der Espressomaschine, die unter einem Pfeifen und Blubbern einen Kaffee in die Tasse laufen lässt.

»Du bist ja nicht allein auf der Welt«, sagt Ralf nun etwas lauter, um gegen den Lärm der Kaffeemaschine anzukommen. Es summte. Der Espresso ist fertig.

»Eben. Wir sind alle nicht allein auf der Welt. Und auch nicht allein im Büro. Wenn man Ruhe bevorzugt, sollte man vielleicht nicht in einem riesigen Konzern wie diesem hier arbeiten, sondern vielleicht … allein. In einem Atelier oder sowas, hm?« Rebecca kippt sich den Espresso in den Mund und stellt die geleerte Tasse wieder ab, als handele es sich um einen Schnaps.

»Jetzt sei doch nicht gleich eingeschnappt.« Ralf trocknet derweil seine Tupperdose mit dem Küchenhandtuch ab.

»Ein Büro ist eben kein Meditationszentrum.« Rebecca dreht sich um, ihre Schuhe sind verdammt hoch. *Jetzt bloß nicht umfallen oder umknicken*, denkt sie sich – sie schafft es ja schon, in Turnschuhen zu stolpern.

Er ist der Typ Mann, der zu seiner Freundin sagt: »Trag die Getränkekiste doch selbst!« Und der Typ Mann, der sich selbst einen Flug in der Business Class bucht, während seine Freundin in der Economy sitzen muss. Rebecca fürchtet mittlerweile die gemeinsamen Mittagessen und Aktivitäten mit den Kollegen. Bei den Teamevents – Gokart-Fahren, Wandern im Wald, gemeinsames Kochen in einem Studio, Meditieren für Achtsamkeit – kann man nicht einmal mehr denjenigen aus dem Weg gehen, die ausschließlich über die besten Kindergärten und gute Anlagemöglichkeiten sprechen. Es werden Gruppen gelost, Teams eingeteilt, man soll aus seiner Komfortzone ausbrechen, netzwerken und neue Verbindungen knüpfen. Aber Rebecca weiß nicht, wie sie ihren netten Kollegen erklären soll, dass ihr das KITA-Thema im Herzen brennt und sie hat keine Energie für die Flirts mit den Männern aus den oberen Etagen, sie ekelt sich, wenn sie nur daran denkt. Und die Mittagessen! Da muss sie zusehen, dass sie nicht ausgerechnet neben demjenigen sitzt, der die neuesten Zahlen und jüngsten Kundenakquisen abfragt – oder neben derjenigen, die von Babyspielzeug und Krabbelgruppen schwärmt. Neben den Vorgesetzten fühlt Rebecca sich wie eine Schülerin in einer mündlichen Prüfung –

oder wie ein Objekt der Begierde, so wie im Taxi mit dem Vorstandstypen. Für die meisten Kollegen ist sie nicht mehr als eine Exceltabelle, eine Powerpointpräsentation.

Ja, man muss schnell sein beim Hinsetzen, sonst landet man neben dem Falschen. Und dann ist die Pause plötzlich ein weiterer Job, dann wird das Mittagessen zum Pitch, ein Selbstvermarktungsevent, eine Dauerwerbesendung.

»Ja, ich hab schon mit Müller über die Slides gesprochen. Nein, da haben wir noch keine Ergebnisse. Ach, Bergmann! Die kenne ich vom Assessment Center. Da müssen wir einfach an den Client Approach denken, dann haben wir Maximum Output.«

»Ich bräuchte da nur einen One-Pager von Ihnen, aber das checken wir in der Telko. Wann ist da eigentlich Deadline? Schon morgen? Das wird wohl ein Allnighter. Können Sie da was draften? Man muss ja ans Big Picture denken. Unser Approach muss da simple sein. Dazu hatten wir doch das Briefing.«

Ihr Chef wendet sich ihr zu: »Und für das Meeting: Ziehen Sie sich was Anständiges an. Also nicht zu bieder. Aber auch nicht zu freizügig. Da sind Amis dabei … die sind ja oft etwas … prüde. Und die Asiaten – da gelten ganz andere Regeln. Also seien Sie nicht zu forsch! Und wenn Sie da performen, dann gehen wir danach mal richtig einen draufmachen. Wir sind da ja on the same page! Sie sind doch trinkfest, oder? So machen wir's. Ich hab gleich einen Call mit den Amis und sag denen, dass Sie ›ready‹ sind. Women power! Haha! Das wollt ihr doch immer alle …«

Und dann schaltet Rebecca ab, in ihrem Kopf schwirren die Tracks, Results, Core Skills, Guidelines, Incentives neben den fruchtbaren Tagen und Laborwerten und Gelbkörperhormonen. Alles muss »asap« erledigt werden, Kind und Deadline und Timing und Sex.

HELENA

Helena und Philipp besuchen ihre Eltern. Helena ist laufend schwindelig. Morgens ringt sie mit den Kontaktlinsen, der Bauch ist inzwischen schon praller, es fällt Helena nicht leicht, nah genug an den Spiegel heranzutreten, um die Linse ins Auge einzulegen. Helena wird ungeduldig, der Arm lässt sich nicht biegen, die Finger sind steif, ihr fehlt ein Gelenk. Sie sieht nichts, nur ein trübes Spiegelbild, sie weint und schreit, weil das alles so nervt und weil sie sich das Schwangersein schöner vorgestellt hat.

»Ich sehe nichts!«, ruft sie, als sie die Linse schon wieder verliert und wieder mit ihr hadert. Ihr Vater, der denkt, sie sei erblindet, erhebt sich mit aller Mühe aus seinem Sessel und versucht so schnell wie möglich zu ihr zu kommen. Helena muss weinen.

»Mein Herz, mein Herz! Bitte erblinde doch nicht!« Auch ihm stoßen die Tränen in die Augen, er schnappt nach Luft und muss sich hinsetzen. Er fasst sich an die Brust und ringt mit seiner Atmung. Helena hört schlagartig auf zu weinen. ›Bekommt er jetzt einen Herzinfarkt?‹ Er hechelt, sein Bauch wippt auf und nieder. »Mein Herz, mein Herz! Dir darf nichts geschehen.« Er wirkt völlig verzweifelt, als sei er Zeuge eines Verkehrsunfalls, und sie läge blutüberströmt vor ihm. »Es ist alles gut, Papa«, sagt sie, »ich kann sehen. Ich habe nur die Kontaktlinse verloren.« Er atmet noch immer wild, japsend und fasst sich an den Bauch.

Ja, so sind sie und so waren sie schon immer. So schrecklich besorgt umeinander.

In der Nacht bekommt sie keine Luft, das Baby drückt sich in ihre Rippen, die sich in die Lungen bohren. Sie fühlt sich als sei sie aufgespießt, mit einem Messer in der Seite des Körpers. Am Morgen fahren sie in die Uniklinik, es ist ein Sonntag, Helenas Vater will sie unbedingt begleiten. Bei so etwas hilft er gern, auch wenn er nutzlos ist in der Umsetzung, so ist er jedenfalls dabei. Sie laufen zu viert über das Klinikgelände, Helena, ihre Eltern und Philipp. Und Helenas Vater hält alle auf, anstatt zu helfen. Es ist im Grunde viel zu schwach für so etwas. »Hier entlang!« Aber da sind sie doch wieder falsch. Hupsi, jetzt hat er die Zeitung verloren, verlegt, wo hat er sie nur abgelegt, auf dem Weg? »Ich kaufe eine neue«, murmelt er, und sie suchen weiter nach der Notaufnahme.

»Ich begleite mein Kind«, sagt er stolz, als sie einen Arzt finden. »Sie ist schwanger«, fährt er fort. »Schön«, sagt der Arzt. Sie warten trotzdem knapp drei Stunden. Helena müsse eine Spritze in die Rippen bekommen, es seien Nerven eingeklemmt, eine Interkostalneuralgie, erklärt der Arzt. Ihre Mutter schlägt die Hände über dem Kopf zusammen. »Ausgerechnet jetzt!« Sie ist sehr besorgt um das ungeborene Leben. Ihr Vater ist besorgt um Helena. Sie möchte gern Tabletten nehmen wie immer, aber es geht nicht. Sie möchte leben wie immer, aber es gelingt ihr nicht. Ihr ist mulmig, sie wird noch dicker werden, sie darf nicht trinken, sie darf nicht turnen, nicht springen oder hüpfen, mit dem Embryo im Bauch nicht mehr das essen, was sie will. Helena fühlt sich abhängig und wird plötzlich sehr wütend auf ihren Mann, der alles darf und kann – und sie nichts.

Zum ersten Mal in ihrem Leben denkt sie: *Ich wäre lieber ein Mann.* Aber Philipp ist der Mann. Und Philipp ist ein Mann, der ihr alles abnimmt. Er hat sich dieses Kind so gewünscht. Er ist – anders als Helenas Vater – nicht eitel oder selbstverliebt, nie laut oder grob oder gar zornig. Er ist immer zuerst am Wohl der anderen interessiert – vor allem an ihrem. Er kann alles tragen und schleppen, er kann Dinge reparieren und installieren. Er ist groß und stark, und nie hat Helena ihn weinen sehen. Und doch ist er ihrem Vater in manchen Dingen so ähnlich. Er ist ein Genießer und ein sinnlicher Mensch, ein großzügiger Verschwender. Doch zum ersten Mal kann er ihr die Last nicht abnehmen. Er kann ihr nicht helfen.

Das Kind ist jetzt so groß wie eine Limette.

Jetzt, wo Helena schwanger ist, versteht sie, was ihr Vater immer meint, wenn er von seinen körperlichen Beschwerden spricht. Sie versteht jetzt, wie es sich anfühlt, wenn der Körper entführt ist, ferngesteuert, fremdbestimmt. Die Befindlichkeiten kommen jeden Tag, immer denken sie sich etwas Neues aus. Sodbrennen, Übelkeit, Müdigkeit.

MAXIE

Hannes hat keine Geschwister und spricht eher selten mit seinen Eltern. Seine Mutter hat ihn überbehütet, und er wollte schon früh gerne ausbrechen aus der engen Familienwelt. Ja, er besucht noch Geburtstagsfeste und Pflichtveranstaltungen, aber für ihn ist Familie die Ehe mit Maxie. Deswegen hat er sie so früh geheiratet, deswegen haben sie sich damals füreinander entschieden – um zu zweit gegen alles anzukämpfen. Jetzt hat Maxie seine Mutter am Hals, zu der sie doch sogar den Kontakt gepflegt hat all die Jahre, auch weil Hannes das nicht tat. Sie, Maxie, hat sich doch bemüht um das Verhältnis, um den Austausch.

Ihre Schwiegermutter ruft seit Kurzem immer häufiger abends auf dem Festnetz an. Sie weiß, dass Hannes seine Schichten im Krankenhaus hat oder auf Kongressen ist – und doch ruft sie an, erkundigt sich nach ihm oder meldet sich auf Maxies Handy und fragt, warum sie sie nie zu Hause erreichen könne. »Sag mal«, miezt sie in den Hörer, »wo steckst du schon wieder? Man erreicht euch ja nie.«

»Hannes arbeitet.«

»Und wo treibst du dich so rum, wenn er arbeitet?«

»Ich treibe mich nicht rum. Wir arbeiten halt beide.«

»Findest du nicht, dass Hannes etwas viel arbeitet in letzter Zeit? Vielleicht könntest du ja mal mit ihm sprechen. Er hat auch so abgenommen und sieht so blass aus. Vielleicht kochst du ihm mal was Schönes, hm?«

»Hannes geht es gut.«

»Ja, aber kümmer dich um ihn, Liebes. Ich mache mir etwas Sorgen um euch.«

»Musst du nicht.«

»Na ja … Es ist wichtig, als Paar gemeinsam Zeit zu verbringen. Man weiß ja, wo das hinführt, wenn die Männer immer arbeiten. Da könnte ja so manche Frau auf dumme Gedanken kommen.«

»Ich hab keine dummen Gedanken.«

»Liebes, du weißt doch, wie die Leute reden. Auf dem Geburtstag von Wolfgang, da hast du dich ja schon ziemlich lange mit unserem Freund unterhalten.«

»Mit welchem Freund?« Maxie wird es mulmig. Sie weiß genau, wen ihre Schwiegermutter meint. Wie könnte sie es nicht wissen können, wo sie doch jeden Tag an diesen Menschen denkt!

»Na, Robert! Dr. Metz. Mit dem du so viel Wein getrunken hast. Der steht immer gern mit jungen Frauen rum.«

»Ich hab ihn seitdem nicht mehr getroffen.« Maxie läuft mit dem Hörer auf und ab.

»Mmmmhhh … Das ist aber seltsam. Meine Freundin Claudia schwört, sie hätte dich neulich bei ihm im Auto gesehen.«

»Da muss Claudia sich verguckt haben!«

»Mag sein. Ich kann es mir auch gar nicht vorstellen, er ist ja so glücklich liiert, das weißt du schon? Oder? Und er hat so reizende Kinder. Ganz bezaubernde Jungs. Der wird bestimmt bald Opa.«

»Das ist doch schön.«

»Schade, dass ihr keine Kinder wollt. Aber kein Wunder, wenn man sich nie sieht. Ihr arbeitet ja nur.«

Natürlich kann sie ihrer Schwiegermutter nicht erzählen, was Hannes damals getan hat. Damals, als sie noch nicht verheiratet waren und nicht aufgepasst haben. Sie war schwanger, aber Hannes war der Meinung, dass es noch viel zu früh für ein Kind sei. Sie wollten doch beide erst im Beruf durchstarten und vielleicht ins Ausland gehen. Danach bliebe doch immer noch genug Zeit für ein Kind. Nur wann, wann kommt diese Zeit? Es ist nun zwölf Jahre her, und Hannes will noch immer kein Kind. Er ist viel zu sehr mit seiner Forschung beschäftigt und viel zu ehrgeizig, um kürzer zu treten. Denn natürlich haben sie immer auch davon gesprochen, dass sie später mal ein Kind gemeinsam großziehen werden. An dieses Später glaubt sie allmählich nicht mehr. Und ob sie wirklich ein Kind möchte oder nicht, weiß sie selbst gar nicht mehr so genau.

»Mach Hannes doch mal eine Freude und koch ihm was. Früher hat er so gern Carbonara gegessen. Oder Gulasch. Kannst du das? Ich kann auch eins vorbereiten und einfrieren. Ach, Hannes liebt mein Gulasch.«

»Gern.« Maxie zündet sich eine Zigarette an.

»Du musst Eigelb an die Carbonara machen. Und echten Speck, keinen Schinken! Bloß keinen Schinken! Das ist das Geheimnis.«

»Ja, danke.«

»Nun, dann wünsche ich eine geruhsame Nacht. Und schlaft euch mal aus. Oder fahrt mal übers Wochenende in ein Wellness-Hotel. Wolfgang und ich waren da neulich in so einem entzückenden Ding in den Bergen. Warte, ich such dir gleich mal den Namen raus. Das würde Hannes guttun.«

Nur sie, sie tut Hannes anscheinend nicht gut, und das möchte ihre Schwiegermutter ihr eigentlich mitteilen und gewiss keine Rezepte austauschen.

»Gute Nacht.«

REBECCA

Ihre Vorgesetzten raten ihr:

»Verhalte dich konform! Nein, brich die Regeln! Sei wie ein Mann! Sei wie eine Frau! Nutze deine Weiblichkeit. Verstecke deine Weiblichkeit. Schau mal, wie der Vorschlag deines Kollegen gerade beim Vorstand ankam, wow! Der geht richtig ab. Such dir was Eigenes. Du brauchst ein Alleinstellungsmerkmal. Was ist dein USP (wie bitte, was? Unique Selling Point)? Ja, aber doch nicht so eigen! Das ist jetzt too much. Das verstehen die Leute nicht. Das ist zu krass. Sei auffällig. Sei unauffällig. Nimm dir nicht alles zu Herzen. Sei nicht kalt. Mach weiter so. Nee, fang noch mal von vorn an. Mach's anders. Mach's wie die anderen. Mach's besser. Sei schneller. Sei aber nicht ungenau. Nimm dich nicht so wichtig! Nimm dich sehr wichtig. Nimm die anderen ernst. Bleib cool. Schrei nicht rum. Sei nicht zu leise. Wenn dir etwas auf den Keks geht, sag es. Halt lieber den Mund. Eck nicht zu sehr an. Sei nicht zu glatt. Sei kein Fähnlein im Wind. Sei nicht aufmüpfig. Sei originell. Sei nicht zu originell. Unterbrich die anderen. Lass die anderen ausreden. Nimm dir, was dir zusteht. Aber nicht zu viel. Sei bescheiden. Sei nett zu deinen Kollegen. Manchmal musst du ein Arsch sein. Arbeite nicht zu viel. Arbeite hart. Hab bloß keine Kinder!

Hab unbedingt Kinder! Frauen ohne Kinder sind uns suspekt. Frauen ohne Kinder sind keine Frauen. Frauen mit Kindern sind mühsame Arbeitnehmerinnen. Lass dich nicht ausnutzen! Arbeite am Wochenende! Mach Nachtschichten. Lerne, Nein zu sagen – vor allem zu Nachtschichten.«

Andere Mütter:

»Du kannst es sowieso vergessen, wenn du ein Kind willst. Aber das Kind gibt auch so viel zurück. Da wirst du den Job gar nicht so vermissen. Sitz es aus! Sitz rum! Werde schwanger! Dann hast du Schutz. Danach höchstens Teilzeit! Wenn überhaupt! Aber dann solltest du schnell das nächste Kind hinterherschießen. Sonst ist der Abstand auch zu groß. Und dann warst du insgesamt ja drei, vier Jahre nicht im Büro. Dann bist du eh raus. Mach doch was Soziales!

Ihre Freundinnen:

»Lass dich nicht unterbuttern! Es ist alles machbar. Man schafft es auch mit Kind, wenn man nur will. Alles eine Frage der Or-ga-ni-sa-tion. Delegieren lernen. Klammer dich nicht ans Kind. You love your job! Working Moms sind cool! Working Moms sind tough. Und Du bist doch tough. Lass dir da nicht reinquatschen. Wir haben es doch auch geschafft. Und schau dir die Sabine an, die ist mit vier Kindern trotzdem im Vorstand. Mütter schreiben Bestseller. Mütter gewinnen Grammys. Mütter verdienen richtig Geld. Mach dich bloß nicht von Tim abhängig! Es wäre doch eine Verschwendung, wenn du nicht arbeitest! Wie hältst du das nur aus? Nur Windeln wechseln! Und, wenn die Kinder aus dem Haus sind, was dann? Überleg dir das gut!«

Ihre Kollegen denken:

»Wir sind immer im Büro, auch wenn du schläfst und beim Arzt bist. Wir sind schneller als du, und wir sind schon länger dabei als du. Wir sind mit dem Chef schon per *du*. Und wir sind mit dem Geld schon per *du*. Und wir sind mit den Kunden schon per *du*. Mehr als das: Der Kunde schreibt uns private Nachrichten. Per WhatsApp. Wir sind auf der Hochzeit vom Kunden eingeladen. Und vom Chef. Du kannst froh sein, wenn du zur Weihnachtsfeier mitkommen darfst. Du kannst froh sein, wenn du beim Meeting mit dem Kunden eingeladen wirst. Kommst du überhaupt mal am Wochenende ins Büro? Nein, dann vergiss es! Keiner nimmt dich ernst. Zieh dich nicht so an. Wir gehen zum Lunch mit dem Team. Wir spielen Tennis mit dem Chef. Wir bekommen Lob und einen Bonus. Wir werden befördert! Die Firma liebt uns! Das Leben liebt uns! Sei froh, dass du hier sein darfst. Wir sind Success! Wir sind geil! Tu dir doch nicht selbst so leid. Bekomm lieber Kinder – zu Hause bist du besser aufgehoben! Karriere wird hier eh nix mehr. Get over it! Get a grip!«

Ihre innere Richterin sagt:

»Sei erfolgreich! Da geht noch mehr. Es geht immer noch mehr. Auf geht's! Hopphopp. Du brauchst nicht viel Schlaf! Liegestütz, Ausfallschritt, Lockenwickler, E-Mails, Calls, Meetings, Nagellack, Business Lunch, Sozialprojekt, Kunstverein, Business Dinner, heißer Sex. Und jetzt drei Wiederholungen. Und morgen wieder von vorne. Zirkeltraining.«

Ihre Selbstzweifel sagen:

»Du wirst es nie schaffen. Die Welt hat nicht auf dich gewartet. Jeder deiner Gedanken wurde schon mal gedacht. Nur besser. Und auf Altgriechisch. Andere sprechen sieben Sprachen. Und du so? Andere können programmieren. Du kannst nicht mal dein WLAN selbst aktivieren. Du vergisst deine Passwörter. Du bist nichts Besonderes! Dein Einfall ist ein Reinfall. Google das mal – das gibt es schon längst im Internet. Dazu gibt es schon Bücher, Aufsätze, Debatten, Enzyklopädien. Deine Erfindung? Ist bei Amazon längst als Schnäppchen zu haben! Das haben die anderen längst getwittert. Und die sind jünger als du. Eine andere Generation. Die haben schon mehr veröffentlicht. Promoviert. Gib's auf. Es gibt nichts mehr für dich.«

Ihr eigener Anspruch sagt:

»Du kannst jetzt glücklich sein, jetzt ist der Moment! Bald bist du alt. Dann ist alles vorbei. Tu es jetzt!«

Ihre Mutter sagt:

»Wir sind so stolz auf dich! Du bist so fleißig. Weiter so. Nein, halt, was machst du denn da? Willst du jetzt nicht auch mal an Kinder denken! Ja, wir sind sehr beeindruckt, aber nur vom Büro wird doch keiner glücklich. Siehst du Tim überhaupt noch? Ich und dein Vater hätten so gern ein Enkelkind! In deinem Alter war ich schon schwanger, nein: schon Mutter! Wir helfen dir doch auch mit dem Kind. Der Zeitpunkt ist *nie* richtig. Es passt *nie*. Mach es einfach. Am liebsten jetzt. Wir haben schon eine Wippe und eine Rassel gekauft.«

Ihr Google-Suchverlauf sagt:

»Überdosierung. Fruchtbarkeitshormone.«

Die Gesellschaft sagt ihr:

»Es kommt nicht darauf an, wer du bist, sondern für wen die Leute dich halten. Es gibt Männer – und Frauen – die absichtlich einen Ehering tragen, weil sie dann mehr angebaggert werden! Angebote, Angebote! Vor allem im Job. Konkurrenz belebt das Geschäft. Je begehrter du wirkst, desto begehrter wirst du.«

MAXIE

Er hat den Anfang gemacht, er hat immer bestimmt, wann es passiert und wann es nicht passiert. Er hat das Auto hingestellt. Er hat die Ziele ausgewählt. Er hat alles ausgesucht, festgelegt, entschieden. »Wir fliegen jetzt weg.« Und genau das war das Problem: dass sie so sehr Gefallen daran fand, dass er, der Mann, alles entschied. Dass sie nur mitmachen musste bei seinen Ideen, seinen Ausflügen. Mittlerweile gibt es die Ausflüge seltener. Und sie will sie umso mehr – obwohl sie wehtun, unendlich schmerzhaft sind. Seine Befehle waren lange Zeit Liebesgeflüster – inzwischen sind sie Aufforderungen zur Selbstaufgabe.

Sie hat den Kopf voller Spielregeln, voller Gebrauchsanweisungen für ihn, einen Lageplan wie für einen Irrgarten, wie bei einer Schatzsuche, überall Gift und Aufgaben und Rätsel, die es zu lösen gilt, links abbiegen, dann rechts über die Mauer und keinen falschen Schritt machen, wie auf einem Minenfeld. Den Rasen bitte nicht betreten. Brandgefahr, Ansteckungsgefahr, Explosionsgefahr.

Beachte:

1. Er mag es lieber, wenn du einen Zopf hast.
2. Er mag es, wenn du hohe Schuhe trägst. Am besten die goldenen mit den vierzehn Zentimetern.
3. Er liebt die blaue enge Hose. Er mag deinen Po darin.
4. Verstecke deine Makel. Sei stets tough.
5. Er liebt dein Lächeln. Lach viel. Sei nicht zu ernst oder nachdenklich.
6. Er mag den dunkelroten Lippenstift besonders. Trag dunkelroten Lippenstift.
7. Er mag es, wenn du ihn am Arm berührst.
8. Er liebt es, wie du ihn zwischen den Beinen streichelst.
9. Fass ihn beim Abendessen genügend an, nimm seine Hand – aber sei niemals aufdringlich.
10. Lehne dich nach vorn – er ist verrückt nach deinen Brüsten.
11. Er liebt diesen einen Duft an dir. Benutze immer dieses Parfum, wenn du ihn siehst.
12. Sei belesen. Sei klug. Sei witzig. Du bist klüger und witziger und kreativer als die anderen.
13. Sprich von Wirtschaftsthemen. Das imponiert ihm.
14. Sprich von anderen Männern. Dann rastet er aus. Und dann muss er dich haben, besitzen.
15. Sei immer feminin. Mehr mysteriöse Französin als Deutsche im Dirndl.
16. Beeindrucke ihn.

Achtung, Hochspannung, Lebensgefahr:

1. Sei nicht zu laut beim Sprechen. Das findet er ordinär.
2. Zeig ihm nicht, wenn dich etwas verletzt. Er kann damit nicht umgehen.
3. Sei nicht schwach – er hat sich in dich als starke Frau verliebt.
4. Erzähle immer alles von deinen beruflichen Erfolgen. Du

bist stark, selbstsicher, souverän. Er ist immer souverän.
Verschweige besser deine Niederlagen.

5. Sprich nicht von seiner Paula.
6. Sprich bloß nicht von seiner Paula!
7. Er mag keine gelben Kleider.
8. Er mag keine T-Shirts.
9. Sei nicht zu verplant und chaotisch. Er hasst es, wenn deine
   Handtasche zerwühlt aussieht.

Diese unzähligen Regeln hat sie ständig im Kopf, sie sortiert
sie hin und her, überarbeitet, ergänzt. Kleider werden aus dem
Schrank entfernt, Worte aus dem Vokabular, Sätze aus dem
Kopf. Es ist ein Slalom um all die Schlaglöcher und Gräben, die
Fallen, die ihn vergraulen könnten.

Sie verabredet sich mit Bobby in einem Hotel. Am Morgen
sieht Maxie sein Handy neben dem Bett liegen. Er steht unter
der Dusche. Er lässt es selten herumliegen, und schon oft hat sie
sich gefragt, ob sie hineinschauen würde, wenn sich die Gelegenheit böte. Sie hat keine bösen Absichten, keinen besonderen Kontrollauftrag, keinen Anfangsverdacht, keinen Durch-
suchungsbefehl. Es ist eher so, dass das Gerät sie in diesem
Augenblick geradezu provoziert, wie es da auf dem Nachttisch
liegt, so rot blinkend voller neuer Nachrichten. Es strahlt sie
förmlich an, es zwinkert ihr zu mit seinem Leuchten und flüstert
»Hallo, schau mich an. Lies mich.« Wie die Kekse bei Alice im
Wunderland – »eat me«. Maxie hört das Wasser der Dusche laufen, sie hört das Wasser prasseln und ihn singen. Sie wird noch
mindestens vier Minuten zur Verfügung haben, er wird erst die
Dusche abdrehen müssen, und dann wird sie hören, wie er sein
Handtuch mit einem Schwung auf seinen Rücken klatscht, sich
trocken rubbelt, wie er sich nackt im Spiegel betrachtet, sein
Brusthaar, sein breites Kreuz, seinen Männerkörper. Dann wird

er sich mit dem Kamm durch die Haare fahren, die nass ziemlich dünn wirken, fast schon durchsichtig – aber das kann seiner Männlichkeit nichts anhaben, im Gegenteil, nackt und nass ist er am männlichsten. Und so kann sie seinem Duschen lauschen und an seinen Körper denken, bis sein Handy sie auf dumme Gedanken bringt.

Sie will nur mal hineinspähen. Trotzdem rast ihr Herz, als würde sie bei einem Juwelier ein wertvolles Armband stehlen.

Ja, es ist unnötig und töricht. Aber es liegt da, es lockt sie. Sie tappt in die Falle.

Als sie das Gerät in den Händen hält, zittern ihre Finger, sie spielen verrückt, sie versucht verschiedene Codes aus, verdrückt sich. *Los, mach schon,* denkt sie sich. Jetzt, wo sie es in den Händen hält, möchte sie unbedingt wissen, was es zu bieten hat, sie ist wie eine Hungrige am Büffet. Und dann: entsperrt.

»Oh, das wünsche ich mir auch so sehr, mein Liebling.« Von Paula, vor sechs Minuten empfangen.

Was wünscht sie sich auch so sehr? Maxie scrollt nach oben.

Bobby hat gestern Nacht geschrieben: »Ich gehe jetzt schlafen, meine Traumfrau. Ich hoffe, dir und unserem Sohn geht es gut. Ich liebe dich sehr und wünsche mir noch viel mehr Kinder mit dir. Lass uns bald welche machen! Ich freue mich so, dass du meine Frau wirst! Dein Rob.«

Maxie will am liebsten schreien. Das Ding auf den Boden schmeißen und kreischen und strampeln. Doch sie muss Ruhe bewahren. Strategisch sein. Sie darf sich ja nicht erwischen lassen beim Erwischen.

Doch sie ist nicht strategisch.

Sie tut das, was sie tun muss, sie schreit und strampelt und wirft das Handy auf den Boden, sie schleudert es voller Wucht auf das Parkett. Sie hat genug von seinen Lügen, von seinem Verrat. Sie schreit. Die Dusche prasselt noch kurz, schließlich hört sie es tröpfeln, und er kommt nackt und nass, ohne Handtuch und ohne Kamm, ins Zimmer gelaufen. Maxie quietscht und quiekt vor Schmerz und Wut und Enttäuschung darüber, dass nicht sie die Verbündete, sondern *er* der Übeltäter ist. Er ist der Verräter, der dasselbe Geheimnis vor Maxie bewahrt wie vor Paula. Sie ist keinen Deut besser als die andere, der er auch all das sagt, was er ihr sagt. Dass sie seine Traumfrau sei. Wie viele Traumfrauen kann man denn haben in diesem Albtraum?

Er greift nach ihrer Hand. Ihr Arm baumelt in seiner Hand und erwidert den Druck nicht.

»Maxie, ich hab das doch nicht gewollt.«

»Du willst sie heiraten!«

»Mit Wollen hat das nichts zu tun!«

»Womit denn dann?«

»Ich habe viele Fehler gemacht in meinem Leben. Aber das war der allergrößte, der schlimmste Fehler, den ich je gemacht habe. Ich wollte doch immer nur von dir geliebt werden.«

»Du bist ein Schwächling. Ein Feigling.«

»Ich habe alles verloren. Es ging mir noch nie in meinem Leben so schlecht, Maxie. Ich liebe dich so sehr. Ich liebe dich mehr, als ich je geliebt habe. Bitte verlass mich nicht. Ich flehe dich an. Maxie, Maxie. Wir gehören doch zusammen.«

»Hau ab! Ich kann es nicht mehr hören.«

Maxie sieht ihre Schuhe wie aus einer anderen Zeit auf dem Fußboden liegen. Da war sie noch blind, hat erwartungsfroh ihre Schühchen abgestreift, und jetzt fühlt sie sich nacktfüßig, kahl und lächerlich, barfuß. Albern und trostlos in ihrem nuttigen Outfit, so billig in dem Luxushotel. Das blöde Obst steht schön hergerichtet auf dem Teller; Trauben, Mandarinen, Erdbeeren, ein Brief der Hotelleitung, eine Flasche Veuve Cliquot. Es ist alles so beliebig, die Schuhe, der Betrug, die Lügen, der Altersunterschied, die Liebesschwüre und ihr Hurenkleid und sein Freierblick.

Sie bückt sich und greift nach den Schuhen, die vor dem Sessel liegen.

»Warte, bitte. Verlass mich nicht!« Sie steigt mit den Zehenspitzen in den ersten Schuh, verliert beinah das Gleichgewicht, kippt von links nach rechts, ihre Beine schlackern, sie balanciert nun wankend auf dem einen Bein, während sie den anderen Schuh mit der Hand über den zweiten Fuß streift.

So stehen sie da, geschlagen von den eigenen Lügen. Hechelnd, wie nach einem stundenlangen Tennisspiel. Und das Ergebnis ist so offensichtlich: Es ist der Sieg der Wirklichkeit über die Liebe. Die Niederlage der Liebe.

Sie verlässt das Zimmer. Er rennt ihr halbnackt bis zum Aufzug hinterher. Aber sie ist zu schnell für ihn. Es macht »Bing«, wie eine Mikrowelle, wenn die Nudelsuppe aufgetaut ist, mit einem hellen Glöckchen. 5-Minuten-Terrine! Bobby wird immer schmaler, der Spalt zwischen den Messingtüren schließt sich und verschluckt ihn. Nun ist sie draußen auf der Straße. Auch hier lässt der Schmerz nicht nach. Sie versucht, ihn loszulassen, wie einen Ballon oder Drachen aufsteigen und davonfliegen zu lassen: Lauf, flieg! Aber da weht nichts weg. Es ist kein Geräusch, das von dem Geschehen verschluckt, kein Geruch, der von der Luft verteilt, kein Gesicht, das von der Menschenmasse versteckt werden kann. Es ist ein gesichts-, geräusch- und geruchsloser Schmerz, für den es kein Desinfektionsmittel gibt. Sie weiß nicht, ob sie nach links oder rechts gehen soll, gegenüber schreit ein Kind aus einem Buggy, und sie würde gerne mitschreien, im Chor mit diesem Winzling, sich dazulegen und im Duett weinen. Aber sie biegt nach rechts ab, läuft durch die halbe Stadt, an der Drogerie und am Supermarkt vorbei, der Springbrunnen ist ausgeschaltet und ausgetrocknet, wie eine Fotografie. Die Tomaten auf dem Markt sind im Angebot. Die Äpfel sind »Frisch aus der Region«. Alles ist bio und gesund. Sie sehnt sich nach dem, was schlecht für sie ist. Sie hat dieses Ökozeug aus Weizengras und Algen satt, sie sehnt sich nach dem genmanipulierten, gestreckten Analogkäse, nach Synthetik, nach geräuchertem Gammelfleisch, nach Nikotin und Rum und Speed und Ketamin. Aber hier, hier gibt es Quinoamüsli, Hirsebrot, Hafermilch, Vollkornwein, vegane Weißwurst, Smoothies aus Brennnesseln. Alles geht vorwärts, die Menschen kaufen ein, und das Obst liegt herum und wird immer gesünder, und der Supermarkt hat jetzt bis vierundzwanzig Uhr geöffnet, die Stadt scheint völlig unberührt von dem Schicksal der Menschen, die in ihr leben.

Um neun Uhr neunundvierzig war alles noch in Ordnung. Um zehn Uhr sieben liegt ihre Welt in Trümmern.

REBECCA

»Guten Tag.« Rebecca tritt sehr zaghaft ein und wippt von einem Fuß auf den anderen.

»Setzen Sie sich.« Das Büro der Headhunterin ist hell und lichtdurchflutet, die Dame sitzt entspannt auf ihrem Drehstuhl und kreist ein wenig von links nach rechts. Rebecca nimmt gegenüber Platz.

»Nun ...« Sie lässt sie noch einen Augenblick warten, checkt ihre E-Mails, nimmt einen Anruf entgegen.

Rebecca hat die Hände im Schoß zusammengefaltet und fragt sich, ob es die richtige Entscheidung war, auf die Anfrage zu reagieren. Sie fühlt sich schuldig – ihrer Firma gegenüber.

»Der Leiter der Global-Strategy-Abteilung meiner Klienten wird übernächsten Monat das Unternehmen verlassen. Ich würde Sie gern für die Position vorschlagen«, sagt die Headhunterin, und bevor Rebecca reagieren kann, fährt sie unbeirrt fort: »Nach dem Studium Ihres LinkedIn-Profils und unserem Telefonat bin ich überzeugt, dass Sie die Richtige sind. Der Job bedeutet allerdings: viel Reisen. Wenig Freizeit. Sie müssten einmal im Monat in die USA und ein paar Mal im Jahr nach Asien. Ich weiß nicht, ob Sie das wollen. Sie sind ja auch hier gebunden. Vielleicht wollen Sie mit Ihrem Mann darüber sprechen. So ein Ehemann kann ja auch manchmal eine Bremse sein!« Sie lacht. »Es gibt noch einen anderen Kandidaten. Um ehrlich zu sein, würde ich diese wichtige Stelle gerne mit einer Frau besetzen. Ich verstehe mich gut mit der Frauenbeauftragten des Unternehmens.«

»Sie bieten mir den Job also an, weil ich eine Frau bin?«

»Nein. Sie sind gut. Aber für uns Frauen ist gerade eine gute Zeit angebrochen. Das sollten Sie nutzen! Sie sollten wissen: Es ist eine einmalige Gelegenheit. Ich würde Sie gerne empfehlen. Aber dann brauche ich Ihr Wort. Ihr volles Engagement. Full Commitment!«

»Ich traue es mir zu.« Rebecca weiß nicht, ob das stimmt, aber sie weiß, dass sie das sagen muss. Ein Mann würde nichts anderes sagen. Vermutlich würde er sogar den Satz »Ich bin genau der Richtige!« hinzufügen.

»Schön, Sie sind tough, ich sehe schon. Wir treffen uns nächste Woche mit dem Global Committee des Unternehmens. Seien Sie da bitte nicht zu … na ja: zaghaft. Seien Sie selbstbewusst und souverän, vertrauen Sie sich. Die wollen kein Mauerblümchen. Aber auch keinen Drachen. So machen wir's. Ich habe gleich ein Telefonat mit dem USA-Vorstand der Firma und sage denen, dass Sie interessiert sind.« Noch bevor Rebecca das Zimmer verlässt, greift die Headhunterin zum Hörer.

HELENA

Der Tod kündigt sich an, er ist so sichtbar, und trotzdem wollen ihn alle übersehen. Helenas Vater schläft viel. Er meidet die Sonne, er trinkt noch immer Alkohol, aber weniger, der Alkohol macht ihn matt. Er isst weniger. Auf einmal möchte er sein Steak durchgebraten. »Fahrt ihr allein«, ruft er seiner Familie zu, wenn sie mit dem Auto fahren wollen. Es ist ihm zu ruckelig, zu heikel.

Er hat sich eigentlich nie übergeben. Er hat sechzig oder siebzig Jahre seines Lebens einen Magen gehabt, der eine in Robbenfett panierte Nilpferdleber verdaut hätte.

Er hasst es, dass er sich bekleckert. Er hat Flecken auf dem Hemd und jammert über sein Alter. Das Alter der befleckten Hemden. »Du hast schon mit fünfzig gekleckert, Papa«, sagt Helena. »Und ich kleckere auch schon. Obwohl ich erst Mitte dreißig bin.«

»Ich möchte nur nicht verblöden«, hat er früher immer gesagt. »Ich möchte im Kopf klar bleiben.« Das war sein sehnlichster Wunsch. Und er sollte sich erfüllen. Aber ist es nicht besser, beim Sterben unklar im Kopf zu sein, fragt sich Helena.

»Ich habe keine Angst vorm Sterben. Ich möchte nur nicht dabei sein, wenn es passiert.« Er hat diesen Woody-Allen-Satz früher oft zitiert, und das hat sie sich gemerkt. Nun sagt er ihn nicht mehr. Er ist in diesen Monaten dabei, als es passiert. Das Sterben.

»Papa ist richtig krank«, sagt ihre Mutter.

»Er soll die Chemo machen.« Helena versucht überzeugt, engagiert, voller Hoffnung zu klingen.

»Ich weiß nicht … Wir überlegen noch.«

»Was gibt es da zu überlegen? Er muss kämpfen. Er kann jetzt nicht aufgeben.«

Helena sucht Heilpraktiker heraus und Schamanen, sie kauft Globuli und Kristalle und Bäder und Tees und Kräuter und Salben. Sie muss an etwas glauben. Und in der Not glauben wir an alles. In der Not frisst der Teufel Lügen.

Wie ein Cheerleader feuert sie ihren Vater an.

»Du schaffst alles. Das wird schon. Du wirst meinem Kind noch vorlesen.«

»Ich bin nicht so stark wie du«, sagt er.

Aber Helena ist überhaupt nicht stark. Sie versteht es bis heute nicht, wenn Leute sie als starke Frau bezeichnen. Sie findet sich weder besonders robust noch zäh noch besonders unberührbar. Eigentlich lässt sie sich von vielem umhauen. Beim Armdrücken gewinnt sie auch nie. Sie ärgert sich oft über dummes Gerede und über die Welt, sie heult bei Filmen, bei Musik, bei Gedichten. So ist ihr Vater auch. Der weinende Tyrann. Berührbar und trotzdem unerschütterlich.

MAXIE

Maxie erinnert sich an die ersten Begegnungen. Sie fragt sich, wie es so weit kommen konnte. Der Anfang hatte etwas Unwirkliches. Jetzt erscheint ihr alles wie eine Fata Morgana, und sie steht mit einer Fassungslosigkeit davor wie vor einem brennenden Haus, in das sie noch einmal hineinlaufen möchte, um alles Hab und Gut mitzunehmen, um die Fotos von den Wänden zu reißen und die Kleider aus den Schubladen, um alles zu umschlingen, was die Arme tragen können. Sie möchte in dieses Haus laufen, bevor es zusammenkracht und die Flammen ersticken. Aber das Feuer hat sich schon überall ausgebreitet, in den Balken und Ecken. Sie versucht, sich einfach an das Haus zu erinnern, wie es war, als es noch stand und die Wände weiß und der Boden sauber waren, als alles neu war und sie den Garten bepflanzte. Denn Maxie weiß, dass sie nicht mehr hineinlaufen darf in die beißende Glut, weil sie vermutlich nicht mehr lebend hinauskommen wird, weil jedenfalls mindestens eine Hautschicht so verbrennt, dass sie für immer entstellt ist.

Sie erinnert in diesem Augenblick nur die besten Momente, wie ein Best-of-Album, ein Schnelldurchlauf, bei dem die Highlights hervorblitzen. Aber die Erinnerung lässt Dinge aus. Sie fügt Dinge hinzu. Das Kennenlernen, das Verlieben, das

Glück. Sie kann sich an keinen durchschnittlichen Abend erinnern, nur an Superlative.

Maxie denkt daran, wie sie Bobby damals, vor diesem Morgen im Hotel, ohne Verdacht wahrgenommen hat. Jetzt kann sie nicht anders als gnadenlos hinzusehen, ihn zu mustern, abzutasten, wie ein Flughafenkontrolleur, sie sucht nach seinen Waffen, nach dem Verborgenen, nach Makeln. Hinter jedem Wort oder jedem Blick lauert eine Gefahr, verbergen sich weitere tückische Geheimnisse. Sie will ihn wieder erwischen. Das Erwischen wird zur Sucht, zur Bestätigung ihrer Zweifel, ihres Menschenbildes. Ha! Sie hatte recht.

Sie ist in sein Geheimnis heruntergerissen worden. Die Wahrheit ist eine Waffe. Nie bloß eine Mitteilung. Nein, die Wahrheit zwingt den Wissenden zu reagieren. Aber wie? Man kann es ertragen. Man kann – wenn man diszipliniert ist – gehen. Man kann es verzeihen. Man kann es sich schönreden. Ob man geht oder bleibt. Das Bleiben fühlt sich klein an, demütigend – und vor allem traurig. Das Gehen fühlt sich freudlos an, einsam – und vor allem traurig. Jede Stunde durchquert Bobby die Kreuzung ihrer wirren Gedanken. Wie ein Spaziergänger läuft er von links nach rechts, er tritt auf und ab. Er hat sich wie ein Sonnenbrand in ihre Haut gefressen. Maxie entscheidet sich für das Bleiben. Jetzt ist alles möglich. Bobby kann alles mit ihr machen, alles in ihr auslösen und hervorrufen. Das Dunkle und das Helle, das Monster in ihr, das Mädchen in ihr, das Kind in ihr, die Hexe in ihr, die Hure in ihr. Er kann mit ihr spielen und sie mit ihm, und beide wissen, dass es keine Grenzen, keine Tabus gibt. Niemand wird das Handtuch werfen, das Handtuch ist schon viel zu oft geworfen worden. Er gibt nie auf. Und sie gibt nie auf. Sie sagen einander alles; alles Schöne und alles Böse, sie wünschen einander den Tod und wollen füreinander sterben, sie nähren einander und hungern einander aus. Sie vergiften einander und heilen einander. Es gibt nichts zu verlieren. Er ist ihr stärkster Gegner und ihr größter Beschützer. Er ist hart, er schlägt nach ihr, er schubst sie in die Ecke, rangelt und rauft mit ihr, drückt ihren Arm so fest, bis er blau anläuft. Dann ist er weich und wärmt sie und sie weint und er hält sie, hielt sie so fest. »Ich liebe dich«, flüstert er und küsst ihre Brüste. *Das ist es wert!*, denkt sie. Sie ist ganz nackt. Er streift sich alles ab.

Das ist es nicht wert!, denkt sie jetzt. Sie hat nach dem Sex mit Bobby dieses schlechte Gefühl. Das Gefühl, dass man irgendwie von einem Autoverkäufer übers Ohr gehauen wird – oder einem Hütchenspieler. Wieder zu viel abgeknöpft, wieder mies verhandelt, so wie die bittere Erkenntnis, wenn man dem Chef nachgegeben hat. Das Gefühl, wenn man die Zigarette doch geraucht hat, obwohl man schon drei Wochen ohne ausgekommen ist. Das Gefühl, wenn man schmatzend über den Hot Dog herfällt, wenn der Ketchup und der Senf aus der Seite des Brotes quillen, wenn die Soße spritzt und die Röstzwiebeln einem wieder aus dem Mund purzeln – und das, obwohl man es mal eine Woche gesund und ohne Wurst und Brötchen schaffen wollte.

»Ich will nicht mehr mit dir schlafen.« Er liegt noch nackt im Bett. Sie zieht sich an und steht auf. Sie will sich für das Gehen entscheiden.

Zwei Wochen etwas nicht zu tun dauert länger, als es acht Monate lang zu tun.

Er weint. Er steht nachts vor ihrer Tür. Er bietet ihr alles an, damit sie ihm nur verzeiht. Sie gehen spazieren. Aber ihre Traurigkeit bleibt. Er schenkt ihr Blumen. Aber ihre Traurigkeit bleibt. Er bastelt ihr einen Kalender. Aber ihre Traurigkeit bleibt. Er lädt sie ins Konzert ein. Aber ihre Traurigkeit bleibt.

Sie will ihn sehen, um ihn an das Glück zu erinnern, das sie ihm beschert hat. Sie will ihn heiß machen und dann abblitzen lassen. Sie hat ständig das Gefühl, sie müsse seine Speisekammer füllen, seinen Vorrat aufstocken, als habe seine Batterie einen Fehler, nämlich dass sie sich ständig entlädt, und so steckt und stöpselt sie, bis er wieder aufgeladen ist.

»Was muss ich dafür tun, dass du mich wieder willst? Ich tue alles.«

»Bezahl mich.«

Die Worte schießen aus ihr heraus. Nüchtern. Mechanisch. Bestimmt.

Am selben Nachmittag bekommt sie per Kurier einen Umschlag ins Büro geschickt. Darin ist ein Brief und zehn Hunderteuroscheine. »Bitte schenk mir diesen Abend, Maxie. Ich will noch einmal deine Liebe spüren. Ich hole dich um 19.30 Uhr ab.«

Er wird nie von ihr loskommen, er wird immer mehr und mehr bezahlen und ihr alles hinterherwerfen, nur um sie zu haben. Und das erregt sie unermesslich.

»Ich gebe dir eintausend Euro extra, wenn du sagst, dass du mich liebst, während ich dich nehme.«

Und sie sagt es. Und wie sie ihn liebt! Sie liebt ihn noch mehr, weil er alles tut, was sie verlangt, sich demütigt, sich aufspielt, sie demütigt, weil sie beide einander so in der Hand haben, das ist so gewaltig, das ist Unterwerfung und Überhöhung.

Das Geld gibt ihr das Gefühl, wertvoll zu sein, Teil einer Show, für die er Eintritt bezahlt. Er kann sie buchen, und sie muss nur bestätigen. Immer wenn er sie sehen will, schreibt er. Und immer zahlt er. Und immer hat sie Zeit. Sie hat aus der Romantik ein Geschäft gemacht, sie hat bestimmt, dass er bestimmen kann, aber nicht ohne sie vorher zu kaufen.

Geld für Sex, das ist das Ultimative, das Undenkbare, das Gegenteil von Liebe. Das ist der faire Tausch, das Geschäft, die vertragliche Regelung, Verbindlichkeit. Das ist der Kauf, der das bezahlen soll, was ihr Herz sich nicht leisten kann. Jede hat ihren Preis.

Wenn es ein Geschäft ist, denkt sie, *nutzt niemand den anderen aus. Dann kommen wir beide gar nicht erst auf den dummen Gedanken, uns wehzutun. Dann kann die andere mir nichts anhaben.* Das ist es: Maxies Alleinstellungsmerkmal.

Manchmal ist die Erniedrigung für sie das Vorspiel. Der Hass, der sich ja immer schneller, gewaltiger entladen will als die Liebe. Es steckt genug Selbstverachtung und Gier in ihr, der Wunsch nach Triumph, nach Macht und nach Besitz.

Und er kann sie bezahlen. Er will sie bezahlen. Es muss etwas kosten. »Ich muss dich nehmen. Ich muss dich spüren.« Und ist das nicht der ultimative Nachweis ihrer Unwiderstehlichkeit: Er kann nicht anders! Er *muss*. Er bezahlt sie immer weiter. Er schreibt Briefe und Karten. Manchmal weint er. Und manchmal schreit er. Und dann gibt er ihr Geld, damit sie ihn küsst.

Oft geht sie nun nach dem Sex. Sie möchte nicht mehr bei ihm einschlafen. Nachts verstört aufwachen, von einem Leben in das andere huschen. Bobby hat aufgehört, sie nach Hause zu fahren, und sie lässt ihn schlafen. Seine Ohren sehen alt aus, da ist so viel Haut an den Läppchen, und er schnarcht, er schnarcht lauter als Hannes, das ist ihr vorher nicht aufgefallen. Er liegt da, so belanglos wie jeder andere Mann. Leise klettert sie aus dem Bett, sammelt auf Zehenspitzen ihr Höschen vom Boden auf, schleicht aus dem Zimmer und schließt zaghaft die Tür hinter sich. Sie läuft barfuß nach Hause, hält die Pumps in der Hand, und ihre Schuhe schlagen baumelnd gegen ihre Schenkel. Sie tritt mit den nackten Füßen auf Steine und auf Flaschendeckel, in Kaugummis, Kippen und Scherben. Zu Hause wäscht sie sich in der Dunkelheit am Waschbecken die dreckigen blutigen Fußsohlen ab, reibt ihre schwarzen Füße mit Seife ein, sie schrubbt und rubbelt, und es brennt und rinnt rot in den Abfluss.

Sie kennt echte Gefühle nicht. Schon als Kind konnte sie echte Gefühle nicht zulassen. Sie war gut darin, unechte

Gefühle zu leben. Gefühle erspielen, erzwingen, Gefühle her-beifühlen. Ihr Vater hat nie über ihre Mutter gesprochen. Aber sie wusste, wie sie ihn dazu bekam, ihr etwas zu kaufen. Ihm ein schlechtes Gewissen zu machen. Sie beherrschte alle Tak-tiken.

Maxie sah aus wie ein ausgestopftes Tier. So hat er sie aus-gestattet. Mit den ganzen Kleidern und dem Schmuck.

REBECCA

Rebecca weiß nicht, wie sie es Tim sagen soll.

Er liegt in Boxershorts auf dem Sofa und schaut Serien.

»Du ...«

Er blickt auf. »Ja, Babe.«

»Kannst du mal kurz auf Pause drücken?«

»Was gibt's?« Er schaltet den Ton aus.

»Nein, richtig Pause.«

Er drückt die Pausetaste. Das Bild friert ein. Auf dem Bildschirm explodiert gerade ein Gebäude.

»Mir wurde eine Stelle angeboten. Lief über eine Headhunterin, die mich kontaktiert hat. Total verrückt.«

»Wer?«

»Eine Headhunterin.«

»Und was?«

»Die wollen, dass ich Head of Global Strategy werde. Bei einer richtig tollen Beratungsfirma, ist eigentlich eher eine NGO mit Consulting-Schwerpunkt, die machen viele Projekte mit Organisationen, die sich zum Beispiel für Frauenrechte auf der ganzen Welt einsetzen.«

»Das ist doch toll!«

»Ja, aber es würde bedeuten, dass ich viel reisen muss.«

»Umso besser! Gratuliere, Babe!«

»Na ja, und wir müssten mit dem Kinderkriegen irgendwie warten. Denke ich.«

»Haben sie das gesagt?«

»Nein! Natürlich nicht. Aber ich denke in den ersten Jahren muss ich schon vollen Einsatz zeigen.«

»Das ist ja krass. Andererseits auch irgendwie verständlich.«

»Und? Was sagst du dazu?«

»Ich finde es gar nicht so schlecht, wenn wir das Kinderthema erst mal beiseitelegen. Es hat uns so belastet. Ich hab irgendwie gerade auch keine Lust mehr! Also auf dich immer. Aber diese ganzen Untersuchungen, diese Termine, das ist alles so unentspannt und verkrampft geworden.«

»Ich wusste nicht, dass du davon so genervt warst.«

»Nicht genervt! Aber wir haben doch noch Zeit.«

»Ich bin Mitte dreißig!«

»Wir könnten deine Eier einfrieren lassen.«

»Ich glaub, das ist nicht so easy, wie du denkst. Da macht man ja nicht mal eben Frozen Yogurt mit dem Thermomix.«

»Haha, natürlich nicht. Aber bei uns beiden läuft es gerade so super. Mein Start-up boomt. Du hast 'nen neuen Job. Wir würden uns vielleicht ärgern, wenn wir uns da jetzt blockieren.«

»Ein Kind ist ja keine Blockade!«

»Für eine Karriere schon, keine Ahnung. Ist doch alles cool! Mach das auf jeden Fall mit diesem Job. Das klingt nach einer Riesenchance.« Er wendet sich wieder dem Bildschirm zu.

»Werden wir jetzt so ein Paar, das sich einen Hund kauft?«

»Ein Hund ist doch auch cool! Aber mit einem Hund lässt es sich auch nicht so gut viel verreisen.« Er greift zur Fernbedienung und das Gebäude kracht zusammen.

»Ich geh baden«, sagt sie. »Es war ein anstrengender Tag!«

»Bock auf Sex nach dem Bad?«, fragt er. Sie verschwindet, ohne zu antworten.

MAXIE

Maxie fängt an, sich für Instagram halb auszuziehen, sie postet sexy Fotos. Manchmal überkommen sie Wellen der Verstörung, weil sie nicht fassen kann, dass sie mit Paula in einer Liga spielt und um diesen alten Sack konkurriert. Manchmal empfindet sie Mitleid. Sie, die sich seit sie zwanzig ist Gedanken darüber macht, wie es sein wird, fünfzig zu sein. Sie mit der Torschlusspanik. Und jetzt tut sie einer genau das an, vor dem sie sich selbst fürchtet: jung gegen alt. Und sie malt sich aus, wie sie mit Ende vierzig neidisch auf die Dreißigjährigen sein wird. Wie sie – vielleicht genau wie Paula heute – gespritzt und operiert und mit rausgepresstem Dekolleté und engen Lederkleidern auf Partys herumhüpfen wird. Bodybuilding – weil der eigene Mann einen nicht mehr vögelt. Irgendwelche Pilates- und Kosmetikbemühungen, um durch Sport und Lifestyle das auszugleichen, was einem an Jugend und Sex fehlt. Sie wird gegen ihre eigene Peinlichkeit antrinken, gegen ihr Alter, gegen die Langeweile, das Ausbleiben der Jagd, der Blicke, gegen das zerschmetterte Selbstwertgefühl in Gegenwart junger Frauen und junger und alter Männer. Sie wird zu betrunken sein, um selbst zu bemerken, wie peinlich sie ist. Eine Frau ohne Kinder, seit Ewigkeiten verheiratet, voller verpasster Chancen und zu viel wahrgenommener Trinkgelegenheiten. Jetzt hat sie die Chance, sich alles zu nehmen, worauf sie später wird verzichten müssen. Sie hat die Chance, nachzuholen und gleichzeitig vorzuleben. Das alles wird vielleicht in zehn Jahren nicht mehr möglich sein. Eines Tages wird die Eroberung ihr so viel schwerer fallen, eines Tages wird sie zu alt für die kurzen Röcke und die langen Nächte sein. Und um dieses Früher beneidet sie sich jetzt schon, sie beneidet sich um das Jetzt und bemitleidet ihr späteres Ich, die vom Markt genommene Frau. Sie wird ihre Strahlkraft verlieren, und deswegen ist sie krankhaft darauf erpicht, *jetzt* alles mitzunehmen, wie beim Sommerschlussverkauf, wie am Grabbeltisch, alle Hände voll, alles unter die Arme geklemmt, so viel Liebe, so viel Sex, so viel Spaß, Vergnügen und Freiheit wie möglich, denn bald, ja bald, wird sie sich von all dem trennen müssen und das Leben einer Frau führen, die alt ist, jedenfalls nicht mehr jung. Und sie wird sich genauso fühlen wie Paula sich vermutlich jetzt fühlt, wie eine Verblasste, die krampfhaft am Früher festhält. Und dieses Festhalten wird sie noch unattraktiver aussehen lassen. Aber jetzt, da hat sie Bobby und Hannes verdient, sie hat all die Liebe verdient, weil sie sich vorbereitet auf den Winterschlaf, weil sie sich Fett anfuttern muss. Sie will so satt und fett sein, dass sie nie wieder den Blick eines anderen Mannes benötigen wird.

Und auch Paula posiert halbnackt auf Instagram. Aber was hätte er Paula denn sagen sollen? »Bitte halte dich fern von sozialen Netzwerken!« Nach dem Vorfall im Hotel findet Maxie vieles über Instagram heraus, noch viele weitere Lügen. Wie oft sagt er ihr, dass er Paula nicht sehen wird, dass er allein mit dem Sohn unterwegs ist. Und dann zeigt das Foto auf Instagram, wie er mit Paula auf dieser oder jener Veranstaltung, im Schwimmbad oder auf dem Rummel ist. Da steht sie, lächelt glücklich in die Kamera und schlingt den Arm um ihn – Hashtag »couplegoals«. Diese Paula umarmt und küsst den Mann, der eigentlich Maxie gehört.

Und wenn sie dann sauer ist, erwidert er: »Du bist ja nicht verfügbar! *Du* hast keine Zeit an den Wochenenden, *du* bist mit deinem Mann unterwegs! Und ich habe auch das Recht, jemanden zu haben!«

Sie weiß, dass er recht hat. Doch sie will seine Altlasten nicht, sie sehnt sich nach Bobby ohne Ex-Frau, ohne Kinder, Vorleben, Whisky, Zigarillos, Bluthochdruck. Sie möchte nicht die dritte Frau in seinem Leben sein. Die Stiefmutter von vier Kindern mit zwei verschiedenen Frauen. Sie möchte ihn nicht, diesen alten Mann, der nur in Sternerestaurants und Sternehotels gehen kann, um dort das Personal herumzuscheuchen. Mit seiner schwarzen Kreditkarte zu wedeln. In seinen Autos hinter seinen schwarz getönten Scheiben zu verschwinden. In Casinos Tausende von Euros zu verspielen! Ist es nicht rechtens gewesen, dass sie Hannes behalten hat? Hannes versteht wenigstens etwas vom Leben, er hilft Menschen und fährt einen Fiat.

»Verlass deinen Mann!« sagt Bobby. Aber sie liebt Hannes. Wenn sie bei Bobby liegt, sehnt sie sich nach Hannes, und wenn sie bei Hannes liegt, sehnt sie sich nach Bobby.

Sie weiß: Es liegt nicht an ihm. Es ist nicht Hannes' Schuld, dass sie ihn betrügt. Die Zeit ist schuld. Die Zeit, in der sie sich zu gut kennengelernt haben.

Nicht *er* ist falsch. *Sie* ist falsch, *sie* ist die Suchende, *sie* ist diejenige, die genauso viel Abenteuer braucht wie Sicherheit. Ja, sie weiß, dass sich nichts ändern wird. Sie wird Bobby betrügen wie Hannes. Es wird immer ein Neuer kommen, es sind all die ausgelassenen Möglichkeiten, die unendlichen Alternativen, die potenziellen Liebhaber, die immer einen anderen Reiz ausüben als der eigene Mann auf dem Sofa, als der eigene fahle Pärchen-Sonntag. Bei der Arbeit, bei anderen Männern ›performt‹ man noch, und übrig bleiben die ausgelaugten Reste für

zu Hause, weil die beste Version von sich selbst bereits da draußen abgeliefert wurde. Nur zu Hause wird die Beschwerdeliste
vorgelesen, dem Partner wird das zugemutet, was woanders
niemals ausgesprochen werden kann. Beim Date schaut keiner
aufs Handy, die Verliebten konzentrieren sich aufeinander.

Maxie ist nicht die, für die sie sich hält. Und sie ist ganz
sicher nicht die, für die Hannes sie hält. Für Hannes ist sie die
harmlose Ehefrau, seine Liebe, seine Partnerin. Und vielleicht
ist das ihr Fehler: die Selbstzensur in den eigenen vier Wänden.
Dem Mann, den sie geheiratet hat, kann sie ihre geheimsten
Sehnsüchte nicht verraten.

»Aber eine Frau kann nie dünn genug sein. Das
ist das Problem. Kein Preis dafür wird als zu hoch
angesehen – ständig Hunger zu haben oder eine gesamte
Lebensmittelgruppe auszusparen oder vier Abende die
Woche im Fitnessstudio zu verbringen. Um als Mann als
attraktiv zu gelten, braucht es erfahrungsgemäß nur ein
nettes Lächeln, eine durchschnittliche Figur (plus/minus
fünf Kilo), ein paar Haare und einen akzeptablen Pullover.
Um als Frau begehrenswert zu sein – dafür sind nach
oben keine Grenzen gesetzt. Enthaare jede Stelle deines
Körpers. Geh wöchentlich zur Maniküre. Trag jeden Tag
High Heels. Sieh aus wie ein Victoria's Secret Angel – auch
wenn du in einem Büro arbeitest. Es reicht nicht, eine
durchschnittlich schlanke Frau mit ein paar Haaren und
einem okayen Pullover zu sein. Das ist nicht genug. Uns wird
eingetrichtert, dass wir genauso auszusehen haben wie die
Frauen, die dafür bezahlt werden, dass sie so aussehen.«

Dolly Alderton

Helena muss ins Krankenhaus. Sie hat vorzeitige Wehen bekommen, und die Herztöne des Kindes sind bedenklich. Aus irgendeinem Grund fühlt sie sich verpflichtet und schreibt Maxie und Rebecca eine Nachricht, dass sie es nicht schafft zur Meditationsklasse. Trotz Schmerzen und nervösem Philipp denkt sie daran. Sie ist traurig, dass sie die Stunde verpasst.

Sie muss ein paar Tage im Krankenhaus bleiben. Zur Sicherheit.

Maxie bringt ihr Blumen und eine Suppe vorbei. Rebecca hat Laugenbrezeln vom Bäcker geholt. Maxie schreibt eine Einkaufsliste für Helena. Alles, was man für ein Kind braucht. Wippe, Wickelunterlage, Stillkissen, Rassel.

Rebecca muss fast weinen, als Maxie die Liste erstellt. »Ich habe schon einiges davon zu Hause. Du kannst es gerne haben!« Sie möchte mit dem Thema abschließen. Sie möchte Helena ihre Spieluhr geben. Maxie hört auf zu schreiben.

»Bist du sicher?«, fragt Helena.

»Ja.« Rebecca ist sich sicher. »Es bringt ja nichts, an dem ganzen Zeug festzuhalten.«

»Alles okay?«, fragt Maxie, die Rebeccas Stimme anhört, dass sie zu brechen droht. Sie nimmt Rebecca in den Arm.

Rebecca riecht gut, Maxie mag es, wenn Menschen nach Weichspüler riechen.

»So, jetzt lass bitte wieder los. Sonst wird es nur noch schlimmer.« Rebecca lacht verlegen.

»Hast du Schmerzen?«, fragt Maxie.

»Ich hatte Blutungen. Vorzeitige Wehen. Von diesen Wehenhemmern wird mir total schwindelig.«

»Oh Mann, so eine Schwangerschaft ist ja echt heftig.«

»Ja, die haben mir jetzt ein Beschäftigungsverbot gegeben. Na, da wird mein Chef sich freuen!«

»Du darfst nicht mehr arbeiten?«, fragt Rebecca.

»Ich finde es richtig«, sagt Maxie. »Am Ende dankt es dir eh keiner, wenn du dafür dein Kind gefährdet hast.«

»Im Verlag kräht kein Hahn danach. Die wollen mich sowieso austauschen. Wenn das Kind da ist, bin ich abgeschrieben.«

»Dann kann es dir jetzt auch egal sein.«

»Ich weiß auch gar nicht, ob ich danach zurückwill.« Helena sieht Rebecca vorsichtig an. Sie weiß, dass Rebecca so glücklich über ihren neuen Job ist.

»Sieh mich nicht so an! Ich verstehe dich. Aber du musst aufpassen. Es ist ja nicht nur für die Ehe eine Veränderung. Auch fürs Finanzielle. Für dich selbst. Aber wenn du erst mal ein bisschen Mutter sein willst, ist das okay.«

»Also so toll verdiene ich beim Verlag sowieso nicht. Ja, ich liebe meine Arbeit. Inhaltlich. Aber vielleicht mache ich mich lieber irgendwann selbständig.«

»Schau doch einfach, wie du dich fühlst, wenn das Kleine da ist«, sagt Maxie.

»Ich kann es mir gar nicht vorstellen.«

»Wann fängt es eigentlich an?«, fragt Rebecca plötzlich, als sie aus dem Fenster sieht.

»Wann fängt was an?« Maxie sieht ihrem Blick hinterher.

»Na, alles. Unser Leben, die Karriere, die Liebe, das Erwachsensein, das Ankommen.«

»Was ist eigentlich, wenn die beste Zeit schon hinter uns liegt?«

»Vielleicht ist es auch einfach nur so, dass wir uns fürchten. Dass wir niemals dem ›richtigen‹ Leben begegnen werden. Der Weihnachtsmann ist eine Lüge. Und dieser EINE, ›DER Richtige‹, auch. Es ist das verzweifelte Kind in uns, das alles tut, um sich einzureden, es werde kommen, es werde passieren. Es ist der Drang, weiterhin zu glauben.«

»Es ist oft nützlich, einem Mann zu gefallen. Ach, allen Männern zu gefallen. Weil diese Welt noch eine Männerwelt ist, in der Frauen die Männer besser verstehen und einschätzen können, weil sie ihr Leben lang darauf konditioniert werden, Männern zu gefallen. Weil sie Erfolge verbuchen können und Prognosen abgeben: ›Ich weiß, wie das mit den Männern funktioniert. Es verspricht einfach mehr Macht.‹«

»Das Schlimme am Älterwerden ist nicht das Älterwerden. Das Schlimme sind die Jüngeren.«

»Na ja, das Schlimme ist die Austauschbarkeit. Im Job genauso wie auf dem Datingmarkt. Nach dem Motto: Wenn du's nicht machst, macht es eine andere (oder ein anderer!). Halte dich nicht für unersetzlich, für unaustauschbar, und werde bloß nicht zu anspruchsvoll oder gar schwierig. Zack, da kommen Dutzende, die nicht schwierig sind, die freiwillig nach Wladiwostok ziehen oder für lau arbeiten, die Nacktfotos per WhatsApp verschicken, die Angebote in Bars oder über Instagram, Facebook, Tinder abfeuern, weil das Netz furcht- und hemmungslos macht. ›Stress nicht rum‹, sagen dann die Gestressten und ziehen weiter zum nächsten unverbindlichen Date, das sich nicht so ziert. Und der Chef sagt: ›Wir haben da eine Arbeitskraft gefunden, die ist billiger und ohne Ehemann oder Kinderwunsch.‹«

»Ich glaube, schwanger zu sein, setzt viele Frauen auch unter Druck, möglichst cool, sexy und locker zu sein. Und denen, die nicht zweifeln, sondern sich ihrer Sache immer sicher sind, glaube ich auch nicht. Vieles ist auch eine Fassade. Auch ich fühle mich oft wie zwischen den Stühlen. Einerseits nervt es mich, ständig über Schwangerschaften zu reden und zu hören, andererseits bin ich es ja selbst und sollte mich auch dafür interessieren. Ich freue mich unglaublich auf das Baby. Ich glaube, das Problem ist grundsätzlich die Be- und Verurteilung vieler um einen herum. Immer wird alles bewertet, was man selbst und andere machen. Dabei spielen so viele Faktoren eine Rolle: Neid, Moral, Aufmerksamkeit, Möglichkeiten, Ziele.«

»Da hast du recht. Am meisten verurteilt man sich doch selbst, vielleicht weil man anders ist, es anders macht, sich fragt, wie es richtig ist. Die Entscheidungen der anderen verunsichern einen und erschüttern die eigenen. Die Wurzel dieses Übels ist der Vergleich: Was macht der und warum mache ich es nicht auch so? Will ich nicht? Kann ich nicht? Darf ich nicht?«, sagt Maxie.

»Es ist doch viel spannender, neue Wege zu gehen und sich von den Trampelpfaden frei zu machen.«

»Was ist schlimmer: Wenn man nicht bekommt, was man will? Oder wenn man gar nichts will?«

»Ich glaube, am schlimmsten ist es, wenn man niemanden hat, der einen versteht.«

»Das stimmt. Ich fühle mich so geborgen bei euch.« Maxie hat Tränen in den Augen und schaut aus dem Fenster. Sie möchte nicht, dass Helena und Rebecca sehen, wie gerührt sie ist. Die Stadt sieht beschäftigt aus.

»Ich muss leider los,« sagt Rebecca.

»Ich bleibe noch ein bisschen, wenn du magst.«

Helena nickt.

»Wenn du willst, kann ich Hannes fragen, ob er dir einen guten Frauenarzt empfiehlt. Er kennt ja lauter Ärzte.«

»Ich glaube, die sind hier schon gut.«

»Eine zweite Meinung schadet nie. Es geht doch um dich. Um das Kind.« Und sie denkt: ›Ich hatte auch mal fast eins.‹

»Das ist lieb. Frag ihn gern, wenn es passt. Philipp kommt in einer Stunde. Ich freu mich, wenn du mir noch Gesellschaft leistest.«

»Ich mach dir mal schnell die Suppe warm. Ist hier irgendwo eine Küche?«

»Hinten auf dem Flur ist eine Mikrowelle.«

Maxie trägt die Suppe zur Mikrowelle. Sie hat früher oft gekocht. Bevor es Lieferservice gab. Bevor es absurde Arbeitszeiten und Schichten gab. Ärzte laufen ihr entgegen. Sie sehen erhaben aus in ihren wehenden Kitteln. *Mein Mann ist auch so einer*, denkt Maxie stolz.

MAXIE

Hannes erzählt Maxie von einem Forschungsstipendium in Washington, das man ihm angeboten hat. Sie ist stolz. Stolz und ängstlich. Wird er es annehmen? Wird sie mitgehen? Was wird dann aus Bobby? Werden sich die Dinge einfach so von allein regeln?

»Willst du es machen?«, fragt sie.

»Ich finde, es ist eine Riesenchance. Und was hält uns hier? Wir sind doch ungebunden, frei!«

›Du vielleicht‹, denkt sie. Maxie fühlt sich ziemlich gebunden und unfrei. Aber sie sagt nichts.

»Wir wollten doch immer ins Ausland! Das wäre doch ein cooles Abenteuer.«

Maxies Abenteuer ist hier.

»Ist dir hier langweilig?«

»Nein. Aber wir könnten es doch mal ausprobieren. Das haben wir doch immer gesagt …«

»Ich weiß gar nicht, ob ich das noch will. Also weggehen.«

»Ich dachte, wir haben das immer beide so geplant!« Er sieht sie irritiert an. Er ist wirklich immer davon ausgegangen, dass sie beide dasselbe wollen. *Wo bin ich falsch abgebogen?*, denkt sie.

»Und mein Job?«, fragt sie ihn.

»Du findest im Handumdrehen was Neues da. Bei deinem Lebenslauf und deiner Erfahrung …«

Sie fühlt sich überrumpelt, ausgetrickst, in die Ecke gedrängt.

»Ich muss also alles stehen und liegen lassen, damit du deine Karriere vorantreibst!«

»Es geht doch nicht nur um meine Karriere. Es geht um das Erlebnis! Um Freiheit!«

»Aber ich soll mein Leben hier aufgeben?«

»Ich wusste nicht, dass du deine Meinung geändert hast. Es war schließlich auch mal *dein* Traum.«

»Ja, als Studentin! Aber ich mag unser Leben hier. Unsere Wohnung. Unsere Freunde. Ich will nicht wieder von vorne anfangen.« Sie denkt an Bobby, den es nicht wirklich gibt. Und an das Kind, das es nicht gibt.

Ständig verändern diese zwei Männer in ihrem Leben die Bedingungen. Warum kann nicht alles so bleiben, wie es ist?

»Wir können es ja nur mal für zwei, drei Jahre ausprobieren.«

»Ich überlege es mir.«

An diesem Abend schläft sie mit ihm. Sie möchte spüren, ob es ihr reicht. Ob dieser Mann mehr als genug für sie ist. Er hat ihr immer alles von sich gegeben, er hat sie nie in Frage gestellt, nur ein einziges Mal zu etwas überredet. Aber er sieht auch oft weg, wenn es ernst wird. Sein Job ist hart genug. Er braucht keine Abgründe in der Beziehung. Er genießt die Leichtigkeit, die Zweisamkeit mit ihr, seine Fußballspiele. Ihm reicht dieses Leben so, mit ihr und ohne Kinder. *Ich mache ihn wirklich glücklich*, denkt sie beinah erschrocken.

Inzwischen ist Bobby immerzu krank und Maxie immerzu betrunken, wenn sie sich sehen. Das ist aus ihnen geworden: Eine, die sich besaufen muss, und einer, dessen Immunsystem kollabiert.

Er ist angeschlagen, außer Gefecht gesetzt: Hörsturz, Bluthochdruck, Kreislauf, kaputte Gelenke, Vergesslichkeit, Cholesterinwerte.

»Kannst du zu mir kommen?«, schreibt er. Er hinkt, als er ihr die Tür öffnet. »Wie siehst du denn aus?«, fragt sie. »Ich hatte eine OP. Meniskus«, sagt er müde.

»Wann? Wo? Warum hast du mir nichts gesagt?«

»Was hätte es genützt!«

»Ich hätte dich im Krankenhaus besucht.«

»Meine Maxie, das ist nicht dein Leben! Meine Schöne! Du bist jung und sollst dich nicht mit Verschleiß herumärgern.«

»Warum lässt du mich dir nicht helfen?«, fragt sie.

»Du kannst mir nicht helfen, Maxie. Ich habe Schmerzen.«

»Dann lass mich dir etwas aus der Apotheke holen.«

»Das hat meine Haushälterin schon gemacht.«

Es war nicht seine Haushälterin, denkt Maxie, *bestimmt hat Paula ihm alles besorgt.*

»Kann ich irgendwas tun?«, fragt sie.

»Du kannst nichts tun.« Er humpelt in sein Schlafzimmer.

»Ich muss mich einfach hinlegen.«

Er zieht seine Hose aus und legt sich in Boxershorts unter die Decke. Sie sitzt wie eine Pflegekraft an der Bettkante. Das war doch immer ihr gemeinsames Bett gewesen. Nun liegt er allein darin und lädt sie nicht zu sich ein. Die Decke hat er bis zum Kinn hochgezogen. Im Zimmer ist es dunkel. Draußen ist es noch hell.

»Sehen wir uns diese Woche noch?«, fragt sie.

»Ich versuche es. Morgen muss ich zur Krankengymnastik.«

»Soll ich bleiben?«, fragt sie.

»Ich möchte schlafen.« An diesem Tag haben sie keinen Sex.

»Ruh dich aus.« Sie streichelt sein dünnes Haar. Zum Abschied küsst er sie kaum. Er gibt ihr einen spitzen Abschiedskuss, ohne Zunge, einen Kuss wie ein Punkt. Er sieht erschöpft aus, beinah etwas mickrig, wie er da liegt.

Und sie, sie sieht jung aus. Sie hat nichts am Knie und nichts am Ohr. Was für ein ungleiches Paar sie geworden sind!

Diese Geschichte wird bald stolpern. Die Gegenwart ist schneller als sie.

Auch er wird vor ihr sterben, wie ihre Mutter, an die sie sich kaum noch erinnert. Sie ist zu einer Fotografie erstarrt. Und manchmal fühlt sie sich allein, so wie sie sich oft als Kind gefühlt hat, wenn sie aus der Schule kam und zu Hause niemand sagte »Räum das auf« oder »Mach deine Hausaufgaben«. Sie räumte trotzdem alles auf und erledigte die Hausaufgaben.

Er liebt ihre Jugend – und gleichzeitig ist Maxie für ihn bloß ein Kind, ein Gör, das man kaum bändigen kann, aufmüpfig, frech, unreif. Er korrigiert ihre Grammatik, ihre fehlenden Kenntnisse in der Politik, ihre Wissenslücken. »Nicht ErdoGan! Das G ist stumm!«, sagt er, wenn sie wieder einmal etwas falsch ausspricht. Wie kann er Maxies Jugend lieben und sie gleichzeitig dafür bestrafen?

Bobby ist für Maxie wie eine Supernova, das kurze, aber heftige Aufleuchten des Sterns am Ende seiner Lebenszeit. Und sie ist die, die sein letztes Blinken und Flimmern erlebt, ja, vielleicht sogar ausgelöst hat. Wird sie auf seiner Beerdigung erscheinen? Wird sie neben den anderen beiden Witwen stehen? Oder ganz hinten und die Zeremonie wie eine Unsichtbare besuchen und sofort wieder verschwinden? So, als hätten sie sich kaum gekannt. Wie eine Nachbarin. Oder eine ehemalige Angestellte, die aus Anstand zur Beerdigung kommt, teilnahmslos, nur eine Komparsin in seinem Leben und bei seinem Tod.

Ist sie seine letzte Frau? Hat er sie in seinem Testament bedacht, um ihr einen letzten Liebesbeweis zu erbringen? Hat er irgendwo einen Abschiedsbrief versteckt? Wird die andere Frau beim Verwalten seines Nachlasses und beim Ausmisten

seiner Dinge vielleicht sogar Maxies Briefe finden, die Foto-
alben von den gemeinsamen Reisen? Hat er ihre Fotos aufbewahrt? Maxie ist für niemanden seiner Freunde, seiner Familie
ein Begriff. Aber Bobby ist vielleicht überhaupt noch nicht am
Ende seiner Lebenszeit. Sie wäre gern die Letzte, aber sie kann
es nicht wissen.

Ist sie ein schlechter Mensch? Kann man lieben und trotzdem ein schlechter Mensch sein?

Und in Wahrheit ist ihre einzige Waffe auch gleichzeitig ihr
Todesurteil: mit dem Lieben aufzuhören.

HELENA

Das Kind ist so groß wie eine Zucchini.

»Soll ich hierbleiben?«, fragt Philipp, als sie Helena noch ein paar Nächte im Krankenhaus behalten wollen. »Nein, geh nach Hause. Geh ruhig arbeiten. Ich bin bestens versorgt.« Sie möchte seine Sorgen nicht verstärken. Er ist schon besorgt genug. Sie weiß, dass er alles hinschmeißen würde, wenn sie auch nur einen Laut von sich gäbe. Das soll er nicht. Es soll alles so normal wie möglich bleiben.

Sie ruft ihre Mutter an. Zuerst überlegt sie, ob sie es ihr sagen soll. Auch ihre Mutter hat genug Sorgen.

»Wie geht es Papa?«, fragt sie als Erstes.

»Ganz gut. Wir waren eben spazieren. Jetzt musste er sich kurz hinlegen.«

»Schläft er viel?«

»Ja und nein. Nachts ist er meist wach. Ich höre ihn am Kühlschrank. Oder er wandert durch die Wohnung.«

»Ich würde euch gern besuchen kommen!«

»Kannst du denn noch reisen? Du sollst nicht so lange sitzen. Und auch nicht so weit weg von Philipp sein.«

»Ich schaffe das schon.«

»Dann komm doch am Wochenende.«

Jetzt wäre der Zeitpunkt, es ihrer Mutter zu sagen, und dann tut sie es einfach. »Ich bin im Krankenhaus. Ich muss liegen. Aber bitte sorg dich nicht.«

»Was ist denn los, um Himmels willen?«

»Ich hatte Wehen …« Sie möchte weitersprechen.

»Wehen!!! Dafür ist es doch noch viel zu früh! Oh Gott, und jetzt?«

»Die haben mir Wehenhemmer gegeben. Der Muttermund ist noch zu, glaube ich.«

»Der soll mal schön geschlossen bleiben! Dann solltest du auf keinen Fall reisen.«

»Ich will euch sehen. Ich will Papa sehen.«

»Und mich hoffentlich auch.«

Fünf Tage später holt Philipp Helena aus dem Krankenhaus ab. Er hat ihre Tasche gepackt und bringt sie zum Bahnhof.

»Bist du sicher?«

»Ja, ich bin sicher. Seit wann können Schwangere nicht mehr Zug fahren?«

»Ich verstehe ja, dass du deinen Vater sehen willst …«

»Es ist ja nur für ein paar Tage. Bei meinen Eltern kann ich mich ausruhen. Arbeiten darf ich sowieso nicht. Und da bin ich nicht den ganzen Tag allein.«

»Ich kann mir freinehmen«, schlägt Philipp vor.

»Das ist so lieb. Aber schau mal: Lass uns das lieber ausnutzen, solange das Baby noch nicht da ist. Du kannst dir nach der Geburt noch genug freinehmen!« Er trägt ihr die Tasche ins Abteil und verabschiedet sich.

Helena freut sich auf zu Hause. Wenn sie bei ihren Eltern ist, wird sie ganz ruhig. Ihr Bruder wird auch kommen. Helena und Benjamin haben sich als Jugendliche häufig gegen die Eltern verbündet. Sie kämpften gemeinsam für dieselben Dinge: Telefonieren, trinken, tanzen gehen. Sie lachten darüber, wie die Eltern jedes Wochenende pünktlich mit einer abgesprochenen Einkaufsliste bewaffnet von Markt zu Markt eilten. Wie erschöpft die Eltern von ihnen waren und am Ende eines Tages keuchten: »Wir sind so müde. Ihr seid so anstrengend.«

»Haha, wir und anstrengend! Wir sind überhaupt nicht müde!«

Wenn die Eltern schliefen, standen sie gemeinsam auf dem Balkon und rauchten heimlich Zigaretten. Die verwitterte Schachtel lag hinter einem Blumentopf.

Als Helena ankommt, stehen die Rouladen schon auf dem Herd. Es wird immer zu viel gekocht zu Hause. Alles ist im Überfluss vorhanden; zwanzig Kartoffeln, elf Rouladen, vier Schalen Sauce für vier Personen! Salat gibt es auch noch und Nachtisch.

»Wer soll das essen!«

»Du musst für zwei essen«, sagt ihre Mutter.

Und ihr Bruder: »Also ich schaff bestimmt zwei bis drei Rouladen.« Trotzdem weiß sie, am Ende wird wieder die Hälfte im Mülleimer landen. »Ihr übertreibt immer so.«

Carl steht noch in der Küche. Seine Hose ist verrutscht. Er hat ein Stück Petersilie am Zeigefinger. Die Petersilie wandert mit den Bewegungen vom Finger zum Handrücken, schließlich klebt sie an seiner Wange. Dann setzt er sich erschöpft in den Sessel. Ihre Mutter wischt Mehlreste auf und wirft Eierschalen in den Müll.

»Lasst uns den Tisch decken.« Im Esszimmer sieht die Mutter ihre Kinder verschwörerisch an, ihre Stimme wird leiser. »Papa schläft ungewöhnlich viel in letzter Zeit.« Sie legt Gabeln auf den Tisch, hat eine weiße Decke ausgebreitet. »Aber jetzt, wo ich weiß, dass dieses kleine Wesen kommt, denke ich gerne an die Zukunft. Ich freue mich so auf das Baby!«

»Aber Papa wird doch wieder gesund!« Helena stellt Gläser auf den Tisch.

Nach dem Essen schläft Carl sofort auf dem Sofa ein, sein Bauch wippt auf und nieder, sein Hemd ist zu kurz, der Bauchnabel wird sichtbar. Neben ihm steht ein halbvolles Weinglas auf dem Boden. Überall stehen Weingläser. Wie bei einer Schnitzeljagd gibt es Hinweise zu seinem letzten Aufenthaltsort.

Nachdem Benjamin den Rest von Carls Roulade aufgegessen hat, will Helena von ihrer Mutter wissen:

»Was sollte ich meinem Kind auf jeden Fall beibringen?«

»Vertrauen in sich und die Welt zu haben. Ich hoffe, das haben wir euch gegeben.«

»Also Vertrauen in mich hab ich genug.« Benjamin grinst.

»Ja, aber du solltest es auch nicht übertreiben. Wir haben versucht, euch starke Persönlichkeiten werden zu lassen.«

»Wir hatten so eine heile Kindheit. Ich hoffe, das wird mir bei meinem Kind auch gelingen«, sagt Helena.

»Was würde Papa jetzt dazu sagen?«, fragt Benjamin. Die drei sehen sich etwas hilflos an.

»Papa hätte sich über so einen Kitsch lustig gemacht. Und dann einen Fernet Branca geholt.« Helena lacht.

»Was macht Papa eigentlich?«

»Er schläft immer noch.«

»Um die Uhrzeit?«

»Ich geh mal nach ihm schauen,« sagt Anna.

»Kommst du mit mir raus? Ich will eine rauchen«, sagt Benjamin. Die Geschwister gehen auf den Balkon. Hinter dem Blumentopf liegt noch eine zerfledderte Schachtel Camel, als sei sie vor Jahrzehnten dort liegen geblieben. Benjamin steckt sich eine Zigarette an.

»Du musst nicht traurig sein wegen Papa. Ich helfe Mama hier auch und kümmer mich um sie.«

»Du warst immer Mamas Liebling.«

»So ein Quatsch! Ich will dich nur entlasten. Außerdem – wenn überhaupt: Du warst immer Papas Liebling.« Er macht eine Pause. »Und eigentlich verstehe ich ihn ja. Ich mag Frauen auch lieber als Männer.« Benjamin lacht.

MAXIE

Sascha spricht Maxie im Fitnessstudio an.

»Hi, ich bin Sascha. Du kommst aber oft her! Sieht man! Hammer.«

»Danke«, sagt sie und lächelt. Und vielleicht ist dieses Lächeln ein Fehler, aber sie ist ein freundlicher Mensch, und sie weiß: Als Frau muss man lächeln. Sascha hat ein hübsches Gesicht mit großen weißen Zähnen, vielleicht etwas zu großen Zähnen. Wie aus einer Dr. Best-Werbung. Ansonsten ist er aber nicht unattraktiv, außer wenn er lacht und sie dabei an einen Biber erinnert. Er hat dicke Oberarme und ein breites Kreuz und trägt ein enges Shirt.

Irgendwie macht er ihren Namen ausfindig und kontaktiert sie bei Facebook, Instagram und LinkedIn. Überall auf einmal. Er ›stupst sie an‹, wie man das bei den sozialen Netzwerken eben so macht.

»Darf ich dich auf einen Drink einladen?«, fragt er das nächste Mal im Fitnessstudio, als sie aus der Umkleide kommt und beinah mit ihm zusammenstößt.

»Das klingt nett, aber ich kann leider nicht.« Maxie bleibt höflich, sie lächelt schon wieder.

»Was hast du gegen mich?«

»Nichts.«

»Ich geh dann mal trainieren.« Sie muss ja irgendwie an ihm vorbei. Maxie beginnt, sich andere Zeiten für Kurse zu suchen und hauptsächlich an Gerätschaften in den hintersten Ecken zu trainieren. Hier wird sie ihm nicht über den Weg laufen und muss sich keine neue Ausrede einfallen lassen.

»Du warst aber heute fleißig beim Trainieren!«, schreibt er. Maxie wundert sich, weil sie ihn im Studio gar nicht bemerkt hat.

Inzwischen schreibt er ihr täglich. Er schickt zwinkernde Emojis und Herzchen und leitet ihr Youtube-Videos weiter. Er macht Selfies im Büro und im Fitnessstudio vorm Spiegel. Er kommentiert jedes ihrer Fotos auf Instagram. »Mega!«. »Wow«. »Beauty«. Er schickt Herzchen, Smileys mit Herzchenaugen oder Flammen. »You are hot.«

»Was machst du gerade?«, schreibt er oft nachts.

ER: »Schon im Bett? Lass uns was spielen: Tat oder Wahrheit?«

SIE: »??«

ER: »Such dir was aus.«

SIE: »Wahrheit.«

ER: »Bisher immer treu gewesen?«

SIE: »Klar.«

ER: »Jetzt du. Ich nehme auch Wahrheit.«

ER: »Hallo?!«

ER: »Hallo!«

ER: »Ok, bored. Good night.«

ER: »Warum so busy.«

Sie trifft Sascha zufällig in einer Strandbar am Wasser.

»Heeey, Baby! Du siehst ja heiß aus. Was machst du denn hier?«

»Ich komme vom Baden und wollte gerade nach Hause.«

»Komm, trink noch einen mit mir.«

»Ich muss eigentlich los!«

»Geht ganz schnell. Und wenn ich dich langweile, darfst du gehen. Aber das wird nicht passieren.«

»Na gut.« Maxie hat keine Lust zu diskutieren. »Aber nur eine Weinschorle!«

Sascha erzählt gerade vom Crossfit, als Maxie erschrocken bemerkt, dass Bobby schnaubend durch den Sand gestapft kommt. Er läuft direkt auf sie zu, packt Sascha am Arm und schlägt ihm mit der Faust ins Gesicht. Sascha fasst sich kurz an die Schläfen und lacht dreckig. Eine Kellnerin kommt mit Eiswürfeln. Bobby wird vom Gelände entfernt.

»Alles okay?«

»Ja, nur ein Kratzer.«

»Warte kurz«, sagt Maxie. Sie springt auf und rennt durch den schweren Sand hinter Bobby her.

»Spinnst du jetzt total? Lauerst du mir auf?«

»Was ist das für ein aufgepumpter Stricher?«, fragt Bobby.

»Willst du, dass wir auffliegen?«, ruft Maxie. »Die ganze Bar hat das mitbekommen!«

»Es ist mir egal, meinetwegen, hier, ruf Paula an. Ruf sie an! Los, sag es ihr!« Er hält ihr sein Handy hin.

»Ich will sie nicht anrufen.«

»Oder soll ich Hannes anrufen? Aber dein Weichei von Mann interessiert es doch sowieso nicht, wo du dich rumtreibst!«

»Hannes interessiert sich sehr für mich. Aber er spioniert mir nicht hinterher und schreit mich auch nicht an!«

»Ich schreie, wann und wo ich will!«

»Ja, peinlich genug. Du hältst dich ja sowieso für den Größten! Mit deinen Achthunderteuroschuhen und deinem aufgeblähten Sportwagen!«

»Meine Schuhe kosten viel mehr! Und wenigstens kann ich

mir einen Sportwagen leisten im Gegensatz zu deinem Assistenzarzt mit seinem Fiat Punto!«

»Deine Arroganz ist widerlich!« Sie atmet tief durch. »Ich geh jetzt zurück zu Sascha.«

»Ja, geh doch zu dem Vollidioten! Verschwinde!«

»Der hat wenigstens keinen Haarausfall!« Wutentbrannt stapft sie durch den Sand. Saschas Auge ist geschwollen, aber er grinst.

»Was war das für ein Typ?«, fragt er, während er sich das Auge kühlt.

»Keine Ahnung, ein Irrer.«

»Nur damit das klar ist: Nächstes Mal schlag ich zurück. Der tut mir nur so leid, der Alte. Ich würd den ja easy umhauen. Safe.« Er spannt seinen Bizeps an.

»Ich steh' nicht auf sowas«, sagt Maxie.

»Und hoffentlich nicht auf so einen Greis.« Sascha lacht und bestellt sich noch einen Drink.

Ihr Handy vibriert: »Gestern habe ich geglaubt, dass wir vielleicht doch wieder zusammen sein können und wieder glücklich werden, aber es war naiv. Du willst mich gar nicht mehr. Dir geht es nur darum, mir zu zeigen, wie wenig ich wert bin. Ich war eine Affäre für dich – nicht mehr. Ja, ich werde nicht mehr so glücklich sein ohne dich, wie ich es mit dir war. Unsere Liebe hat es nicht verdient, dass wir im Hass auseinandergehen. Ich entschuldige mich für meine Worte, es war nicht so gemeint, kein einziges Wort. Für mich war es die Liebe des Lebens, etwas, das man nur einmal im Leben erlebt und die meisten eben gar nicht. Dafür werde ich dir immer dankbar sein, und dafür wirst du immer in meinem Herzen bleiben. Nicht nur als schöne Erinnerung, sondern als die einzige richtige Liebe meines Lebens. Ich lasse dich gehen. Trotz aller Wut und Traurigkeit habe ich in meinem Herzen nur schöne Gefühle für dich, und sie sind echt. Pass auf dich auf, meine besondere, meine schöne, meine aufregende Maxie. Du warst das Beste in meinem Leben. Danke!«

»Ich muss los,« sagt Maxie und lässt den Drink stehen.

»Oh Mann! Dein Ernst?«

»Sorry.« Sie stapft durch den Sand wie durch Schnee.

Sie hört sein Auto sofort. Bobby bremst scharf vor der Bar und zerrt sie in den Wagen.

»Sprich, Maxie. Warum bescheißt du mich? Was ist das für ein Typ? Sag es.« Er rast mit offenem Verdeck über die Straßen.

»Halt an!«, brüllt sie gegen den Fahrtwind.

»Ich halte erst an, wenn du mir alles sagst.«

»Es gibt nichts. Da war nichts.«

Er packt sie am Handgelenk und fährt einhändig weiter. »Ich lebe wie ein Mönch, ich fasse Paula nicht an, ich will und begehre nur dich. Und nicht genug, dass du Hannes liebst! Jetzt kommt auch noch ein neuer Lover dazu. Ich ertrage das nicht, Maxie. Ich halte das nicht aus. Kein Mann hält das aus.« Das Auto schlittert um die Kurven.

»Fahr bitte langsamer!«, ruft sie. »Willst du uns umbringen!?« »Es ist mir scheißegal, ob wir draufgehen.«

Er ist nicht zu bremsen. Er fährt über rote Ampeln und starrt sie an. »Schau auf die Straße!«

»Ich liebe dich!«, schreit sie.

Und er nimmt ihre Hand, das Auto rast, er schiebt seinen Finger unter ihren Rock und zwischen ihre Beine, immer weiter, bis sie kommt. Dann fährt sie mit der Hand über seinen Oberschenkel, öffnet seine Hose, duckt sich, beugt sich vornüber. Der Wind bläst. Der Wagen schlingert, Bobby stöhnt, schließt die Augen. *Wir sind lebensmüde*, denkt sie. Diese Geschichte ist lebensgefährlich geworden.

»Fahr noch einmal mit mir weg!«

Sie will. Und so fliegen sie drei Tage später nach Florenz. Er mietet eine Vespa, sie brausen umher, essen Burrata und trinken Lugana. Hier gehören sie nur einander. Und Maxie gehört zu ihm. Sie kann nicht aufhören, sich an ihm zu wärmen, während sie hinter ihm auf dem Mofa sitzt. Sein Rücken schützt sie vor dem Wind, sie hat seinen Bauch fest umschlungen. Diesen Bauch, den sie so liebt. »Lass uns ein Eis essen!« Sie laufen Hand in Hand auf eine Eisdiele zu, die Schlange ist lang, die Sonne golden, die Vitrine bunt. »Ich glaube, ich nehm Malaga«, sagt sie. Gerade will sie ihm einen Kuss geben und an der Schlange vorbei zur Vitrine laufen, da entdeckt sie zwei Arbeitskollegen. Die Welt ist verdammt klein, wenn man ein Geheimnis hat. Sie reißt Bobby aus der Schlange und flieht so hastig und hektisch, dass selbst ein Unbeteiligter in der Schlange auf sie aufmerksam wird. Sie sieht, wie ihre Freunde sich nach ihr umdrehen.

Mit dem Unerwarteten kann man umgehen, wenn man sich nicht in absoluter Sicherheit wiegt. Wenn man irgendwie damit rechnet, dass man in seiner Heimatstadt gesehen wird. Oft hat sie bei ihm auf dem Beifahrersitz gesessen und hat seine Hemden von der Reinigung als einen Haufen über sich gelegt. Auf dem Beifahrersitz hinabrutschend hat sie sich unter den Stoffen vergraben. Aber hier, hier in Italien, weit weit weg, da hat sie keinen Schutz dabei, da haben sie sich auf offener Straße umschlungen und hätten nie damit gerechnet, dass sie an einer Eisdiele auffliegen könnten.

Am nächsten Abend, als sie zurückfliegen müssen und gerade zum Check-in-Schalter laufen, Bobby zieht ihren Koffer, sie läuft hinter ihm her, da sieht sie plötzlich, direkt vor ihnen in der Lufthansa-3-Schlange: erneut ihre Kollegen! Bobby redet noch mit ihr, als sie fluchtartig die Abflughalle verlässt und sich in einer Raucherecke an den Mülltonnen versteckt. Zitternd. Jetzt eine rauchen. Jetzt bloß nicht unentspannt werden. Wie soll sie ins Flugzeug steigen, ohne von ihren Kollegen gesehen zu werden? Wie soll sie erklären, was sie mit diesem Mann in

Florenz gemacht hat? Florenz ist nicht Bielefeld. Niemand hat einen Geschäftstermin in Florenz. Jedenfalls nicht Maxie. Ihr Handy klingelt.

»Wir verpassen unseren Flieger!«, brüllt er ins Telefon. »Wo zum Teufel bist du?«

Sie setzt ihre Sonnenbrille auf und kauft sich einen Schal, den sie um ihren Kopf wickelt.

»Wie siehst du denn aus?«

»Lass uns einfach schnell zum Gate gehen.« Sie sieht ihre Kollegen in der Security-Schlange. Aber solange Maxie sich hinter ihnen befindet, hat sie ein Auge auf sie, solange kann ihr nichts passieren. Am Gate wartet sie, bis der letzte Aufruf für ihren Flug über die Lautsprecher ertönt, und huscht ins Flugzeug.

Das war knapp, denkt sie zu Hause, *dieses Leben wird bald einen Unfall haben.*

HELENA

Helena findet die Schwangerschaft beschwerlicher und beschwerlicher. Sie ist manchmal kurzatmig. Sie spürt ihre Rippen. Sie wird unbeweglicher, viele Handgriffe werden umständlicher. Es wird langsam schwierig, sich die Zehennägel zu lackieren, weil sie sich nicht mehr so gut bücken kann. Die Befehle erteilt ihr Körper, nicht ihr Kopf.

Sie tröstet sich damit, dass es irgendwann vorbei sein und sie ihre Belohnung in den Armen halten wird. Aber jede Woche zieht sich hin wie eine Fastenzeit. Die Tage strecken und dehnen sich, und manchmal traut sie ihren eigenen Augen nicht, wenn sie auf die Uhr schaut und es erst dreizehn Uhr fünfundvierzig ist. Sie schaut den Stunden beim Vorbeischleichen zu. Sie zählt jeden Tag mit ihrer Obst- und Gemüse-Schwangerschafts-App. Das Baby ist jetzt so groß wie eine Aubergine.

Ihr Vater ist irgendwo zwischen einem Kürbis und einer Wassermelone angekommen. Schwer, träge, unbeweglich. Er ist nicht im Geiste unbeweglich, aber der Körper bremst ihn täglich aus. Auch er wird kurzatmig. Jede Treppe stellt eine Herausforderung dar. Er kommt sie schon länger nicht mehr besuchen. Alles, was er in seinem Leben dauernd getan hat, kann er nicht mehr tun. Nur die Arztbesuche häufen sich – und die kleinen graubraunen Flecken auf seiner Hand. Wie bei einem heruntergefallenen Apfel oder einem Pfirsich. Dellen des Zusammenstoßes mit dem Leben.

Als Helena und ihr Bruder klein waren, nahmen ihre Eltern sie ständig mit ins Theater oder in Ausstellungen – sie waren der Meinung, dass Kultur für Menschen jeden Alters geeignet war und man nie früh genug mit Bildung anfangen könne. Helena liebte die Stimmung des Zuschauerraums, die Stille, die großen, ehrfürchtigen Menschen, die Premierenfeiern, den Applaus, die Dunkelheit und den Staub im Scheinwerferlicht, die schweren Parfumdüfte aus dem Publikum, die spuckenden nackten Schauspieler. Diese Welt war unzugänglich, geheim und aufregend. Helenas Bruder saß während der viereinhalbstündigen *Faust*-Aufführung artig zwischen seinen Eltern und verstand kein Wort. Aber als das Wort »Laster« fiel, es um ein Leben ohne Laster ging, da rief ihr Bruder dem Schauspieler über all die Zuschauerreihen lauthals zu: »Ich habe auch einen Laster!« Und er wäre am liebsten nach Hause gelaufen und hätte ihn geholt, um ihn allen zu zeigen, seinen kleinen Spielzeuglaster für seine Modellautobahn.

Am liebsten sitzt Helenas Vater auf dem Sofa und schaut Fußball. Alles andere strengt ihn an, Treppen, Menschen, Autofahrten, Lärm, Gespräche, Musik, Arztbesuche.

Helena vertreibt sich die Nachmittage während ihres frühzeitigen Mutterschutzes allein. Sie fährt jeden Tag mit dem Fahrrad durch die Stadt. Der Platz zwischen Lenker und Sattel ist etwas enger als früher, ihr Bauch nähert sich schon der Fahrradklingel. Sie geht jeden Tag radeln und schwimmen, dreißig Minuten, mit Brettchen und Flossen, irgendetwas Gutes muss sie dem Embryo ja tun. Fast alles andere ist verboten.

Es ist schwer auszublenden, wenn man sich hässlich fühlt. Helena freut sich auf das Baby, aber sie freut sich nicht über alles, was mit ihrem Körper geschieht. Es fällt ihr schwer.

Überall spiegelt sie sich, in Schaufenstern, Autoscheiben, ihrem Handydisplay. Überall sieht sie ihre Oberarme, die mit dem Bauch gewachsen sind, und ihr Kinn, das viel länger ist als früher.

Nicht jeder Spiegel ist gut zu ihr. Als Schwangere fällt ihr das besonders auf, obwohl es ihr auch vorher schon bewusst war. Als Frau muss man daran arbeiten, dass die Spiegel lieb zu einem sind. Ständig muss man sich in Schuss halten, lackieren, polieren, trainieren, blanchieren, flambieren. Es gibt keinen Tag, an dem man nicht ›an sich arbeiten‹ muss. Haare glätten, Charakter glätten. Das Dossier in der ZEIT lesen, Schwimmen gehen, die Freundin zurückrufen, den Müll trennen, den Mann lieben, ein Kinderlied singen, sich selbst lieben, eine Telefonkonferenz leiten, das Rad reparieren, nicht am Rad drehen, das Rad nicht neu erfinden, E-Mails beantworten, Vitamine einnehmen, für den Halbmarathon trainieren, besser werden – in *irgendetwas*, üben, üben, üben, zur Zahnpflege, zur Freundschaftspflege – alles voller Termine, Termine mit Sinn und Zweck. Das Leben als Hausaufgabe. Glücklichsein: morgen, von fünfzehn Uhr dreißig bis siebzehn Uhr.

Aber der Schwangeren fehlt die Geschwindigkeit.

Eine Schwangere verliert ihre Waffen.

»Ich trinke nur mit Menschen, die ich mag. Bei
Menschen, die ich nicht mag, trinke ich vorher.«

Klaus Kinski

»So wie die Gesetze nicht die Existenz des Verbrechers
widerlegen, so schließt das bürgerliche Eheregime nicht aus,
dass es vom offenen Meere durch Freibeuter angegriffen wird.
Fragt sich nur, wie die Festung auf den Angriff reagiert, mit
strikter Verteidigung, mit hinhaltendem Widerstand oder mit
jener Schwäche, die eine Niederlage von vornherein in Kauf
nimmt. Und zuweilen ist eine Festung auch gefallen: Eine
kleine Pforte steht offen, man weiß nicht, ob aus trivialer
Vergesslichkeit oder bereits erwartungsvoller Absicht.«

Wolfgang Matz

»Sie müssen achtsam sein!«, sagt die Meditationslehrerin.

Maxie hat Helena einen Geschenkekorb mit Baby-Stramplern und einer Spieluhr mitgebracht. Rebecca telefoniert noch am Handy mit ihrer neuen Partnerin aus den USA, mit der sie gemeinsam die Global-Strategy-Abteilung leiten wird. »Legen Sie das Handy weg!«, sagt die Lehrerin. »Sie müssen lernen abzuschalten.«

Rebecca nickt. Sie versichert, am nächsten Tag noch einmal zurückzurufen, und setzt sich zu den anderen Frauen.

»Ich will mit dem Rauchen aufhören«, sagt Maxie.

»Das finde ich eine gute Idee. Aber Sie müssen es wirklich wollen.«

»Ich will es wollen!« Maxie lacht. »Warum kann man sich nicht aussuchen, was man will?«

»Man kann lernen, sich selbst zu überlisten. Gedanken zu steuern.«

»Ich kann noch nicht mal ein Auto gut steuern«, sagt Maxie.

»Mein Bauch passt bald nicht mehr zwischen das Lenkrad und den Sitz,« Helena atmet ein und aus. »Ich komme mir schon vor wie beim Geburtsvorbereitungskurs. Da hab ich mich immer noch nicht angemeldet.«

»Ich helfe dir,« Maxie nimmt Ihre Hand.

»Ich hab mich noch nicht getraut, es Freunden zu erzählen«, sagt Rebecca, »aber ich bekomme einen neuen Posten in einer neuen Firma. Leitung der Global-Strategy-Abteilung. Es hat sich über diese Headhunterin ergeben.«

»Wie cool! Das müssen wir feiern!«

»Ich habe noch nicht unterschrieben.«

»Zweifle nicht. Kein Mann würde je so zweifeln. Das ist unser Problem.« Maxie legt ihre Hand auf Rebeccas Hand.

»Ich rede ungern über ungelegte Eier!«

»Aber wir freuen uns für dich! Und wir sind auch für dich da, wenn es nicht klappt. Du kannst stolz sein!« Maxie lächelt Rebecca an.

»Ich will noch mehr für andere Frauen tun. Ich habe meiner neuen Partnerin den USA ein Mentorinnenprogramm vorgeschlagen. Es gibt dann Coachings für die Mitarbeiterinnen. Es kann doch nicht sein, dass es Frauen immer noch so schwer gemacht wird.«

»Das finde ich richtig gut! Ich würde bei sowas auch gern mitmachen. Es gibt doch Vereine für Chancengleichheit. Ich könnte mich mal erkundigen. Lasst uns da hingehen.«

»Nach dieser Sitzung brauche ich einen Drink«, schlägt Rebecca vor. »Habt ihr Lust, gleich noch in eine Bar zu gehen?«

»Ich hatte in letzter Zeit zu viele Drinks, glaube ich.« Aber Maxie lässt sich doch überreden.

»Wie konnte ich mich so auf diesen Mann einlassen! Er hat mich belogen, und ich hab mich verloren,« sagt Maxie, als sie bestellt haben.

»Maxie, ich verstehe deine Enttäuschung! Aber die Probe, auf die du ihn stellst, kann er ja nicht bestehen. Ich finde, du gehst hart mit ihm ins Gericht und drehst ihm aus seinem Leid und seiner Verzweiflung einen Strick.«

»Ich habe vielleicht verdrängt, wie schwer es für ihn war. Aber wir waren doch Komplizen. Ich dachte, er schafft alles.«

»Ich finde, es ist gemein, Liebe mit einem perfektionistischen Maß zu messen. Du erwartest Unfehlbarkeit.«

»Was soll ich tun?«

»Willst du ihn nach wie vor, oder macht es dir den Abschied vielleicht auch leichter? Es wäre ein Grund zu gehen. Du solltest nicht so hart mit ihm sein. Was soll er denn tun? Er muss ja auch irgendwie sehen, wo er bleibt. Er hat alles auf eine Karte gesetzt und spielt mit dieser gegen oder um dich – aber du hast zwei in der Hand. Die Situation zwingt ihn doch fast, zu schummeln. Und dann beschimpfst du ihn als unfairen Spieler. Ich finde, er hat etwas Verständnis verdient. Es zeigt doch eher, dass er so nicht weiter kann – auch wenn er es behauptet und will. Du sitzt im Gummiboot und verbietest ihm das Treibholz.«

»Ja, das stimmt. Ich sollte liebevoller sein, aber es tut so weh. Dabei führe ich eine schöne Ehe. Vielleicht macht es Hannes sogar dasselbe! Vielleicht weiß er davon. Vielleicht – und das wäre ja noch schlimmer – ist es ihm egal?!«

»Oder er erträgt es, weil er sich sicher ist, dass du wiederkommst. Denn das Gras ist nicht grüner. Und die Lust, sie geht vorbei. Und er weiß, dass du klug genug bist zu wissen, dass der andere – sobald er nicht mehr der Verbotene ist – dir auch irgendwann nicht mehr reichen wird. Dass auch er etwas falsch machen wird.«

»Hannes hat ja gar nichts falsch gemacht. Das ist ja das Schlimme. Das andere hat mich überrumpelt. Es war neu und aufregend. Ich hätte nie gedacht, dass ich mal in so eine Situation komme.«

»Ja. Und du leidest ja unter ihr.«

Plötzlich sieht Maxie, dass Sascha in einer Ecke der Bar sitzt. Es ist dieselbe Bar, in der sie sich mit ihm getroffen und ihn hat stehen lassen. Als ob er seitdem dort auf sie wartet. Er ist allein und raucht eine Zigarette.

Sie winkt ihm von Weitem zu und unterhält sich mit ihren Freundinnen. Sie lachen und trinken und essen Pistazien, die auf dem Tisch stehen. Maxie versucht, nicht an Bobby zu denken.

Paula hat etwas auf Facebook gepostet. »Best holiday ever«. Maxies Herz rast, als ob sie ihn live und in flagranti erwischt hätte, als ob dieser dumme Satz eine Neuigkeit oder irgendeinen Informationswert für sie hätte. Sie weiß schließlich, dass er mit Paula zusammen ist.

Sie erinnert sich, wie sie noch vor wenigen Tagen bei Bobby auf dem Sofa liegt: Ihr Handy piept. »Wer schreibt dir?«, fragt er. Er hat schon eine Flasche Wein getrunken und lallt ein bisschen. »Nur eine Freundin,« sagt sie. »Das war doch bestimmt dieser Stricher aus der Strandbar oder dein toller Mann … Warum lügst du mich an, Maxie?« Sein Weinglas schwappt in seiner Hand, mit der anderen hält er sie fest. »Ich möchte alles kurz und klein schlagen bei dem Gedanken, dass ein anderer dich nimmt! Zeig her, zeig mir, was er dir geschrieben hat.« Sein Griff ist fest. »Aua!« Sie reißt sich von ihm los und greift flink nach seinem Handy, das auf dem Tisch liegt. »Was schreibst du denn den ganzen Tag deiner Paula?« Sie schnappt sein Handy, rennt aus dem Zimmer und versucht es im Laufen zu entsperren. »Ich schreibe ihr gar nichts!« Er rennt hinter ihr her, jagt sie durch die Wohnung. Sie sieht, dass Paula ihm geschrieben hat: »Ich freue mich so sehr auf Bali mit dir, my love!«

»Bali?? Wann fährst du denn da hin? Du hast mich angelogen!«, fängt sie an. Sie schubst ihn und versucht, sich loszureißen, bis er sie überwältigt und zu Boden wirft. Sie hält sein Handy triumphierend nach oben, in der ausgestreckten Hand. Er packt sie an der Hüfte und schleudert ihren Körper in die

Luft. Sie wehrt sich, schlägt mit den Armen um sich, strampelt. Er lässt sie ein Stück sinken, schleift sie durchs Zimmer, so wie man einen leblosen Gegenstand zieht, einen Sack, der zu schwer zum Tragen ist.

»Gib mir mein Handy zurück!«

»Du schaust doch auch dauernd in meins!« Sie rangeln, und er holt aus, er schlägt nach ihr. Sie rennt vor ihm weg, sein Handy noch in der Hand, quer durch die Wohnung, dann flieht sie mit seinem Handy ins Badezimmer, er ist ihr dicht auf den Fersen. Sie will sich verbarrikadieren und lesen, was Paula ihm noch alles schreibt, während er gegen die halb geöffnete Tür hämmert. Sie schafft es nicht, die Tür zuzudrücken, er stemmt sich dagegen. Die Tür öffnet sich einen Spalt. Der Spalt wird immer größer, er wächst und wächst, Bobby presst sich gegen die Tür und drückt, bis er sie ganz aufschiebt. Maxie sinkt auf dem Fußboden zusammen. Er tritt mit den Füßen nach ihr und holt erneut mit der flachen Hand nach ihr aus. Schützend hält sie sie ihre Arme vors Gesicht und kauert ängstlich in der Ecke.

»Wie weh willst du mir denn noch tun!«

Er hält inne. »Ich wollte dir nie wehtun.«

Dann ist er weggeflogen. Und sie, Maxie, ist hiergeblieben.

Irgendwann kommt Sascha wankend an den Tisch. »Ignorierst du mich jetzt?!«, schnauft er.

»Heute ist unser Mädelsabend.«

»Ich geb euch einen Drink aus, Girls, und störe euch ein bisschen.« Sascha bestellt vier Wodka-Sodas und setzt sich. Ihm scheint nicht aufzufallen, wie schwanger Helena ist.

Maxie tut er irgendwie leid, und Helena und Rebecca scheinen nichts dagegen zu haben, dass Sascha sich zu ihnen gesellt. Er ist ja im Grunde genommen harmlos. Sascha bietet ihnen eine Zigarette an.

»Was machen drei so hübsche Ladys abends allein in einer Bar?«, fragt er.

Sascha erzählt von seinem Job, den Aufträgen bei McKinsey, seiner Penthouse-Wohnung, in der er für Maxie und ihre Freundinnen mal kochen möchte. Er tischt groß auf und prahlt.

»Lasst uns meinen Bonus verprassen!«, ruft er und bestellt eine Flasche Champagner für alle. Er bemerkt Helenas Bauch noch immer nicht.

Sascha erzählt weiter von McKinsey und seiner Promotion, aber dann wieder wird er ganz ruhig, als Helena ihren kranken Vater erwähnt. Er schaut Maxie an. Die denkt an ihre tote Mutter, an das Sterben an sich, an das, was von ihr bliebe, wenn sie kinderlos bliebe – keine Spur.

»Ich hab meine Mutter sehr früh verloren«, klärt sie ihn auf. Und Sascha erzählt, dass seine beiden Eltern bei einem Autounfall ums Leben gekommen sind, als er siebzehn war. Und das wiederum bewegt Maxie, vielleicht ist er deshalb so ein Idiot, denkt sie, weil er es einfach niemals von irgendjemandem besser gelernt hat, weil er niemanden hatte, der ihm zeigen konnte, wie man sich benimmt. Plötzlich fühlt sie sich auf eine seltsame Art mit ihm verbunden. Das Bild des aufdringlichen Prahlers ohne Substanz und Tiefe ändert sich, es wird weicher. *Absurd*, denkt sie sich.

Ihr Handy piept. Bobby. »Ich vermisse dich. Es ist schrecklich ohne dich. Ich will nur zu dir.«

Aber sie glaubt ihm kein Wort, sie glaubt nur Paula und ihrem »best holiday ever«, und damit ist die Sache für sie erledigt. Sie wird Bobby nicht mehr antworten.

»Darf ich dich nach Hause bringen?«, fragt Sascha am Ende des Abends. Rebecca und Helena sehen sie fragend an. »Ist schon okay …«, murmelt Maxie. Sie hat sich so in Rage phantasiert, dass sie nickt.

MAXIE

Es ist irgendwie so leicht, Bobby wehzutun – ohne dass er davon wissen muss. Aber es gibt ihr ein Gefühl von Macht und Überlegenheit, dass dieser Sascha sie nach Hause begleitet und gewiss versuchen wird, sie zu küssen, während Bobby arglos im Bett liegt und schläft. Für einen alten Mann ist es schon sehr spät, sein Abend ist gelaufen. Und ihrer kann noch mal von vorn beginnen.

Und natürlich küsst Sascha sie an der Straßenecke, er ist ruppig und gierig, er beißt zu, schnappt nach ihrem Mund wie ein Ertrinkender, er beißt in ihren Hals und steckt seinen Finger in ihr Höschen. Sie denkt: *Der hat aber lange Fingernägel.*

So ist es also, denkt Maxie, als sie sich zum ersten Mal von diesem anderen Mann küssen lässt, einem Mann, der weder Bobby noch Hannes ist. *Das ist alles*, denkt sie. Die Straße ist leer und ruhig wie sie. Da kommt nichts. Kein Auto, kein Gefühl.

In die Stille hinein fallen Schritte, Frauenschritte auf hohen Schuhen, einsam und etwas hackend. Er küsst sie und kreist um ihren Mund. Er lässt sich nicht stören. Das ist eine Gelegenheit, den Kuss abzubrechen und die Situation abzukürzen, denkt sie. Sie schaut zur Seite, aber sein Mund verfolgt ihren. Eine Frau hastet an ihnen vorbei, Maxie hört ihre Schuhe auf dem Asphalt klacken. Plötzlich verändert sich der Klang ihrer Schritte. Maxie hört, wie die Frau stolpert. Klackediklack. Maxie prustet in Saschas Kuss.

»Entschuldigung«, sagt die Frau noch im Liegen, wie ein Käfer auf dem Rücken. »Das ist der blanke Neid. Ich bin vor Neid umgefallen. Lassen Sie sich nicht stören.« Sie rafft sich auf und hastet weiter durch die Straße mit noch lauteren und schnelleren Schritten.

Und Maxie denkt nur: ›Worauf ist sie neidisch? Ich spüre doch überhaupt nichts.‹ Sie sehen aus wie ein verliebtes Paar, das sich leidenschaftlich verabschiedet, weil es sich bis zum nächsten Tag – »Ach, bis morgen, Liebster!« – trennen muss. Sie sehen aus wie zwei Glückliche, Ineinanderversunkene. Dabei sind sie: ein horny Typ, der heute unbedingt noch zum Zug kommen will und auf dem Weg zu seinem Ziel etwas zu schlürfend küsst, und eine Frau, die versucht, beim Küssen einen anderen Mann zu vergessen und ein Gefühl zu reproduzieren, das sie wie durch einen Brandanschlag verloren hat.

Es geht nicht um Sascha. Es geht darum, Bobby etwas wegzunehmen. Sie will all das tun mit einem Mann, der nicht Bobby ist. Aber kein Sascha der Welt wird je dafür sorgen, dass sie Bobby nicht mehr will. Sascha ist wie Sonnencreme gegen Kälte. Zahnpasta für die Haare. Aber so ist es nun mal. Besser als nichts.

»Gute Nacht,« sie beendet den Kuss, schiebt seine Zunge und seinen Körper von sich. »Danke fürs Heimbringen.«

»Komm noch kurz mit zu mir, ich wohne in der Nähe«, sagt Sascha.

Maxie nickt kaum wahrnehmbar.

Saschas Wohnung ist kein Penthouse, wie er erzählt hat. »Ich bin hier nur vorübergehend«, sagt er. »Bei mir wird grad umgebaut.« Die Wohnung sieht nicht nach McKinsey aus. *Seltsam*, denkt Maxie. Er ist ihr auf einmal sehr unheimlich. Seine Wohnung riecht unangenehm, überall stehen halbvolle Kaffeebecher herum, auf denen Lebensweisheiten oder Mottos stehen, er hat ein grün flackerndes Aquarium und Spiderman-Bettwäsche. Bücher gibt es keine. Nur ein Poster von Silvester Stallone an der Wand. Seine Arme sind tätowiert, seine Haut riecht nach Kneipe. Er ist riesig, alles an ihm ist riesig, sein Brustkorb, sein Kopf, seine Arme. Er war drei Jahre Berufssoldat, er hat alles gesehen, was in ihrer Welt nur in den Nachrichten vorkommt, erklärt er ihr.

Maxie hat Bobby gegen diesen Typen eingetauscht, der merkwürdige Dinge von ihr verlangt, einen, dessen Wohnung nach Ofenpizza riecht, einen, der Frauen zwingt, laszive Selfies aus dem Büro zu schicken, der Dickpics versendet und weder ihr Geburtsdatum noch ihren Nachnamen kennt. Wo ist sie nur gelandet? Seine Deckenlampe ist eine Glühbirne, überall liegen Kabel herum und leere Packungen von Lieferservices, Ravioli mit Käsesauce, Pizzakartons, Chicken Wings. Er isst eingeschweißte Frikadellen aus der Plastikpackung vom Supermarkt, fertigen Linseneintopf oder Gulaschsuppen aus Dosen. Er trinkt literweise Mezzo Mix, bei ihm heißt es Schwipschwap, die Penny-Eigenmarke, oder River Cola.

Maxie versucht, sich Bobby beim Trinken eines Schwipschwaps vorzustellen – es gelingt ihr nicht.

Beim Küssen macht sie noch mit, aber als er ihr in die Lippe beißt, will sie nur noch aus dieser mickrigen Wohnung, aus diesem mickrigen Abend fliehen. Sascha drückt sich fest an sie, greift ihre Arme. Ist das Vorspiel oder ist das ein Missbrauch?

Sascha grunzt, er atmet schwer durch seinen massiven, langen Körper, seine Arme sind haarig, seine Brust ist haarig, sein Rücken ist haarig, seine Nacktheit und seine Geräusche kümmern ihn nicht. Nichts an ihm ist feingliedrig oder feminin, er besitzt keine Zartheit oder Eleganz. Er beißt sich auf die Lippe und runzelt die Stirn, während er keine Sekunde den Blick von ihr lässt, er packt ihre Arme und biegt sie nach hinten, dann nimmt er ihre Beine und hält sich an ihren Fesseln fest, hebt sie in die Luft, sie baumelt, und nur ihr Kopf und ihr Nacken berühren noch den Boden, während er ihr Becken schiebt, als wolle er ihr etwas auskugeln.

Er könnte sie jetzt einfach vergewaltigen. Er ist ein vollkommen Fremder, er hat sie mit zu sich genommen, und dabei hat er dieses derbe Lachen, das Grinsen eines Straftäters. Dabei hustet er, es klingt wie ein Würfelhusten, Sechserpasch. Sie will ihn nicht küssen, seine Hand in ihrer Hose ekelt sie. Er hat sie hineingeschoben, direkt nach dem Zungenkuss. Sie stellt sich vor, wie er sie vergewaltigt, er kneift ihr in die Haut, er scheuert sich an ihr wund. Sie spürt eine Form der Erregung, die durch ihren eigenen Widerstand verstärkt wird. Er kann in seiner Gier vielleicht gar nicht bemerken, wie wenig sie es möchte. Und sie denkt darüber nach, was sie sagen kann, ob sie abbrechen soll oder es einfach geschehen lassen. Sie hat keine Lust, mit ihm zu diskutieren, und vielleicht wird er sie auch gar nicht gehen lassen. Soll sie ihn bremsen? Oder ist es zu spät? Sex wäre so einfach, Augen zu und durch, und danach endlich Ruhe. Wenn sie sich wehrt, wird sie sich ohnehin nicht aus seinem Würgegriff befreien können. Sein ganzer Körper ist auf sie gerichtet, sie ist das Opfer ihrer eigenen Schönheit, ihrer Anziehungskraft. Er kann nicht anders, als sie zu nehmen. Es ist ihr Triumph über seine Willenskraft. Er ist stärker und sie so unwiderstehlich.

Sascha schiebt sie an die Wand, fügt ihr Schmerzen zu, packt ihren Hals, drückt sie an der Gurgel, mit beiden Händen, er presst sich auf ihre Kehle, er würgt sie und sie weiß nicht, ob seine Gewalt Gier oder Vernichtung ist, ob er sie begehrt oder missbraucht oder beides. Und sie schnappt nach Luft, wird er sie jetzt erwürgen, erdrosseln, oder ist das nur sein Spiel? Seine Haare sind wild, sein Gesicht hämmert vor ihren Augen, und er hört nicht auf, sie anzustarren. Er wirft sie auf den Küchentisch, streift ihr die Schuhe ab, presst sich auf sie mit seinem Riesenkörper. Er holt Eiscreme aus dem Gefrierfach und beschmiert sie damit. Sie regt sich nicht mehr. Das Eis rinnt kalt über ihre Haut. Sie will weg, nur weg, sie fragt sich, wie sie hier je wieder rauskommen wird. Wie ist sie hier nur hineingeraten? Panisch denkt sie darüber nach, wie sie ihn ablenken kann, wie sie ihn von sich herunterbekommen kann, sie bekommt kaum Luft unter seinem Körper. Wie ein Käfer strampelt sie auf dem Rücken und seufzt, sie seufzt für ihn, als ob alles gut sei. Aber nichts ist gut. Sie denkt an Flucht, sie hat eine trockene Kehle. Sein Nikotin-Atem brennt in ihrer Nase. Dann nimmt er sie wie seine Diebesbeute, wie einen Sack, trägt sie durch die Wohnung, schmeißt sie auf den Boden. Maxie denkt an Bobby, an seinen vornehmen alten Körper, an seine Haltung, an seinen Duft, und sie empfindet Mitleid mit ihm und Mitleid mit sich selbst. Das ist aus ihnen geworden: Der eine hat Bluthochdruck, und die andere liegt begraben unter einem nackten Fremden. Maxie starrt an die Zimmerdecke, der Teppich riecht nach altem Stoff, über den schon das ein oder andere Bier gelaufen ist, vielleicht eine Milch oder eine Tütensuppe, vielleicht Körperflüssigkeiten. Sie hustet. »Kannst du mir kurz was zu trinken holen?«, fragt sie und hustet noch heftiger, damit er aufhört. Er hört nicht. Sie röchelt.

»Ich hab so Durst ...«

»Ja, warte, ich bin nur grad sowas von geil auf dich.«

Er rollt sich von ihr herunter und läuft in die Küche. *Das ist meine Chance*, denkt sie. Sie lässt die Schuhe auf dem Fußboden liegen und rennt so schnell sie kann aus der Wohnung. Sie rennt den ganzen Weg nach Hause, ihre Kehle ist so trocken, dass sich jeder Atemzug wie ein Schnitt in den Hals anfühlt.

Sie lacht laut beim Rennen, so unglaublich laut, weil sie frei ist und weil sie alles schaffen wird. Dann laufen ihr die Tränen an den Wangen herunter. Zu Hause ist niemand. Sie leert eine Flasche Wasser und legt sich mit Schüttelfrost ins Bett.

REBECCA

»Hallo, Mama.«

»Wie schön, dass du anrufst. Aber ich hab nur kurz Zeit. Meine Freundin Karin kommt gleich mit ihrer jüngsten Enkelin vorbei.«

»Oh, wie schön. Liebe Grüße.«

»Ja, sie ist so süß. Sie kann schon fast alleine laufen. Also wenn sie sich so hochzieht an den Stühlen, das sieht so putzig aus.«

»Mama, ich habe einen neuen Job angeboten bekommen.«

»Ja, aber Kind. Das ist ja schön. Und was bedeutet das?«

»Ich werde weltweite Leiterin der Global-Strategy-Abteilung einer tollen Firma.«

»Ist das denn das, was du willst?«

»Ja, Mama.«

»Hach, aber dann arbeitest du ja noch mehr!«

»Ich werde viel reisen müssen. Aber das finde ich spannend. Nach Asien und Nordamerika.«

»Nach Asien? Aber warum das denn!«

»Na ja, weil wir da Kunden und Büros haben. Und Besprechungen.«

»Was kann man denn in Asien besprechen! Du sprichst

doch nur Spanisch und Englisch. Können die das denn da überhaupt?«

»Ja, Mama. Die können Englisch.«

»Aber kann man das nicht per Telefon besprechen? Der arme Tim! Was soll der denn so ganz alleine hier machen, wenn du immerzu in Asien bist.«

»Nicht immerzu. Und es ist eine wirklich tolle Chance.«

»Eine Chance? Wofür? Dass die dich in Asien behalten?«

»Nein, Mama. Aber ich möchte auch mehr für andere Frauen tun. Ein Programm gründen. Und ich bekomme mehr Geld. Mehr Verantwortung.«

»Mir war die Verantwortung für drei Töchter immer genug. Und Geld ist ja auch nicht alles! In Asien ist es doch auch überall so voll und eng.«

»Mama … Ich muss nach Tokio und Shanghai. Vielleicht mal nach Singapur oder Hongkong.«

»Jaja, das ist sicherlich auch ganz toll, aber da kennst du doch niemanden!«

»Ich freue mich einfach, dass ich die Stelle bekommen habe. Das ist als Frau in der Branche leider keine Selbstverständlichkeit.«

»Na, dann frag dich mal, warum. Weil Frauen nicht nach Asien wollen mit Mitte dreißig! Weil sie eher an die Familienplanung denken als an Hongkong!« Das Hongkong spricht sie aus wie King Kong, als habe Rebecca sich einen völlig abstrusen Traum, ein Science-Fiction-Abenteuer in ihr Leben geholt.

»Können wir denn dann überhaupt telefonieren? Ich meine, in China ist doch ganz viel verboten. Und die Zeitumstellung …«

»Ich fliege ja noch gar nicht, Mama. Erst mal nehme ich die Stelle an, und dann feiern wir das!«

»Ich weiß nicht, was es da zu feiern gibt, wenn mein Kind nach Asien geht! So weit weg von zu Hause. Von uns!«

»Ich ziehe nicht nach Asien. Ich werde ab und zu dort arbeiten!«

»Was sagt denn Tim überhaupt dazu?«

»Der ist stolz.«

»Ich bin auch stolz. Ich sage es Papa später, ja? Du, die Kleine kommt jetzt. Ich muss mal kurz nach dem Kuchen sehen. Und ich … ja, Kind. Ich freu mich auch für dich, wenn du dich freust. Wirklich. Es ist nicht das, was *ich* mir jetzt persönlich gewünscht oder ausgesucht hätte. Aber jedes Kind geht ja immer seinen eigenen Weg. Ich finde das ja auch irgendwie toll. Kommst du auch bald mal wieder zu uns? Ich hab meine Mutter ja oft besucht, als sie alt wurde.«

»Du bist nicht alt, Mama.«

»Ach, das ist lieb, dass du das sagst. Ich drück dich, Kind. Und pass auf dich auf. Nimm dir da auf jeden Fall ausreichend Medikamente mit nach Asien. Und bloß nichts Rohes essen. Sonst verdirbst du dir den Magen. Und grüß Tim, ja?«

HELENA

Der Tag, an dem ihr Sohn zur Welt kommt, ist ein Dienstag im August. Der Geburtstermin wäre Anfang November gewesen.

Es ist eine Gewitternacht, der schwüle Tag entlädt sich im Sturm, und Helena bekommt in ihrer dreißigsten Schwangerschaftswoche Wehen. Sie liegt den ganzen Abend allein im verdunkelten Zimmer, nur der Ventilator rauscht. Es gibt nichts, was sie der Hitze und der Schwangerschaft entgegenzusetzen hat. Der Körper ist müde, der Geist ist müde. Die Zeit steht im Zimmer wie die Luft. Der Ventilator summt weiter. Abends zieht dann ein flatternder Sturm herauf, saugt an den Fenstern, pfeift durch die heiße, flirrende Luft. Helena hat schon den ganzen Tag so ein Ziehen im Unterleib. Philipp ist noch arbeiten. Sie wird auf ihn warten. Als Philipp kommt, wälzt sie sich unruhig von links nach rechts. »Ich glaube, ich habe Wehen«, sagt sie. Seit einigen Stunden schießen Wogen des Schmerzes durch ihren Körper. Um drei Uhr in der Nacht fahren sie in die Klinik. Draußen tobt ein Sturm ohne Regen, ein Gewitter ohne Nässe, da braut sich etwas zusammen.

Helena wird an ein Überwachungsgerät angeschlossen und Wehenhemmer fließen ihr durch eine Nadel direkt in die Vene.

Die Fenster stehen weit offen, der Gewitterwind pfeift durch das aufgeheizte Krankenhaus. Helena darf sich nicht bewegen, nichts trinken, nicht schlafen, aber man gibt ihr Zitronensticks, an denen sie lutschen darf, damit sie nicht dehydriert.

»Dann gewöhnen Sie sich schon mal an das heutige Geburtsdatum!«, sagt die Hebamme fröhlich, als Helena am CTG liegt. Sie freut sich. Gleich wird sie ihr Kind endlich sehen, es ist ihr egal, dass es viel zu früh ist, die Aufregung ist stärker als die Angst.

»Wir holen das Kind jetzt«, sagen die Ärzte.

»Die Herztöne werden schlecht. Ihr Baby ist gestresst.«

Sie erinnert sich, wie man sie in der achtundzwanzigsten Woche gefragt hat, ob sie eine Kortisonspritze haben wolle. Das helfe der Lunge des Ungeborenen zu reifen. Es bestehe die Gefahr einer Frühgeburt, die Plazenta sei nicht mehr fest. Sie überlegte lange mit Philipp, was sie tun sollten. Sie weinten. Der Ultraschall war auffällig. Das Herz war zu groß, irgendetwas anderes zu klein. Das Kortison würde Nebenwirkungen haben. Helena sagte: »Wir warten noch.« Und jetzt ist es zu spät für die Lungenreife, nun muss das Kind unreif auf die Welt kommen, zehn Wochen zu früh.

»Heute werden wir unseren Sohn zum ersten Mal sehen.« Sie hält Philipps Hand. Endlich wird sie ihn halten und umarmen können. Sie hat ja keine Ahnung.

Der Anästhesist betäubt Helenas Rücken oder Unterleib. Er ist sehr lustig, und sie singen gemeinsam Lieder, während Helena in den Kreißsaal geschoben wird. »Oh, ich hab solche Sehnsucht ... ich will zurück nach Westerland ...« Er erzählt ihr, dass er in einer Band spielt. Sie singen weiter. Helena singt gegen die Aufregung. Helena singt, damit alle sich anstrengen. Sie singt, um eine coole Mutter in den Wehen zu sein. Die Ärzte schneiden Helena auf, es ist ein Notkaiserschnitt, ihr Mann sitzt an ihrem Kopf, über dem Bauch hängt ein Vorhang. Wie beim

Kasperletheater hofft sie, ihr Sohn wird bald dahinter zum Vorschein kommen. Die Gedärme sind wie Gummiseile in ihrer Haut. Der Anästhesist hält ihr eine Nierenschale hin, in die sie erbrechen muss. Die Ärzte wühlen in ihrem Innersten herum. Nachdem man ihn aus ihr herausgetrennt hat, zieht man ihre Organe wieder an Ort und Stelle. Das Kind ist da, aber man trägt es sofort weg. Es schreit auch nicht, es gibt keinen Laut von sich.

»Warum schreit er nicht? Müsste er nicht schreien?«, fragt Helena. Aber die Ärzte sagen nichts. »Wir untersuchen ihn erst mal. Er hat schlechte Werte.«

Philipp darf kurz zu ihm, ihn ansehen, wie er da liegt, bläulich, verschmiert und verklebt und mit einem Mützchen auf dem Kopf. Dann wird er ihnen entrissen und eilig weggekarrt. An diesem Tag darf Helena ihr Kind nicht mehr sehen. Die Ärzte nähen ihr den Leib zu und setzen sie in einen Rollstuhl. Philipp fährt sie auf das Zimmer, und man sagt ihr, sie solle ruhen. Aber Helena möchte nicht ruhen. Helena möchte zu ihrem Kind. Es hat nicht geschrien.

Ihre Eltern kommen, auch ihr Vater. Die Schwiegereltern kommen auch. Aber niemand darf das Kind sehen.

Erst am nächsten Tag schiebt Philipp ihren Rollstuhl auf die Intensivstation für Neugeborene. Man muss an der Tür klingeln und warten, bis eine der Schwestern öffnet. Nicht immer macht jemand auf. Denn es gibt Notfälle und Dinge, die nicht für die Augen und Ohren der Eltern bestimmt sind. Und da liegt er, runzlig, verkabelt, schrumpelig, mit Einstichen und Nadeln und einer Atemmaske in einem Wärmebettchen.

Helena sieht ihn an und liebt ihn sofort. Es ist das dringendste, zwingendste Gefühl, das sie je empfunden hat. Ihr Rollstuhl steht starr vor seinem Bettchen. Helena ist zu überwältigt, um zu begreifen, dass sie ihn nicht anfassen darf. Er liegt hinter einer Glasscheibe.

»Hier ist deine Mama«, sagt sie. Dann weint sie und fällt in ihrem Rollstuhl in sich zusammen. Das Weinen schmerzt, das Weinen hämmert auf ihre Narbe im Unterleib.

Die Ärzte erzählen etwas von Anpassungsstörungen, einem Loch im Herzen, Antibiotikum, Infektionen, Gelbsucht, Atmungsschwierigkeiten, Muskeltonus. Irgendein APGAR-Wert ist unterdurchschnittlich. Helena hört keine Details. Sie sieht nur dieses Kind. Es gibt niemand anderen mehr auf der Welt. Sie liebt.

Erst am dritten Tag darf Helena ihn auf den Arm nehmen. Die Schwester reicht ihr ihren Sohn wie eine Handgranate. Sie hebt ihn aus dem Wärmebettchen, richtet die Schläuche und Kabel und übergibt ihn behutsam.

Sie sind für Wochen im Krankenhaus. Draußen brüllt der heißeste Sommer seit der Temperaturmessung sein Lied der Qualen. Drinnen in der Klinik ist die Hitze das Einzige, das von der Außenwelt zu ihnen dringt. Die windstille Hitze, der kochende Asphalt und der Dampf der Großstadt quellen durch die Fenster herein. Ansonsten vergessen sie, wo sie sind. Es gibt keine Stadt, keinen Supermarkt, keine Waschmaschine, keine Freunde, keine Kneipen mehr für sie. Alles Vertraute ist abwesend. Dies ist jetzt das neue Leben. Hier besteht es aus kurzen Nächten auf dem verstellbaren Bett der Kranken. Helena und Philipp duschen in der Kabine ihres Zimmers. Sie essen kaum, aber es gibt auch nur Brote, Brote, Brote und Aufschnitt. Das Frühstück nehmen sie auf dem Zimmer ein, nicht im Speisesaal, Helena kann keine Mütter sehen, keine kleinen gesunden Babys, keine Strampler, keine Hochschwangeren, deren Schreie über den Hof aus dem Kreißsaal zu ihr peitschen. Zu schmerzhaft fühlt sie die Abwesenheit ihres Kindes.

Die Tage sind flüssig wie Suppe, es gibt kein Tempo. Man

kann das Krankenhaus nicht verlassen, man kann das Leben nicht verlassen.

Sie steht auf, es ist sechs Uhr am Morgen. Helena versucht, Muttermilch für ihr Kind abzupumpen. Es kommt keine Milch. Da fließt nichts, und es dauert ewig, um ein paar Tropfen zu gewinnen. Ein paar Tropfen, nicht mal genug, um eine kleine Spritze zu füllen. Aber sie sammelt die Tropfen für ihr Kind, für dieses Frühchen, das dringend Nahrung braucht, Vitamine, Kraft. Er kann nicht allein trinken – die Milch bekommt er über eine Magensonde. Die Schwestern drehen den Schlauch auf, geben die Milch hinein. Mehrmals am Tag gibt sie ein paar Tropfen bei der Intensivstation ab, reicht den Schwestern die mickrige Portion. Manchmal ist kaum zu erkennen, dass sich überhaupt Flüssigkeit in der Plastikspritze befindet. Aber Helena übergibt den kleinen Behälter wie einen wertvollen Schatz. Die Milch der anderen stillenden Mütter wird in einem Kühlschrank gelagert. Dort stehen sie, die üppig gefüllten Muttermilchflaschen alle mit Aufklebern der Kindernamen: »Emma, 4 Flaschen, 800 ml,«, »Louis, 3 Flaschen, 600 ml«, »Fabian, 2 Flaschen, 400 ml«. Ihr Sohn: Fünf Milliliter. Ihre Flasche hat nur eine Pfütze. Der Flaschenboden hat eine kleine Wölbung. Nur in ihrer Flasche ist der Hügel noch sichtbar. Ein Hügel ihrer Unzulänglichkeit. Manchmal reißt sich ihr Sohn die Magensonde aus der Nase, ihn stört der Schlauch. Er hat Pflaster im Gesicht, eins an der Nase, eins am Kopf für die Kanüle, Pflaster auf der Brust für die Sauerstoffsättigung, Atmung, eine Klemme für die Herztöne am Zeigefinger oder am Babyfuß mit rot blinkendem Licht. Ein Pflaster auf der Hand, in der eine Kanüle steckt. Sie singt am Bettchen ihres Kindes, sie singt Lieder und erzählt ihm von Wiesen und vom Urwald, von Schnee und von Löwen.

Nach dem Saug- und Pumpprozess, bei dem nur ein mageres Ergebnis zustande kommt, hat Helena Schulterschmerzen. Die Arme müssen wie bei einem Huhn vom Körper gestreckt werden, um die Gefäße für die Milch an die Brüste zu pressen. Sie kann nicht lesen. Sie kann nichts tun, nichts bewegen. Sie kann nur dasitzen und nachdenken, während das Gerät rumort und saugt und ihr die Tränen herunterkullern, während sie an sich herabschaut und sieht, dass die Flaschen leer bleiben. Helena kneift vor Wut in ihre großen Brüste. Wozu sind sie gut? Warum kommt da nichts? Sie massiert und prügelt, fünf Milliliter oder zehn. *Bitte doch, ich hab ein Frühchen! Er braucht Nährstoffe, er braucht Muttermilch.* Wenn dann noch die Hebammen und Stillberaterinnen von der »Kraft der Muttermilch« und den lebenswichtigen Vitaminen schwärmen, fühlt sie sich wie eine Versagerin. Für ihren Sohn gibt es nur Ersatzmilch. Auf jeder Packung ist die Aufschrift »Nichts kann die Muttermilch ersetzen. Muttermilch ist die beste Nahrung für Ihr Kind« aufgedruckt.

Überall ist dieser Geruch von Antibiotikum. Dieser synthetische beißende Nebel, der den Babyduft ihres Kindes wegdampft, überlagert. Ihr Sohn kann auch nach Tagen nicht allein atmen.

Er trägt eine CPAP-Maske auf der Nase. Er trägt eine Schutzbrille gegen das Blaulicht, das die Gelbsucht heilen soll. Es sieht aus, als läge er auf der Sonnenbank, im violetten Licht. Er zuckt, als ob er sich vor etwas fürchtet und erschreckt. Er ist noch nicht auf dieser Welt angekommen, er ist irgendwo in einer Zwischenwelt.

Überall dieses ständige Tuten und Fiepen und Piepsen der Geräte, Puls, Sauerstoff-Sättigung, Atmung. Unentwegt tutet eines der Kinder. Sie alle liegen in ihren Plastikkisten, mit ihren Drähten, Schläuchen und Magensonden. Es gibt augenärztliche Untersuchungen und Hörtests, es kommen Physiotherapeuten und Psychologen. Der Hörtest verläuft schwierig. Zunächst reagiert ihr Sohn nicht. »Komm schon«, beschwört die Schwester das Kind. Und dann reagiert er.

Helena denkt: *Ich werde nie wieder glücklich sein.*

Es ist so heiß draußen. Alle lungern an den Eisdielen und in überfüllten Schwimmbädern herum. Und sie ist hier. Mit Philipp und dem unfertigen Kind. Sonst gibt es nichts.

Die Babys liegen ganz ruhig da, selten weint eines, sie liegen still da, mit ihren Magensonden, ihren Sauerstoffmasken und ihren Zugängen, mit Nadeln im Kopf und in der Vene, mit Infusionen. Helenas Kind hat blau gestochene Hände, kleine blaue Flecken, auch am Fuß, in den man es gestochen hat, um ihm Blut zu entnehmen.

Wenn dem Kind etwas passiert ..., setzt Helena zu einem Gedanken an. Aber sie kann ihn kaum zu Ende denken.

»Du bist doch gerade erst auf der Welt. Ich werde dir zeigen, dass die Welt da draußen schön ist. Du wirst schon sehen. Glaub mir, die Welt ist so schön.« Die Traurigkeit ist so verdammt groß. Manchmal hat sie das Gefühl, dass alles ein Irrtum ist, dass irgendein fieser Traum, ein Drogenrausch ihr Leben verschluckt hat, dass sie irgendwie auf einem miesen Trip hängengeblieben ist, dass das alles nicht ihr gilt. Dann überkommt Helena doch wieder dieses Gefühl, als habe das Schicksal es lange für sie so vorgesehen, als habe es so kommen müssen, als hätte sie – verwöhnte, dumme Gans – es nicht anders verdient. Aber was kann das Baby dafür? »Straft mich, aber lasst ihn in Frieden! Er ist doch ganz neu hier! Er war noch nie an der frischen Luft. Lasst ihn hier raus.« Und sie singt für ihn, sie singt an seinem Bett, »Sag mir, wo die Blumen sind« und »Für mich soll's rote Rosen regnen«.

Sie möchte einen Deal mit Gott machen. Sie möchte ihm schwören, ein besserer Mensch zu werden, wenn er das Kind nur in Frieden aus dem Krankenhaus kommen lässt. Sie schwört es. Sie schwört, alle Verbrechen und Vergehen wiedergutzumachen, nie wieder Böses zu tun. Sie schaut nach oben. Und dann denkt sie an ihren Vater. *Hilf mir, Papa. Geh nicht fort.*

Ihre Mutter weint am Telefon und sagt, sie habe eine Erkältung und könne im Moment nicht kommen. Sie wolle das Kind auf der Intensivstation nicht anstecken. »Werd schnell gesund«, sagt Helena und hört ihre Mutter husten. »Es ist so ärgerlich! Ich will für dich da sein und kann es nicht!«

»Du bist für mich da.«

»Machen Sie mal eine Pause«, sagen die Schwestern. Ihr Mann lebt mit ihr im Krankenhaus, sie verpassen keinen Termin. Immer, wenn sie können, sind sie bei dem Kind. Manchmal müssen sie die Intensivstation verlassen. Es gibt Notfälle. Es gibt Ruhezeiten. Die Ärztin sagt ihnen, dass der Sohn verlegt werden müsse. Es gebe da eine Spezialklinik. Man könne ihn mit dem Krankenwagen in eine andere Stadt bringen, dort sei ein Spezialist für solche Fälle. Sie wollen immer zu dem Kind, um fünf Uhr morgens und um ein Uhr nachts. Zu jeder Fütterung, Untersuchung, auch wenn sie ihn nicht immer halten dürfen, auch wenn er verkabelt ist und sein Anblick sie jedes Mal wieder in einen Abgrund reißt. Ein Abgrund so tief wie ein Sog, der Marianengraben, ohne Luft, Licht, Geräusch.

An einem Tag gehen sie vor die Tür. Ein paar Ecken weiter ist ein Italiener, dort sollen sie etwas essen. So hat man es ihnen aufgetragen. Helena trägt Sandalen und Philipp ein hellblaues T-Shirt. Sie sehen genauso aus wie alle anderen Menschen auf der Straße. Helena verlässt das erste Mal seit der Geburt die Klinik. Die Menschen spazieren an ihnen vorbei und schlecken ihr Eis. Kleine Kinder fahren Dreirad. Sie kommen an einer Baustelle vorbei. Da fängt Philipp plötzlich an zu weinen. Zum ersten Mal seit ihr Sohn auf der Welt ist. Er ringt mit der Luft.

Helena nimmt ihn in den Arm. Sie ist plötzlich ganz stark. »Wir schaffen das«, tröstet sie ihn. »Aber nicht allein.«

»Deine Mutter muss kommen«, sagt Helena. Helena ruft ihre Schwiegermutter an. Sie waren nur einmal zur Geburt da und seitdem nicht mehr. »Wir können nicht mehr. Bitte hilf uns.« Und die Schwiegermutter kommt. Und bleibt. Stundenlang sitzt sie allein im Café. Aber sie ist da, und es hilft. Ihren Enkel kann sie nur selten sehen, er liegt verkabelt in der Spezialklinik, und man lässt nur zwei Besucher pro Säugling zu. Manchmal wechseln sich Helena oder Philipp mit ihr ab. Sie bringt frische Wäsche, Handtücher und Seife.

Aber wo ist eigentlich Helenas Familie?

Seit der Geburt sind drei Wochen vergangen, sie lebt mit ihrem Mann in der Spezialklinik. Die Kaiserschnittnarbe sitzt wie ein Riss in der Mitte ihres Körpers.

Ständig kommen neue Ärzte mit immer neuen Befunden, Ultraschallbildern, Prognosen. Helena kann sich gar nicht auf das konzentrieren, was die Ärzte sagen. Sobald der erste Krankheitsbegriff fällt, spürt Helena eine Art Schwindel und hört nur noch ein dumpfes Brummen, wie ein sehr nahes Flugzeug. Angst macht taub. Innen und außen. Auf den Ohren, im Kreislauf. Sie sieht sich weinen. Sie liegt auf dem Boden, ohne zu wissen, wen sie anbetteln soll.

Da muss sie jetzt durch. Ganz allein. Schmerz kann man nicht teilen. Man spürt ihn wie Hunger oder Kälte. Sie möchte nicht sprechen, die anderen, die da draußen, die Normalen mit ihren Leben und ihren Geschirrspülmaschinen und ihren Alltagssorgen und Einkäufen und Putzmitteln. Und sie, sie gehört plötzlich nicht mehr dazu.

Sie ist jetzt das Mädchen mit den Sorgen. Das Mädchen mit dem kranken Kind. Das Mädchen mit dem kranken Vater. Oder ob das Unvorstellbare eintreten wird, das sie sich kaum traut zu denken, sie will es sich verbieten. Wird sie die mit dem toten

Kind werden? Wird das ihr Attribut werden, wenn die Leute über sie sprechen? Wird sie diesen Blick bei den Menschen auslösen? »Pssst … das ist doch die Helena, die mit dem Sohn … ihr wisst schon. Seid leise. Vorsichtig.« Werden alle tuscheln und sie mit Samthandschuhen anfassen?

Die Ärztin spricht, die Birkenstock-Sandalen der Schwestern schlappen schmatzend auf dem nach Sterilium riechenden Linoleumboden an Helena vorbei, die Geräte piepsen.

Sie spricht mit dem Pfarrer, der ihr sagt, dass Gott einem immer die Aufgaben stellt, von denen er weiß, dass man sie meistern kann.

»Er geht davon aus, dass ihr es schafft. Ihr als Paar, als Menschen. Ihr seid stark genug für jede Herausforderung«, sagt er zu ihr und ihrem Mann.

»Aber er überschätzt mich!«

»Warum?«

»Es bringt nichts, nach dem Warum zu fragen.«

»Wie soll denn mein Leben nur werden? Unser Leben?«

»Denk nur an die nächsten vierundzwanzig Stunden. Denk nicht daran, was im Herbst sein wird. Denk an das, was jetzt wichtig ist.«

»Danken Sie Ihrem Körper!«, sagt der Chefarzt. »Wenn Sie keine Wehen bekommen hätten, wären Sie niemals rechtzeitig hier gewesen. Und zwei Tage später wären Sie vermutlich ohne Kind nach Hause gegangen.«

»Dann wäre ich gar nicht mehr nach Hause gegangen.«

»Sie sind mit einem blauen Auge davongekommen. Und wie blau das Auge tatsächlich ist, das wird sich in den nächsten Wochen zeigen.«

»Aber auch ein blaues Auge heilt irgendwann.«

Sie macht einen Fehler. Sie googelt seine Symptome. Studien über Studien. Ihr Sohn braucht ein MRT. Sie sieht Fotos beim Uniprofessor, auf denen Kinder im Rollstuhl zu sehen sind, mit Krücken. Sie recherchiert die besten Ärzte. Sie lassen ihn noch mal verlegen. Er wird mit dem Krankenwagen transportiert. Sie fahren mit ihren Taschen hinterher. Wieder ein neues Krankenhaus, wieder eine neue Duschkabine.

Wenn man täglich mit einem Pfarrer und einem Chefarzt sprechen muss, weiß man, dass das Leben gerade nicht besonders rundläuft.

So laufen die Tage ab, alle gleich, alle gleich schmerzhaft und heiß. Und ihre Narbe spreizt sich wie eine offene Schere durch ihren Unterleib. Ein Klappmesser macht Spagat.

Sie weiß nicht mehr, was körperlicher und was seelischer Schmerz ist, alles vermischt sich. Aber da braut sich etwas zusammen, eine höllische Substanz, die sie zum Schreien und Weinen bringt, zum Strampeln und zum Wimmern – lauter als all die Frauen gegenüber im Kreißsaal es tun, die ganze Nacht, immer aufs Neue, der Schmerz wird wiedergeboren und wiedergeboren, plopp, reißt alles wieder auf, die Narbe. Sie denkt immer nur an ihren Sohn, den sie nicht sehen und nicht anfassen darf, der ganz neu auf der Welt ist, so neu wie dieser Schmerz, ihr Baby, das sie nicht beschützt, nicht beschützen kann, dem sie nicht zeigen kann, wie sehr sie es liebt, das von ihr getrennt ist und sie von ihm, das nicht spürt, dass sie da ist, das nicht ahnt, dass das Leben auch schön sein kann und nicht nur aus Kampf und Kabeln besteht.

Helena hört nachts ein Baby weinen, über den Hof. »Vielleicht ist es mein Baby.« Aber sie kann ihm nicht helfen.

Überall sind Babys. Gesunde Babys. Frauen mit Babys. Frauen mit Babys in kleinen Wagen, die sie vor sich herschieben. Frauen mit Babys an der Brust. Blumensträuße, Gratulanten, fröhliche Großfamilien. Helena hat kein Baby. Weder im Wagen noch an der Brust. Sie ist allein auf der Entbindungsstation, ohne Bauch und ohne Baby.

Sie sieht Frauen, aus denen die Milch strömt. Streber! Und

sie beginnt zu neiden und zu hassen. Sie hasst ihren Körper, die nicht vorhandene Muttermilch, das Leben. Sie sucht ihre Schuld. Wofür bestraft sie dieser Gott oder die Natur oder ihr Körper?

Sie begreift das Wort Nachwehen, jemand verlegt einen Stacheldrahtzaun in ihrem Unterleib.

MAXIE

Nachmittags ruft Rebecca an.

»Schau dir das mal an«, sagt Rebecca, die am Computer sitzt. »Ich hab deinen Sascha mal im Netz gestalkt.«

»Er ist nicht *mein* Sascha! Und warum interessiert er dich überhaupt?«

»Ach, keine Ahnung. Der hat so dick aufgetragen. Ich mache mir nur Sorgen.«

»Und da dachtest du, du machst mal ne kleine Recherche?«

»Ja. Und was kam dabei raus? Der Typ arbeitet überhaupt nicht bei McKinsey!«

»Echt? Zeig mal!« Rebecca schickt ihr einen Link zur Webseite. Er ist nirgends zu finden. Auf LinkedIn steht bei letzter Job »Selbstständig«.

»Merkwürdig«, sagt Maxie.

»Du, der hat seine Eltern überhaupt nicht bei einem Autounfall verloren! Ich hab den bei Facebook angeschaut. Da ist er neben seiner Mutter auf einem Foto vom letzten Sommer. Die sieht weder tot noch nach Autounfall aus. Eher ziemlich lebendig und quietschfidel. Die Mutter hat sogar unter dem Foto kommentiert ›Stolze Mama‹. Und promoviert hat er auch nicht!« Rebecca schickt Maxie Screenshots.

Sascha wohnt auch nicht in einem Penthouse, denkt Maxie, aber sie will Rebecca nicht sagen, dass sie bei ihm zu Hause war.

»Du hast echt zu viel Zeit!«, sagt Maxie.

»Das waren zehn Minuten. Mehr war's nicht. Ich wollte dich nur schützen, weil der Typ dir doch im Fitnessstudio schon immer so nachgelaufen ist.«

»Danke, das ist lieb«, sagt Maxie. Sie weiß nicht, was Rebecca noch alles vorhat herauszufinden.

»Wie kann es sein, dass die Menschen heute so flunkern? Meinst du, die Gesellschaft hat ihn dazu gebracht: Statussymbole, Penthousewohnungen, schnelle Autos?«

»Ach, der wollte dich halt beeindrucken. So funktioniert doch heute alles. Selbstinszenierung. Instagram ist ein einziges Lügenkonstrukt.«

»Krass ist es trotzdem. Und traurig«, sagt Maxie.

Was würde Sascha herausfinden, wenn er Maxie ein bisschen hinterherspionieren würde? Mit Bobby hatte er ja schon einmal kurz das Vergnügen. Wird Hannes je eine Spur zu Bobby finden?

»Irgendwie auch erbärmlich, der Arme. Ich habe es ja geahnt. Mein Gefühl täuscht mich nicht bei sowas«, sagt Rebecca.

»Meins scheinbar schon. Ich habe gar kein Radar für Schweine.«

»Ach Quatsch, Maxie. Du hast doch auch immer gesagt, dass etwas mit dem nicht stimmt.«

Vielleicht stimmt auch mit mir was nicht, denkt Maxie sich nur.

»Wie der mich verarscht hat!«, sagt sie laut. Sie ekelt sich innerlich vor seinen Küssen. »Wie der meine Halbwaisengeschichte instrumentalisiert hat, um mich rumzukriegen!«

»Wirst du ihn drauf ansprechen?«, fragt Rebecca.

»Ich denke nicht. Ich kündige vielleicht das Fitnessstudio.«

»Und wieder sind es die Frauen, die sich ändern sollen, damit die Männer sie nicht belästigen! *Du* kündigst das Studio, weil er dich dort stört. Das ist doch absurd. *Er* müsste gehen!«

»Ich kann mir ja ein neues suchen.«

»Ja, die Frauen sollen sich immer anpassen, umdenken, sich was Neues suchen.«

»Ich will ihn einfach nicht treffen.«

»Stell ihn zur Rede!«

»Und dann? Er ändert sich eh nicht. Er wird weiter Frauen erzählen, dass er ein geiler Hengst ist.«

Maxie denkt an Bobby. Und an Hannes. Hat sie nicht auch alle Menschen in ihrem Umfeld angelogen? Wie weit gehen Menschen, um ihr Glück zu finden?

HELENA

Ihr Vater ist auf ihrer Mailbox gelandet. »Hier ist dein Papa.
Herz. Ich muss mit dir sprechen.« Es klingt fast schüchtern. Als
habe er etwas ausgefressen, das er ihr nun beichten wolle. Er
klingt ernst, sachlich (was nicht zu ihm passt), ängstlich, seine
kräftige, sonore Stimme ist brüchig. Helena kommt gerade
aus der Dusche, hat noch nasse Haare, aber zum ersten Mal
seit der Geburt hat sie sich wieder geschminkt. Sie hat sich
die Wimpern getuscht. Heute wird sie nicht weinen! Es wird
kein schwarzer Streifen auf ihrer Wange landen. Die Wimperntusche ist ein Zeichen ihrer Entschlossenheit und Zuver-
sicht. Sie hat das ungeschminkte Weinen satt. Sie wird heute
in die Wirklichkeit zurückkehren, in ihr altes Leben. Und in
diesem Leben gibt es Mascara und frisch gewaschene Haare
und Normalität. *Auf*, denkt sie noch, *auf in den Tag! Zurück
in die Zukunft*. Ja, sie und ihre Wimpern sehen aus wie früher, wie in diesem Leben vor der Geburt und vor dem kranken
Kind. Sie ist gewappnet, sie ist als ihr früheres Ich verkleidet.
Ihr Kind ist inzwischen vier Wochen alt. Und noch liegen sie
zu dritt im Krankenhaus. Aber bald wird sie ihn da rausholen.
Und ihm zeigen, wie schön die Welt ist und dass es Sonne gibt
und frische Luft und Regen und Bäume und nicht nur Sauer-

stoff-Überwachungsmonitore und Magensonden und Geräte, die ständig piepsen und aufleuchten.

Sie ruft ihren Vater zurück. Seltsamerweise rast ihr Herz schon. Es ist alles so merkwürdig, dass er sie nicht besuchen kommt und dass ihre Mutter nie Zeit hat. Sie hat es verdrängt in den letzten Wochen. Wie ein Waldbrand hat die Geburt durch ihr Leben gewütet. Sie möchte nicht mehr arbeiten, nicht mehr wohnen, keine Freunde mehr sehen, sie möchte nur, dass dieses Kind heil nach Hause kommt. Das ist alles. Und dann ruft sie ihren Vater zurück, mit einem flauen Gefühl, den nassen Haaren und den geschminkten Augen und ahnt, dass er etwas sagen wird, das sie nicht hören will, aber sie hofft, dass er gar nichts sagen wird. Oder höchstens etwas wie »Ich hatte eine kleine Erkältung«. Aber er sagt: »Die Chemo hat nicht angeschlagen. Der Krebs hat gestreut.«

Das war's dann mit der Wimperntusche! Das nasse Haar tropft an ihr herunter und schwarze Fäden rinnen über ihr Gesicht. Es gibt keinen Weg zurück in die Normalität. Wieder keinen guten Tag, nein, einen noch beschisseneren Tag als die anderen neunundzwanzig Tage zuvor, seit der Geburt. Helena sackt zu Boden und weint. Bitterlich.

»Papa ...«

»Weine nicht, Herz. Ich werde kämpfen. Kämpfen wie dein Sohn.«

Aber Helena fehlt die Kraft. »Ich besuche dich, sobald ich kann«, sagt sie. »Ich liebe dich«, sagt sie.

»Und ich dich, Herz.« Sie legt auf. Er soll nicht hören, dass sie verstanden hat, was er gesagt hat. Er soll nicht wissen, dass sie es ganz genau verstanden hat. Krebs.

Aber das passiert uns doch nicht, denkt sie. *Das passiert uns doch einfach nicht ... das passiert doch anderen, ja, die Armen, diese anderen.*

Als sie Philipp davon erzählt, weint er auch. Zum zweiten

Mal in ihrem Leben sieht sie ihn weinen. Und sie liebt ihn, weil sie sieht, wie sehr er versteht, was sie fühlt. Wie sehr auch er ihren Vater liebt. Ihr Gesicht ist schwarz, voller zerlaufener Wimperntusche. Die Schwester klopft und kommt herein. Als sie Helena sieht, nimmt sie sie in den Arm, und da weint Helena noch mehr. »Bitte hören Sie auf«, fleht Helena. »Wenn Sie lieb zu mir sind, macht das alles nur noch schlimmer …« Die Schwester löst sich aus der Umarmung. Sie sagt, Helena könne nun zu ihrem Kind, die Untersuchungen seien für heute vorerst abgeschlossen. Aber sie solle sich nicht erschrecken, das Kind habe eine neue Nadel im Kopf, das sei nur ein Zugang. »Nur ein Zugang«, wiederholt Helena. *Aber ich suche den Ausgang*, denkt sie.

Als Helena ihren Sohn sieht, versucht sie zu lächeln. Sie muss ja lächeln, denn das Kind hat eine lachende Mutter verdient. Das Kind soll sich nicht mit ihrer Traurigkeit herumschlagen müssen. Es hat doch genug um die Ohren. Sie singt. Sie denkt: *Wie soll ich mich verhalten?* Sie kommt sich wie beobachtet vor. Beobachtet von sich selbst. Sind ihre Reaktionen angemessen? Fühlt sie das, was sie fühlen sollte? Was muss man fühlen, wenn der Vater »Krebs« sagt und der Sohn Schläuche im Körper hat? Ist es komisch, dass sie lächeln kann? In welchem Gewand kommt der Schmerz? In Scheiben? In Schüben? In Lack und Leder? Eine Scheibe Schmerz bitte und hundert Gramm Kalbfleischwurst. Und Hack. Hackfleisch. Der Schmerz ist eine Welle, die immer wieder mit voller Wucht gegen die Brandung klatscht, nach und nach Schlamm und Stein und Muscheln abträgt, bis irgendwann nichts mehr übrig bleibt. Der Schmerz kommt wie ein Niesen, plötzlich, nicht bremsen, laut, ein Anfall, eine Allergie, ein Lichtreflex.

Sie erinnert sich an ein Ritual seit ihrer Studienzeit. Ihr Vater würde sie besuchen und sie würden essen gehen. Immer beim Italiener.

Das Restaurant lag direkt neben ihrer Uni – und wenn sie lernen oder Hausarbeiten schreiben musste, freute sie sich immer besonders über die lange Lernpause. Meist endete das Mittagessen mit so viel Wein – um vier oder halb fünf –, dass Helena danach nur noch in die Bibliothek ging, um ihren Platz wieder frei zu räumen, ihre Sachen einzupacken und nach Hause zu radeln. Ihr Vater und sie aßen immer saisonale Artikel. Sie freuten sich gemeinsam auf die Spargelzeit, jede Woche weiße Stangen, er mit Schnitzel, Helena mit gekochtem Schinken. Dann kamen die Pfifferlinge, in Rahmsauce oder mit Petersilie und Rührei. Dazu Weißwein. Dann kam die Kürbissuppe, zwischendurch die Artischocke, dann der Rotkohl, alljährlich die grünen Prinzessbohnen, Sauerkraut. Das verband sie. Das Warten auf die Pfifferlinge.

»Gibt es schon Pfifferlinge?«, fragte ihr Vater regelmäßig.

Und irgendwann hieß es: »Ah, wunderbar. Wir nehmen Pfifferlinge. Nur Pfifferlinge, eine große Portion, in Rahm, ja. Wunderbar.«

Helena erinnert sich an die letzten Monate, den Beginn ihrer Schwangerschaft, als ihr Vater nur noch im Sessel saß und nicht mehr viel konnte. Sie erinnert sich an ihren letzten Besuch bei den Eltern, als ihm das Kochen schon zu viel war und er es noch einmal versucht hat. Sie erinnert sich, wie er sie besucht hat, als das Kind zu früh auf die Welt kam. Er kam direkt am Tag der Geburt.

Sie erinnert sich, wie er dann nicht mehr kam. Wie sie wütend wurde auf ihn. Wie ihre Mama herumdruckste. Wie ihr Bruder druckste. Wie ihr Vater schwieg.

Sie erinnert sich, wie sie einmal furchtbar mit ihm gestritten hat. Gestritten haben sie oft, aber einmal vor ein oder zwei Jahren war es ganz furchtbar. Ihr Vater polterte schon den ganzen Vormittag, schon auf dem Weg ins Schwimmbad, wo sie gemeinsam mit Benjamin Bahnen ziehen wollten. Benjamin fuhr, aber ihr Vater wusste natürlich den kürzeren Weg. »Da sind weniger Ampeln. Da geht es schneller. Was wisst ihr schon!« Ihr Vater fuhr zu diesem Zeitpunkt schon seit zehn Jahren überhaupt nicht mehr Auto, er fühlte sich zu abgelenkt, zu unsicher, er trank zu viel, auch mittags. Aber er plapperte ins Lenkrad, während ihr Bruder sich nicht beirren ließ. Als wolle ihr Vater seinen Kindern zeigen: In Wahrheit, ja in Wahrheit, sitze ich noch am Steuer! Ich dirigiere. Ich bestimme.

»Ihr wollt mich entmündigen! Ihr wollt einen debilen Greis aus mir machen!« Dabei wollten sie doch nur mit ihm schwimmen.

Sie schrie ihn an, er solle endlich aufhören, alle zu tyrannisieren. Als sie beim Schwimmbad ankamen, sprang sie auf ihn zu. Ihre Arme konnten sich kaum beherrschen. Sie war so aufgebracht, dass Helenas Bruder sie, die wie ein Hooligan auf ihren Vater losging, festhalten musste.

»Ich will nicht mehr so behandelt werden!«, rief sie. Und dass sie bald gar nicht mehr zu Besuch kommen wolle – das war natürlich Unfug und Erpressung noch dazu. Das sagte sie doch nur so, meinte es nicht ernst.

Später sah sie, dass ihre Mutter Tränen in den Augen hatte und ihrem Vater einen vorwurfsvollen Blick zuwarf, der meinte: »Deinetwegen gefällt es den Kindern nicht mehr hier zu Hause.« Helena war wie er. Und das machte ihr Angst. Aber es gefiel ihr auch.

Helena fühlte sich schnell elend, als habe sie zu hart zugeschlagen, einen Schuljungen mit einem Knüppel verdroschen, immer auf die Schwächeren. Das konnte er. Dieses unendliche Mitleid in ihr erregen. Diese Schuld. Das Gefühl, auf ihn nicht genug Rücksicht genommen zu haben. Die Niedlichkeit des alten Mannes zwang sie in die Knie. Er machte aus ihr, dem Opfer, geschickt den Täter; das ungezogene Kind, das ohne Anstand den rührenden Vater anging.

»Bei uns ging es noch sehr ums Benehmen. Ich hätte mich gar nicht getraut, meinen Eltern gegenüber so laut zu werden. Wie eure Generation. Wir mussten respektvoll mit den Eltern umgehen,« sagte ihre Mutter.

»Aber Papa doch nicht,« sagte Helena.

»Ja, der hat seine Eltern oft angebrüllt mit seinen Geschwistern. Mich hat das anfangs total schockiert, dieser Lärm, diese Aggressivität untereinander. Ich bin in so eine laute Familie hineingeraten. Bei mir war es immer ruhig.«

»Ja, aber in ruhigen Familien wird viel unter den Tisch gekehrt. Ist so ein Streit nicht vielleicht auch ein Zeichen von Nähe?«

»Das mag sein. Ich bin auch froh, dass bei uns über alles gesprochen wird. Trotzdem ist es schlimm für mich, wenn du dich mit Papa so heftig streitest.«

»Aber ich bin doch im Recht!«

Später an diesem Abend trafen sie sich in der Küche, Helena und ihr Vater.

»Da bist du ja, mein Herz!«

»Es tut mir leid, Papa.«

Dann schmierte er ihr und sich ein Wurstbrot. Ein Friedensbrot.

Helena überlegt, ob er vielleicht zu dieser Zeit schon krank war und es niemand wusste. Auch er selbst nicht.

Was gemein an ihm ist? Dass er sie so rührt. Dass er ihr Mitgefühl erweckt mit diesem Hundeblick, diesen Lefzen, den hängenden Wangen, den Dackelaugen. Sie muss ihn lieben, weil nur sie ihm helfen kann. Und weil sie ihn immer glücklich machen will. Doch jetzt kann sie es nicht mehr.

Sie nimmt Tavor. Ihr Vater bekommt es auch, es ist vor allem für Krebspatienten im Endstadium. Tavor macht stumpf. Tavor ist wie ein Anästhetikum fürs Herz. Ein Einerlei-Brei.

Aber genau da liegt das Problem: Es schaltet ausnahmslos alle Gefühle aus. Es kann nicht zwischen gut und schlecht unterscheiden. Es hat kein Sieb, keine Jury. Traurigkeit und Euphorie werden gleichermaßen ausgeschaltet. Tavor reißt alles mit, nimmt alles weg. Tavor ist keine Müllabfuhr, die nur die schwarzen Säcke einsammelt. Tavor sammelt alles ein, holt alles ab, ohne zu fragen, ob man von dem Glücksgefühl vielleicht noch etwas braucht. Es gibt kein Pfand und keinen Rest. Es funktioniert eben nicht wie bei Aschenputtel: die Guten ins Töpfchen, die Schlechten ins Kröpfchen. Es wird alles aussortiert. Man kann das Nichts fühlen oder nichts fühlen.

Die Nächte sind schlimmer als die Tage. Dabei sind die Tage schon so warm und unerträglich ereignislos. Es wird lange so bleiben. Es ist noch lange nicht Herbst.

Herr, es ist Zeit. Der Sommer war sehr groß.
Leg deinen Schatten auf die Sonnenuhren,
und auf den Fluren lass die Winde los.

Das Lieblingsgedicht ihres Vaters.

Die Hitze ist ekelhaft, die Mücken, die Eiscreme schleckenden Menschen auf der Straße, die klebrige gute Laune, die sich überall verbreitet. Helena hört die Stimmen durch die offenen Fenster des Krankenhauses. Es gibt keine Klimaanlage, und es sind zwischen einunddreißig und achtunddreißig Grad, jeden Tag. Hier liegt ihr krankes Kind – dort liegt ihr kranker Vater. Einer, der sein Leben schon gelebt hat (und wie!), und einer, der noch kein Leben gelebt hat. Gibt es das: Gerechtigkeit? Können beide überleben? Muss einer gehen, um dem Neuen Platz zu machen?

Das Weiterentwickeln, das Glück an sich, ist zum Imperativ ihres Lebens geworden. Mach was, sei glücklich, nutze die Zeit aus! Ihr Vater liegt im Sterben, und ein neues Hochhaus wird errichtet. Ihr Vater liegt im Sterben, und eine Filiale einer Salat-Bowl-Vegan-Cuisine-Kette macht auf. Ihr Vater liegt im Sterben, und die Menschen schauen Champions League.

Ihr Kind liegt auf der Intensivstation für Neugeborene. Ihr Vater liegt auf der Palliativstation für Neusterbende. Geboren werden ist schwer, Sterben ist schwer, aber man hat bei beidem keine Wahl.

Helena sagt zu ihrer Mutter: »Aber wenn es darum geht, ob ein alter Mann stirbt oder ein kleiner Junge lebt, dann fällt doch die Wahl ganz eindeutig aus. Warum muss es denn so sein?«

MAXIE

»Wenn du Hannes nicht verlässt, werde ich Paula heiraten.«

»Wie bitte?«

»Ja, ich will, dass du dich trennst. Sonst heirate ich sie.«

»Ist das dein Ernst?«

»Ich will nicht allein sein. Ich will jemand haben, der meinen Rollstuhl schiebt, wenn ich alt bin. Ich brauche jemanden, der für mich da ist. Ich bin fast sechzig. Ich habe vielleicht noch zehn oder fünfzehn gute Jahre vor mir, und die will ich genießen. In denen will ich leben! Am liebsten mit dir – aber wenn das nicht geht, dann muss ich sehen, wo ich bleibe!«

Maxies Herz rast. Sie glaubt nicht daran, dass er es durchziehen wird. »Er macht es eh nicht«, sagt sie sich. »Das bringt er nicht übers Herz«, sagt sie sich. »So abgebrüht ist er nicht.« Aber sie weiß es nicht genau, sie weiß nicht mehr, wozu er fähig ist.

»Ich werde dich nicht einen Tag lang vergessen. Und wenn ich es tue, sterbe ich. Meine Liebe für dich gehört einfach zu meinem Leben dazu«, sagt er.

»Was mache ich denn, wenn du stirbst! Ich darf ja nicht mal auf deine Beerdigung! Ich kann mit niemandem trauern. Es wird ein ganz normaler Tag sein, ein gewöhnlicher Tag, an dem alle weitermachen. Und nur ich werde wissen, dass du weg bist. Und deine Familie wird trauern. Und ich werde die Einzige sein, die nicht trauern darf.«

Manchmal, wenn sie so verzweifelt ist, dass sie weder ein noch aus weiß, wünscht sie sich, dass er auf einer seiner Geschäftsreisen mit dem Flieger abstürzt. Sie wünscht ihm nicht den Tod – sie wünscht sich nur Ruhe. Ruhe vor der lauten Hoffnung, die in ihr lärmt Sie wünscht sich, nur Hannes zu lieben. So wie sie es immer getan hat. Warum ist sie nur auf dieses Familienfest gegangen und hat ihn nach Kreta fliegen lassen? Warum hat sie diesen Unfall in ihrem Leben sehenden Auges geschehen lassen? Warum hat sie Hannes damals nicht vom Gegenteil überzeugt, als er von ihr verlangt hat, das Kind nicht zu bekommen? Warum hat sie ihn später nicht noch einmal zu einem Kind überredet?

»Ich will doch nur wissen, dass ich da war. Also in deinem Leben. Sonst weiß es doch keiner – und wenn du weg bist, weiß nur noch ich es. Und dann bin ich ganz allein mit unserem Geheimnis.«

»Es war deine Entscheidung, dass es ein Geheimnis bleibt«, sagt er. Er sagt es ein wenig vorwurfsvoll, aber vor allem resigniert. Als habe er sich damit abgefunden. Wieso kann sie sich nicht damit arrangieren, obwohl sie es doch selbst so gewollt und entschieden hat? Hat sie es denn entschieden?

»Dieses ganze Geheimnis ist schrecklich für mich. Ich hasse es zu lügen. Ich hasse es, Hannes weh zu tun. Und dir. Oder macht es dir nichts mehr aus?«

»Es macht mir etwas aus. Es hat mir immer etwas ausgemacht! Aber was soll ich tun? Untergehen? Ich habe Kinder, ich habe einen Beruf, eine Position, ich habe Verantwortung? Willst du, dass ich mir das Leben nehme?! Mein Leben muss weitergehen, Maxie. Auch wenn es ohne dich niemals so glücklich und aufregend sein wird.«

Sie fragt sich, ob sie ihn überhaupt liebt. Denn möchte man nicht, dass jemand glücklich ist, den man liebt? Aber sie möchte nicht, dass er mit der anderen glücklich ist. Ist das Liebe? Sie möchte seine einzige Nahrungsquelle sein. Ist das nicht ein Zeichen von Liebe, von Ausschließlichkeit, von Gefühl? Oder ist es niederträchtig, besitzen zu wollen – ohne selbst Besitz zu gewähren! Geschweige denn Eigentum! Ist es nicht scheußlich, was diese sogenannte Liebe aus ihr gemacht hat? Niederträchtig? Sie verachtet sich dafür, was sie empfindet. Aber sie kann es sich ja nicht aussuchen.

»Ich habe das nicht verdient, Maxie. Ich will jemanden, der nur mich liebt. Und dich wollte ich ja mehr als alles. Mehr als alles in meinem Leben.«

»Und deswegen gibst du mich auf?«

»Ich gebe dich nicht auf. Ich hätte hundert Gründe, dich nie wieder zu sehen! Ich bin das Opfer! Ich habe immer alles bekommen, was ich wollte. Du bist das größte Scheitern meines Lebens. Und jetzt habe ich irgendwie mit viel Schmerz akzeptiert, dass ich dich nicht bekomme – und das ist dir auch wieder nicht recht. Willst du, dass ich untergehe?«

»Du wusstest es doch von Anfang an. Wir haben es beide gewusst. Wir waren so leichtsinnig. Wir sind viel zu waghalsig ins offene Meer hinausgeschwommen. Wir haben die Strömung unterschätzt, und jetzt begreifen wir, dass wir nicht besonders gut schwimmen können. Ich hätte mich niemals so in dich verlieben dürfen. Du hättest mir niemals nach Kreta hinterherfliegen dürfen!«

»Aber wir haben uns verliebt! Und was kann an etwas so Schönem denn so falsch sein!«

»Es ist alles falsch daran.«

»Ich habe mich verrannt, Maxie«, sagt er.

»Dann kehr um.« Sie trägt ein Kleid mit einem tiefen Ausschnitt, sie sieht, wie sein Blick auf ihre Brüste fällt. Dann sieht er wieder weg und nimmt einen Schluck Wein. Es ist warm und sonnig. Seine Stirn glänzt.

»Das kann ich nicht. Ich will auch eine Frau haben, ich will auch ein Leben haben. Ich kann nicht mehr darauf warten, dass du zu mir kommst. Dieser Traum ist geplatzt, obwohl es das war, was ich mir am meisten gewünscht habe. Warum nicht, Maxie? Warum habe ich dir nie gereicht?«

»Sag die Hochzeit ab«, sagt sie, ohne zu wissen, ob die Hochzeit wirklich noch geplant ist.

»Und was dann? Kommst du dann zu mir? Ganz?«

Maxie schweigt. Die Sonne blendet. Sie verschränkt die Arme unter der Brust und presst ihren Busen nach oben. »Wann heiratet ihr denn?« Sein Blick fällt auf ihre Brüste.

»Morgen«, sagt er und zieht an dem Zigarillo. Das sitzt!

»Sag es ab!«, schreit sie und rüttelt ihn. Sein dünnes, gestrieegeltes Haar fällt ihm auf die feuchte Stirn. Er weint. Sie weint. *Morgen*, denkt sie. Was ist das für ein dummes Wort.

»Mein Leben ist verpfuscht.« Er schluchzt, und sie sehen sich hilfesuchend an. Aber da ist nichts außer der grellen Sonne. Und dem morgigen Tag. Gar nichts.

Und dann heiratet er sie. Die andere. In Amsterdam. Dort, wo sie einst mit dem Boot stecken geblieben sind, in ihrer Stadt! Was für ein Verrat! *Kannst du dir nichts Originelleres einfallen lassen? Das war unser Ort!*, denkt sie und verachtet ihn. In dem Augenblick, als er Ja sagt, schläft sie mit Hannes. Sie besucht ihn in der Uniklinik zerrt ihn in eines der Dienstzimmer. »Was hast du vor?«, fragt er. Sie beißt ihm in den Hals und schiebt seine Hand unter ihren Rock. »Nimm mich«, sagt sie und zieht seine Hose runter. Sie kniet vor ihm. Sein Kittel hat sich über ihren Kopf gelegt und sie saugt ihn aus. Welch eine Genugtuung! Sie empfindet Schmerz, Lust und Schmerz.

Und doch sieht sie sich alles an. Paula lädt die Hochzeitsfotos auf Facebook hoch. Bobby sieht merkwürdig artig und brav darauf aus. Es ist fast bieder, wie er da neben ihr steht. Maxie schaut sich die Bilder immer wieder an, sie zoomt ran und klickt sich durch das ganze Album, jedes Foto durchsucht sie nach seinem Blick, seinen Augen, seinen Gesten. Fasst er sie an? Lächelte er, so wie er sie immer angelächelt hat? Und sie sieht Paula, die so aalglatt frisiert auf den Bildern posiert, fast wie bei einer Royal-Wedding-Party. Sie hat eine Krone auf dem Kopf und eine Hochsteckfrisur, die sie alt und künstlich aussehen lässt mit ihrem aufgespritzten Gesicht und den kitschigen Glitzersteinen im Haar. Sie sieht aus wie jemand, der zum ersten Mal in die Oper geht und vollkommen falsch gekleidet ist. Nie ist Bobby Maxie fremder, erbärmlicher, peinlicher vorgekommen als in diesem Gruselkabinett, in dieser Geisterbahn, in der sie umherfährt, allein im Waggon und dafür auch noch Eintritt bezahlt.

»Ich habe es geliebt, dich zu lieben. Jeden Tag. Es war das Beste in meinem Leben. Es hat mich erfüllt und stark gemacht. Du warst mein Glück für alles. Und auch wenn es jetzt so bitter zu Ende geht und trotz aller Trauer und allem Schmerz, den ich jetzt empfinde, bereue ich es keine Sekunde, dich getroffen und geliebt zu haben. Ich würde es sofort wieder tun. Nicht alles so, wie ich es getan habe, mit weniger Fehlern. Aber lieben würde ich dich ganz genauso. Es war das Beste in meinem Leben. Ich danke dir.« Diese Zeilen schreibt er ihr am Tag seiner Hochzeit.

Maxie fragt sich, ob er beim Jawort an sie denkt. Maxie fragt sich, ob er mit Paula schläft am Tag der Hochzeit. Ob sie ihn glücklich macht. Ob er sie glücklich macht. Und warum sein Glück sie so unglücklich macht.

Alle dreißig Sekunden checkt sie ihr Handy. Wie ein Fußballfan, der auf ein Ergebnis wartet, auf ein Tor, der immer wieder nachsieht, aktualisiert. Aber hier fällt kein Tor. Sie denkt nur, dass etwas geschieht. Dabei ist die Nachricht an sich ja kein Geschehen. Sie ist nur die Aussicht auf ein Geschehen. Die Möglichkeit einer Insel. Trotzdem sitzen, so wie sie, alle Menschen vor ihren Geräten und aktualisieren. Sie rufen immer wieder die Seite auf. Hab ich ein neues Herz? Einen neuen Follower? Sie scrollen bei WhatsApp durch die Kontakte. Hat der Ex-Freund ein neues Profilbild? Wann war er zuletzt online? Warum hat er diese Funktion ausgeschaltet? Wer hat jetzt auf Facebook sein Bild geändert? Die Menschen deuten sich in ihr Unglück! Es gibt immer diese Sekundärliteratur für schwierige Bücher in der Schule. Heute brauchst du Interpretationsbücher für Social Media. Was bedeutet dieser Emoji? Warum schickt er ein Herz? Es bleibt alles vage.

Er schreibt, er schreibt bei WhatsApp … sie sieht es. Nach Tagen der Stille schreibt er wieder. Da steht »Bobby schreibt«. Doch dann kommt nichts. Dann ist er wieder offline. Online. Offline. So geht es immer hin und her. Sie schreibt eine Version einer WhatsApp-Nachricht: »Bobby, es ist doch alles gut so, wie es ist. Ich gebe auf.« Sie tippt eine zweite Version. Und eine dritte. Alles nur Entwürfe. Alles nur Möglichkeiten, so wie auch sie nur eine Möglichkeit in seinem Leben und er eine in ihrem war. »Denkst du auch manchmal immer noch, dass wir zusammengehören?« Version vierzehn: »Lass mich in Ruhe.« Damit kann sie sich endlos ablenken, beschäftigen, auseinandersetzen: Senden oder gar nichts schreiben oder warten? Oder senden, wenn es später ist, nachts, wenn sie betrunken sein könnte und alles nur halb so viel bedeutet – oder doppelt so viel. Warum liest er es nicht? Warum ist er nicht online, was treibt er? Zwei Stunden später ist er online. Warum ist er online und liest ihre Nachricht nicht? Macht er das mit Absicht, oder interessieren ihn ihre Worte nicht mehr? Es ist alles nicht wie früher. Früher, da hat er ihre Nachrichten immer sofort geöffnet, war immer online. Und wenn sie nicht sofort geantwortet hat, hat er noch eine Nachricht geschrieben. Und noch eine. Manchmal hat er sogar angerufen, durchklingeln lassen. Und dann kam »Schreibblockade?«, und wenn sie dann immer noch nicht antwortete »Wo bist du? Fickt er dich gerade?!«. Erst die Wut, dann die Sorge. »Maxie, meine Maxie. Bitte antworte mir. Ich mache mir Sorgen. Ich bin so verzweifelt, wenn du mir nichts Liebes schreibst. Ich brauche deine Liebe.«

Er hat sie doch zuerst angesprochen! *Er* hat *sie* doch angequatscht, angemacht, angerichtet. *Der Irre*, denkt sie, dieser Irre. Aber sie hat doch immer gewusst, wie sie an das kommt, was sie will. Wenn eine tricksen kann, dann sie. Die immer wiederkehrenden Zweifel mit der immer wiederkehrenden Gewissheit zu besiegen: Du. Kommst. Von. Mir. Nicht. Los.

Sie verbringt die Abende mit Hannes, sie sieht ihren Mann an. Den Mann, der sie geheiratet hat und dem sie ihre Liebe versprochen hat. Was hat sie sich nur dabei gedacht, dieses Glück aufs Spiel zu setzen? Sie hat sich doch dieses Leben immer gewünscht. Vielleicht mit einem Kind, vielleicht mit einem Mann, der weniger arbeitet – aber Hannes ist das Schöne in ihrem Leben. Maxie schämt sich. Sie versucht, ihre Traurigkeit zu verbergen, aber sie lässt ihr Handy nie aus den Augen. Einige Tage bemerkt Hannes nichts. Für ihn ist seine Frau eben seine Frau. Es fällt ihm nicht auf, dass sie sich in den Schlaf weint, dass sie abwesend ist und wenig isst. Wenn sie sehr stark weinen muss, sperrt sie sich im Bad ein. Meist sitzt er am Computer oder ist in der Klinik. So kann sie unbeobachtet trauern und muss mit niemandem reden.

»Was ist denn los mit dir?«, fragt Hannes eines Abends, als er ihre Zurückgezogenheit bemerkt.

»Nichts, mein Geliebter. Nichts. Ich bin nur etwas kaputt.«

»Dann mache ich dir jetzt was Schönes zu essen. Ich koche dir deine Lieblingssuppe. Du hast seit Tagen kaum gegessen.«

Wie schön wäre es, wenn eine Suppe alles heilen könnte. Er kocht und sie weint. Sie sieht, wie er eine Zwiebel zerschneidet, wie er würzt und Gemüse zerteilt. Sie liegt auf dem Sofa und tut nichts.

»Was hast du denn?«, fragt er wieder. Er trägt zwei Suppenteller an den Tisch. Sie steht auf und setzt sich zu ihm.

»Du bist so lieb zu mir«, sagt sie. »Ich hab das gar nicht verdient.«

»Ich bin gern lieb zu dir.«

»Ich liebe dich sehr, weißt du das? Ich brauche dich, mein Geliebter.« Sie nimmt seine Hand, die auf dem Tisch liegt, und streichelt sie.

»Es tut mir leid, dass ich so viel arbeite«, sagt er. »Ich weiß, dass ich dich oft allein lasse.«

Sie zwingt sich, die Suppe zu löffeln.

»Lass uns Backgammon spielen«, schlägt sie nach dem Essen vor.

»Gern. Aber in einer Stunde ist Fussball. Soll ich das ausfallen lassen?«

»Nein, geh nur. Geh.« Ein Teil von ihr möchte allein sein. Damit er nicht zusehen muss, wie sie auf dem Sofa liegt, ihr Handy checkt und weint. Hannes weint nie. Wenn sie allein ist, kann sie herumliegen, ohne irgendetwas erklären zu müssen.

»Bis später!«, ruft er fröhlich. Er ist meist fröhlich. Seine Fröhlichkeit ergreift sie. Sie muss sich jetzt zusammenreißen. Sie muss damit aufhören, das ist klar. Sie möchte Hannes eine gute Frau sein, die allerbeste. Sie möchte ihm endlich wieder alles von sich geben. Sie möchte sich von seiner Fröhlichkeit anstecken lassen und nie mehr an diesen anderen, alten Mann denken.

Aber dann landet Bobby. Er kehrt von seiner Hochzeitsreise zurück und ist keine Stunde wieder in Deutschland. »Ich muss dich nehmen,« schreibt er. Und sie rennt zu seiner Wohnung, und sie sprechen kein Wort. Sie lieben sich so tränenreich und erhitzt und erschöpft und sinnlich und traurig, und dann liegen sie nackt nebeneinander. Es dauert eine Ewigkeit, bis Maxie aufstehen und gehen kann.

REBECCA

»Müssen wir da wirklich hin?« Tim sieht Rebecca zu, die in Unterhose vor ihm steht und zum dritten Mal das Outfit wechselt.

»Ja, es ist der Geburtstag von der Headhunterin, der Frau, der ich meinen neuen Job zu verdanken habe! Meine neue Partnerin aus den USA wird auch da sein.« Sie zerrt an einer Strumpfhose, die nicht so recht über ihre Wade flutschen will.

»Muss ich mich rasieren?«

Rebecca sieht ihn an, hüpft auf einem Bein und versucht, die Strumpfhose nicht kaputtzumachen.

»Nein, geht schon. Du siehst gut aus.« Jetzt ist die Strumpfhose gerissen.

»Scheiß Laufmaschen! Und das war eine von den teuren!«

»Gibt's da Unterschiede?« Tim schmiert sich Wachs ins Haar.

»Oh ja! Diese hier von Falke kostet dreißig Euro. So ein Mist.« Sie schmeißt die Strumpfhose in den Abfalleimer und wühlt in einer Schublade im Kleiderschrank. »Oder soll ich das grüne Kleid anziehen?«, ruft sie ihm durch die Badezimmertür zu.

»Du siehst in allem gut aus. Mach dir keine Sorgen.«

»Das sagst du doch jetzt nur, weil es dir egal ist.«

»Quatsch.«

»Weil du nicht mehr willst, dass ich frage.«

Rebecca schwitzt. Sie könnte sofort wieder duschen. Am Ende entscheidet sie sich für eine schwarze Bluse und einen grauen Rock. Das hat sie schon bestimmt dreißig Mal angehabt, sie fühlt sich sicher.

»Du bist so hübsch«, sagt er, als sie sich die Haare kämmt. Keine Frisur will ihr gelingen. Sie steckt die Haare hoch, fädelt sie wieder auseinander, lässt sie fallen, steckt sie zur Seite. Schließlich lässt sie die Haare offen herunterhängen. Wie immer. Sie schminkt sich aufwendig die Augen. Wenigstens da möchte sie ein bisschen weniger brav und artig aussehen.

»Kann ich das Taxi schon bestellen?«, fragt Tim.

»Auf keinen Fall.« Jetzt ist ihr der Lidstrich verrutscht. Sie sieht aus wie eine Katzenfrau. Rebecca flucht. Die neue Strumpfhose ist nicht atmungsatkiv. Eine von den billigen. Sie kratzt am Bauch und zwickt an den Schenkeln. Rebecca zieht den Bauch ein. Aber das kann sie unmöglich den ganzen Abend durchhalten.

»Ich sehe aus wie Cleopatra!«, schimpft sie, aber es ist zu spät. Zu viel des Guten und nun gibt es kein Zurück mehr. Also überschminkt sie auch das andere Auge.

Sie nehmen ein Taxi. Die Headhunterin wohnt etwas außerhalb.

»Wir haben das Geschenk vergessen!«, fällt ihr während der Fahrt ein. Umkehren können sie nicht mehr, es ist schon kurz vor acht. Also halten sie bei einem Feinkostladen, und Rebecca besorgt noch eine Flasche Rotwein. Sie kennt sich nicht aus. Sie nimmt eine teure. Vielleicht wird die Flasche sie entlarven. Die Flasche wird sie als Feinschmeckerbanausin auffliegen lassen. Eine trashige Billigweinflasche. Als sie mit dem Taxi ankommen, überlegt Rebecca, ob sie die Flasche einfach im Taxi stehen lässt. Sie entscheidet sich dagegen. *Lieber mit einem schlechten Geschenk ankommen als ganz ohne Geschenk*, denkt sie. Wobei sie nicht sicher ist, ob das stimmt. »Es ist besser, schweigend für einen Dummkopf gehalten zu werden, als den Mund aufzumachen und es zu beweisen«, sagt Tim immer. Sie betreten das Haus. Man nimmt ihnen die Mäntel ab. Erst wird gestanden. Das Stehen hasst Rebecca am meisten. Sie weiß nie, zu wem sie sich stellen soll. Sie weiß, dass ihre Schuhe zu hoch sind. Es gibt Rauchmandeln und Oliven und Champagner und Martinis. Sie will nicht zu den Frauen, diese Frauen machen ihr Angst. Schon immer hatte sie mehr Angst vor Frauen als vor Männern. Männer sind leichter rumzukriegen. Bei Tim bleiben kann sie auch nicht. Das wirkt klettig und unselbstständig. Sie zupft an ihrer Bluse. Tim stellt sich wie selbstverständlich zu einer Gruppe von Männern, und sie reden über Investments und Autos, über die Champions League und die besten Restaurants der Stadt. Sie lachen. Rebecca hört die Frauen. Sie hat sich ihnen zaghaft angenähert und steht nun halb dabei und halb allein.

»Du, ich sag dir. Ich sehe die Kinder von Julia dauernd auf dem Spielplatz. Aber Julia, die hab ich da noch nie gesehen. Die Kinder sind immer mit der Nanny unterwegs.«

»Absurd. Ein Kind braucht doch seine Mutter.«

»Ja, und was man da verpasst, also ich meine, Julia hat doch gar nichts von ihren eigenen Kindern.«

»Ich würde meine Kinder nie in Fremdbetreuung geben. Vormittags Kindergarten ist ja ganz angenehm. Aber nachmittags? Wozu hat man denn überhaupt Kinder, wenn man sie nie sieht!«

Rebecca greift nach einem Champagnerglas auf dem Tablett.

»Na ja, die Julia arbeitet auch nur. Die ist auch ganz schön aufgegangen, seit sie Mutter ist. Die war doch sonst immer eher schlank.«

»Neulich hatte sie so ein transparentes Kleid an. Mit einem ganz tiefen Ausschnitt. Da dachte ich nur: Das Outfit ist aber mutig für eine Mutter.«

Rebecca nimmt schnelle, kleine Schlucke. Ihr Füße tun weh, sie möchte sich hinsetzen. Am liebsten vor einen Fernseher. Und dabei würde Tim ihr die Füße massieren, und sie würden amerikanische Late-Night-Shows gucken. Stattdessen ist sie hier. Diese Frauen könnten Freundinnen ihrer Mutter sein, denkt sie. Wobei sie etwas zu schick und vornehm sind für Sandra. Aber altmodisch sind sie allemal. Das hätte sie hier gar nicht erwartet. Sie hört noch, wie sie sagen, dass einer der Jungs, ein Henry, der offenbar hochbegabt ist, einen Algebra-Wettbewerb gewonnen und ein Mädchen, Amalia, ein Reitturnier mit Bravour absolviert hat. Ansonsten essen die Frauen wenig. Trinken wenig. Arbeiten offensichtlich nicht. Sie haben knochige Handgelenke mit schepperndem Armschmuck. Die Reifen klimpern. Rebecca möchte nicht über Kinder sprechen. Aber sie weiß nicht, wie sie das Thema wechseln soll. Ihre Strumpfhose zwickt.

»Habt ihr schon Weihnachtsgeschenke für die Kinder?«

»Ich habe gerade beim Miniparadies ganz süße TipToy-Bücher besorgt. Mit Musik und zum Englisch lernen.«

»Oh, wie toll. Davon hab ich auch schon gehört. Guter Tipp. Sag mal, erzählt ihr den Kindern noch vom Weihnachtsmann oder vom Christkind?«

Rebecca hat schon seit fünfzehn Minuten nichts mehr gesagt. Sie muss jetzt etwas sagen, das weiß sie.

»Ich wollte immer noch sehr lange an den Weihnachtmann glauben als Kind, obwohl ich schon wusste, dass es ihn gar nicht gibt. Ich fand das schön!«, sagt Rebecca.

»Ja, aber das waren doch ganz andere Zeiten.«

»Aber wo bleibt denn der ganze Spaß?«

»Spaß? Wir müssen die Kinder doch irgendwann auf das

echte Leben vorbereiten. Da gibt es ja auch keinen Weihnachtsmann.«

»Zu viel Schutz bereitet sie doch gar nicht aufs Leben vor,
oder?«

Die Frauen sehen sie wissend an. »Warte mal ab, bis du erst
mal Kinder hast.«

Dann endlich, als Rebecca schon überlegt, sich Tim zu
schnappen und einfach mit ihm abzuzischen, kommt die Headhunterin freudig auf sie zugestürmt, die Partnerin aus den USA
im Schlepptau.

»Rebecca?!« Sie spricht ihren Namen amerikanisch aus, das
gefällt ihr.

»Hi, yes, and you must be Nancy. Nice to meet you in person.«

»So, so happy to meet you! I can't wait to get started on our
project! I want to know all about your ideas.«

Rebecca und Nancy unterhalten sich den ganzen Abend.
Rebecca war lange nicht mehr so glücklich.

»Meinst du, wir wären auch solche Eltern geworden?«, fragt
Rebecca Tim auf dem Nachhauseweg im Taxi und erzählt ihm
von den Müttern, mit denen sie zu Beginn des Abends versucht
hat zu sprechen.

»Was für Eltern? Ich meinerseits hatte einen interessanten
Abend. Wir haben darüber spekuliert, wie wohl die nächste
Bundestagswahl ausgeht und was das für unsere Wirtschaft
bedeuten könnte.«

»Diese Frauen haben wirklich kein anderes Thema mehr als
ihre Kinder. Das ist so schade. Die haben doch alle mal was
gelernt und hatten ein eigenes Leben. Ich fühle mich da so
fremd.«

»Mach dir mal keine Sorgen, Babe. Wir müssen ja nicht mit
denen befreundet sein.«

»Das stimmt. Bei Maxie und Helena fühle ich mich nie so.«

»Wie?«

»Nie verurteilt. Bewertet.«

»Lass dich doch von diesen Frauen da heute nicht verunsichern. Du machst das schon alles sehr gut. Und mit Nancy hast du dich doch offensichtlich gut verstanden, oder?«

»Ja, sie ist großartig. Ich kann es kaum erwarten, endlich mit ihr zu arbeiten.«

Er küsst sie heftig auf der Rückbank. »Du bist so sexy.« Sie fühlt sich geschmeichelt und flüstert zurück: »Du aber auch.« Rebecca kann es plötzlich kaum erwarten, mit ihm allein zu sein. Sie fasst ihm zwischen die Beine und fühlt, wie erregt er ist. Sie weiß nicht, wann sie zum letzten Mal so gefühlt hat. Noch im Hausflur auf der Treppe packt sie seinen Gürtel und zerrt ihm die Hose runter. »Zieh dich aus!«, sagt sie. »Ganz.« Sie will ihn spüren. »Schnell.« Sie liebt es, dass sie über nichts mehr nachdenken muss.

MAXIE

Maxie raucht sich durch die Tage. Sie denkt darüber nach, wann sich zum letzten Mal ohne Anstrengung, ohne Berechnung ihrerseits ein Mann in sie verliebt hat. Die Typen stehen auf sie, weil sie spielt und blendet. Sie trinkt und malt sich schwarze Augen und rote Lippen. Es ist Effekthascherei. Trickserei. Manchmal denkt sie, die Männer halten sie für eine andere, eine Frau, die sie gar nicht ist.

Sie übt Macht aus, indem sie flirtet. Sie will sich verkosten lassen, sich ihren Marktwert bestätigen und signieren lassen. Sie weiß, dass sie in jeder Umfrage gegen Paula gewinnen würde, dass Paula älter und lächerlicher ist als sie, dass Paula nicht lustig ist, eine langweilige Angeberin mit zu viel Geld. Geld, das sie sich ins Gesicht und in die Titten geblasen hat. Und sie will dieser Frau zeigen, dass sie ihr nicht das Wasser reichen kann. Bobby soll es sehen, Bobby soll wissen, wer die bessere Frau ist und was er nicht mehr haben kann.

»Ich werde dich lieben, bis ich tot umfalle.« Das sagt er. Ist etwa alles gelogen? »Nur mit dir kann ich Glück empfinden!«, sagt er. Maxie fragt sich, ob es ihr auch so geht.

Sie glaubt nie seiner Liebe, aber sie glaubt seinem Leid.

»Du wirst immer einen Grund finden, mich weiter zu verletzen. Aber irgendwann, irgendwann wird es mir egal sein. Ich wünschte einfach, dass ich dich nicht mehr liebe!«

»Dann tu es doch!«

»Maxie, ich werde nicht mehr mit dir diskutieren, wann ich meine eigene Frau sehe. Es wird dir nie passen! Ich habe dir nie gereicht. Warum eigentlich nicht? Ich habe mich mehr angestrengt für dich als für alles andere in meinem Leben! Und jetzt mache ich auch, was ich will.«

»Aber nicht mit mir!«

Er packt sie am Oberarm.

»Du tust mir weh!«

»Los, schlaf mit mir! Ich bezahle dich. Wie viel kostet es, Maxie?« Er nimmt sein Portemonnaie aus der Hosentasche und wirft Geldscheine aufs Bett. »Hier, was kostet ein Blowjob? Hier, hier!« Er schleudert seine Kreditkarten hinterher und leert den ganzen Inhalt der Geldbörse auf dem Bett aus.

»Ich will zu Hannes! Ich will nach Hause!«

»Hau ab!«, ruft er und wirft ihr ein Kissen hinterher. »Dein dummer Ehemann checkt doch eh nichts!«

»Halt dein dummes Maul. Er ist hundert Mal besser als du! Und besser im Bett sowieso. Du Schlappschwanz!«

»Ja, lass dich doch ficken!«

»Mache ich jetzt auch. Im Gegensatz zu dir kann er auch mehrmals pro Stunde!«

Sie steckt die Füße in die High Heels, rennt aus der Tür, die Treppen hinunter und stolpert, dann fällt sie einige Stufen herunter, ihr Knie blutet, sie verflucht die hohen Absätze, diese dummen, nuttigen Schuhe und ihr dummes, nuttiges Dasein. Die letzten Stufen nimmt sie keuchend, mit schmerzverzerrtem Gesicht und humpelnd. Draußen fasst sie sich ans Bein, die Wade hat schon einen blauen Fleck, das Knie hört nicht auf zu bluten.

Sie fragt sich: »Kann man lernen, nur einen Mann zu lieben?« Dafür müsste es ihr jedoch gelingen, den anderen Mann zu vergessen. Den Mann, der ohne Erlaubnis in ihr Leben getreten ist. Den Mann, der einfach vorbeigekommen ist und hungrig war. Sie hat ihn aufgefordert einzutreten, und dann hat er sich an ihr bedient, sich alles genommen. Und sie möchte wieder die Frau sein, die sie früher war. »Ich liebe dich«, schreibt sie Hannes. Und es ist wahr. Sie sehnt sich schrecklich nach ihm.

Sie läuft durch Pfützen und fühlt sich gut. Es regnet. Der Regen ist angenehm kühl, ihr Herz ist angenehm kühl. Das Wasser sickert in ihre Schuhe. Sie freut sich auf Hannes, dessen Schicht bald vorbei sein wird. Sie freut sich auf das neue Leben, das sie nun endlich fortsetzen kann. Sie liebt ihren Mann. Sie erinnert sich, wie sie früher zusammen im Auto laut Musik gehört und gesungen haben. Gegrölt und gelacht und die Fenster weit aufgemacht und alle Hits der Neunzigerjahre gemeinsam geträllert. Von Christina Aguilera bis Britney Spears. Von Take That bis Backstreet Boys. Bobby fand Maxie immer zu laut und kindisch, wenn sie auf den Autofahrten mitsang. Er hat immer die Lautstärke geregelt. Die Musik leiser gedreht. Und auf einmal ist ihr alles ganz klar.

Hannes ist noch im Krankenhaus, als sie zu Hause ankommt. Sie tupft sich das angetrocknete Blut vom Knie, wäscht die Wunde mit einem Lappen und klebt ein Pflaster darüber. Dann zieht sie sich aus und überlegt, was sie ihm Schönes sagen oder geben könnte. Sie parfümiert sich ein und legt sich nackt aufs Bett. Bald wird er kommen und sich freuen, und sie wird mit ihm schlafen und ihm all die schönen Dinge sagen, die sie über ihn denkt. Als Hannes nach Hause kommt, ist sie nackt auf dem Bett eingedöst. Er deckt sie zu und streichelt ihr sanft über die Wange. »Küss mich,« sagt sie. Und er küsst sie.

HELENA

In seinen letzten Tagen isst Carl nur noch Eis. Eis im Herbst, aus großen Boxen, am liebsten Vanille. Er hat schon früher immer Vanilleeis gegessen. Das war das Größte. Drei Kugeln. Dieselbe Sorte. Das war alles, er brauchte keine Cookies and Cream, kein veganes Gurken-Minz-Eis oder Toffifee-Sahne-Krokant. Er wollte immer nur Vanille. Und jetzt will er zu Hause sterben.

In den Tagen vor seinem Tod hat er Schluckauf. Dauernd hat er Schluckauf und hickst und hechelt und atmet. Er erzählt von einem Papst, der acht Jahre lang Schluckauf hatte.

Vielleicht ist dieser Schluckauf am Ende ein Schlucken und Atmen mit dem Tod in der Kehle. Sein Leben lang war er über-säuert und litt unter Sodbrennen, das er mit übermäßigem Talcid-Konsum zu bekämpfen versuchte.

Und nun hickst er, der ganze Körper bebt.

Wie fühlt sich jemand, der gerade stirbt?, fragt sie sich. *Was denkt jemand, der im Sterben liegt? Hat er Ängste? Wünsche? Bereut er etwas?* Und Helena, die sich immer so in ihn hinein-versetzen konnte, hat keine Antwort. Begreift er, dass er stirbt?

Helena und Philipp besuchen ihn mit dem frisch entlasse-nen Kind, einem Kind, das eben noch verkabelt war und so winzig ist, erst wenige Wochen alt. Das Kind braucht sie, es schläft schlecht, und sie sieht dauernd nach, ob es noch atmet. Es trinkt nicht viel, und sie wiegt es mehrmals am Tag. Es muss doch zunehmen. Oft spuckt es die Milch wieder aus, und sie fragt sich, ob das normal ist. Sie hat viele Fragen in diesen Tagen.

Die Wohnung ihrer Eltern ist voller Menschen. Der Bruder, die Tanten, der Pflegedienst, die Mutter, Freunde von Carl, die sie seit ihrer Kindheit kennt. Alle wollen das Kind halten. Das Kind dient ihnen als Trost, wie eine Aufladestation, denn im anderen Zimmer liegt ein sterbender Mensch. Dabei ist das Kind doch selbst so schwach. Ihr Vater kann nur noch ein oder zwei Mal am Tag aufstehen. Er tut so, als sei alles normal, als müsse er nur etwas mehr schlafen. »Ich leg mich noch mal kurz hin«, sagt er. Aber er ist nicht mehr wirklich angezogen, nur noch im Bademantel und in Boxershorts, aus der seine dünnen Beine herausragen, seine Haut hat dieses graue Leuchten, und alles erscheint wässriger, schon wie unscharf, wie verschwommen, wie ein zerlaufenes Bild, ein Aquarell. Sein Gesicht ist aufgeschwemmt, seine Augen quellen aus den Lidern, und sein Mund steht ständig offen.

Seine Stimme hat sich verändert. Das ist eigentlich das Erschreckendste. Dass das Kräftige aus seiner tiefen, bebenden Stimme gewichen ist. Die Stimme, die ihr als Kind immer Sarastro vorgesungen, sie gelobt hat und schallend mit ihr gelacht hat, diese Stimme ist windig geworden, ein Lüftchen nur noch.

Als hätte er einen schweren Unfall gehabt – ohne einen Unfall zu haben.

Helena braucht einen kurzen Moment, um sich daran zu gewöhnen, wie struppig und zottelig er ist, wie verwaschen, vergilbt, geschrumpft. Er riecht anders als sonst.

Ja, es ist Herbst.

Wird er Weihnachten noch bei ihnen, unter ihnen, sein? Der Arzt hält es für unwahrscheinlich. Sie begreift es nicht.

Als kleines Kind und vor allem in der Pubertät hatte sie immer große Angst vor dem Tod ihres Vaters. Sie hat viel darüber nachgedacht, weil er ein älterer Vater war, er war immer der älteste Vater, älter als die Väter ihrer Freundinnen. Für sie war er aber nicht nur der Älteste, er war natürlich auch der Klügste! Und der Stärkste! Er konnte sieben Sprachen, sieben! Jedenfalls erzählte sie das in der Schule. Deutsch, Russisch, Tschechisch, Polnisch, Französisch, Englisch, Abrakadabrisch ...

Als sie eines Sommers mit der Familie in Frankreich in den Ferien waren, bestellte er im Restaurant »üne doppelte Expresso«. Der Kellner schaute ihn fragend an und drehte sich um. Helenas Vater wollte schon stolz triumphieren, als der Kellner mit einer englischen Speisekarte zurück an den Tisch kehrte. Also keine sieben Sprachen! Nicht mal sechs. Spätestens als sie selbst Französisch lernte, war ihr auch diese Illusion genommen.

Was denkt jemand, der weiß, dass es vorbei ist?

Ich hätte Angst, denkt sie.

Hoffentlich hat er keine Angst, denkt sie.

Hoffentlich hat er keine Schmerzen, denkt sie.

Will er, dass es schnell geht? Hofft er, dass doch noch alles gut geht? Wie bei einem seiner Witze, den er immer erzählte, bei dem der Mann vom Hochhaus fällt und im siebzehnten Stock während des Falls denkt: *Bis jetzt ist doch noch alles gut gegangen.*

Sie weiß ja, dass er nicht an ein Leben nach dem Tod glaubt. Er glaubt nicht mal an Homöopathie. Nicht an Sternzeichen. Und nicht an Tofu.

»Das Schlimme ist«, sagt er ein paar Tage vor seinem Tod aus seinem Bett heraus, »dass ich eigentlich an nichts glaube.«

Er lacht etwas hysterisch, das Morphium hat seinen Geist ver-
nebelt. Er schaut fast den ganzen Tag von seinem Bett aus auf
das Fenster, und es ist wirklich ein goldener Herbst, die Strahlen der Sonne bohren sich durch die wiegenden Blätter, das
Licht bricht durch den Garten, und er sieht dem Schauspiel zu,
dem Abschied der Sonne von diesem Jahr, seinem Abschied
von der Welt. »Das Licht ist so wunderbar. Schau, wie die Blätter tanzen.«

Er sagt es, als würde er sich von den Blättern verabschie-
den. Ihnen zum letzten Mal zusehen, wie sie mit den Strahlen
spielen und sie wie Pfeile durch den Garten und zu den anderen
Bäumen schleudern. Es scheint, als könne er ihr leises Rascheln
durch die Fensterscheibe hören, er kann sie flattern hören, auch
wenn das Fenster geschlossen ist. Er hat ihnen tausend Mal
gelauscht, gehört, wie sie rauschen. Der gewöhnlichste Anblick
der Welt erscheint ihm aus seinem Bett heraus wie eine Darbie-
tung, ein Spektakel, als tanze das Licht eigens für ihn auf den
Bäumen.

»Hast du Angst vor dem Tod?«, fragt ihn seine Schwester.

»Nein, nur vor dem Sterben«, antwortet er.

Er ist ganz aufgedunsen, seine Lippen sind prall, sie drohen
zu bersten, zu platzen, wie eine Blase am Fuß, alles ist wasser-
befüllt, betankt, sein Bauch ist hart und fest und rund wie ein
Wasserballon, wie eine Wasserbombe.

»Die haben mir Wasser aus dem Körper gezogen, aber ich
bin immer noch voll«, erzählt er, seine Stimme ist brüchiger als
sonst. Er scheint selbst fasziniert von der Tatsache, dass man
ihn aussaugen kann.

»Ich kam mir wie ein Teddy vor, dem man die Füllung her-
ausreißt, die Watte«, sagt er. Er wird entkernt. *Aber ich will
meinen Teddy mit Füllung, mit allem Drum und Dran und Drin*,
denkt sie.

Und als sie ihn umarmt, fühlt er sich trotzdem noch an

wie ein Bär, so rund und prall, dass man ihn selbst mit beiden Armen nicht ganz umschlingen kann.

Hat sie alles gesagt? Spielt das, was sie jetzt noch sagt überhaupt eine Rolle? Kann man am Schluss etwas richten, das man irgendwo in der Mitte verbockt hat? Kann sie ihm noch etwas abnehmen, etwas geradebiegen?

»Du bist mein Held«, sagt sie.

»Kind, übertreib nicht immer«, antwortet er.

Aber sie hat das Übertreiben ja von ihm gelernt.

Es ist schön und seltsam, Kranke zu umarmen. Einerseits hat die Umarmung eine besondere Innigkeit, eine Festigkeit, man drückt wie beim Krafttraining, die Umarmung wird zum Liebessport, man krallt sich fest, klammert, presst, stemmt, als würde die Heftigkeit, die Stärke der Umarmung den Menschen auf der Erde halten oder die Liebe widerspiegeln. Andererseits ist die Umarmung auch schwer, erdrückend, erdrosselnd, die Glieder sind angespannt von der Schwere des kranken Körpers und vom Gewicht der Traurigkeit. Die Gebrechlichkeit des einen verdeutlicht die Asymmetrie, den Lebenssaft des anderen.

Manchmal möchte Helena kurz zurückweichen, einatmen, raus aus der Umschlingung. Der geliebte Mensch riecht nach Verfall, warum ist seine Haut plötzlich so weiß, fast schuppig, warum ist alles voller Geschwüre, Tumore, Flecken, Druckstellen?

Es ist, als umarme man den Krebs. Der Krebs kuschelt immer mit.

Sie schämt sich für ihre Berührungsängste. Dass sie ihm und seinem Krebs nicht zu nah kommen will. Natürlich weiß sie, dass er nicht ansteckend ist. Sie weiß, dass sie weder heilen noch schwächen kann mit ihrer Berührung. Sie hat seine bauchige Umarmung immer geliebt. Aber ihr ist nicht wohl, als sie einen todkranken Menschen in den Armen hält. Und dieser Mensch ist ihr Vater, der stärkste Mann in ihrem Tochterleben.

Er atmet schon schwerer. Das Alter hat ihn befallen wie ein Ausschlag, nein: überfallen. Überall sieht man den Krebs, dabei wütet er doch unterirdisch in seinen Innereien, im Untergrund, er buddelt sich seine Bahnen, gräbt sich durch die Organe, wie ein Maulwurf, ein Marder und Mörder.

Es ist komisch, denn der Krebs war so lange unsichtbar, bis er tödlich wurde, bis es zu spät war.

Und seit der Diagnose kann man ihn sehen, hören, förmlich riechen, das Ungeziefer, wie ein Attentäter, so hinterhältig und heimtückisch hat er sich in den Vater hineingeschlichen, ist umhergewandert, hat überall seine fiesen Minen versteckt und sprengt sich jetzt in die Luft.

Sie möchte ihm nah sein – ohne den Krebs, nur ihm allein, ohne Mitläufer, Parasiten. Aber sie können sich kaum nah sein, sie sprechen nicht über das Offensichtliche. Das Sterben. Sie spielen. Sie spielt stark und ahnungslos. Und er spielt Genesung. Zurück in die Zukunft. Er schmiedet Pläne.

»Im Sommer schwimmen wir mit deinem Sohn im Wörthersee«, sagt er. Glaubt er selbst daran?

Sie kann ihn nicht fragen. Sie kann nur mild sein und flunkern und sagt ihm, er solle kämpfen, kämpfen, nicht aufgeben.

»Du schaffst das«, feuert sie ihn an. Sie ist seine Cheerleaderin.

»Ich bin nicht so stark wie dein Sohn.«

Er isst Sushi mit der Familie. Er sagt vorher, er wolle nichts essen. Nur Eis. Aber Helenas Tante holt Sushi und Sashimi, und das nimmt er sich und genießt die kleinen Bissen, die Portionen. Er hat schon in den Achtzigerjahren Sushi gegessen – er war überhaupt der erste Mensch, den Helena je hat Sushi essen sehen, damals in Kalifornien, als niemand in Deutschland wusste, was Sushi ist, und sie erinnert sich, wie die ganze Familie fassungslos starrte. »Iiih, wie kann man kalten, rohen Fisch essen! Das ist doch abartig!« Es war damals unvorstellbar. Er

hätte ebenso gut eine frittierte Tarantel mit Haaren essen können. Aber auch das gibt es ja inzwischen, im Zeitalter der Pro-
teine.

Damals war die Zeit von Festnetztelefonen und Faxen. Es
gab kein Internet und schon gar keine Cloud, keine künstliche
Intelligenz und keine künstlichen Fotos voller Filter. Die Welt
erschien unkünstlich. Wenn Helena verknallt war, dann musste
sie noch richtig Mut aufbringen, auf dem Festnetz der Eltern
des Jungen anrufen und fragen, ob Paul zu sprechen sei. Und
mit Paul musste sie sich zu einer festen Zeit an einem festen
Ort verabreden und bestenfalls die Verabredung auch einhalten.
Da musste man es ernst meinen, da konnte man nicht wahllos
Emojis per Snapchat oder WhatsApp an alle Kontakte verschicken und einfach abwarten, wer zuerst antwortete.

Helenas Vater war ein moderner Mann, er faxte. Helena
lernte einen Jungen in den Sommerferien kennen. Er spielte
Beachvolleyball am Strand von St. Raphael und hatte unfassbar braune Haut. Oft paddelten sie auf seinem Surfbrett sitzend
die Küste entlang, ihre Beine baumelten im Meer, die Sonne
brannte auf der vom Wasser gesalzenen Haut, und am letzten
Abend küssten sie sich in einem Hinterhof bei den Mülltonnen.
Danach schrieben sie einander Faxe, die Helenas Vater regelmäßig aus dem Gerät in seinem Arbeitszimmer zog und ihr über-
reichte. Manchmal waren die Zeilen auf dem Papier verrutscht,
Worte verzerrt oder die Druckertinte verwischt. Das Faxpapier
war glatter und dünner als gewöhnliches Papier. Helena versuchte verzweifelt, die Zeichnungen und Worte zu entziffern.
Romantik der Neunziger.

Und nun schreibt ihr Vater ein paar Zahlen auf einen Zettel.
»35. Mozart. 82. Goethe.« Welches Alter sie erreicht haben, in
welchem Alter sie gestorben sind. »Und hier«, sagt er, »hier bin
ich.« Er zeichnet eine Einundachtzig auf das Papier. »Ich bin
immerhin 81 geworden.« Er ist so wirr und doch so klar.

»Dein Bruder ist sehr tüchtig. Schau, wie hinreißend deine Mutter ist.« Seine Familie sitzt um ihn herum, und er sieht verkommen aus, nackt, alt, weiß. Helenas Kind schläft. Philipp hält ihre Hand und fragt, ob er ihrem Vater einen Tee kochen solle.

»Versprich mir, dass ihr immer so fürsorglich miteinander bleibt, Philipp und du. Ihr müsst euch diesen liebevollen Umgang bewahren.« Er ist froh, sie in guten Händen zu wissen. Ihre Heirat mit Philipp hat ihn unendlich beruhigt. Er hat sie zum Altar geführt und dabei geweint, mehr als sie. Carl mag ihren Mann. Er hält ihn für stark, souverän, aufrichtig, autark.

»Ich verspreche es.«

»Ich war nicht immer liebevoll mit deiner Mutter. Ich war viel mit mir beschäftigt«, sagt er wie zu sich selbst.

»Mama war nicht unglücklich«, sagt sie. »Und du warst ein guter Vater.«

»Du bist eine wundervolle Tochter, Herz. Ich bin so stolz auf dich.«

Ist dies das letzte Gespräch zwischen ihr und ihrem Vater? Sie kann es sich nicht vorstellen.

Sie legt sich zu ihm. Sein Bauch sinkt und hebt sich, sinkt und hebt sich.

»Ich glaube eigentlich an nichts«, sagt er erneut.

Das sagt er, bevor er mit dem Sprechen aufhört. Sie liegen noch einmal gemeinsam auf seinem Bett, ihr Bruder, sie und er. Sie hören Mozart, und ihm laufen die Tränen. Das aber hat nichts zu bedeuten. Oder alles. Man weiß es nicht bei ihm. »Ach, wenn doch alles noch einmal von vorne beginnen könnte.« Er seufzt und stimmt Mozart zu. Der ist immerhin auch schon tot.

Die Freundschaften waren früher so leicht, alle teilten dieselben Sorgen: Liebeskummer, Abitur, Taschengeld, der erste Kuss, die lästigen Eltern, der erste Rausch, die erste Fahrstunde.

Jetzt sind die Sorgen so mannigfaltig geworden. Das Leid ist nicht geteilt. Die eine hat keine Liebe, die andere kein Geld. Eine lässt sich scheiden, eine kann keine Kinder bekommen, eine hatte einen Vater, der plötzlich eine jüngere Geliebte hat und die Mutter sitzen lässt, eine hat einen Vater mit Demenz. Und sie, sie hat bald einen toten Vater.

Aber das Kind! Er hat sich so auf das Kind gefreut. Er hat gesagt: »Das Alter ist ein Banause. Aber für dieses Kind in deinem Bauch möchte ich noch zehn Jahre gesund sein und leben. Es gibt mir Lebenswillen.«

Eine polnische Pflegerin wohnt schon seit ein paar Wochen bei Helenas Eltern in Helenas Kinderzimmer. Eine Palliativärztin kommt jetzt jeden Tag. Ein Onkologe kommt oft. Freunde gehen ein und aus. Das Haus ist immer voller Leute. Die eine Tante ist für ein paar Wochen bei Helenas Eltern eingezogen. Die andere Tante ist ebenfalls in die Stadt gekommen und wohnt im Hotel. Es ist diese Geschäftigkeit, dieser Geschäftstrieb in der Wohnung, der die Traurigkeit zähmt. Es ist eine Stimmung wie in einem kleinen Betrieb, alles dreht sich um den Tod, aber alle werkeln fleißig vor sich hin, als ob es ein Fünf-Gänge-Menu für Hochzeitsgäste vorzubereiten gäbe. Nur abends kehrt Ruhe ein, dann wird viel gesessen, geredet, gegessen, Karten gespielt, Kuchen serviert.

Das Backen beruhigt die Frauen, seine Schwestern und seine Ehefrau. Sie backen jeden Nachmittag. So haben sie ihre Rituale.

Alle sitzen im Wohnzimmer oder in der Küche. Nur Helenas Vater liegt allein in seinem Schlafzimmer, im ehelichen Schlafzimmer, aus dem seine Frau ausgezogen ist, da sie kein Auge schließen konnte neben ihrem sterbenden Mann. Alle zwei Minuten überprüfte sie, ob er noch atmete. Und sobald sie aufwachte, legte sie ihm die Hand aufs Herz. Lebte er noch? Er lebte noch, aber sie schlief nicht mehr. Also zog sie aus und schläft jetzt auf dem Gästebett, das eigentlich ein Sofa ist.

Er möchte zu Hause bleiben. Er möchte nirgends mehr hin. Er hasst Krankenhäuser, er hasst das Altwerden, das Altsein, und er ist genug gereist, findet er. Er war genug unterwegs, an all den Bahnhöfen, meist mit seinem Kleidersack unterm Arm, immer vergaß er einen Mantel oder ein Handy oder ein Buch im Zug. Er war immer auf der Flucht, wie schon als Kind – und immer unterwegs. Nun bittet er darum, zu Hause zu bleiben.

Er singt seine Kinderlieder mit seinen Schwestern. Und Helena und ihr Bruder lauschen ihnen aus der Küche, wie sie im Schlafzimmer ihre Kindheit einstimmen, frohen Mutes und so textsicher, als seien sie gemeinsam auf dem Weg in die Schule. Nicht als sei einer von ihnen auf dem Weg aus dem Leben.

Es ist gleichermaßen verlogen wie aufrichtig. Jeder weiß, dass er stirbt, aber keiner glaubt daran. Was danach sein wird, nach Carls Tod, das kann sich niemand vorstellen.

»Ich muss nach Hause, aber ich komme bald wieder«, sagt sie. Und sie glaubt wirklich, dass sie ihn noch einmal wiedersehen wird. Ja, sie ist sich ganz sicher. Sie darf keinen Zweifel haben.

Helena und Philipp reisen ab. Das Kind muss nach Hause. Es braucht Nachuntersuchungen. Dauernd müssen sie zu Ärzten, Neurologen, Physiotherapeuten, zu Entwicklungstests. Das Kind soll drei Mal täglich Übungen machen. Es wird kontrolliert und überwacht. Und jedes Mal bangt sie, sie steht vor den Ärzten und Therapeuten und hofft, dass sie nichts sagen. Nichts finden. »Unauffällig« wird zu ihrem Lieblingswort. Unauffällig. Ohne Befunde. Sie sieht das Kind und prüft ständig, ob es Fieber hat. Ob die Augen nach hinten rollen. Ob es genug schreit und scheißt und schläft. Ihre Narbe heilt langsam, beim Heben spürt sie noch einen Stich in ihren Gedärmen. Aber der Sohn, das kann noch keiner sagen, was aus ihm werden wird. Nein, da wollen die Ärzte sich nicht festlegen, nichts versprechen. Aber er lebt! Und er ist zu Hause. Er wächst ein bisschen und trinkt und speit. Sie pumpt weiterhin Miniportionen Milch ab und versucht, sich nicht zu sorgen, fröhlich zu sein. Sie möchte nicht, dass er ihre Traurigkeit über die Milch einsaugt.

Maxie bringt Helena und Philipp Obst und Gemüse vorbei. Rebecca kocht eine Suppe und stellt sie vor die Tür. »Ich will nicht stören«, schreibt sie auf einen Zettel. Philipp wickelt das Kind, besorgt Milchpulver und Windeln. Abends liegt sie eng neben ihrem Mann. Er ist so belastbar, so fest und groß und stark.

Helenas Vater liegt nur noch. Und dann, es ist ein Samstag, erklärt ihre Mutter am Telefon, dass er die Augen nicht mehr aufmacht.

»Gib ihn mir, bitte.«

»Er kann nicht mehr sprechen.«

»Dann halte den Hörer an sein Ohr.«

Sie singt für ihn. Und sie meint, ihn lauschen zu hören. Er bekommt viel Morphium.

Helena macht Sport. Eigentlich hat man es ihr verboten, ärztliche Anweisung, aber sie muss etwas tun, sie muss sich bewegen in diesem Gefängnis, das ihr Leben geworden ist. Sie hört Musik, während sie stumpf auf dem Crosstrainer strampelt und überlegt, welche Musik ihm gefallen könnte, welche Musik man für ihn spielen könnte, auf seiner Beerdigung. Sie hat Angst um ihn. Das Schwitzen und Strampeln hilft wenig, sie will noch schneller sein, sie will sich selbst so erschöpfen, dass ihr Kopf keine Kraft für Gedanken mehr hat, sie möchte ihn niederboxen. Aber sie denkt immerzu: *Was fühlt er gerade? Was denkt er? Wann wird er erlöst? Kommt er zurück? Hat er Angst? Darf ich an seine Beerdigung denken, obwohl er noch lebt?* Und der Crosstrainer zeigt ihre Herzfrequenz an, sie tritt noch schneller auf die Pedale. Wann wird der Körper endlich nachgeben und schweigen.

Ihre Mutter sagt: »Man schläft nicht friedlich ein. Der Tod ist ein Kampf.« Helena stellt sich vor, wie er kämpft. Was sieht er für Bilder? Sieht er sie? Als kleines Mädchen, als großes Mädchen? Und wird sie ihn sehen, wenn sie stirbt? Sie liebt ihn so sehr.

Aber was ist, wenn auch all die Menschen tot sind, die sich an ihn erinnern? Was ist, wenn die Welt nur noch voller Menschen ist, die ihn nicht kennen? Die ihn nie kannten? Ihr eigener Sohn wird ihn niemals kennen.

Eines Abends steht ihr Vater wieder auf. Es ist ein Donnerstag. Er geht allein – allein zu gehen hat er eigentlich in den letzten Tagen längst verlernt – in die Küche. Er öffnet den Kühlschrank und nimmt sich zwei oder drei Eier aus der Eierschachtel. Er setzt Wasser auf und kocht sie. Seine Schwestern und seine Frau sitzen in der Küche und trauen ihren Augen kaum, als er hereinkommt.

Reiseeier. Es heißt, sagen die Palliativmediziner, dass der Mensch sich kurz vor dem Tod noch etwas zu essen macht, sich vorbereitet auf den Übergang, die Reise. Er hat tagelang nichts Richtiges gegessen und hauptsächlich von Eis gelebt. Aber nun steht er da, an seinem Herd, an dem Herd, an dem er so viel gekocht hat, Hunderte von buttergetränkten Schnitzeln und saftigen Kalbsbraten, von Rinderfilets und Schweinelenden, an diesem Herd steht er und kocht sich seine Eier im blubbernden Wasser. Es ist das letzte Mal, dass er kocht, dass er steht und dass er isst.

Fünf Tage später ist er tot.

Helenas Bruder sieht dabei zu, wie sein Vater in den Sarg gelegt wird. Er glaubt nicht an ein Leben nach dem Tod. Er glaubt das, was er sieht. Und er sieht, wie der Vater die Augen ein letztes

Mal aufreißt und dann schließt. Er steht bei ihm, neben seiner Mutter und seinen Tanten, es ist ein Dienstag. Am Donnerstag hat Helena noch mit ihm telefoniert. Ab Samstag hat er die Augen nicht mehr geöffnet, aber noch geatmet, Freunde kamen, noch einmal, ein allerletztes Mal, und besuchten ihn.

Helena hat ihren Bruder seit seiner Kindheit nicht mehr weinen sehen.

Es ist Herbst, eigentlich Helenas Lieblingsjahreszeit. Wenn die Bäume krummer und die Seen stummer werden, wenn das Jahr sich verneigt, wenn das Licht nicht mehr blendet, sondern angenehm wärmt. Zum ersten Mal wieder ein Schal, eine Strickjacke, abends wieder Kerzen. Die Sommerurlauber sind heimgekehrt, das neue Schuljahr hat begonnen, alle trudeln wieder ein, strömen in die Städte, erzählen von der Ferne, erfreuen sich an der Heimat, bald wird's gemütlich, noch ist die schwindende Wärme ein Genuss, keine Insekten mehr, höchstens die Wespen, fort mit den Mücken und dem Chlorgeruch, der Sommer ist vorüber mit seinen vollen Schwimmbädern. Der Sommerlärm von spritzenden Kindern, Kopfsprüngen vom Dreimeterbrett, dem Aufblasen von Schwimmflügeln, einer Waffel, die knackend zerbricht, ist vorüber. Keine nassen tropfenden Haare, kein gerupfter Rasen, keine Unruhe in der Schlange an der Eisdiele, kein klebrig zerlaufendes Eis, das auf den Boden klatscht, mehr. Sommer ist Kindheit. Man möchte nicht arbeiten, man will an den See. Wie endlos die Sommerferien das Jahr in zwei Teile zertrennten, als man klein war! Man hatte so viel zu erzählen, man hatte Postkarten geschrieben, man hatte Abschied gefeiert – sechs Wochen waren so lang, die Haare wuchsen, die Körper wuchsen, alles war anders, wenn man sich in der ersten Englischstunde wiedersah.

Nur sechs Wochen hat die Chemotherapie ihres Vaters gedauert. Es erscheint ihr nicht lang.

Nachdem ihr Vater die Diagnose bekam, sagte er zu ihrer Mutter: »Ach, und ich dachte, ich werde uralt.«

Sosehr er das Alter hasste, er war irgendwie verblüfft darüber, dass es ihn nicht noch länger quälen und schikanieren wollte. Er hatte doch noch Projekte in der Pipeline. Er war doch noch groß und dick im Geschäft und eigentlich kerngesund.

Er hätte so gern noch gelebt.

Am Tag nach seinem Tod kommen all die Nachrichten, SMS, Anrufe, E-Mails, über Facebook, über alle Kanäle, Netzwerke. Dann kommen die Briefe. Sie wird überflutet. Es schreiben ehemalige Babysitter, Grundschulfreunde, Tenniskameraden, Kinder, die jetzt ebenso erwachsen sind wie Helena, sogar ehemalige Lehrer, die jetzt in Rente sind, Reisebekanntschaften vom Wörthersee, Kollegen. Viele finden die richtigen Worte, alle Nachrichten rühren sie, und die umfassende Anteilnahme überrascht sie beinah.

Sie versucht sich zu erinnern, wie sie selbst reagiert hat auf den Verlust von geliebten Menschen bei Freunden oder Bekannten. War sie nicht verklemmt, feige, hilflos damit umgegangen, hatte das Thema totgeschwiegen, umschifft, war ihm ausgewichen, hatte es gemieden, von Vergangenem zu sprechen, sich verkrampft, sich angestrengt, im Slalom nicht hinzufallen. Und jetzt? Wie viele Menschen damit so bewundernswert natürlich umgehen! So viel besser als sie. Wie sie schreiben! Was sie sagen! Was sie *nicht* sagen (das ist ebenso wichtig)! Was sie *nicht* spielen!

Aber irgendwann wollen die Menschen über etwas anderes sprechen. Der Briefkasten bleibt leer. Das Handy verstummt. Es kommt die Ruhe. Die Anteilnahme ebbt ab. Die Menschen vergessen, was sie nie vergessen wird.

Da beginnt der Alltag mit dem Tod. Wie oft sie ihn noch anrufen möchte! Sie löscht seine Nummer nicht. Seine SMS sind alle noch in ihrem Handy. Seine Telefonnummer bleibt in

ihrer Favoriten-Liste gespeichert. Warum hat sie seine Mail-
boxnachrichten gelöscht? Damals wusste sie ja nicht, dass sie
seine Stimme nicht für immer jederzeit durch einen simplen
Anruf abrufen könnte. Selbst die belanglose Botschaft »Hallo,
mein Herz. Hier spricht dein Papa. Bitte ruf mich zurück« hätte
sie jetzt gern. Am liebsten würde sie sie immer wieder abhören,
ihm lauschen, seiner lebenden Vergangenheit. Der Tote bittet
um Rückruf.

»Für das Herz ist das Leben einfach:
Es schlägt, solange es kann.«

Karl Ove Knausgård

»Ich weiß, es ist kein Trost, Helena. Aber sei froh, dass du so viele innige Momente mit deinem Vater gehabt hast. Ich hatte das viel zu wenig«, sagt Maxie.

»Ich weiß, Liebes. Du hattest ja nicht mal eine Mutter.«

»Ja, aber ihr Tod hat mich anders getroffen. Ich war ein sehr kleines Kind. Für dich ist es so schwer, weil du ihn vermisst. Ich konnte ja nichts wirklich vermissen.«

»Ich vermisse ihn sehr.« Helena fragt sich, ob es jemals nachlassen wird.

»Ich frage mich, wie viel ich bei meinem Vater wohl wirklich verstand, wie gut ich ihn wirklich kannte. Oder ob ich Dinge hinzudichte, ihm Gefühle unterstelle, die er niemals hatte, weil ich ihn nicht mehr fragen kann. Ich möchte ihn lebendig erhalten, aber ich habe Angst, ihn mir selbst vorzuspielen und mir irgendwann jemanden vorzustellen, der er gar nicht war. Wer sich erinnert, erfindet sich noch einmal. Der macht sein Leben zur Erzählung. Das Erinnern sagt wie im Märchen ›Es war einmal ...‹ und glaubt, dass es einmal wirklich so war. Vielleicht war er mir gar nicht so ähnlich, wie ich es mir wünsche. Vielleicht wünsche ich es mir so sehr, um ihm nah zu sein. Alle anderen erwarten ein gewisses Erwachsensein von mir. Mein

Vater riss sich nie zusammen – und verlangte es auch nicht von mir.«

»Meine Mutter verlangt dauernd, dass ich mich zusammen-reiße«, sagt Rebecca.

»Wie war die Meditation?«, fragt Helena.

»Gut, sie tat sehr gut. Komm doch bald wieder mit!«

»Ich glaube, derzeit ist mir eher nach Kampfsport«, sagt Helena. »Ich muss mich austoben. Ich will nicht in mich hinein-hören im Moment. Ich will aus mir heraus. Boxen oder sowas.«

»Wir könnten mitkommen«, schlägt Maxie vor. »Mir ist auch oft nach Boxen zumute.«

»Wie geht es dir überhaupt, Maxie?« Helena sieht sie inter-essiert an.

»Ach, sollen wir jetzt echt darüber reden?« Maxie ist es unangenehm. Sie will die Frauen nicht mit ihren Beziehungs-themen langweilen. Es kommt ihr so nichtig vor im Vergleich zu dem, was Helena gerade durchlebt.

»Ja! Sollen wir! Wir können ja nicht die ganze Zeit nur über Beerdigungen sprechen. Lieber ein bisschen Sex statt Tod.«

»Ich hab mich irgendwie verloren«, sagt Maxie. »Wie im Spiegelkabinett.«

»Vielleicht hast du Sex mit Trost verwechselt?«

»Ja, diese Aufmerksamkeit hat mich getröstet. Diese Liebe sollte irgendwie einen Mangel kurieren. Meinen Mangel.«

»Aber war das Liebe? Oder nur Lust?«

»Man kann heiß auf jemanden sein, ohne ihn zu lieben?«

»Die Erotik hat eine kürzere Lebenserwartung, deswegen ist es schwachsinnig, sie mit der Liebe zu paaren. Die Liebe wird sehr alt, Sexualität hat eher die Lebenserwartung eines Meer-schweinchens«, sagt Maxie.

»Schade. Es gibt so einen Schwamm. Der ist das älteste Lebe-wesen und wird zehntausend Jahre alt. Warum kann die Sexua-lität einer einzigen Person nicht so alt werden?«, fragt Rebecca.

»Weil keiner einen Schwamm vögeln will.« Sie lachen.

»Besser als einen Lappen.«

»Ich fühle mich, als ob ich in einem Fleischwolf stecke. Wie zwingt man sich, jemanden nicht zu lieben?«

»Manche Menschen behaupten, es gehe ganz einfach. Man müsse nur loslassen, weitermachen, den Kontakt ein für alle Mal abbrechen.«

»Ich glaube, ich wollte nicht loslassen. Ich wusste nicht, was ich wollte. Wir liebten die tausend Abschiede, die in abertausenden Begrüßungen ihren Höhepunkt fanden. Er behandelte mich wie Dreck – und ich wollte ihm bei jedem Treffen wieder beweisen, dass ich kein Dreck war.«

»Schöne Frauen«, sagt Rebecca, »haben oft das Bedürfnis, sich zu erniedrigen, sich schlecht behandeln zu lassen.«

»Ich wollte weg. Vielleicht weg von der unerträglichen Nähe, die ich mit Hannes hatte. Ich hatte diese Schmerzsehnsucht, dieses Bedürfnis danach, mich zu spüren.«

»Ist es überhaupt etwas Gutes, wenn man sich fallenlassen kann?«

MAXIE

Sie begreift zu spät, dass sie alles aufs Spiel gesetzt hat. Sie hat den Moment verpasst. Sie ahnte etwas, aber sie glaubte, dass alles gutgehen würde. So wie man sich einen schwarzen Leberfleck schönredet oder diesen Husten, den man seit drei Wochen hat und der nicht besser wird. So wie man Herzstechen und Nierenschmerzen abtut. Das ist nur eine Phase. Das geht vorüber. Das ist nichts Ernstes. Bisher war ja auch alles und immer irgendwie gutgegangen. Und die Gefahr, die war doch nur eine Attrappe, nur ein Plastikhai, nur ein Schauspiel. Sie war auch schon betrunken Auto gefahren und hatte viel dümmere Dummheiten gemacht als Bobby. Bobby war doch keine Bedrohung. Bobby konnte ihr doch nicht gefährlich werden. Weil es ja gar keinen anderen Weg gab. Weil Scheidung, Trennung, Verlust nicht zur Debatte standen. Hannes würde sie immer lieben, und sie würde ihn immer lieben. Und der Rest war Spielerei, Doppelleben, zählte nicht, Spielgeld, Falschgeld, Casino. Das war doch alles nur Zusatz, niemals Ersatz. Das war doch nur in dem Paralleluniversum Wirklichkeit – einem Universum, dessen Urknall sie miterlebt hat. Und dann dehnte es sich aus, und sie lebte in all seinen kleinen Städtchen und Parks und Gewässern und Nebengassen.

Ein Universum, in dem sie sich betrank und alles leertrank an Vorräten, an Lust, Liebe, Körpersäften, Lebenssäften.

Jaja, ich weiß … ja, Rauchen ist schlimm … ich weiß. Das ist doch nur eine Phase. Bald gehe ich wieder früh ins Bett und trinke weniger. Ich kann ja jederzeit aufhören. Verderbt mir doch nicht den Spaß! Ich hab kein Problem. Ich hab einfach ein geiles Leben! Lasst mich doch in Ruhe. Ich brauche niemanden, der auf mich aufpasst. Ich kann das ganz gut alleine. Ich hab das voll im Griff. Ich hab da sowas von die Kontrolle. Echt.

Sie hat ihn verpasst, diesen Moment, in dem sie hätte bemerken können, dass sie eine von ihnen geworden ist, eine von den Verstoßenen, den Betrügerinnen, den Schwindlerinnen, den Verkorksten, Verkoksten, Gestürzten. Sie hat ihn verpasst, den Moment, in dem sie hätte warnen können: »Jetzt kann ich es nicht mehr aufhalten, jetzt ist alles vorbei.«

Es gibt nur den Moment, in dem ihr Mann plötzlich zu ihr sagt: »Es ist vorbei.«

Und dann den Moment, in dem sie begreift, dass es vorbei ist.

Sie begreift, dass er sich nicht mehr umstimmen lassen wird. Es sind nicht diese drei Worte, die den Schluss unausweichlich machen. Es ist sein Blick. Ein Blick, der eine Fremde ansieht. Ein Blick, der nicht mehr sucht, sondern der aufgegeben hat. Ein eindeutiger Blick.

Hannes ist konsequent. Hannes ist Arzt und kennt sich mit Leid und Diagnosen besser aus als sie. Er hat schon Schlimmeres gesehen. Ihre Tränen beeindrucken ihn nicht. Er hat ja recht. Jeden Tag weinen die Leute in den Krankenbetten, die Familienangehörigen, die Patienten, die Kranken, die frisch Diagnostizierten. Aber ist sie nicht auch eine Erstdiagnostizierte? Sie hat gerade erfahren, dass ihr etwas amputiert wurde, dass man ihr Gewebe entfernen wird; alles, was mit Hannes zu tun hat, wird man ihr herausschneiden, und sie würde sich eine Prothese, irgendeinen billigen Plastikersatz suchen müssen. Selbst zu Bobby kann sie nicht zurück. Sie schämt sich, dass sie in dieser Situation an ihn denkt und sich fragt, ob er sie noch nehmen wird, ob sie bei ihm unterkommen kann, nur vorübergehend. Aber sie wird ihn nicht fragen, sie hat zu viel Angst, dass er Nein sagen könnte, und noch mehr Angst, dass er Ja sagen könnte.

Man sollte nie sein Handy an den Lautsprecher anschließen, um Musik zu machen. Niemals. Denn es wird der Tag kommen, an dem jemand die Nachrichten über den Lautsprecher hören kann. Dieser Tag ist ein Samstag. Maxie hat Musik angemacht, das Handy ist mit der Soundanlage im Wohnzimmer verbunden. Maxie geht ins Bad und sieht, dass Sascha ihr eine Sprachnachricht per WhatsApp geschickt hat. »Hey Baby, willst du später vorbeikommen? Ich denk an deinen geilen Körper und muss dich wiedersehen. Du hast dich neulich bei mir so unglaublich gut angefühlt. Also komm schon, schleich dich aus dem Haus und besuch mich. Ich bin so heiß auf dich, das kannst du dir gar nicht vorstellen.«

Sie steht lange im Bad und rätselt, was sie machen soll. Hat Hannes alles mitgehört? Sie wäscht sich das Gesicht, sie hofft, er ist vielleicht in der Küche oder im Keller. Sie ist versteinert. Ein Teil von ihr ist erleichtert. Sie empfindet das Auffliegen als eine Art Befreiung. Jetzt, endlich, kann sie mit dem ganzen Unsinn aufhören. Sie ist bereit, ihre Strafe entgegenzunehmen. Sie möchte keine Beichte ablegen, das würde ihn zu sehr verletzen. Sie möchte sich entschuldigen, um Vergebung bitten. Sie möchte, dass Hannes weiß, wer sie ist. Dass sie nicht nur die ist, die er kennt. Dass sie auch eine Unbekannte ist. Sie möchte, dass er ihr Hausarrest gibt. Sie möchte um ihn kämpfen und wieder in ihre Ehe finden. Und vielleicht wollte sie immer schon erwischt werden. Nur, um ihm diese Seite zu zeigen, den

Abgrund, der Teil von ihr ist und den er immer ignoriert hat. Nur, um damit aufzuhören. Wie eine Schülerin, der man eine allerletzte Verwarnung gibt. »So und nicht weiter. Jetzt ist Schluss.« Er soll sie bloß mit Missachtung strafen oder mit Schreien. Vielleicht wird er mit einer anderen Frau schlafen. Sie würde alles tun, damit er ihr vergibt und sie wieder das werden, was sie früher waren: ein glückliches Paar. Ein Paar ohne Geheimnisse. Ein Paar mit Zukunft. Sie nimmt sich vor, ihm zu zeigen, dass es sich lohnt. Sie wird wieder lustig und liebenswert sein. Ihn zum Lachen bringen, so wie früher. Er wird sie wieder ansehen. Er wird sie verstehen und vergeben und sich wieder in sie verlieben. Und er wird nicht mehr zulassen, dass sie andere Männer trifft, und sie wird es nicht mehr wollen. Sie fürchtet sich nicht vor seiner Wut. Sie fürchtet nur seine Gleichgültigkeit. Aber als sie aus dem Bad kommt, sitzt Hannes regungslos im Wohnzimmer. Er, der es immer gehasst hat, wenn Maxie raucht, zieht an einer Zigarette. Er sieht nicht wütend aus. Sie weiß nicht, was sie sagen soll. Unbeholfen stellt sie sich vor ihn. Er sieht sie nicht an. Er schielt auf seine Zigarette und die Asche fällt auf den Fußboden.

»Hannes … Ich habe einen riesigen Fehler gemacht. Aber es war nur eine Nachricht.« Sie möchte, dass er aufsteht und sie packt. Dass er Türen knallt und sie sich dann weinend in den Armen liegen. Sie möchte ihm all das sagen, was sie nie ausgesprochen hat. Sie möchte seine Liebe spüren und ihre Liebe geben. So etwas kann es doch geben! Dass ein Fehltritt eine Beziehung rettet. Dass ab jetzt alles besser wird, sie besser wird. Sie kann sich ändern. Sie war ja früher nicht so. Sie möchte ihn streicheln und küssen und mit ihm nach Washington ziehen. Sie wird alles tun, alles.

»Ich hab die Nachricht verstanden.«

»Rauchst du jetzt etwa? Das sollst du nicht. Bitte fang nicht an damit.«

»Willst du mir jetzt sagen, was gut für mich ist? Ich fang noch mit ganz anderen Sachen an, Maxie.«

Es scheint, als wisse er plötzlich nicht mehr, wen er da geheiratet hat. Als wisse er nicht, wen er sich da ins Haus geholt hat. Dabei hatten sie so viele schöne Jahre zusammen, hatten so viele Pläne geschmiedet. Sie hat sich so gern in seine Arme gelegt. Sie hat ihm gern zugehört, wenn er von seinen Patienten erzählte, wenn er von Büchern sprach. Sie hat ihm gern beim Atmen gelauscht. Sie hat sich so sicher gefühlt. Vielleicht zu sicher.

»Siehst du, nun ist es doch gut, dass wir keine Kinder haben.«

»Ich weiß nicht, was daran gut sein soll.«

»Es ist aus, Maxie.« Er zündet sich mit der alten Zigarette eine neue an und drückt die Kippe auf ihrem gemeinsamen Wohnzimmertisch aus.

»Für mich nicht.«

»Es gibt so viele Menschen in unserem Alter, die sich trennen.« Der Tisch hat einen Brandfleck. Hannes steht auf und sagt ganz ruhig: »Wir sollten uns scheiden lassen.«

»Scheidung? Wie kannst du so etwas denken! Was ist mit unseren Plänen? Was ist mit Amerika? Wo willst du denn hin? Bitte setz dich wieder.« Sie folgt ihm in die Küche. Er holt sich ein Bier aus dem Kühlschrank. Sie läuft hinter ihm her, zurück ins Wohnzimmer. Er steckt sich eine weitere Zigarette an. Sie streicht ihm vorsichtig über die Wange. Er lässt es geschehen, aber reagiert nicht.

»Ach, Maxie. Wir haben schon längst nicht mehr dieselben Pläne. Du hattest doch gar keine Lust mehr, mit mir nach Washington zu gehen.«

»Ich wollte darüber nachdenken! Aber niemals würde ich dich aufgeben!«

»Eine Scheidung ist doch keine Schande mehr heutzutage.«

»Es geht mir nicht um die Schande! Die Schande ist mir sowas von scheißegal! Wie kannst du denken, dass mich das Gerede der Leute interessiert!«

»Ich meine ja nur … du musst dich nicht schämen oder so.«

»Ich schäme mich nicht vor den Leuten! Ich schäme mich vor mir! Ich schäme mich vor meinem Leben!«

Wie kann Hannes so ruhig sein und so ruhig bleiben. Er wirkt so unglaublich gefasst, während sie sich kurz vor einem emotionalen Amoklauf befindet. Das ist keine Krise, das ist keine Phase, das ist kein einfacher Streit – das ist ihr Leben, das da vor ihren Augen zerbricht, für sie ganz laut, für ihn ganz leise.

»Ich weiß es schon eine Weile, Maxie. Oder sagen wir: Ich hab's mir gedacht. Aber es war leichter wegzuschauen. Die Liebe bleibt heil, solange man wegsieht. Meine Mutter hat immer gesagt, da stimmt doch was nicht. Ich hab sie ermahnt und für verrückt erklärt, aber sie war einfach nicht so blind wie ich. Sie hat hingesehen, weil ich jahrelang weggeschaut habe.«

»Wirst du es deinen Eltern sagen?«

»Ich weiß nicht. Ich denke nein. Ich werde sagen, wir haben uns auseinandergelebt. Ich möchte nicht, dass sie schlecht von dir denken.«

»Deine Mutter denkt sowieso nicht gut von mir. Sie mochte mich nie.«

»Ich mochte dich aber! Ich mochte dich so sehr. Und sieh, was aus uns geworden ist. Du lässt dich von anderen Typen bumsen. Das ist doch alles sowas von …« Er atmet aus und eine riesige Rauchwolke kommt aus ihm heraus. »… sowas von bescheuert. Ich weiß, dass ich zu wenig da war. Aber nie hätte ich gedacht, dass du … Ich hab's irgendwie geahnt, aber nie wirklich geglaubt. Ich hab immer gedacht, sie flirtet halt gern. Wir hatten beide so viele Freiheiten. Es erschien mir gar nicht möglich, dass du es so weit treibst.« Er raucht und schweigt. Dabei pult er Papierreste von der Zigarettenschachtel. Er ist sehr beschäftigt damit, sie nicht anzusehen.

»Wie kannst du so ruhig bleiben!«, schreit sie. Am liebsten würde sie ihn schubsen, stoßen, an ihm rütteln wie an einem kaputten Cola-Automaten, auf den man nur lange genug eintreten muss, bis die Dose endlich herauskommt. Aber Maxie hat eben den Münzeinwurf vergessen. Schon vor langer Zeit.

»Ich weiß nicht …« Er rupft Papier aus der Schachtel.

»Wie kannst du uns einfach so wegwerfen?«

»Du hast uns weggeworfen, Maxie.«

»Hab ich nicht! Du musst mir verzeihen. Bitte!«

»Ich hätte es ja verstanden …«, setzt er an, aber dann ist er zu erschöpft, um weiterzureden.

Wohingegen sie sich gerade erst hochschaukelt in ihren Kampf.

»Du verstehst mich nicht! Du warst ja nie da! Ich war fast jeden Abend allein.«

»Jetzt gibst du mir die Schuld? Das ist wirklich dreist«, sagt er.

»Nicht die Schuld! Aber es gab eben Gründe. Ich habe das ja nicht aus Boshaftigkeit getan. Du warst im Krankenhaus. Es war dir immer egal, wo ich bin und was ich mache. Letztlich hat es dich doch gar nicht interessiert.«

»… ich habe gearbeitet, Maxie. Geld verdient. Für uns, für unsere Familie!«

»Ha! Welche Familie? Du wolltest ja keine! Du hast mich gezwungen, das Kind wegmachen zu lassen.«

»Aber du? Dachtest du, wenn ein Kind kommt, hört deine krankhafte Gefallsucht auf? Oder bist du sexsüchtig? Los, dann tob dich doch an mir aus! Komm, gib mir doch das, was er bekommen hat. Ich hoffe, ihr habt ein Kondom benutzt.«

»Ich wollte dir eine gute Frau sein. Ich wollte dich nicht

nerven.« Sie bringt es kaum über die Lippen: »Ich wollte nicht klammern.«

»Und da hast du gedacht, du machst mal eben mit einem anderen rum – aus lauter Rücksicht und Liebe zu mir.« Sie will ihn umarmen, aber er stößt sie weg.

»Bitte …« Sie wirft sich an seine Brust.

»Ich glaube, es ist alles gesagt, Maxie. Ich werde ein paar Wochen zu Matthias ziehen. Du kannst in der Wohnung bleiben.«

»Ich will nicht allein in *unserer* Wohnung bleiben!«

»Ich habe dir immer alles durchgehen lassen, Maxie. Weil ich es toll fand, wie rebellisch und eigen du warst. Aber ich weiß, dass ich dir nicht mehr vertrauen kann, nie mehr. Ich würde dich nur kontrollieren. Und du würdest mich hassen. Und ich würde mich hassen. Wir wären lächerlich! Wir sind noch jung genug für einen Neuanfang. Und dann kann ich das Angebot in Washington annehmen und dort in der Klinik forschen. Und du bleibst hier, machst dein Ding.«

»Du warst mein Ding.« Maxies Stimme wird leiser, und sie senkt den Kopf. Sie schielt heimlich nach oben, um zu sehen, ob ihr Ergeben ihn erweichen wird. Aber er fasst ihr nur noch an die Schulter, beinah kollegial, und verlässt dann das Zimmer, die Wohnung, die Straße und ihr Leben.

Er ist müde geworden, müde von ihren Machtspielen, zu denen er keine Lust hat, müde auch und verwundet, angeschossen, vernarbt von ihrer Abwesenheit, ihrer Zurückgezogenheit. Das Mysteriöse, das er so an ihr bewundert und geliebt hat, ist nun einer Belanglosigkeit gewichen. Sie ist nicht eigenwillig, wild und unzähmbar. Sie ist einfach eine Betrügerin. Wie jeder Dieb, Beamte, Grundschullehrer, Pilot, Versicherungsvertreter, Puffgänger, Freier. Wie alle schmierigen Geschäftsleute, und so eine ist seine Frau. Ihre Art hat nichts Besonderes. Ihr Wesen hat nichts Besonderes. Sie hat jemand anderen in sie eindringen lassen, in ihren Körper und in ihre gemeinsame Festung, ihre Ehe, ihre Vertrautheit, ihr Lebenswerk, ihr Konzept, ihre Idee und Vorstellung. Vielleicht auch in ihre Geheimnisse. Das gemeinsame Weiterleben, das gemeinsame Altwerden erscheint ihm nun ganz unvorstellbar. Das ist nicht seine Maxie. Das ist eine, die auf das Leben reingefallen ist. Das ist es doch, was hinter allem steht und steckt: die billige Lüge.

Ja, es gibt diesen Moment, in dem er sie plötzlich nicht mehr so ansieht wie sonst. Es gibt diesen Moment, in dem er sagt: »Es ist vorbei.«

Sie hat im Bett mit Bobby oder auf dem Nachhauseweg oft daran gedacht. Ja, sie hat daran gedacht, aber sie nie für möglich gehalten. Es war eine theoretisch-abstrakte Möglichkeit. So wie: Man kann zum Mond fliegen. Oder: Man kann vom Auto überfahren werden. Ja, das gab es alles, sie hat davon gelesen, aber sie hat die Konsequenz nicht für sich selbst als Möglichkeit in Betracht gezogen. Er war doch immer da gewesen und würde immer da sein, sie waren doch das Paar. Und was sie an dem anderen Leben geliebt hatte, war ja nicht wirklich das andere Leben, sondern nur das Geheimnis, das Verborgene, das Spiel, Verstecken und Fangen und Topfschlagen und Anfassen. Weil sie mit Bobby alles austüfteln musste; wo, wie, wann, wer sieht uns, wer sieht uns nicht – wie aufregend und spannend und wie inszeniert und unecht das alles war! Das war alles fake, ein gestohlenes Leben, das einzig und allein dadurch spannend war, weil es verboten war. Und jetzt hat Hannes ihr die Erlaubnis gegeben. Es sollte nie offiziell sein – es war Virtual Reality, Artificial Romance. Sie war ein Avatar, eine Spielfigur in ihrem eigenen Game.

Sie hat keine Affäre oder Liebschaft angefangen, weil sie unglücklich war. Sie war nicht unglücklich mit Hannes. Sie hat gar nicht vorgehabt, eine Affäre zu haben. Aber Bobby hat sie manipuliert. Er folgte ihr nach Kreta mit all seiner Liebe und

Vergnügungssucht und Neugier. Das war es: Es machte ihr Spaß, ihm zuzusehen. Seine Bemühungen geschehen zu lassen. Aber es war niemals ein Bekenntnis gegen Hannes. Es war nur ein Zeitvertreib, ein Trost, der beste, den sie sich vorstellen konnte.

Sie weint, aber ihre Tränen kommen ihr erbärmlich vor. Selbstmitleidig herausgepresst wie die Brüste aus einem zu engen Dekolleté. Dies ist kein Süßigkeitenladen, und sie ist kein Kind. Sie hat nicht nur ihn bloßgestellt, sie hat ihre Ehe bloßgestellt, lächerlich gemacht. Sie weiß nicht einmal mehr, weshalb. Und was sollte er schon anderes tun, als zu gehen? Würde sie nicht genauso handeln?

»Ich liebe dich«, sagt sie.

»Ich weiß«, sagt er.

Und dann gibt es nichts mehr zu sagen.

HELENA

Du hast Rilke geliebt. Und ich habe dich geliebt. Du hast vorgelesen. Ich habe zugehört. Du hast gekocht, und ich habe – mal mehr, mal weniger – gegessen. Du hast mir immer Wissen vorgelebt. Du konntest schreien und weinen wie kein Zweiter. Du warst der Berührbarste und der Rücksichtsloseste.

Da stehen sie, die Witwe, die Tochter und der Sohn. Sie sind wie amputiert. Und alle sehen diese drei an, mit diesem suchenden Blick, da fehlt doch was, da kommt doch noch einer, wo ist denn der …? Dann verstummen sie.

Das Ungleichgewicht irritiert Helena.

Helenas Bruder muss plötzlich für alles sorgen, er muss die schweren Sachen tragen und ertragen und seine Mutter stützen, nachdem er wochenlang den Vater gewickelt und geduscht hat.

Der Bruder muss alle Fragen beantworten, die Fragen, die Helena sonst immer ihrem Vater gestellt hat. Man konnte ihren Vater immer alles fragen. Wenn er keine Antwort wusste, dann suchte er sie in seinen zahlreichen Lexika. Er sammelte Bände davon, kaufte Antiquariate leer – von Google verstand er nichts. Einmal saß Helena am Laptop, an einem Notebook –, und er fragte: »Ist das ein Facebook?« Mit dem Internet hatte er nichts am Hut. Er schrieb per Hand, er liebte die Tinte, das

Kritzeln auf dem weißen Papier, das Durchstreichen, er malte Sternchen, wenn er etwas ergänzte, oder schrieb Einfügungen und Korrekturen an den Rand. Er nutzte Tipp-Ex zum Übermalen des fehlerhaft Geschriebenen – wie weiße Wandfarbe für einen Fleck. Die Delete-Taste kannte er nicht. So wehten immer Zettel durch die Wohnung, es flogen Papiere mit seiner Handschrift über den Flur, immer schrieb er, immer arbeitete er, oder er bereitete sich auf sein Schreiben vor, er suchte nach Themen und Texten und streunte dabei durch die Wohnung, immer mit einem Glas in der Hand, vom Kühlschrank wieder an den Esstisch im Wohnzimmer und zurück an den Kühlschrank, den er stöbernd öffnete, sich ein üppiges Wurstbrot belegte. Dann aß er das Brot noch im Gehen und streifte weiter über den Flur, man hörte den Stoff seiner Hose bei seinen Schritten über den Boden scheuern, er setzte sich auf sein Sofa und sagte: »Ich muss noch meinen Vortrag schreiben.« Immer schrieb er, wöchentlich, ob aus den Ferien, nach wichtigen Terminen, vom Schiff, im Zug, aus dem Hotel. Er faxte seine Texte. Er lebte in einer alten Welt. Er war eitel – aber er hätte niemals ein Selfie gemacht.

Vielleicht hätte sie in der Pubertät mehr Zeit mit ihren Eltern verbringen sollen. Da wohnt man unter einem Dach mit den Menschen, die man für so selbstverständlich nimmt, und hängt lieber in der Skaterhalle ab. Oder geht auf Flirtpartys, bei denen jedes Getränk eine Mark kostet.

»Du bist so tapfer!«, sagen die Leute. *Ja*, denkt sie wütend. *Tapfer. Was ist daran tapfer, wenn man keine andere Wahl hat.* Was bleibt ihr denn anderes übrig? Ist es tapfer, wenn man jeden Tag nur ein bisschen weint und nicht die ganze Zeit? Ist es tapfer, dass man etwas isst (auch wenn es nur Schokolinsen sind), etwas trinkt, sich duscht, sich anzieht? Das Leben stellt weiter belanglose Forderungen. Es gibt trotzdem schmutzige Wäsche und Geschirr, das gespült werden muss. Rechnungen müssen trotzdem bezahlt werden. Sie muss für ihr Kind einkaufen. Sie muss das Kind wickeln und ihm fröhliche Lieder vorsingen. Sie muss mit der Rassel schütteln und immer lächeln. Bloß nicht vergessen zu lächeln. Sie möchte ihr Kind nachts in ihr Bett holen, weil es sie tröstet und beruhigt. Und wenn es schreit, möchte sie mitschreien. Sie braucht das Kind mehr als es sie braucht. Das Kind schenkt ihr Duft. Aber das Kind weckt sie auch auf, wenn sie endlich für wenige Minuten in den Schlaf gefunden hat. Und sie liegt mit ihm nackt in der warmen Badewanne. Am nächsten Tag ist sie müde, aber sie muss trotzdem ein Paket bei der Post abholen. Und dort in der Schlange stehen. Die Schlange ist ihr egal. Sie möchte den Leuten in der Schlange erzählen, was gerade passiert. Dann würden alle sie vorlassen. Keiner würde mit ihr schimpfen, Alle würden sie mit Samthandschuhen anfassen. Aber mag sie Samt? Handschuhe verliert sie doch bloß immer.

Aber sie will natürlich diesen besonderen Schutz. Den genießt sie. Sie kann zu laut sein, zu leise, zu viel trinken, zu wenig essen, sie darf zu viel brauchen und zu wenig geben. Die Menschen müssen ihr verzeihen, irgendwie. Sie hört sie hinter ihrem Rücken flüstern: »Ja, aber ihr Papa ist doch gerade … gestorben. Und ihr Sohn! Der lag im Krankenhaus nach der Geburt! Sie hat es doch echt schwer momentan.« Alles, was sie tut, kommt ihr unangebracht vor. Dass sie überhaupt noch lebt, kommt ihr manchmal unangebracht vor.

Sie gehört jetzt in diesen neuen Klub. In den Klub der Halbwaisen, der Kinder ohne Papa, sie sagt auf einmal das Richtige zu all ihren Freunden, die ihre Eltern verloren haben, sie ist nicht mehr verklemmt und gehemmt, wenn es ums Sterben geht. Sie fühlt sich ihnen näher. Sie beneidet die, die ihre Eltern noch haben. Sie mag plötzlich ältere Männer weniger. Sie ist wütend, dass sie leben und ihr Vater nicht. Wie ungerecht! Sie sieht sie auf der Straße spazieren und denkt: *Der ist doch viel älter, viel gebrechlicher als mein Papa.*

Aber sie möchte diese älteren Männer auch umarmen. Sie möchte ihnen sagen, dass sie ihre Tochter anrufen sollen. Sie sehnt sich nach jemandem, der sie so bedingungslos liebt und bereichert. Sie möchte jemanden bewundern, sie möchte jemandem zuhören. Sie möchte, dass jemand sie so großartig findet wie er. Er fand sie schön, schlau, witzig, schwierig. Sie möchte von ihm als Kind hören. Sie möchte von sich als Kind hören. Wie sie als Mädchen war. Sie möchte sich verstehen. Aber ihr Spiegel ist weg. Leer, wie bei einem Vampir. Da war doch immer dieser eine Mann, der ihr alles verziehen hat.

Helena kann sich noch so sehr bemühen, glücklich zu sein, unbeschwert durch die Welt zu stapfen. Sie kann noch so sehr versuchen, das kleine Mädchen zu sein, das sich über Lego freut und über Bratäpfel. Aber sie weiß, dass sie nie wieder dieselbe Leichtigkeit empfinden wird wie das Kind, das ihrem Papa in die Arme läuft. Nie wieder.

REBECCA

»Du trägst bei dem herbstlichen Wetter gar keine Strumpf-hose? Wäre vielleicht ganz gut, auch ganz abgesehen von dem Wetter.« Rebeccas Freundin Katja möchte auf die Länge von Rebeccas Rock hinweisen. Sie tut es nicht besonders subtil.

»Ich verstehe überhaupt nicht, was du hast! Becky sieht toll aus!«, ruft Katjas Mann Nils.

»Setzt euch! Das Essen ist gleich fertig.« Katja stellt die Salatschüssel und die Getränke auf den Tisch.

Rebecca sieht, wie Katja sie beobachtet, als die Weinflasche geöffnet wird.

»Möchtest du?«, fragt Nils, der neben ihr sitzt. Katja dreht den Kopf in ihre Richtung.

»Trinkst du?«, fragt Katja. Sie holt den Teller mit dem Roastbeef und legt allen Gästen ein Stück auf den Teller. Die Stückchen sind rosa. Nur Katjas ist dunkel. Braun.

»Mein Fleisch muss ja durchgebraten sein.« Sie zeigt ver-schwörerisch auf die Wölbung unter ihrer Bluse. Früher hat Rebecca diesen Augenblick gehasst. Nie hat sie gewusst, ob sie gratulieren oder rasch das Thema wechseln sollte, um nicht zu traurig zu werden. Überall hat Rebecca die sich wölben-den Bäuche unter den Shirts der Frauen bemerkt: Freundinnen,

Unbekannte in der U-Bahn, Kolleginnen. Frauen, die plötzlich anfingen, auf rohes Fleisch und Rohmilchkäse und Wein zu verzichten. Rebecca aß alles und trank alles. Und die Leute fingen an, sie dabei zu mustern. »Schießt ihr schon scharf?«, fragten die Männer gedankenlos. Die Frauen fragten gar nichts. Und dann ertrug Rebecca ihren mitleidigen Blick nicht mehr und füllte das Weinglas randvoll. Heute ist es ihr nicht mehr so wichtig. Katja redet über eine Freundin, die seit vier Jahren Single ist. »Die findet doch nie einen Typen. Dabei sieht sie nicht schlecht aus. Sie will es nur zu sehr. Sie ist nicht locker.«

»Ich glaub, die klammert ganz schön«, wirft Nils ein.

»Solche Karrierefrauen machen Männern ja auch Angst.«

»Also ich hab keine Angst!«, sagt Tim und prostet Rebecca zu. »Ein echter Kerl fürchtet sich nicht vor einer erfolgreichen Frau an seiner Seite.«

»Aber ist es nicht komisch, wenn deine Frau mehr verdient als du?«, fragt Katja.

»Nein, gar nicht. Ich verdiene ja auch gut. Ich sehe uns nicht als Konkurrenz.«

Am Ende des Abends stehen Rebecca und Nathalie draußen, um eine zu rauchen. Seit Katja schwanger ist, muss man früh gehen und darf nicht mehr in der Küche rauchen. Man darf auch eigentlich nur kommen, wenn man verheiratet ist. Nathalie ist die Einzige ohne Mann bei dem Abendessen.

»Ich kann solche Pärchen-Abende eigentlich überhaupt nicht leiden,« sagt Rebecca.

»Ach, weißt du was: Es sind ja überall nur Pärchen. Immer, wenn ich irgendwo eingeladen bin – nur Pärchen. Neulich war ich auf einer Hochzeit. Mit einhundertzwanzig Gästen. Unter ihnen waren zwei Single-Männer. Einer war der Patensohn des Brautvaters, der nur von Weight Watchers erzählte und nicht trank, dann gab es einen Cousin, der Autogramme von RTL-Seriendarstellern sammelte. Ich meine: Inzwischen ist es so, dass ich nur noch auf die Scheidungen der ersten Runde warte. Wenn eine Freundin mir erzählt ›Ich lasse mich scheiden‹, sage ich zwar ›Oh, das tut mir leid‹, aber innerlich denke ich ›Ha, endlich‹. Ich warte einfach auf die zweite Runde.«

»Haha, du bist fies!«

»Du bist ja auch nicht eine von denen! Du bist verheiratet und bist trotzdem cool.«

»Ach, so cool bin ich gar nicht. Aber ich verstehe, dass diese Abende dich langweilen.«

»Wo soll ich denn jemanden kennenlernen?«, fragt Nathalie. »Es geht nur um Hochzeiten. Und dann um Kinderärzte, Rückbildungskurse, Hebammen …«

»Die Themen haben sich verändert.«

»Gehst du noch mit mir feiern? Also nach diesem Trauerspiel hier?«

»Heute nicht«, sagt Rebecca. »Aber nächstes Wochenende. Versprochen!« Sie drücken die Zigaretten an einem Blumentopf aus und gehen wieder rein.

»Setzt euch! Ich habe Bayerische Creme gemacht«, ruft Katja.

Beim Nachtisch geht es tatsächlich um Geburten. Zu Hause, per Kaiserschnitt, ohne PDA. Rebecca fühlt sich ein bisschen unwohl. Sie weiß nicht, was sie sagen soll.

»Und du?«, fragt sie Nils. »Nimmst du dann auch Elternzeit?«

»Nee, eher nicht. Ich glaub, Katja kriegt das ganz gut alleine hin. Einer muss ja Karriere machen … haha.«

»Ich habe einen neuen Job!« Rebecca ruft es einfach in die Runde. Es wirkt so unwirklich, und bisher hat sie sich geschämt, mit beruflichen Erfolgen zu prahlen. Aber warum sollte es unangebracht sein, sie hat es doch ganz allein geschafft. Warum darf sie eigentlich nicht stolz darauf sein? Sie ist Leiterin der Global-Strategy-Abteilung einer großen Beratungsfirma.

»Krass! Darauf trinken wir einen!« Nils scheint beeindruckt. Katja gießt sich eine Cola Zero ein. Sie stoßen an. Nathalie kippt den Wein runter und steht auf. »Ich muss noch auf eine Party, Leute. War aber echt schön mit euch! Bald wieder.«

»Och, wie schade, Herzchen.« Katja wirkt verwirrt.

Nachdem Nathalie gegangen ist, stellt sich Katja zu Rebecca. »Schon auch traurig für Nathalie«, flüstert sie. »Immer so allein, immer auf der Suche. Da haben wir es besser.« Rebecca sehnt sich nach Maxie. Maxie fällt solche Urteile nicht.

»Ich glaube, Nathalie geht es gut. Das eine Leben muss ja nicht für jeden richtig sein.«

»Mmmmh …« Katja wirkt irritiert.

»Ich glaube nicht, dass alles so gleichgeschaltet sein muss. Jeder ist doch mit anderen Dingen glücklich.«

»Meinst du, Nathalie ist glücklich?«, fragt Katja.

»Ich weiß nicht. Ich denke schon.«

»Bist du glücklich?«

»Ja, ich bin glücklich.«

Auf dem Heimweg legt Tim seinen Arm um sie. Sie kann auf den Schuhen nicht mehr laufen. »Komm her!« Tim nimmt sie Huckepack. »Ich bin so stolz auf dich, Babe.«

»Bist du?«

»Und wie! Du hast so viel erreicht. Wir haben gemeinsam so viel geschafft. Mein Start-up geht durch die Decke. Lass uns ein Haus kaufen! Oder eine Eigentumswohnung.«

»Aah, ich ich rutsche …«, sagt Rebecca und klammert sich an seinen Hals.

»Ich trag dich nach Hause.« Er zieht sie wieder hoch, greift mit den Armen unter ihre Schenkel und galoppiert mit ihr durch die Nacht.

MAXIE

Maxie empfindet nach der Trennung von Hannes und Bobby lange Zeit diese durchdringende Desorientiertheit. Sie verliert den Boden und alle Sicherheiten. Sie trifft neue Männer, zieht sich vor ihnen aus. Sie zieht leicht bekleidet durch Bars, raucht, trinkt, nimmt Drogen. Sie tunkt ihren Körper in Alkohol, so wie man ein Weißbrot in Hummus oder ein Salatdressing dippt. Sie ist dünner und blasser als vorher. Sie mag ihren Körper nicht, sie schämt sich, wenn sie sich für einen neuen Mann auszieht. Sie entschuldigt sich, weil sie diesen oder jenen Makel hat, sie mag ihre knorpeligen Knie, ihren zu kleinen Hintern, die Brüste, die ihr abhanden gekommen waren, nicht. Alles an ihr ist geschrumpft. Es ist, als ob sie auf einmal nicht mehr zu viel Platz beanspruchen will. Sie hungert, auch wenn genug Essen da ist. Sie denkt: *Vielleicht werde ich wieder glücklich, wenn ich noch dünner und noch perfekter bin.* Die Männer schicken Nacktfotos, Dickpics über Instagram und Facebook, über alle Kanäle wird sie bombardiert mit kleinen Feuer-Emojis (»hot«) und Penisbildern. Es ist erbärmlich. Es geht ihr schlecht. Hannes hat ihr nie ein Penisbild geschickt oder ein Emoji. Die Angebote häufen sich, aber sie wird nicht glücklicher. Es sind schließlich keine wahrhaftigen Angebote, es sind bloß dumme

Anmachen. Sie denkt an die ausführlichen, handgeschriebenen Liebesbriefe von Bobby, an das Eheversprechen von Hannes. Sie hat es gegen ein paar Dickpics und Emojis eingetauscht. Aus all ihrem Glück ist eine Nichtigkeit geworden. Und es ist ihre Schuld. Aber das Glück kommt doch durch all die Möglichkeiten da draußen, so hat man es ihr doch erzählt. Glücklich sind doch die, die begehrenswert und dünn sind, das ist doch das größte Glück, so ist es ihr doch verkauft worden. Jedes Kleid steht ihr und jede Hose passt. Die Leute fragen: »Wie schaffst du es, einen so tollen Körper zu haben!« Und sie würde am liebsten sagen: »Indem ich mich selbst überhaupt nicht toll finde, indem ich diesen ›tollen‹ Körper quäle und mir alles untersage: Brot, Reis, Weizen.« Ab und zu lutscht sie an einem Stück Schokolade, ansonsten isst sie Gurken, Wirsing oder Artischocken, denn die haben ja kaum Kalorien. Sie möchte glücklich sein, und – das weiß doch jedes Kind – das Glück kommt mit der Schönheit, mit dem schlanken, geraden Aussehen, mit all den Verehrern und Liebesbriefen. Aber da ist kein Glück. Da ist nur Hunger. Und sie sehnt sich so sehr nach der Frau, die sie mit Hannes war. Damals war sie eine gute Frau, eine Frau mit Zielen und einer Zukunft und einer glücklichen Ehe. Bobby hat wie ein Sturm alles mitgerissen. Nun möchte sie gesunden, sie bildet sich ein, von den Pillen und Drogen und dem Dünnsein loszukommen, und doch, selbst wenn sie langsam heilt, wird es nie wieder so sein wie früher. Nie wird es diese Augenblicke der Leichtigkeit und Unbeschwertheit geben. Keine Sekunden, in denen sie nicht an Hannes und an den »anderen« und an die Pillen und den Rausch denkt. In denen sie nicht überlegt, doch wieder ihren Dealer anzurufen. Sie wird nie vergessen, wie es sich angefühlt hat, Hannes zu lieben und nichts anderes zu brauchen. Sie wird nie vergessen, wie die Tabletten ihr zu einer Gleichgültigkeit und zu einem Schweben verholfen haben. Sie wird immer an den Arzt denken, der ihr die Rezepte für all diese

Medikamente ausgestellt hat, und sie ist immer kurz davor, ihn wieder anzurufen, hier ein bisschen Ritalin und Ketamin. Sie kann noch so sehr versuchen, das alles loszuwerden, es abzuschütteln, sich nicht zu erinnern, zu verdrängen, sie kann noch so sehr versuchen, ein neuer Mensch zu werden, ein Mensch, der den Ursprungszustand wiederherstellt – aber Maxie weiß, dass sie nie wieder dasselbe Glück empfinden wird wie das kleine Mädchen, das an die Liebe glaubt. Nie wieder.

Nur was kann sie tun? Sie bestellt stimmungsaufhellende, schmerzlindernde Pillen im Internet. Pillen aus Kräutern und Essenzen, sie nimmt Bäder und trinkt grüne Säfte. Sie konsumiert alles, was sie im Internet findet. Sie googelt: »Liebeskummer. Medikamente.« Und: »Wie werde ich wieder anziehend für meinen Ex?« Und: »Mein Mann hat mich verlassen – was nun?«

Sie trifft Kräuterhexen und Wahrsagerinnen, sie braucht Hilfe, und zwar schnell. Sie macht Termine mit Coaches, sie ist sich sicher, dass irgendwer da draußen weiß, wie das geht, das Loslassen. Sie muss nur eine Aspirin nehmen oder fünf Haare von ihm bei Vollmond verbrennen. Es muss einen Hokuspokus geben, einen Zauberspruch, eine Formel, ein Rezept. Sie kauft Aufputscher und Downer. Sie kauft Gras und raucht Joints, damit sie schlafen kann. Sie schluckt Melatonin, damit sie schlafen kann. Sie schluckt Ritalin, damit sie aus dem Bett kommt.

Sie lässt sich die Haare schneiden, sie lässt sich ein Tattoo stechen, sie schreibt Hannes Briefe, sie schreibt Tagebuch, sie liest Horoskope.

»Schlucken Sie Johanniskraut«, sagen die Foren. »Reiben Sie sich Salbei auf die Brust«, sagen die Foren. »Nehmen Sie Distelölbäder. Rosenbäder«, sagen die Foren. Sie legt sich in die Wanne. Sie reibt Salbeiblätter zwischen den Fingern. Sie kauft Beutel, sie trinkt Öle, die dem Herz helfen sollen, loszulassen. Sie gibt ein Vermögen aus für Globuli. Kügelchen zur Entspannung. Kügelchen für straffere Haut. Kügelchen gegen den Schmerz. Kügelchen gegen die Leere. Sie geht zu einer Homöopathin. Die gibt ihr noch mehr Globuli. Sie geht mehrmals pro Woche zur Homöopathin. Die Kasse zahlt nicht. Es ist ihr egal. Sie zahlt. Sie zahlt alles. Sie bestellt noch mehr Medikamente aus den Internetforen. Von dubiosen Seiten. Sie ist im Darknet angekommen. Seltsame Apothekenseiten, Pharmaseiten mit Stoffen ohne Zulassung in Deutschland. Sie hofft auf Genesung. Aber es kommt keine Genesung. Hannes ist weg. Bobby ist weg. Und sie selbst ist auch irgendwie weg.

Maxie möchte der Wirklichkeit den Rücken kehren.

Morgens steht sie auf, duscht, zieht sich an, tupft Rouge auf die hellen Wangen, zwingt sich, einen Orangensaft zu frühstücken, und fährt gedankenverloren mit dem Rad ins Büro. Die Arbeit erledigt sie taub, beantwortet E-Mails, führt wortkarg Telefonate, tippt Zeichen und Zahlen in den Computer, ohne zu bemerken, was sie eigentlich schreibt. Am nächsten Morgen steht sie wieder auf, duscht, zieht sich an, tupft Rouge auf die Wangen, schafft einen halben Orangensaft und radelt ins Büro. Am nächsten Tag steht sie auf, duscht, trinkt einen Schluck Orangensaft, ihr Fahrradschloss klemmt. Sie geht zu Fuß ins Büro. Ihr Rouge ist verbraucht. Sie kauft ein neues. Sie weiß nicht, ob es Tage oder Wochen sind, die sie so verbringt. Und sosehr sie sich zur Arbeit aufraffen muss – die Arbeit ist das Einzige, das ihr Halt gibt. E-Mails, Anfragen, Sachlichkeit, Kollegen, Druckertinte, Pitches, Kaffeemaschine. Das ist alles machbar. Da kann Maxie funktionieren. Vor den Wochenenden hat sie regelrecht Angst. Feiertage sind das Allerschlimmste. Sie ruft ihren Vater an. »Papa?«

»Kleine, wie schön … Wie geht's dir?«

»Na ja. Es geht. Und dir?«

»Soll ich dich besuchen kommen? Ich bin grad noch mit

Claudia in der Toskana, aber wir sind in sechs Tagen wieder da.« Er machte eine Pause: »Oder komm doch her!« Das wäre natürlich für ihn das Bequemste! Aber Maxie hat keine Lust auf Claudia. Sie hat keine Lust, vor ihr die erfolgreiche Tochter zu spielen. Für ein mehrstündiges Lächeln fehlt ihr die Kraft. Und über ihre Scheidung reden will sie mit »Claudi« erst recht nicht. Wie eine Versagerin dem Glück der Erwachsenen zusehen. Mit Claudia am Pool liegen und sich ihren mitleidigen Blicken aussetzen. Sie hat Claudia erst drei Mal getroffen und sieht sich nicht in der Lage, einer fremden Frau irgendwelche Einblicke in ihren Absturz zu gewähren.

»Ich muss nach den Feiertagen wieder arbeiten«, sagt Maxie.

»Dann komme ich in zwei Wochen. In Ordnung?«

»Musst du nicht, Papa.«

»Ich will aber. Ich werde es einrichten. Meine Kleine. Iss was, ja? Und melde dich morgen wieder.«

Zu mehr ist er nicht fähig. Zu mehr wird er nie fähig sein. Aber er ist so lieb, wie er kann.

»Brauchst du Geld?«, fragt er noch, bevor er auflegt.

»Nein, ich brauche nichts.«

Wie gut, dass meine Mutter das nicht mehr miterleben muss, denkt sie.

Weißes Pulver auf Löffeln. Auf Handydisplays. Auf Geschirrplatten, Marmorplatten, auf Tischen und Schlüsseln. Sie liebt das Ritual, das Kleinhacken, das Krümeln und dann das tiefe Einatmen, Ziehen, Ballern. Die Geldscheine. Das Geheimnis. Dann die Angst, die tiefe Angst, dass es nachlässt.

Die Erste ist die beste. Danach gibt's kein Zurück mehr. Danach will sie mehr und mehr und schneller. Ein *bisschen* Koks geht nicht.

Sie setzt sich Uhrzeiten, deadlines. *Dead Lines. Lines.* Um einundzwanzig Uhr die Erste! Frühestens. Erst was trinken. Erst mal hinsetzen. Kurz was zu essen bestellen, wenigstens das. Aber bis das Essen kommt, war sie längst auf dem Klo und das Fleisch ekelt sie an. Sie sieht das sehnige Carpaccio und möchte würgen. Okay, okay, keinen Bissen mehr – aber noch mal Klo. Eine noch. Es ist ja erst dreiundzwanzig Uhr. Der Abend hat doch gerade erst begonnen. Es kann noch spannend werden. Es *ist* spannend. Weil sie sich fast wie erwischt fühlt. Sie könnte jederzeit auffliegen, ertappt werden. Es kribbelt, die Vorfreude kribbelt. Die Freude auf die nächste Line. Aber ab Mitternacht wird es kritisch. Sie wird kritisch mit sich. Denn mal ehrlich: So viel gibt der Abend nicht her. Und ohne das Zeug wäre es geradezu langweilig, vermutlich. Aber das weiß sie nicht. Denn ihr ist nicht fad. Sie ist spannend, sie ist so wach und cool und hat so viel zu erzählen. Zur Not erzählt sie es sich selbst. Ihre Deadline: zwei Uhr. Um zwei Uhr die letzte Line – sonst kann sie wieder nicht schlafen. Sie rechnet: »Wenn ich um zwei Uhr die Letzte ziehe, muss ich nur bis ungefähr vier Uhr bleiben, damit die Wirkung nachlässt und ich nach Hause fahren kann«. Dort wird sie noch ein wenig wach liegen.

Es gibt ja auch ein gutes Wachliegen, ein aufgeregtes, weil morgen etwas Schönes passiert. Oder eins, bei dem sie sich Geschichten ausdenkt oder sich ausmalt, wohin sie als Nächstes reisen wird. Aber: *Dieses* Wachliegen ist es nicht. Ihr Wachliegen ist ein Kampf. Ein Wettlauf gegen ihr rasendes Herz – aber ihr Herz ist schneller. Sie ist schon außer Atem, außer Liebe, außer sich. Sie will nur Ruhe und einschlafen, morgen aufwachen – selbst wenn das Aufwachen auch nicht besonders schön werden wird. *Es geht vorbei, gleich ist es vorbei*, erzählt sie sich. Atmen, entspannen. Aber da ist diese Leere, diese Lücke, dieses Taubsein, Stummsein, kaum noch am Leben sein. Der Körper ist da; aber ihre Seele oder was auch immer es ist, das sie ausmacht, das sie fühlen und lachen lässt, das ist weg. Da ist nur dieser sterbliche Überrest, die Organe, die alle durch den Körper galoppieren, ohne Ziel, ohne Orientierung, lauter Geisterfahrer. Ihr Herz ist ein Ameisenhaufen, und ihr Kopf – ah, ihr Kopf, in den alle schlechten Gedanken hineinfallen. Die Gedanken purzeln herunter, weil ihr Kiefer und ihr Zähne Löcher in ihren Schädel bohren. Ihr Gebiss richtet dieses Massaker an und schafft für den Vandalismus der Freibeuter und Wilderer Platz. Alles wird freigebissen. Nun können sie hereinströmen. Da ist viel Angst und Schuld und Gewissen. Ein Auffahrunfall. Eine Sorge rammt die nächste, das ist kein Autoscooter mehr, das ist ernst.

Das Kokain wandert mit ihr dahin, wo es richtig wehtut. Es nimmt sie erst zärtlich bei der Hand, anfangs verführt es sie mit seiner Aufmerksamkeit, aber dann zieht und zerrt es an ihr, gewaltbereit, sie kann ihm kaum noch folgen, aber es hat sie in den Klauen und schleift sie durch den Wald, es quetscht ihre Hand, es packt ihren Arm. »Folge mir – durch das Gestrüpp, die Brennnesseln, Äste, Holzspäne. Widersprich mir nicht. Das ist kein Ausflug ins Grüne. Das ist ein Ausflug ins Dunkle.«

Im Bösen bin ich gut, denkt sie. *Darin hab ich meinen Doktor.*

Sie will nicht akzeptieren, dass es hell wird, dass der Abend und die kleine Ampulle nichts mehr hergeben, es muss noch mehr her. Ihr Gewissen schreit sie bereits an, aber die Sucht schreit lauter. Ihr Gewissen beschimpft sie, es beleidigt sie und kratzt sie, es ist aggressiv zu ihr. Umso mehr will sie weitermachen.

Das war jetzt aber echt die letzte! Naaaa gut, eine noch, um halb drei. Die nächste um drei. Okay, jetzt liegt da schon was für sie, da hat ein wahrer Freund ihr etwas Gutes getan, ihr etwas auf dem Klo hinterlegt, versteckt unter einer Rolle, alle machen weiter. Sei kein Frosch. Sei ein Monster!

Maxie checkt dauernd bei WhatsApp, wann Hannes zuletzt online war, und fragt sich, warum er ihr nicht antwortet. Wem schreibt er? Was denkt er? Was fühlt er? Suchte er auch – wie sie es tut – den Trost in den Armen anderer Menschen? Sie kann nicht anders und fährt zur Uniklinik. Dort wartet sie, in der Hoffnung, ihm zu begegnen. Sie weiß nicht genau, wann er Feierabend hat, aber irgendwann muss er ja mal rauskommen. Da steht sie, vor dem Haupteingang, und sieht die Kranken hineingehen und die Gesunden herauskommen. Krankenwagen halten, Menschen werden auf Liegen hereingetragen, die Kittel der Ärzte wehen, alle sind so beschäftigt mit den wirklich wichtigen Dingen im Leben, und Maxie steht da und ist sich nie überflüssiger, sinnloser vorgekommen. Sie steht eigentlich nur im Weg.

Plötzlich entdeckt sie Hannes, der mit einem Kollegen aus dem Gebäude kommt und sich angeregt unterhält. Die beiden bleiben vor der elektrischen Glastür stehen, die Tür schließt und öffnet sich. Hannes sieht wichtig und vornehm aus in seinem Kittel. Er bemerkt Maxie nicht und unterhält sich weiter mit dem Kollegen. Sie nimmt all ihren Mut zusammen und geht auf ihn zu, räuspert sich, grüßt zaghaft. »Warte«, signalisiert er ihr, als er sie bemerkt. Er setzt das Gespräch fort und gibt ihr mit einer Geste seiner Hand zu verstehen, dass sie Abstand halten soll. Sie geht einen Schritt zurück und stößt mit einer Krankenschwester zusammen, die Mullbinden, Einwegspritzen und Kanülen trägt. Alles purzelt herunter, und Maxie hilft nervös beim Aufsammeln, während sie sich entschuldigt. Hannes sieht zu ihr herüber. Und sie sieht gebückt zu ihm. Er kommt auf sie zu und hilft dabei, die Pflaster und Verbände aufzuheben. »Hier.« Er drückt der Schwester alles in die Hand. Dann wendet er sich Maxie zu.

»Was machst du hier?«

»Ich wollte dich sehen.«

»Warum?« Er schiebt sie ein Stück beiseite, raus aus dem Verkehr vorm Krankenhaus.

»Bitte komm zu mir zurück.«

Er nimmt ihre Hand. Sie weiß, dass sie mager und verzweifelt aussieht.

»Ich habe schon in der Klinik in Washington unterschrieben, Maxie. Ich werde Deutschland verlassen.«

»Wann?«, fragt sie.

»In zehn Tagen.«

Dann fängt sie an zu schluchzen. Er nimmt sie fest in den Arm und sagt: »Beruhige dich, Maxie. Es ist alles gut.«

»Können wir uns vorher noch mal sehen?«, wimmert sie.

»Ich muss packen. Alles organisieren. Fahr erst mal nach Hause. Ich rufe dich an, falls ich es vorher noch schaffe.«

Er winkt ihr ein Taxi herbei und setzt sie behutsam hinein. Sie weiß nicht, wohin. »Fahren Sie einfach rum«, sagt sie zu dem Taxifahrer. Und sie fährt durch die Stadt, endlos. Sie sieht all die Orte, an denen sie mit Hannes war, und die Ecken, an denen sie Bobby heimlich geküsst hat. Es gibt nichts, was nicht infiziert ist.

Es ist der Sieg der Traurigkeit über die Liebe.

Ah, da ist sie ja: eine Überlebende des Unglücks. Wie nach einem Brand, eine Unglücksveteranin, eine Heimkehrerin ohne Heimat, sie kommt nach Hause ohne ihre Armee, sie ist übrig, sie bleibt übrig, wo sind denn alle hin? Sie hat ein Bein verloren im Krieg oder – schlimmer – ihre Fröhlichkeit. Sie hinkt mit ihrem Holzbein und ihrem hölzernen Herzen. Dann sucht sie Zerstreuung, aber nirgends auf der Welt ist sie sicher vor ihren Erinnerungen. Der Schmerz findet sie. Wie ein Geheimagent.

Maxie geht davon aus, dass das Einzige, was sie erleben kann, nachts geschieht. Und sexueller Natur ist.

Wann ist ihr Leben eigentlich wie Instagram geworden? Es sieht alles nach mehr aus als es ist. Maxie hat ein Bikinifoto hochgeladen. Sie trifft Männer über Instagram oder Tinder. Bei manchen empfindet sie es als Hybris, dass sie sich selbst so geil finden. Es sind Männer mit Mundgeruch, Männer, die von ihr in die Eier getreten bekommen und dafür Geld bezahlen wollen oder Männer, die ihr ein paar getragene Unterhöschen abkaufen wollen.

Dann denkt sie an Bobby. Daran, wie er beim Sex gegrunzt hat, so ein tiefes, männliches Erregtheitsgeräusch, grummelig, tierisch, unkontrolliert. Und wie die anderen Männer, mit denen sie jetzt schläft, immer fiepen, beinah japsen. Wie sie winseln. Das ist kein männliches Geräusch, das ist lästig und abstoßend, und sie empfindet manchmal schon währenddessen Ekel und verliert die Selbstachtung. Manche stupsen sie spielerisch mit der Nase an nach dem Sex, wie ein schnupperndes Eichhörnchen – das hasst sie. Andere spielen den Tiger im Bett und fahren ihre Hände als Krallen aus und fauchen wie ein Raubtier. Es ist ihr unerträglich; die fremde Stimme, die nicht Bobbys Stimme ist, das fremde Gesicht, das nicht Hannes' Gesicht ist.

Von vielen Männern ignoriert zu werden ist schlimmer, als nur von einem Mann ignoriert zu werden. Da hat sie sich extra ihre Verehrer herangezüchtet, ihr Portfolio, sie gehegt und gepflegt – und dann hatte keiner Zeit, keiner von fünf! Fünf! Zur Hölle mit den Männern. Das, was sie anrichten, wächst und wächst, als ob mit jedem Mann eine neue Demütigung einhergeht, die diese ewige Wunde in ihrem Ego immer wieder aufreißt, vergrößert. Und keiner ist da, um das Leck zu flicken. Sie ist das Gummiboot, die Gummipuppe. Sie ist die mit dem Loch, und das Wasser strömt hinein, und die Männer schlitzen ihren Stoff auf, ihre Hülle, zerreißen alle Nähte. Das kommt davon, wenn man mit Luft gefüllt ist und nie richtig aufgepumpt ist. *Ich bin ein Schlauchboot*, denkt sie. *Flick mich.*

Sie behält ihr Handy immer im Blick, selbst wenn sie in Besprechungen ist, selbst im Flieger will sie kaum den Flugmodus aktivieren, auch wenn sie in der Oper sitzt oder im Kino, mindestens Vibration. Sie schämt sich. Sie ist ein Junkie. Sie schreibt den Männern zwanghaft Nachrichten und ist gekränkt, nein: am Boden zerstört, wenn die Antwort ausbleibt. Oder wenn eine Antwort zu passiv ist. Sie verschickt Selfies und erwartet Applaus. Sie hat einen Ordner auf dem Handy mit lauter sexy Bildern von sich, Nacktfotos, Halbnacktfotos.

Sie möchte ja gar keine Liebe von denen, sie möchte Verfügbarkeit. Die Männer haben Zeit zu haben, wenn sie Zeit hat. Sie haben zu antworten, wenn sie schreibt. Aber die, die ihr zu sehr gehorchen, langweilen sie. Und die, die ihr zu wenig gehorchen, verflucht sie. Aber sie weiß, die meisten müssen Maxie bloß sehen, um wieder verrückt nach ihr zu werden. Es geht ihr gar nicht um das Treffen an sich. Es geht ihr darum, die Männer wieder zu ködern, indem sie ihnen in Erinnerung ruft, wie sie aussieht, wie sie duftet, wie sie lächelt, wie die Männer sich in ihrer Gegenwart fühlen. Zwischendurch vergessen die Männer ihre Anziehungskraft, aber sobald sie Maxie wiedersehen, wollen sie mit ihr schlafen, dann fällt ihnen wieder ein, was sie mit ihnen macht. Dann fällt ihnen ein, wie sie wirkt. Nur darum geht es ihr. Der Magnet muss nah genug sein, um zu wirken. Das weiß sie. Sonst hat sie kein Netz, keinen Empfang, keine Strahlkraft. Sie muss aufgetakelt vor ihnen sitzen und wie ein Wecker klingeln, wie ein Kalender piepsen, Erinnerung: Begehrt mich! Nehmt mich! Kann man benutzt werden, wenn man selbst benutzt?

Sie kann damit nicht aufhören, weil sie sich so sehr daran gewöhnt hat. Seit sie fünfzehn ist, lebt sie von ihren Wellen, von dem Blick, den Männer ihr entgegenbringen. Sobald Maxies Welle sie erfasst hat, spülen sie Begehren und Aufmerksamkeit zurück. Sie hat sich immer nur durch Männer gespürt. Sie hat keine Erinnerung an weibliche Liebe, keine Schwester, nur Frieda, sie ist Einzelkind und war immer auch irgendwie Einzelgängerin. Sie kennt fast keine weibliche Zuneigung, keine

Liebkosungen ohne sexuelle Komponente. Alles Zärtliche war bei ihr immer mit Sex verbunden, mit Erotik, mit Kerlen, die sie nicht umsonst streichelten oder liebten. Sie hat immer ihren Körper zurückgegeben. Es war stets ein Deal. Sie als Außenseiterin konnte mit ihrem Körper punkten und alles wettmachen, was ihr an Liebe fehlte.

REBECCA

»Hallo, mein Schatz!«, ruft Sandra in den Hörer.

»Hallo Mama.«

»Ich bin so stolz auf dich. Das ist ein ganz toller Artikel.«

Sandra hat die Zeitung aufgeschlagen, und da sah sie: ihre Tochter. Im Wirtschaftsteil, mit Foto und großem Interview und allem Drum und Dran. Rebecca hat es geschafft! Sie ist Vorbild, Mentorin – und Preisträgerin. Sie hat für Nachhaltigkeit in ihrer Firma gesorgt, die Unternehmenskultur verändert. Ein Frauenförderungsprogramm gegründet, Kurse für benachteiligte Frauen ins Leben gerufen. So steht es da.

Sie hat es all ihren Freundinnen gezeigt, all den anderen Müttern. Sie hat zwanzig Mal dieselbe Zeitung gekauft. Sie hat den Artikel ausgeschnitten und ihn an Rebeccas Schwestern geschickt. Sie hat es sogar den Nachbarn erzählt.

Sie hat es ihrem Mann Thomas gezeigt, und auch der war mächtig stolz. »Das ist ein ganz toller Artikel«, hat er gesagt.

»Du hast wirklich was bewegt. Was du da ins Leben gerufen hast. Das klingt alles so … so modern. Fortschrittlich.« Sandra überschüttet ihre Tochter mit Lobesbekundungen.

»Ich bin die Vorzeigefrau.« Rebecca lacht.

»Das bist du! Eine richtige Emanze!«

»Haha, aus deinem Mund klingt das wie ein Schimpfwort.«

»Nein, Schatz. Ich glaube, du bist wirklich ein Vorbild. Bei mir waren es eben andere Zeiten.«

»Du wolltest was anderes im Leben als ich.«

»Ja ... das mag sein. Aber du ... bist du denn glücklich?«

»Ja, Mama. Das bin ich. Sehr.«

»Wie geht es Tim? Er ist bestimmt auch sehr beeindruckt.«

»Ja, er freut sich für mich. Wir haben eine Wohnung gekauft. Mit einem riesigen Balkon!«

»Wo denn?«

»Mitten in der Stadt.«

»Mitten in der Stadt? Ist es denn da ruhig?«

»Ja, es ist ruhig und sehr grün. Und ich bin schnell im Büro. Sie ist wirklich schön, ein Altbau mit ganz hohen Fenstern und Stuck.«

»Ich freue mich sehr für dich, Kind!«

»Es gibt auch ein Gästezimmer für dich und Papa.«

»Wir kommen dich bald besuchen. Ich frage mal Papa, wann wir fahren können. Ich fahre ja so ungern selbst.«

»Ich weiß, Mama. Nehmt doch den Zug.«

»Nein, nein. Wir nehmen das Auto. Das ist einfacher.«

»Ihr könnt zur Einweihungsparty kommen!«

»Das ist nichts für uns. Wir kommen lieber mal in Ruhe. Oder brauchst du Hilfe? Ich kann Nudelsalat machen. Oder Hackbällchen.«

»Nein, nein. Wir haben da ein gutes Restaurant, das uns beliefert.«

»Die liefern euch Essen nach Hause?«

»Ja, klar. Aber kommt doch, bitte. Dann lernst du meine Freunde kennen.«

»Stören wir da nicht?«

»Ihr stört mich nie, Mama.«

MAXIE

Eines Nachmittags ruft ihr Chef sie zu sich ins Büro. »Setz dich, Maxie.« Vorsichtig rückt er ihr einen Stuhl zurecht.

»Wie geht es dir?«, fragt er und klingt dabei vorsichtiger als sonst.

»Gut, alles okay.« Sie fragt sich, was er von ihr will.

»Ich muss mal mit dir sprechen, wir müssen uns unterhalten.«

»Ja?« Sie ahnt nichts Gutes.

»Leider ja, Maxie. Es gibt da ein … nun ja: Problem. Es ist mir was zu Ohren gekommen. Es herrscht Unmut.«

»Worüber?«, fragt sie, obwohl sie es weiß.

»Du hast mit einem unserer wichtigsten Kunden eine Affäre! Mit Dr. Robert Metz! Die Leute reden.«

»Ich habe keine Affäre! Und wenn: Es ist längst vorbei.« Als sie es ausspricht, spürt sie einen Stich. Es ist ja gar nichts mehr.

»Weißt du, wie viele seiner Firmen uns schon beauftragt haben? Was wir alles an ihm verdienen! An den Kampagnen!« Ihr Chef sieht besorgt aus und unzufrieden. Sie sitzt vor ihm auf dem Stuhl, er beugt sich zu ihr rüber. Sie trägt ein enges Oberteil und verdeckt mit verschränkten Armen die Wölbung ihrer Brüste. Diese Scheißbrüste!

»Ja, aber das ändert doch nichts! Er war ja nicht *mein* Kunde! Unsere Beziehung war nie geschäftlicher Natur.«

»Das sehen deine Kollegen leider anders, Maxie. Und unser Geschäftsführer auch. Wie soll man dich hier in der Firma ernst nehmen, wenn du mit einem Kunden in die Kiste steigst?! Ich glaube dir ja. Ich weiß, wie gut du bist. Und wie fleißig. Aber die anderen sehen leider nur eine Opportunistin. Und eine Ehebrecherin noch dazu.«

»Ach, jetzt wollen alle moralisch sein? Ganz ehrlich, wenn ich ein Mann wäre, wäre das alles überhaupt kein Problem! Dann würde man mir noch High Five geben, wenn ich ein junges Ding abgeschleppt hätte. Aber eine junge Frau, die rumvögelt, ist natürlich ein Problem!«

»So ist die Welt leider, Maxie.«

»Und wir haben nicht mal nur rumgevögelt. Wir haben uns verliebt. Er hat sich zuerst verliebt! Ach, aber das geht dich auch überhaupt nichts an!« *Warum habe ich dieses enge Shirt angezogen*, denkt sie. Sie schrumpft auf ihrem Stuhl zusammen und hält sich weiterhin die Arme vor die Brust. Sieht man ihre Nippel? Ist es das, was sie verbrochen hat?

»Um Gottes willen, Maxie. Ich weiß, wie goldig du bist. Ich weiß, was du drauf hast! Aber es tut mir leid, die anderen sehen nur das, was sie sehen wollen, was sie hören. Und da bedienst du nun mal ein Klischee. Du wirkst abwesend bei der Arbeit. Du hast deine letzten Sachen nicht pünktlich abgegeben. Die Leute meinen, du hast vielleicht ein Alkoholproblem. Du versäumst Termine. Im Übrigen: Wenn dieser alte Kerl dich wirklich geliebt hätte, hätte er dich in Ruhe gelassen. Man bringt doch eine junge Frau nicht in so eine Lage. Er hat deiner Karriere massiv geschadet. Und deinem Ruf. Mal ganz abgesehen von deiner Ehe. Aber das geht mich wirklich nichts an.« Ihr Chef schaut kurz auf seinen Computer, eine E-Mail ist aufgepoppt.

»Aber wir haben uns geliebt!« Maxie kliangt inzwischen, als ob sie sich selbst überzeugen muss. Ihr Chef überfliegt die E-Mail.

»Das mag ja alles sein. Aber ihr habt euch verdammt dumm angestellt. Und er hätte es besser wissen müssen. Er hätte Verantwortung tragen müssen.«

»Aber so ist die Liebe doch nicht!«

»Er hätte dich schützen müssen – gerade aus … Liebe.« Und ihr Chef spricht das Wort Liebe so, als hätte er es in Anführungszeichen gesetzt, wie eine Ironie.

»Ich finde, das ist Privatsache. Aber was soll ich denn jetzt tun?«

»Am besten wechselst du die Firma. Hier ist zu viel verbrannte Erde.«

»Aber ich hab doch niemandem etwas getan, meine Arbeit immer gut gemacht!«

»Ich weiß, das stimmt. Du warst exzellent.« Er klingt selbst resigniert und enttäuscht. »Du wirst nur so viel Gegenstrom haben. Das wird hier verdammt anstrengend für dich werden, wenn du bleibst.« Sein Telefon klingelt. Er lässt es klingeln, entschließt sich aber dann doch, den Hörer in die Hand zu nehmen, und sagt, ohne abzuwarten: »Ich melde mich gleich zurück.« Dann legt er wieder auf. Maxie hockt da, ihr ist kalt, ihre Arme sind inzwischen zum Kreuz geformt und sie drückt ihre Oberarme gegen ihre Brustwarzen.

»Wenn du meinst, dass es leichter ist, wenn ich gehe.«

»Ich will nicht, dass du gehst. Ich will, dass du bleibst. Du bist besser als Valentin. Aber Valentin wird wahrscheinlich nächstes Jahr hier Teil der Geschäftsführung werden.«

»Valentin? Ernsthaft? Dieser Schleimer! Der kriecht doch jedem Kunden nur in den Hintern und hat dabei nicht mal gute oder kreative Ideen!«

»Ich hätte dich lieber auf diesem Posten gesehen, glaub mir.

Aber ich bekomme keine Mehrheit für dich. Niemand fühlt sich von Valentin bedroht.«

»Ich bedrohe doch niemanden!«

»Du nicht! Aber das, wofür du stehst, unsaubere Geschäfte. Es ist ein Kampf, den du nicht gewinnen wirst. Es gibt Flurfunk. Die Leute reden.«

»Warum reden sie über mich? Was geht es sie an!«

»Die Menschen empört sowas. Sie können damit nicht umgehen. Sie fürchten sich vor Frauen wie dir! Aber es liegt auch an diesem Zeigefinger in der Gesellschaft. Die Leute freuen sich, wenn es anderswo kracht und nicht bei ihnen. Und das Gehirn geht immer den kürzesten Weg: Du bist in ihren Augen eine Gefahr, eine unsichere Kandidatin. Außenwirkung. Wenn die Presse das erfährt …«

Maxie denkt nach, aber sie hat zu viel zu sagen, um es aus-zusprechen. Sie möchte ihren Chef nicht mit romantischem Gerechtigkeitsgefasel nerven. Er hat genug zu tun. Sein Telefon klingelt erneut. Er lässt es klingeln.

»Schau mal, Maxie … Du willst doch Kinder?«, fragt er vor-sichtig.

Maxie zuckt mit den Schultern.

»Für jede Frau ist es doch wichtig, irgendwann Mutter zu sein! Das wäre doch sicher auch was für dich!«

»Ich soll jetzt Mutter werden, weil hier alle miese Heuchler sind?!«

»Nein, aber sieh es doch als Chance. Du bist so talentiert. Nach der Schwangerschaft nimmt dich jeder mit Kusshand! Die Geschichte wird fast vergessen sein. Und du bekommst so den nötigen Abstand.«

Maxie schießen die Tränen in die Augen. Es ist alles eine riesengroße Scheiße.

»Geh ruhig ran«, sagt sie dann und steht auf. Sie verlässt das Büro.

Bobby kann einfach so weitermachen. Karriere, noch mehr Geld, noch mehr Macht, er will neuerdings in die Politik, hat sie gehört. Inzwischen ist er der weltweite Geschäftsführer seines Konzerns geworden, er hält so viele Firmenanteile, dass er sich gerade ein neues riesiges Haus in London gekauft hat. Immer neue Autos, neuere Uhren, Audemars Piguet, Patek Philippe, Lange und Söhne, Panerai, Hublot.

Ich könnte ihn anzeigen, denkt sie. *Ich könnte mich wehren*. Aber dann verwirft sie den Gedanken. Und sie weiß nicht einmal genau, warum. Liebt sie ihn immer noch? Möchte sie ihn schützen? Möchte sie das, was sie beide hatten, bewahren? Hat sie Angst vor ihm? Hat sie Angst, dass er sich rächen wird? Hat sie Angst, dass er nie wieder mit ihr sprechen wird? Hat sie denn wirklich immer noch Angst, ihn zu verlieren? Es ist doch längst schon alles verloren. Sie sieht sich dabei zu, wie ihr Leben zerbröckelt, und der Film langweilt sie. Vielleicht hat sie ihr Kontingent an Glück und Abenteuer erschöpft. Die Männer, die sie trifft, sind ein Makler, den sie aus dem Internet kennt, ein geschiedener Richter, der jedes zweite Wochenende seine Kinder zu Besuch hat, ein verheirateter Autohändler und ein verheirateter Physiotherapeut, den sie über Helena und Philipp kennt. Der Physiotherapeut ist dreiundvierzig und hat einen Sohn und einen Hund. Er beschwert sich ständig über seine Frau, die er aber wegen des Kindes und wegen der gemeinsamen Praxis nicht verlassen kann. Maxie ist es egal. Sie will von diesen Männern nur zwei Dinge: Sex und Bestätigung. Diesen kurzen Augenblick, in dem sie ihr den Nacken streicheln oder die Schenkel auseinanderdrücken. Dann vergisst sie, dass sie ihren Job, ihren Mann und ihre Zukunft verloren hat.

Sie hat nicht bemerkt, dass sie sich vor der ganzen Stadt ausgezogen hat, dass sie nun nackt dasteht.

Hannes lebt jetzt in Washington, und sie hat ihm drei Briefe geschrieben, auf die er freundlich, aber bestimmt geantwortet hat. Nein, es gibt kein Zurück. Und auch zu Bobby gibt es kein Zurück. Er ist verheiratet, er hat die andere zur Frau genommen.

Maxie duscht, erst heiß, dann immer kälter, bis jeder ihrer Knochen eiskalt ist, dann dreht sie die Dusche aus und bleibt lange tropfend in der Kabine stehen. Sie sieht der Haut beim Trocknen zu. Die Kälte soll sie wiederbeleben, sie möchte alles abwaschen, sich ausspülen, aber auch das Frieren hilft nichts gegen die dumpfe Stumpfheit. Sie kämmt sich die Haare, sie zieht sich an, sie fährt durch die Stadt, sie kommt wieder nach Hause, trinkt Wein, ignoriert Friedas Anrufe, wie schon seit Wochen, trifft sich mit Männern. Sie hat Sex, sie legt sich schlafen, sie schläft nicht ein, und morgens kommt sie nur schwer aus dem Bett. Sie steht wieder auf, sie duscht wieder lang, erst heiß, dann immer kälter. Sie denkt an Hannes, sie denkt an Bobby, sie kämmt sich die Haare und fährt wieder durch die Stadt.

HELENA

Heute ist ein schöner Tag. Die Sonne scheint. Es ist warm,
beinah kann man im Pullover Rad fahren, der Frühlingswind
pfeift durch den Stoff, der Physiotherapeut ihres Sohnes hat ihr
vorhin gesagt, dass all ihre Sorgen nun abgelegt werden können.
Das Kind wird alles können wie alle anderen Kinder; laufen,
raufen, rennen, spielen, fangen. Sie muss nicht mehr bangen.
So viel geweint hat sie dort, in diesem Zimmer mit dem Linole-
um-Boden. Sie erinnert sich an all die Übungen, das Verbiegen
des kleinen Körpers, die Therapiemethoden, das Schreien, das
Weinen, wie auf den kleinen Knochen herumgedrückt wurde,
wie oft hat sie ihr Kind danach auf dem Gang gefüttert, Fläsch-
chen, Desinfektionsmittel, Maxi Cosi. Andere Patienten kamen
vorbei, Helena schaute sie mitleidig an. Kinder saßen im Rollstuhl und wurden von ihren Eltern über die Gänge geschoben.
Manchmal schauten auch die anderen Eltern Helena mitleidig
an. Sie fragten sich sicher, was ihr Kind habe, ob es krank oder
eingeschränkt sei, warum es hier behandelt würde. Helena hat
sich irgendwie immer mit diesen Eltern verbunden gefühlt.

Doch heute sagt ihr der Physiotherapeut: »Sehen Sie mal,
was aus all Ihren Ängsten geworden ist! Ihr Kind ist ganz unauffällig! Er wird alles machen. Alles können.« Sie fragt noch ein

paar Mal nach, was das bedeute, ob das gewiss sei, ob sie trotzdem wiederkommen müsse, ob er das bestätigen könne, ob es dem Kind gut gehe, uneingeschränkt. »Ja! Aber ja doch!«, antwortet der Physiotherapeut.

»Es ist ein Wunder! Das Kind ist ein Geschenk des Himmels«, sagt die Neurologin.

Sie ruft Philipp an. »Es ist ein Wunder!«, wiederholt sie die Worte der Ärztin. »Es ist gut. Alles ist gut.«

»Oh, wie ich dich liebe! Wie ich euch liebe!«, ruft er.

Später sitzt Helena allein auf dem Fahrrad. Das Kind schläft zu Hause. Philipp ist bei ihm. Das Wetter ist prachtvoll, die Straßen sind befahren, die Litfaßsäulen voller Reklamen. Helena fährt an den Bäumen vorbei, zum ersten Mal wieder in Farbe nach dem Winter, das Licht tanzt auf den Blättern, ping pong, es ist Frühling, und der Himmel ist unfassbar blau. Sie schaut nach oben, während der Fahrt, und sagt: »Danke, Papa.«

MAXIE

Maxie zieht für ein paar Wochen bei ihrem Vater ein. Ihr Vater bietet ihr sogar Geld für den Umzug an. Aber sie möchte sein Geld nicht. Das Zusammenleben mit ihm gefällt ihr. Abends sitzen sie beisammen, sprechen über Filme oder lesen nebeneinander Zeitung. Maxie kauft ein, frisches Obst und Gemüse vom Markt, und sie sortiert seine Bücher alphabetisch. Ab und zu kommt Claudia vorbei. Dann fährt Maxie rasch los, um Rebecca zu besuchen oder ein Tinder-Date zu treffen.

»Deine Mutter war auch so unangepasst«, sagt ihr Vater. »Das hab ich immer an ihr bewundert. Sie wollte gar nicht heiraten, sie fand das spießig. Sie wollte immer frei sein und singen. Musik war ihr das Wichtigste. Also außer dir natürlich. Dich hat sie so sehr gewollt. Dafür hat sie selbst die Hochzeit in Kauf genommen.«

»Ich wollte heiraten, ich habe Hannes wirklich geliebt. Ich meine, nicht nur so, nicht nur wie man das so sagt.«

»Ich weiß, er war auch ein guter Typ. Aber ihr habt euch vielleicht nicht genug um eure Ehe gekümmert.«

»Vielleicht hat er mich für zu selbstverständlich genommen. Und ich ihn auch. Und ich hab versucht, dagegen anzukämpfen.«

»Du hast schon als Kind immer dein Ding gemacht. Nach dem Tod deiner Mutter hast du monatelang nach ihr gesucht. Du hast Zettel bemalt und gebastelt und sie an die Bäume gehängt. Wie Kinder, denen ein Hund entlaufen ist.«

»Ich möchte ein Kind, Papa«, sagt sie.

Sie reist einen Monat durch Südamerika. Ganz allein. Sie ist noch nie zuvor allein verreist, aber sie hat keine Angst mehr. Sie trifft liebe Menschen, sie isst und schwimmt und verbrennt in der Sonne und häutet sich. Als sie zurückkommt, sucht sie sich eine eigene Wohnung, ganz in der Nähe von Frieda, die sie jetzt wieder öfter sieht, und einen neuen Job. Es fällt ihr nicht schwer, sie ist jung, klug und kinderlos. Sie macht die Pressearbeit für ein großes Theater. Dort flirtet sie auf der Premierenfeier von *Drei Mal Leben* mit einem der Hauptdarsteller. Raoul hat wildes Haar und ist fünf Jahre jünger als sie. Sie sitzen bis tief in die Nacht auf den Treppen und reden über Theaterstücke. Es kribbelt, als er sie vier Tage später zum ersten Mal ganz plötzlich hinter der Probebühne küsst. Sie schiebt sich gerade ein Kaugummi in den Mund und vielleicht interpretiert er das als Zeichen. Sie erwidert seinen Kuss und fällt vor Aufregung beinah um. Sie löscht Tinder und trifft sich nun ausschließlich mit ihm. Er kommt abends nach der Vorstellung vorbei und kocht. Sie raucht, räumt die Küche auf und sieht ihm dabei zu, wie er das Gemüse schnippelt. Manchmal übernachtet er sogar bei ihr, obwohl das Maxie gar nicht so recht ist. Sie wacht in diesen Tagen gern allein auf. An den Wochenenden hat er oft Vorstellungen oder Proben. Er ist fleißig und sehr körperlich. Er setzt diesen Körper geschickt ein, auf der Bühne und bei ihr. *Das spricht für ihn*, denkt Maxie. Wenn sie in seine Vorstellungen geht, schwärmt sie für ihn. Auf der Bühne ist er von imposanter Statur und Präsenz. Sie nimmt jetzt Gesangsunterricht, und Raoul bittet sie ständig, ihr vorzusingen oder mit ihr seinen

Text durchzugehen. Sie mag seine Stimme. Er läuft oft nackt durch die Wohnung, manchmal kocht er auch nackt, und sie sieht ihn an, diesen trainierten Körper, und lauscht, wie er beim Kochen summt.

»Wir sollten ein Baby machen!«, scherzt er. »Oh, Maxie, oh Maxie, let's make love and a baby!« Sie tanzen nackt durch die Küche.

Dann passiert es wirklich. Sie wird schwanger. Maxie ist sich sicher, dass sie dieses Kind will. Sie hat trotzdem Angst, es ihm zu sagen. Aber dann denkt sie: *Zur Not ziehe ich das Kind allein groß.*

»Ich bin schwanger«, sagt sie und fügt sofort hinzu: »Aber mach dir keine Sorgen. Du bist zu nichts verpflichtet.«

»Spinnst du! Ich mache mir keine Sorgen. Ich mache dir lieber noch mehr Kinder!«, sagt Raoul. »Ich will mindestens fünf kleine Babys mit dir. Wie Papageno und Papagena!« Er fängt an zu singen.

So einfach ist das also, denkt Maxie.

EPILOG

Fünf Jahre später

Helena und Philipp haben noch einen Sohn bekommen. Er war ein einfaches Baby, er schlief gut, aß gut. Er liebt seinen großen Bruder und wünscht sich noch ein Geschwisterchen. Sie sind mit den Kindern aufs Land gezogen. Helenas Mutter besucht sie dort regelmäßig und tobt mit den Enkeln im Garten. Vor Kurzem hat sie einen sechs Jahre jüngeren Cellisten kennengelernt, er lädt sie zu seinen Konzerten ein. »Ich wollte eigentlich nie wieder einen Mann«, sagt Anna. Aber der Cellist ist so lebensfroh und unkompliziert, und Helena sagt ihrer Mutter, sie solle es doch einfach mal ausprobieren, laufen lassen.

»Wann lerne ich ihn denn mal kennen?«, fragt Helena.

»Och, das muss jetzt nicht sein«, antwortet Anna. »Ich bin sowieso am liebsten bei euch und den Enkeln, da muss doch kein fremder Mann dabei sein.«

»Er ist ja nicht fremd«, ermutigt Helena ihre Mutter. »Bring ihn einfach mit.«

Helenas Bruder hat seinen Job gekündigt und ist auf Weltreise gegangen.

Rebecca ist in die Geschäftsführung aufgestiegen. Ihr Frauenförderungsprogramm ist ein riesiger Erfolg, und sie sitzt in Gremien. Kürzlich hat sie einen Verein gegründet, um sich noch mehr für Gleichberechtigung und gerechte Bezahlung zu engagieren. Das Start-up von Tim hat mehr als einhundertsiebzig Mitarbeiter. Sie haben sich neben der großen Eigentumswohnung noch ein kleines Haus in der Toskana gekauft, und regelmäßig kommen die Nichten und Neffen zu Besuch. Tim und Rebecca überlegen noch immer, ob sie ein Kind adoptieren sollen. Eine Schwangerschaft ist bei Rebecca so gut wie ausgeschlossen. Sie hat zwar ihre Eier einfrieren lassen, aber die Ärzte raten davon ab, sie irgendwann wieder einzusetzen.

Maxie hat eine kleine Tochter bekommen. Sie hat nie wieder geheiratet, aber Raoul kümmert sich rührend und hingebungsvoll um seine beiden »Mädchen«. Frieda ist die Patentante ihrer Tochter. Ihr Vater hat große Freude an seiner Enkelin. Manchmal organisiert er für Maxie und Raoul einen Babysitter, damit beide sich einen schönen Abend machen können. Er selbst sieht sich nicht in der Lage, allein auf die Kleine aufzupassen. Aber tagsüber kommt er vorbei und baut Höhlen mit seiner Enkelin.

Hannes lebt in Washington mit einer jungen amerikanischen Ärztin zusammen. Er ist vor Kurzem Vater geworden. Als Maxie die Geburtsanzeige erhielt, versetzte ihr das Gesicht des Babys, das sie nie mit ihm gehabt hat, einen Stich. Aber dann schrieb sie ihm einen Brief und beglückwünschte ihn.

Bobby arbeitet viel und ist erfolgreicher denn je. Aber seine Ohren und sein Knie machen ihm zu schaffen. Als Maxie ihn eines Tages zufällig auf der Straße trifft, sieht er aus wie jeder andere Mann auf der Straße. Ein älterer Herr mit einem blauen Sakko. Maxie hält ihre Tochter an der einen Hand und reicht ihm die andere. Nie hätte sie sich träumen lassen, dass sie ihn je mit einem Handschlag begrüßen würde. Er trägt einen Ehering. Sein Haar ist noch dünner geworden, seine Lippen sind trocken. Ihr fällt ein Hautfetzen an seiner Oberlippe auf. »Du bist aber ein hinreißendes kleines Mädchen,« sagt Bobby und beugt sich zu dem Kind. Dabei fasst er sich an die Hüfte und verzieht das Gesicht. Seine Lippe platzt auf.

»Wie geht es dir?«, fragt Maxie freundlich und zeigt auf sein Knie.

»Ich hatte letztes Jahr einen Herzinfarkt«, sagt er.

»Oh, Bobby!«, ruft sie aus. Sie hätte ihn gern umarmt.

»Aber es ist alles gut gegangen. Du hast eine Tochter – ich habe einen Stent. So hat jeder was Eigenes.« Er lacht. Als er fortgeht, humpelt er.

Fragen, die Helena ihrem Vater nie gestellt hat:

Wie ist es, wenn man stirbt?

Hast du Angst?

Liebt man eine Tochter anders als einen Sohn?

Was wünschst du mir?

Was war deine glücklichste Zeit im Leben?

Was weißt du alles über mich?

Was weiß ich nicht von dir?

Hast du mir alles verziehen, was ich dir je an den Kopf geworfen habe?

Hast du auch nur eine Sekunde daran gezweifelt, dass ich dich liebe?

Hast du auch nur eine Sekunde daran gezweifelt, dass du mich liebst?

Was hättest du mir gern noch beigebracht?

Erkennst du dich in mir wieder?

Verstehst du mich?

Was hast du mir nie gesagt?

Bist du mir böse?

Was bereust du?

Wer warst du vor meiner Geburt?

Was war die beste Entscheidung in deinem Leben?

Wovon sollte ich die Finger lassen?

Wovor hast du Angst gehabt?

Was würdest du anders machen?

Welche deiner Eigenschaften hat dir am meisten im Leben geholfen?

Welche meiner Eigenschaften könnte mir im Leben am meisten helfen?

Fragen, die Rebecca sich nicht stellen wollte, aber es doch manchmal tat:

Will mein Körper nicht schwanger werden?
Kann mein Körper nicht schwanger werden?
Bin ich eine richtige Frau, wenn ich unfruchtbar bin?
Habe ich etwas falsch gemacht?
Habe ich es verdient?
Werde ich niemals Mutter sein?
Liegt es an Tim?
Könnte ich von einem anderen Mann leichter schwanger werden?
Denkt Tim an eine andere Frau, weil ich unfruchtbar bin?
Wird er mir je vergeben können, wenn wir keine Kinder haben?
Wird dieser Job mich glücklich machen?
Werde ich das Kind vergessen, wenn ich den neuen Job habe?
Werde ich mithalten können?
Werde ich den Ansprüchen meines neues Jobs gerecht?
Bin ich das Geld wert?
Ist das große Glück auch ohne Kind möglich?
Was wird aus meinen Träumen?

Fragen, die Maxie Bobby nie gestellt hat:

Hast du auch nur eine Sekunde daran gezweifelt, dass ich dich liebe?
Hast du auch nur eine Sekunde daran gezweifelt, dass du mich liebst?
Denkst du immer noch, dass wir zusammengehören?
Denkst du noch jeden Tag an mich?
Hast du mich wirklich mehr geliebt als alle anderen?
Hast du guten Sex?

Denkst du dabei an mich?

Was vermisst du am meisten aus der Zeit mit mir?

Wenn du nur noch eine Sache mit mir machen könntest, was wäre das?

Bist du glücklich ohne mich?

Bist du glücklicher ohne mich?

Warst du glücklich mit mir?

Fehle ich dir?

Wie oft denkst du an mich?

Warum hast du mich belogen?

Glaubst du noch an die Liebe?

Hast du Dinge gesagt, um mich an dich zu binden?

Hast du wirklich nur meinetwegen so oft geweint?

Wenn du stirbst: Wirst du an mich denken?

War ich deine große Liebe?

Spiele ich noch eine Rolle in deinem Leben?

Wann hast du aufgehört, mich zu lieben?

Wie hast du dich mit der Situation arrangiert?

Bist du mir böse?

Wie kannst du dich damit abfinden?

Woran denkst du am liebsten?

Glaubst du, dass du noch einmal so lieben wirst?

Kommst du zurück zu mir?

Hasst du mich?

Bist du froh, dass es vorbei ist?

Wünschtest du manchmal, wir hätten uns nie getroffen?

Sollen wir mal einen Kaffee trinken gehen?

Willst du mich wiedersehen?

Hoffst du auch manchmal, mich zufällig auf der Straße zu treffen?

Fragen, die Maxie Hannes nie gestellt hat:

Warum willst du kein Kind mit mir?
Liebst du mich noch?
So wie früher?
Warum fragst du nie, wo ich bin?
Vergibst du mir?

ICH DANKE:

Meinen Kindern,

meinem Mann,

meiner Mutter dafür, dass sie mich immer klug und kritisch berät,

meinem Bruder Niko dafür, dass er mich fordert und manchmal besser kennt, als mir lieb ist,

meiner Freundin Sabrina für die Anregungen,

meinem Verleger Dominique Pleimling,

Friederike Achilles,

und natürlich der immer sanften, aber strengen Lektorin Aylin LaMorey-Salzmann.

Marcus Wanke und Petra Mauss und Alexander Elbertzhagen von meinem Management für ihr Engagement,

Alicia Remirez und Helena Roessle für die intensive und herzliche Zusammenarbeit.

Und ich danke Ihnen allen, allen Menschen, die Bücher lesen, kaufen, weiterempfehlen, lieben.

Für mehr Freundlichkeit und Nachsicht! Von uns allen – für uns alle.